天子在右 宋徽宗 天才在左

王霄夫／著

叶露盈／绘

浙江文艺出版社

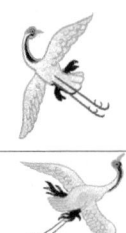

## 第一部 春绪机密

| 一 —— 004 | 第八件黄袍加身十一子 |
| 二 —— 013 | 我且神游东南裁判蹴鞠 |
| 三 —— 025 | 热血男儿美梦暗许祖妃 |
| 四 —— 032 | 美哉顺兮得意乎好开头 |
| 五 —— 041 | 蛇跗琴侧立下生死誓约 |
| 六 —— 051 | 天子春游觉悟匡正朝纲 |
| 七 —— 063 | 朝殿君臣高唱大江东去 |
| 八 —— 072 | 通判贿赠枢相美貌义女 |
| 九 —— 078 | 落杏儿或者是人间绝色 |
| 十 —— 086 | 大晟府令献词花魁娘子 |
| 十一 —— 096 | 大名艺人陪伴空虚时光 |
| 十二 —— 103 | 调包妙计瞒骗多情圣君 |
| 十三 —— 114 | 仙女飞天一般全无影踪 |

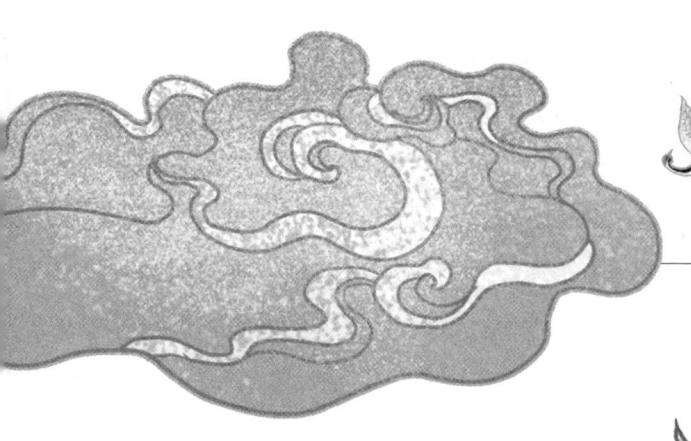

## 第二部 夏夜参斗

十四 —— 126
她那一年失约梅雪诗会

十五 —— 134
女词家伉俪正重归于好

十六 —— 142
恩爱柔情如此端午之夜

十七 —— 148
不曾料她在人世间消失

十八 —— 156
飘忽如云仍然无处寻觅

十九 —— 161
那玉膝一跪为曲魁求情

二十 —— 171
私情求公义岂遇山东盗

二十一 —— 178
岂是醉杏楼梦一般美好

二十二 —— 190
京师躲不过一场大水灾

二十三 —— 199
缝衣女红或是入画之人

二十四 —— 207
茂德帝姬愿身心嫁东南

第三部　秋意迷离

二十五 —— 220
天子假扮乔装引人注目

二十六 —— 228
童九两的内心充满迷惑

二十七 —— 234
太师府首先遭受了质疑

二十八 —— 240
展侍卫要向童九两求婚

二十九 —— 248
她何以再一次神秘消失

三十 —— 255
失而复得总是令人惊喜

三十一 —— 259
高丽国主来迟了的口信

三十二 —— 268
赵官家寂寞中寻求充实

三十三 —— 276
师师送礼时与德妃冲突

三十四 —— 282
五品张待诏伸出了援手

三十五 —— 289
蔡太师张画师发生争执

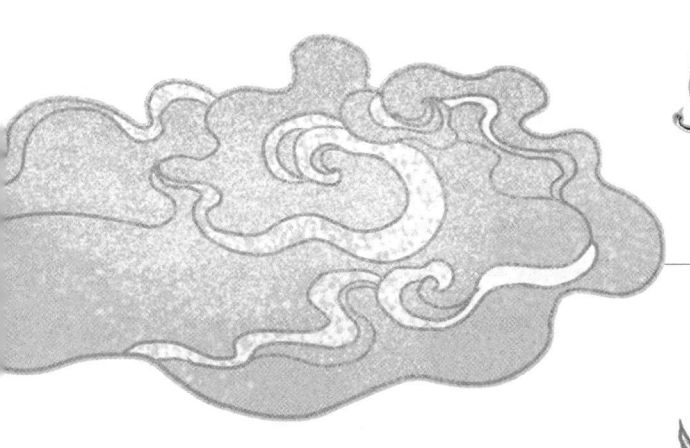

第四部 冬祀天运

三十六 —— 302
借说梦非梦预演有或无

三十七 —— 314
绝望中他一刀挥向命根

三十八 —— 321
睦州美人最后留下后话

三十九 —— 330
人到中年惜别青春梦幻

四十 —— 337
花石纲东南地岂能两全

四十一 —— 345
官民喜庆时光太过短暂

四十二 —— 354
生惘然死惘然恩断情断

四十三 —— 362
我如何一人将情分几份

四十四 —— 370
辞庙日风卷落神宗画像

四十五 —— 377
怎奈最亲之人无福是祸

四十六 —— 386
晚生英雄情系半壁江山

尾声 —— 393
天命在上还是天子在下

# 第一部 春绪机密

靖康二年(1127),金兵攻陷东京,北宋亡。

往前推一百六十八年,后周显德七年(960)正月初一,从东南吹过来的暖风,在毫无预告的情形下突然而至。顿时间,黄河上空的百万雪花与开封城中的万千晨炊,避开朔风呼啸,片片团团,丝丝朵朵,缓缓袅袅,温情向西。

紧跟着百鸟惊飞,与热烈绽放的鲜血梅花,将灰色人间点缀成花花世界。

忽然传来辽国大举入侵的消息,朝中大乱,不知所措之中,太后与宰相只好将军权委托给殿前都点检赵匡胤。之后,赵匡胤统率大军到了距开封东北几十里的陈桥驿,当夜,不管他如何再三推辞,部下将事先已经准备好的黄袍披在他的身上。

众人拜于庭下,呼喊万岁。

赵匡胤醉眼顿醒。裹住他身体的黄袍匆匆缝制,似乎是半成品,而且显得不太合身,他端坐片刻,先是抚平因为差几针而有点隆起的圆领,然后双手交叉扯齐两边有些长短的石青色袖口,终于感受到身上的明黄色是如此的光芒怡人,感受到柔软绵厚的品质是如此的舒服贴心。


词曰:

罗绮生香娇上春。金莲开陆海,艳都城。宝舆回望翠峰青。东风鼓,吹下半天星。

万井贺升平。行歌花满路,月随人。龙楼一点玉灯明。箫韶远,高宴在蓬瀛。

## 一　第八件黄袍加身十一子

大宋元符纪年走到了尽头，到了新一年的正月，以天干地支纪，辞别庚辰(1100)，迎来辛巳(1101)。汴京官民一觉醒来，发现御街上的大雪在阳光下融化成水流，汴水黄河上原可以行走的冰层已经变薄，槐干杨枝仿佛将吐出新绿，屋檐梁栋上竟有莺归燕飞，屏气感受，新的生命气息在地表上萌动，满眼抬望，大好的苍穹蔚蓝蔚蓝。

这年的春天来得如此之早，乾坤朗朗，世界清平，许多人为此激动欢歌，为此奔腾起舞，为此呼亲唤友，为此车水马龙，为此颠鸾倒凤。

引人注目的是，引人驻足的是，人们眼中那几个消息灵通的人士出现在虹桥上，别有深意地朗诵起王安石七绝名作《元日》：

爆竹声中一岁除，东风送暖入屠苏。
千门万户曈曈日，总把新桃换旧符。

但是对大宋朝而言，这并非祥和之年。

年底年初前后的几天，后宫美人以上的女眷们陆续得到了她们年轻的丈夫、大宋第七任皇帝赵煦突然病重，而且太医们一个个都低头沉默、束手无策的消息。

她们中间大多数人对自己从属的这个男人,怀有既敬畏又生疏的感觉,相信这个男人营养优良,正是精气旺盛之时,必定长命百岁,恶疾和死亡与这个男人毫无关系。

她们没有任何心理准备。

唯一感情甚至全部人生受到沉重打击,迎春的兴致荡然无存,她们各自表现出极度的悲哀与绝望,粉黛不施,衣裙不整,酒水不沾,言语不欢,眼眸不明,连起码的打扮和礼节也顾不上了。包括皇后、贵妃在内,至少有一百多个养尊处优的女人,她们的心情糟到了极点。她们很清楚自己将在顷刻之间变成一个寡妇,原来的希望和憧憬也会随之永远破灭。

作为上辈的皇太后、皇太妃们,对这样的气氛更加敏感,这种似曾相识的场面和情景,让她们想起了当年先皇归天时的日子。如今命运让她们再一次承受这样的打击,所谓白发人送黑发人的悲惨境遇,即将降临到她们头上,她们能做的,唯有积聚悲痛和忧伤,在最需要的时刻,毫不保留,一并宣泄,一并爆发。

当夜,正当宫中所有上层人物无奈地等待着悲痛到来时,一曲被编改过的唐人白居易乐府《上阳白发人》,打破了深宫的寂寞和沉闷。

先是冷宫中一两人的低吟,接着声音往南,越过高墙,传到妃嫔居住的别殿,引来一波波和声,最后汇成响遍整个后宫的低沉大合唱。除后妃外,自嫔以下,婕妤、美人、才人,包括无等无品的贵人、御侍等,大都加入进来。尚书内省的女官,除尚宫外,二十四司司正以下,数百名宫婢都一齐附入自己的声音。

几股声音像支流在深暗的窄道中会合,波涛不显却潜流汹涌。

倾听者更是宫楼殿堂中万千众人。

歌声有如天籁,随着夜风传入监守、侍卫、差役和值班臣员的耳朵,他们一个个都黯然地沉浸其中,不由自主地以节拍助之。

其歌曰:

上阳人,上阳人,红颜暗老白发新。
绿衣监使守宫门,一闭上阳多少春。
仁宗末岁初选入,入时十六今六十。
同时采择百余人,零落年深残此身。
忆昔吞悲别亲族,扶入车中不教哭。
皆云入内便承恩,脸似芙蓉胸似玉。
未容君王得见面,已被李妃遥侧目。
妒令潜配上阳宫,一生遂向空房宿。
宿空房,秋夜长,夜长无寐天不明。
耿耿残灯背壁影,萧萧暗雨打窗声。
春日迟,日迟独坐天难暮。
宫莺百啭愁厌闻,梁燕双栖老休妒。
莺归燕去长悄然,春往秋来不记年。
唯向深宫望明月,东西四五百回圆。
今日宫中年最老,大家遥赐尚书号。
小头鞋履窄衣裳,青黛点眉眉细长。
外人不见见应笑,元符末年时世妆。
上阳人,苦最多。
少亦苦,老亦苦,少苦老苦两如何。
君不见昔时吕向美人赋,
又不见今日上阳白发歌。

其中有人早已偷梁换柱,移花接木,把"玄宗末岁"改为"仁宗末岁",将"杨妃"改成"李妃",将"天宝末年"改为"元符末年"。但每个随唱者都是根据自己进宫年资,所居中殿室,侍奉皇帝和封序辈分的不同,有自己特定的改法,如有的会把"玄宗末岁"改为"神宗末岁",将"天宝末年"改为"元丰末年",有的将"杨妃"改成"王妃"或者"郑妃""张妃"等,细微的改动,寄予自己的喜怒哀乐,自己的切身感受,自己的人生际遇,时代背景。

歌声停而复起,子夜未歇,中间无人愿意制止,也制止不了。就连后宫之主向太后也只是叹口气,嘀咕着说了声:"又来了。"

第一次听到这样的歌声,是三十三年前的治平四年(1067),英宗赵曙殁时,宫中便有人以此充当哀歌,悼念皇帝,向太后当时作为皇子妃、安国夫人,住在颖王府中,并没有机会亲耳听到那诡异的歌声,后来听闻此事,心中惊奇为何一向严厉的高皇后不曾出面干涉。十八年之后,也就是十五年前的元丰八年(1085)春天,神宗皇帝赵顼以三十八岁壮龄,躺在福宁宫高榻上,一脸不甘地看着外面莺歌燕舞,云白树绿,长长地悲叹一声,忧郁而终。其时她身为皇后,当晚听到含混不清的哀歌阵阵传来,暗自惊诧。其时她正处在深深的悲痛之中,无暇分神留意,但她记得就是今天的这个旋律。

如今又闻其歌,不禁想起当年,所以一句"又来了"感慨系之,也不再多问,或许当年高皇后也无心关注,也说了"又来了"三个字,便不了了之。

因为她强烈地体会到,此时此刻的皇后其实很忙,要忙天大的事,绝不会在意别的什么。

不管怎么样,天命不可违,虽然整个朝廷,整个后宫处于混乱和悲痛状态,但总是有人充当理性、超然的角色,以规范事态的发展,承受事件的最终结果。这个角色历史性地落到皇太后向氏和宰相章惇身上。此时两个人都显得十分冷静,一个是后宫主持,一个是百官首领,两个人不得不考虑皇帝驾崩以后的艰难局面。他们顾不上去伤悲,他们的内心一定要超脱天子驾崩这个单一的事实,他们不能像别人那样随意就融入痛苦的气氛当中,因为他们有更重要的更困难的大事要去想,要去做。

向太后前来探视时,甚至对强忍眼泪在皇帝赵煦的病榻上守候了几天几夜的孟皇后,也没有顾得上安慰一言半语。孟皇后一定很奇怪向太后审视完了皇帝的病情,就匆匆离开了,居然没有陪自己流一流眼泪。

新年将至,汴京城里瑞雪丰年,旧符换新桃。这真算得上是赵宋开国以来最艰难的一个新年。中枢宰执、各院首脑、部司长官,以及京畿府县的官员也都很自觉地等候有关皇帝的不祥消息,连正正经经地吃上一顿年夜饭也不敢。

到了正月十二酉时,在位十四年的大宋第七代皇帝赵煦,一命归天,谥号哲宗。

国不可一日无君。

当晚,充分备战的向太后和养精蓄锐的宰相章惇匆忙亮出了各自的底牌,两人之间的战争提前爆发。

相关的重要大臣还没来得及吃完宫中那份简单的晚餐,就被召集到哲宗的灵堂前商议传位大事。一开始的场面波澜不惊,向太后和章惇轻易地找出了彼此的共识,确定了兄终弟及的更替模式,以此作为统一宋室和大臣们议立的原则,这样就可以理智地否决哲宗的儿子,一个出生才三个月的婴儿继承大位的提议。

对此,大家一致赞同。

向太后脸容憔悴,但表情沉静地说:"大凡幼主,形同摆设,皇权旁落,或摄政或垂帘,权力出现真空之后,你争我夺,最后都会出现灾难性后果。"一番话说得在场的大臣和宗室连连点头,也为向太后的高风亮节所感动。因为一旦采取子承父位模式,垂帘听政、号令天下的非向太后莫属,向太后有此态度,等于是她宣布放弃了自己的权力,表达她无意长期掌握朝政的决心。

事后也证明,这个决定是正确的。哲宗唯一的儿子赵茂身患多种疾病,出生仅几个月便夭折于襁褓之中。

接下来只有在神宗皇帝的儿子也就是哲宗的兄弟中挑选。神宗皇帝生有十四个皇子,皇长子赵佾,次子赵仅,三子赵俊,五子赵僩,七子赵价,八子赵倜,十子赵伟,包括向氏唯一亲生的四子赵伸,都已早殇。其中六子赵煦便是哲宗,还活着的是九子赵佖,十一子赵佶,十二子赵俣,十三子赵似,以及年幼的十四子赵偲,所以选择范围并不大。

向太后并不是没有自己的主张人选,围绕谁来继承皇位的斗争难以避免,但是她将把最有杀伤力的武器用在后面的决战上,现在先退一步,是为了麻痹最强劲的对手章惇,毕竟他跟自己的想法并不一致。

最后选谁将有一番艰难的较量。

章惇是仁宗嘉祐四年(1059)进士,神宗熙宁初,参与王安石变法,至元丰三年(1080),任参知政事,其间平定四川、贵州、广西三省交界处的叛乱,招抚四十五州,名震一时。哲宗即位之初,任知枢密院事,随即擢升为尚书左仆射兼门下侍郎。为恢复熙宁元丰政事,不遗余力,倡说"绍述",恢复新法,并组织大军讨伐西夏、辽国,文武功成,权倾朝野。在谁人继任大位,承传哲宗遗愿如此天大的议题上,他绝不会放弃自己的主导权,因为这事关哲宗未竟的事业能否继续,事关绍圣绍述大局能否得以巩固,事关大宋国运是兴是衰。

为此他必须豁出去,提出最可靠、最合适的人选。

章惇试图一锤定音,抢在向太后把真正的想法抛出之前,亮明态度,先发制人,于是上前一步,意欲提出自己拟定的人选——哲宗同母之弟赵似。但刚要开口,突然心生一计,用欲擒故纵之法,先提出了一个必然会被否定的人选,一来试探大家的态度,二来料定太后必然会否定,这样就能让她陷于被动。

章惇站到中间,环顾左右道:"九皇子赵似年长,按理……"

果然不等有人附议,向太后坐不住了,猛然站起,当即予以坚决否定,而且如章惇所料,她以谁都知道,但谁都不便说的理由,排除了赵似继位的可能性,说:"九皇子眼神不好使,何以担当天子大任?"

章惇不做丝毫的让步,他明白如果自己很快就退缩了,后面再提十三皇子赵似,还会遇到同样的反对,就没有取胜的希望了。于是上前一步,逼近向太后:"天子大位有德者居之,何以拘泥于目疾小恙?"

向太后摇摇头,一笑道:"其他皇子哪个有目疾小恙?"

在场的大臣相互看看,只是微微点了点头,但没有人站出来表明真正的立场。如此谈论一个亲王生理上的缺陷,既不厚道,也不符合礼仪。

章惇看到大家都守在居中状态,认为向太后的话已经引发大家的反感,让自己处在了有利地位,于是抬高已经沙哑的喉咙,声音严厉,不容置疑:"先由九皇子,九皇子不立,合当由十三皇子继位,天下皆服!"

向太后哼了一声,毫不示弱,声音更加高亢,责问道:"明明有更好的人,为什么不选?"

"还能有谁?"

向太后提出了唯一的人选:"端王。"

"什么?端王?"不仅章惇愕然,在场的所有人也都愣住了。

向太后胸有成竹,神情坚定,说:"十一子端王赵佶。"

章惇确认这是向太后的真实意图之后,顾不上什么分寸,先是失声冷笑,营造了不屑气氛,随后为了压过向太后的声音,放开喉咙,说出一句重话:"端王轻佻,如何担当大宋社稷重任?"

大臣中有赞同此言的,低声附和,但也有反感其言无礼的,嘀咕着拿眼睛白了白他。

"为何瞪我?"

"如何瞪不得?"

接着是一番激烈的争吵。

嘈杂声中,向太后拍案而起,大喝道:"章惇何以妄议一个亲王?都是神宗皇帝的皇子,端王如何不可立?"由于情绪激动,她的手用力挥动,扯下一支束发的玉簪,飞落在地上,一头仍然乌黑的长发顿时散乱开来,甩打几下之后,遮蔽了她依然丰满美丽的脸庞,只露出那双含着泪光的眼睛,原本清澈而阴沉的眼神,瞬间充满了怨恨和愤懑。

向太后如此震怒的肢体动作,已经表明事情没有任何商量的余地。事态严重到此,所有的人都惊慌失措,原来拥护章惇的大臣都不敢再说什么。章惇看着地上发出幽光的玉簪,原来涨红的脸也变得铁青。他没有想到向太后反应如此激烈,让他猝不及防,一时也不便说话,只是急促地喘着气。

大臣们面面相觑，不知道接下去该说什么，场面肃静。只见一个内侍悄悄奔过来，轻手轻脚地捡起玉簪，但不等他递上去，向太后已经一把夺过去，抓在手中，似乎随时又要扔回地上。

这个动作，使刚想帮章惇说话的人又沉默了。

章惇的气势被压下去以后，向太后并没有偃旗息鼓，旋即祭出神宗这个法宝。

她挽起浓密的乱发，抬起手仿佛有些故意地颤抖着，插回玉簪，然后流着眼泪，一字一字道："先帝神宗曾经言道，端王长相福寿，而且性情仁孝，与诸王不同，合当登基。"

神宗有没有说过这些话，谁都无从得知，谁都不好深究，向太后对此无疑可以充当权威。包括章惇在内，那些拥护或是反对向太后的大臣，都怔怔地看着她充满回忆和悲伤的神情，尽管心里充满质疑，但无人发出一点声音。

随后，向太后郑重地向大臣们述说了自己的想法。熙宁二年（1069）四月壬戌，神宗皇帝登基后的第二年，她被册立为皇后，恩封有加，之后追忆回味皇帝说过的每句话，表过的每一次情，努力搜索其中的意义，明白了神宗皇帝的真正意图。她坚信神宗皇帝对端王的褒扬并不是一时兴起，而是完全发自内心的，其旨意是清楚的，假如要人来继承大统，端王是可以的。如今，这种可能出现了，正可以实现神宗皇帝的愿望。为了实现这个愿望，她作为神宗最亲最爱的未亡人，怎能不倾心尽力去争取和维护？说到这些，她犹如陷入爱情的少女，激动得热血涌上红润的脸庞，丰盈的胸脯高耸起伏，饱含着眼泪，大声地喊道："我的夫君，我们的先帝，是何等的圣明！"

为了进一步消除大臣们的疑心，她还特别补充了一些细节。她提到自己清楚地记得当时陈美人领着儿子晋见病中的父皇，神宗皇帝强支龙身，抚摸着十一子的头，教导了一番。十一子虽然年幼，却表情专注，心领神会。

"皇帝随后与我说了这一番喜欢十一子的话。当时是元丰八年（1085）三月甲午日午时，地点是御苑。"向太后言之凿凿。

至于章惇一党,明明知道向太后可能是猜度臆想,可能是矫诏妄言,可能是弥天大谎,但谁都没有办法反驳,谁也不敢也没有时间深究。相互看着,神情颓然,唯有叹气。

向太后如此坚定,还有一个重要的原因,就是赵佶健康好动。

章惇等人指责的赵佶的轻佻,在她看来却是优点。十一子自幼好交游,喜蹴鞠,练就一副好身板,这正是当皇帝的最好本钱。没有好身体,天下重负,何以承担?纵然有心,无力实现,也是枉然!远的不说,自己所经历的,不都是教训?神宗于壮年之初,撒手归天,又有哲宗,在青春之时,猝然驾崩,这还不都是因为没有一个好身体吗?臣子明知如此,却还要选一个短命的皇帝,居心叵测啊。

想到这里,向太后沉沉地补了一句:"皇十一子躯体强劲,其活力何人能比?合当承万岁基业。"

形势一边倒。

一直骑墙观望,未曾发言的知枢密院事曾布此时突然开了口,他向章惇发难道:"章惇未尝与臣等商议,如皇太后圣谕极当,臣下只当出以公心,若再违拗,便是不忠了。曾布以为,先皇神宗圣明,太后圣明,继承大统非端王不可!"

众臣纷纷表明态度,支持曾布的意见,尚书左丞蔡卞、中书门下侍郎许将等有分量的重臣也相继表态:"合依圣旨。"

章惇顷刻间陷入了孤立无援的困境,他叹了一口气,身体一沉,给向太后请罪,责骂自己道:"臣愚钝,几乎违逆天意。端王继承大宝乃先皇遗愿,百官莫不拥戴,人心所向,大势已定,一切事宜,但听太后定夺!"

向太后取得了最终的胜利。

## 二　我且神游东南裁判蹴鞠

赵佶人生中最早也是最好的朋友是王诜。多少年以后，在北国的寒风中，想到这个朋友给过他的快乐，他仍然感到丝丝的温暖，感到志趣相投的快乐不可多得。

他始终没有为此感到后悔。

作为忘年之交，在他这一生最自由、最轻松的青春时光，驸马王诜以一颗年轻人的心，陪伴着他，引导着他，也塑造了他。

章惇等人批评他行为轻浮，多半是因为他交上了王诜这样的朋友。

每当进入正月，春天将至，在王诜的鼓动下，赵佶筹备多时的东南之行总是得以实施。

"不去东南，枉为人生。"

赵佶对这个人生导师和蹴鞠伙伴的话，信任中带着感情，言听计从，并感到愉快。王诜，字晋卿，出身勋贵之家，为北宋开国功臣王全斌之后裔，娶英宗之女蜀国公主为妻，是神宗的妹夫。论辈分，是赵佶的姑丈，论年纪，王诜为仁宗庆历、皇祐年间生人，整整大他三十多岁。虽然年纪、阅历如此悬殊，但自从元丰八年在神宗葬礼上相遇，两人便一见如故，毫无隔阂。

国丧之时，王诜与徒弟高俅偷偷开场蹴鞠，被赵佶撞见。赵佶知道他是那首风传汴京的《蝶恋花》作者，求其吟诵曰：

小雨初晴回晚照。金翠楼台，倒影芙蓉沼。杨柳垂垂风袅袅。嫩荷无数青钿小。

　　似此园林无限好。流落归来，到了心情少。坐到黄昏人悄悄。更应添得朱颜老。

　　王诜其词写他被贬远恶军州，于数年后回到汴京时的心境，当属有感而发之作，少年赵佶很是欣赏。又听说王诜与大词人苏轼交好，曾受其牵连，于是又对他的人品心生几分喜爱。王诜广交苏轼、黄庭坚、米芾、秦观、李公麟等众多文人雅士，析奇赏异，酬诗唱和，还家筑"宝绘堂"，藏历代法书名画日夕观摩，精于鉴赏。尤其精于山水，学李成皴法，在水墨勾皴上自成一家，独具风貌。喜画烟江远壑，柳溪渔浦，晴岚绝涧，寒林幽谷，桃溪苇村等他人难状之景，将锦绣河山展现画幅中。王诜所画《幽谷春归图》《晴岚晓景图》《烟岚晴晓图》《烟江叠嶂图》《渔村小雪图》，赵佶屡屡借看，爱不释手。其又工书，真、行、草、隶皆精，与之切磋雅集，只恨时间过得太快。如此种种，赵佶仍认为知己难得，不肯与他疏远。

　　赵佶独自开府之后，无人管束，与王诜三天两头相见，越发投机，两人皆一样地好字好画，好玩好动，好景好美。

　　尤其日夜与王诜、高俅师徒开设场户，赵佶蹴鞠技艺突飞猛进。

　　王诜总是抓住时机赞扬他："皇十一子技艺如此精湛，只怕天下无敌。"

　　对于他们的交往，朝野颇有微词，皇族中长辈深谙近朱者赤、近墨者黑的道理，怕赵佶受其教唆久了，不可救药，于是以当年王诜行为不端的事例劝导他，希望他警醒。

　　原来长公主性情温和，喜欢读书写字，嫁给王诜后跟王诜很有共同语言，还为王诜生下一子，取名王彦弼。但王彦弼不幸夭折，公主痛不欲生，此后未再生育。为续王家香火，公主劝王诜纳妾，但王诜另有新欢后却不爱惜公主，神宗为替妹妹出气，将王诜贬官。不久后的元丰三年（1080），公主一病不起,神宗问公主有什么牵挂之事,公主只求王诜能复官。神宗便任命王诜为庆州刺史,并特许他在朝中借调,为的是让王诜有时间照顾公主。然而,王诜竟然不顾病床上的公主,毫不避讳地与小妾在一旁淫乱。

此事传到赵佶耳中他却是不全相信,知道王诜确实因此事被神宗皇帝惩治过,心中实在疑惑,就当面问王诜究竟,说:"长公主爱你,你如此对她,她岂不难过。"

王诜索性承认自己确实愧对公主,不该在她的病榻上与侍婢苟且,说:"我以为她睡熟了,怎么会有意伤害。"

赵佶责怪道:"既然知道会伤到长公主,你也应该知道收敛。"

王诜辩解道:"公主得病,我长年陪侍,何曾有男女之欢,已经一直忍着了。我正壮年,偶与人出火,也是性情之所至。"

赵佶闻言觉得王诜并不虚伪,心中多有同情,之后反而一起玩得更加频繁,周边志趣相投的朋友也越聚越多,好不热闹。王诜不等有人再劝阻教训赵佶,就拿大实话劝道:"你那当朝皇兄,正值年轻力壮,雄心勃勃,作为亲王,屡受加恩,自然应该分担一些。但最好的辅佐,也不是关心什么朝政,也不是担任开封尹之类的实务,而是潜心玩物,自由自在,快活逍遥,这岂不让皇帝安心吗?"

赵佶听了,不禁豁然开朗,铁了心沉湎文艺娱乐。可时间一长,到底有些乏味,见多识广的王诜便开始向他吹嘘一些奇闻异事,譬如风光无限、盛产美女的东南风情,绘声绘色地讲述当地青年男女如何同溪而浴,如何树下合欢等食色之事,说:"尤其是蹴鞠,比东京好玩太多。好一个神仙去处。"

自此有关东南的一山一水,一情一景,都让赵佶如临其境,心生向往。后来甚至有人怀疑,一向放荡不羁、胆大妄为的王诜很可能不止一次带着端王,神不知鬼不觉,私离京城,暗游东南。

对此王诜断然否定,一边公开反驳别人,说:"东南千里之外,没有数月时间,岂能来回?"一边竭力鼓动他道:"不如真去,也不枉背此名声。"

这天赵佶正为此犹豫,王诜再次上门,趁着酒兴感慨道:"汴京冬意渐退,东风始吹,春天将至,或可郊游。"随即话锋一转,说:"但哪比得上东南春江处处,水暖山绿,人与万物生动鲜活,妙处无穷,特别是那里的蹴鞠场户更别开生面。我观星象,东南是你的归宿,也是你的造化之地。"力劝赵佶过完上元节,就取道水路东行,然后南下,来一次真真切切的东南之行。

赵佶怔了许久,深以为然,预感自己此生将与东南有不解之缘。

据从未被证实的记载,那些日子赵佶竟然远游去了,但他悄悄地走,悄悄地回,仿佛从来没有离开过汴京一样。

多年之后,赵佶曾向道士张天师解释,所谓的私自远游,其实是个梦,并没有真实发生过。具体情形是,他半夜醒来,不肯睁开眼睛,因为他沉浸在一个美梦里,久久不肯回来。

梦里,他似乎到了东南一个叫汴京的地方,至于怎么会来,怎么来的,已经模糊不清。后来有司派员访查东南各府各州各县,查遍村村落落,溪溪沟沟,大宋国土之内并没有这个地方,即使是皇恩未及的百越边地,就是远如南诏、交趾诸国,也没有一个同样叫汴京的地方。

"陛下,是不是记忆有误?"

"即使是梦,朕确定就是东南某地。"

"陛下,显然是神仙之梦。"

一个叫张择端的画师证实了赵佶的说法,他有鼻子有眼道:"臣下画过这样的画。"

元符三年(1100)正月己卯,皇帝赵煦驾崩,大宋朝选出新皇帝的前一天,向太后与当朝宰相章惇正在激烈交锋。

而这一切与当事人赵佶仿佛没有关系,他正按照自己的性情和爱好,梦游神往新的一天。

这新的一天,赵佶绝对不肯错过大相国寺前草场上举行的蹴鞠决赛。经过数轮竞技,他淘汰了所有的对手,包括师傅王诜和师兄高俅,拿到了年度冠军。

这新的一天,王诜的徒弟高俅举办了一场特别的比赛,就是到死牢里弄出一批蹴鞠技艺高超的囚徒,开设场户,让京中富豪下注赌博输赢,决定生死。

其时北风怒号,河湖冰厚,黑云笼罩,春雪将至。

一身汗水,坐在主判台上的赵佶略感劳累,居然睡着片刻。

蒙眬间,突然白光一道,王诜变成了他喜欢的那匹白马,长长地嘶叫着,催促他醒来,说:"主人快起!"

他居然不惊奇白马开口说话,回答道:"老驸马,快载我去!"

寒风中他披上白袍,跨上白马,又是一道白光之中,他迎着漫天飞雪,穿过忽黑忽白忽灰的云层,在狂风阵阵中,疾奔而去。

等他睁开双眼,周围已是五彩祥云,眼下尽是翠绿,原来已经来到大宋朝的东南。

他顿时心花怒放,对白马说:"我就是喜欢东南啊!"

以无数青翠山峰环绕的东南,以无数纵横水系组成的东南,以无数参差人家联结的东南,以无数男女生灵绵延的东南,一直深深迷住大宋朝历任皇帝。太祖建隆三年(962),在长江北边神往已久的开国皇帝赵匡胤渡江取荆南、湖南,开宝八年(975),取南唐,再于太平兴国三年(978),太宗皇帝取吴越、漳泉,最终将东南纳入版图,标志着大宋王朝进入了丽日煌煌的黄金时代。

赵佶最向往的地方,是东南。被封亲王的时候,他不想谋求什么权知开封府这样所谓的好位子,满心希望自己能外放东南,领一路节度使,当一方逍遥王,走遍名山胜水,游完洞天福地,看够素人静女,访尽美味佳肴,然后安于丹青翰墨,求道问仙,与天同寿,驾鹤登霄,笑视人寰。

他不知道的是,多年以后,富裕美丽,销魂千万的东南,会悄然间将王朝的炽热中天推向西边的暗弱黄昏,如同南朝、五代故事。

赵佶从马上下来,终于看到了人,问:"此地何处?"

一个在溪边挥笔的画者觉得他面熟,热情地向他描述,仿佛在说一个谜面叫他猜:"此地处在两浙路和江南东路缝隙,在杭州和歙州之间,不是府治,当然也不是州治、军治、监制,连县治都不是。"

赵佶兴奋地问:"那是什么地方?"

画者摇头,说:"不知何时始,短短百年间,开始都不管,现在谁都管,当然都不管,要问此处名,只知是繁华京都。"

赵佶环视周边,问:"这里不是东京汴梁吗?"

画者得意,称赞他好眼光,说:"我们称之为东南汴京。"

赵佶愕然之余,兴趣大浓,失声高叫:"居然真叫汴京?"

画者展示一张类似览胜图景观画给他看,指着图上的东南汴京,说:"望江背山,守关通衢,人口杂居,日积月累,以一半城墙和一半溪流为界,分成内外两城,由一座虹桥连接。"

赵佶忽然一问:"你莫非是翰林院五品待诏张择端?"

画者大笑,说:"我当上翰林院五品待诏,还是以后的事,现在你未必知道我是何人。"

赵佶恍然许久,要求进入城中,画者说:"不如进到画中一游。"

赵佶犹豫片刻,说:"看你仿佛熟人,我随你入画。"

接着,一阵清风,闭目之间,画者已经带着他到画里面穿梭起来,很快,就把称之为小汴京的景致、建造、街景、市井以及画中并不显见的风情、故事、人物,甚至前世今生都看了个遍。

赵佶叹道:"画中方一刻,看得百年图。"

好一个小汴京,内城以青石板铺就数条大小街道,两旁店家林立,车水马龙,一栋又一栋砖木豪宅缘水而建,全都由来自各地的富贵者居住。富贵者分新旧两派,旧派富者南腔北调,或放贷收租,买空卖空,或囤积居奇,造楼开店;旧派贵者则操着汴京口音,大多无所事事,每天晨昏闲散消耗于茶座,每个夜晚听歌弄琴于酒楼。

但更多的人有正经而时尚的话题,谈的就只有一样东西:蹴鞠。

新派富者贵者同为一体,他们是说话归化为本地口音的新一代年轻人。青年男性疏离声色场所,三五成群,新辟了各种空旷的场地,举行各种各样的蹴鞠比赛,青年女性们蛾眉皓齿,骑坐高处,看他们蹴鞠,不时以美妙的声音给予喝彩。

受到激励的年轻蹴鞠手们精神大振,各种高难度的神奇动作频频亮相。

赵佶又听到一个个来自京师的年长贵客,激动之余回忆幼时汴京所闻所见,并做出了十分中肯的评价,认为此地的蹴鞠技艺与汴京的最高水平相比,毫不逊色。

城墙外面,那条湍急的溪流对面,跨过虹桥,是外城,也就是平民区。平民区的房屋由泥石垒成,密密麻麻,高高低低,歪歪扭扭,依照山势错落相交,随便延伸。晨昏炊烟升起之时,或鸡鸣狗吠,或争吵打骂,以至于传到内城,尤其是月明夜静之时,家家户户发出羞人的声音,毫无遮掩,让灯火通明的内城黯然许久。

顺着画者的笔,延伸到很早之前,平民区的男性们白天做的只有一件事情,就是爬山,爬到山外面,再从外面爬回来,从险峻的山间背回生活必需品,搬上木筏,运进内城,所以他们一个个都脚力强劲,都有一身疙瘩肉,都是极富耐力的蹴鞠高手。为下一代生计考虑,此地盛行培养子女自幼练习蹴鞠,争取有朝一日,进入中城,赌球脱贫,或者选入京都,成为吃皇粮的国足。

画者一边引着他,一边预言道:"新皇即将继位改元。"

赵佶打了个寒战,心想反正不可能是我。问:"新皇帝是谁?"

画者在地上画了一个球,说:"蹴鞠之人。届时蹴鞠之风盛行天下。"

赵佶似乎没有想到自己将是新皇,只是专心地看着眼前山水,说:"我就在此地不会回去,在此汴京当皇帝胜过在那汴京当皇帝。"

说到做到,他当即宣布自己登基成为东南汴京皇帝。为了表达留下来的决心,还任命了官员,设卡收税,向内外城展示威严。

然而画中也有触目惊心之处,只见人群杂乱,围观起哄,原来正在赌球。一个代表内城的衣着锦绣者与一个代表外城的赤脚裸背者,正在开二人场户。其时已到终场,衣着锦绣者气力渐弱,处于下风,眼看就要落败。场外的内城庄主们大怒,开始寻衅滋事,纷纷朝场中扔鸡蛋,企图搅乱局面,终止比赛。赤脚裸背者显然极尽隐忍,任凭破碎的蛋黄蛋清落在脸上身上,就是不理分毫,拼力争取到最后胜局。

内城庄主们开始辱骂,指责赤脚裸背者作假犯规,要求取消结果。衣着锦绣者更是恼羞成怒,突然从别人手中夺过宝剑,重新冲进场户,威胁要杀死赤脚裸背者。

赵佶看到此种情景,有心帮赤脚裸背者解围,便上前劝解,说:"由我主裁,再来一局,愿赌服输。"

但是人声嘈杂,场面混乱,没有人理睬他。画者劝他休管闲事,说:"这本是闹市应有之景,由他们去。"

此时赤脚裸背者连连退却,而衣着锦绣者一逼再逼,剑刃已经抵近喉咙。赵佶看到再不介入就要出人命了,一脚便要进入场户,衣着锦绣者回头斥喝他:"他死我剑下,我赔他钱,你不是这里人物,休要管!"不想赤脚裸背者突然夺过宝剑,眨眼间就将衣着锦绣者刺倒在地。衣着锦绣者鲜血向上喷出,一命呜呼。

赤脚裸背者弃剑,气咻咻地说:"是他先要杀我。"说着就要离开混入人群。纷乱中,内城庄主们一拥而上,将赤脚裸背者扑倒,一阵拳打脚踢,并将其捆绑。

那边赤脚裸背者的同伙,也拿出柴刀扁担等物,与内城庄主们对峙。

一场血腥冲突就要爆发。

赵佶急忙从画者手中夺过画笔,轻轻几笔就在画中画上了自己,俨然一副官宦模样,又左右上下画了一批武装随从,说:"清平世界,朗朗乾坤,当有人来明判是非,定夺其罪。"

双方人物见状大愕,连忙散开到一边。赵佶等场面稳定,将赤脚裸背者松绑,说:"你们打他绑他是私刑,要允他投案入囚。"承诺经过审判,再定生死。又发现双方气愤难平,担忧埋下隐患,内外城迟早会发生冲突,便说:"此地当有法度。"接着颁布告示,下令整修清理内城闲置旧房,加固后改为大牢,用于羁押人犯。同时以每月三斤肉、半担米的待遇,考录一批狱卒。

依据画者的描绘,不久果然建造了大牢并关了一些囚犯。这些囚犯一个个都是在内城犯案的外城人,被追究后主动要求按大宋法度黥面,但希望不要将他们戴枷流放远恶地方,只在当地服刑。其中有的人被定为死囚犯,是半夜从外城捕获的,经过市街时,天色已明,只见他们都是重枷铁镣,让人畏惧。赵佶为显示仁慈,依据其认罪程度,在送进监牢时,当场除去重枷锁,并许以在设定的范围里自由走动。

赵佶提醒画者:"在你以后的《清明上河图》中,并没有此等场景。"

画者神情充满遗憾,说:"我是粉饰太平,使得大宋朝不以为国之将亡。"

这些传说中的囚犯,说话腔调都充满山野之气,显然都来自外城。最特别的是,他们都像是真心服刑,期望重新做人,在内城早日归化的愿望十分强烈,其中包括已经被黥面的赤脚裸背者。

赵佶非常同情他们,安慰道:"内城生活不比汴京差多少,日后留下,安家立业,也是首选。"

而他真正的目的是要把他们训练成为顶尖蹴鞠选手。

正如画者所描绘的,赵佶此后经常主持此地的蹴鞠比赛,还颁布有关的嘉奖令,激励大家踊跃参加。在动员会上,他公开了自己在北方汴京的亲王身份,讲述北方汴京蹴鞠的有趣故事,并夸奖自己说:"我是一个蹴鞠高手,他们每次都输于我,可以说是无人能敌。"

经过一系列活动,赵佶将此地的蹴鞠水平推向了一个新高峰。在举办决赛之前,文告张贴于内外城各处,云:正月十五上元节,举办此地历史上首次蹴鞠决赛大会,分甲乙丙三等,奖金为银三百两、二百两、一百两。让人错愕的是,除了内外城各组数队,他还准许大牢死囚组队参加,但条件却十分严苛:只要一场输了,秋后他们都将被执行死刑,无人幸免。但只要场场都赢了,人人还其自由之身,从事专业蹴鞠,而且让他们在内城入户,成为永久居民,其中表现特别优胜者,还将被封官。

在大多数此地人的见证下,死囚们当场签下了生死状,赢得了一片掌声。

如画者所绘,死囚队在各种人数不等的场户中,每场都占据上风。到了最后的二人场户,更加激烈精彩,因为对死囚队来说,这是生死之战,不能有丝毫闪失。赤脚裸背者自告奋勇,承担了此项关乎所有死囚性命的艰巨使命。经过惊心动魄、令人窒息的较量,赤脚裸背者以微弱的优势,赢得了胜利。

主裁判赵佶不禁得意地说:"置之死地而后生!"

但就在颁奖礼上,就在给赤脚裸背者戴上黑纱官帽的那一刻,一群衣着华丽的陌生人从遥远的汴京来到了这个隐蔽的小城,强行把他带离,他向在场的此地人呼救,但无人理睬。

除了蹴鞠盛事,王诜吹嘘的男女同溪而浴,树下合欢的场景赵佶并没有见到。

等他醒来时,高俅引着又由白马变回的王诜,向他行了一个大礼,说:"恭贺端王,您要当皇帝了。"

赵佶坐在榻沿,沉吟道:"上天托梦,有如蹴鞠,虽有输赢,却是和气之争,以后朝中要有此风格,不可分成两派,你死我活。"

王诜乐了,赞曰:"英明之主。"

赵佶又自言自语道:"国有年号,或可改元建中,建中方可靖国。"

王诜和高俅并没有听清他说的话,但都伸出拇指称赞。

朝堂上围绕继位问题展开激烈争论的时候,端王赵佶确定人在汴京,传说人去东南私游,显然是无稽之谈。

赵佶在自己的府中,一早就已经得了自己可能登基的消息,不禁壮志满怀,豪情冲天,轻快挥笔,画下了一幅颇有气势的《鹰击长空图》。画面上只见雄鹰展翅劲飞,翔于天际,傲视苍穹,正如他此时此刻的心境。画卷刚刚完成,宫里派来的车辇就来接他了。他顾不得洗去手中的墨渍,匆忙披了件白色锦袍,抬脚就要走。这时寄寓府中的王诜弟子、著名蹴鞠师高俅,将他拉过一旁,低声对他说:"端王且慢,请换了孝服吧。"赵佶一听,心里连声骂自己得意忘形,如同大臣和宗室背地议论自己那样,几近轻佻,差点落下话柄,犯下大错。经高俅一提醒,赵佶有意控制了行动的节奏,先是换了一身丧服,洗净了手,又赏赐了宫里来人,临行前把高俅叫到跟前,吩咐说:"这端王府上上下下做些布置,设灵堂,挂挽幛,以显悼念陛下大去之诚意。"

高俅连连点头,眼光露出喜悦,仍然低声说:"高俅已通知街头场户上的兄弟都来帮忙,红白喜事一块儿来,人手越多越好。"

赵佶夸奖高俅:"你腿脚功夫这等好,脑子又如此细密,来日本王一定会提挈你!"

出了端王府,街上尽是围看的百姓,赵佶一来嫌车辇太慢,二来当着这人山人海好显自己本事,因此弃了宫里那顶金丝帐的车辇不坐,叫人牵出一匹高大雄伟的白色骏马,起脚蹬上,一路奔驰,又引来道路两旁一阵阵喝彩。一路上没有任何的阻拦,一眨眼工夫进了宫门,不等他从马上下来,密密麻麻的一群人,其中有宦官也有文武官员,潮水似的向他拥了过来。

"陛下!"

"万岁!"

人群中有人这样喊他。

骑在马上的赵佶激动得涨红了脸,双手不知所措地在自己的脸上抚摸着,捋着嘴唇上细绒绒的短须,嘴里嗯嗯着应答。

但是他一看到每个人身上的丧服,就想起了高俅的话,便迅速冷静下来,也不跟他们打招呼,下了马之后也不坐在给他备下的椅子上,而是站在大殿外面,束手低头,一言不发。殿内突然一片沉静,也许他已经等候了很长时间,也许只是这种沉静让他感觉到等了很长时间,过了一会儿,有几个重要的官员从殿里出来小解,他们显然看见了他,但是一脸严肃,也不跟他说话,这差一点使他产生不好的预感。

后来一切却来得太快,如同蹴鞠的两人场户,双方对阵,攻防良久,没有斩获,但是不经意间,突然就有一球突破了对方的球门。

"皇太后宣端王进殿!"声音来得很突然,他几乎吓了一跳。但是他到底只是一个十八岁的青年,当他双脚迈入大殿的那一瞬间,还是难以抑制脸上的喜悦之情,脚步也轻快了些。向太后却不管这些在大臣们看来不是很顺眼的细节,她还没有来得及让他祭拜哲宗的灵位,就叫人帮他穿上了早已为他准备好了的黄色龙袍。

在哲宗的灵堂前,向太后宣布道:"端王即皇帝位。"

章惇带头,群臣一齐行屈身大礼,山呼万岁。

## 三　热血男儿美梦暗许祖妃

赵佶生命中最早的女人，并非自己十七岁时初婚的王妃，而是死于一百多年前的一个本朝传奇女子。

走在宫廊中，他多少有些恍惚，双脚仿佛在腾云驾雾，轻巧得不能再轻巧。

自从十四岁封王离宫之后，就很少回来，因此对宫中更是有一种久别重逢的新鲜感。他逐个召见看望了后宫的嫔妃，以诉旧情，她们一眼就认出了他，说："陛下长高了，长得越发英俊了。"

其间有的人是少年赵佶暗恋过的，但他这时发现，她们不是老了就是发胖，已经没有他儿时看到过的那种容貌，那种风采，那种窈窕，就连他每次看见都要怦然心跳的嫂子孟皇后，不知是因为悲伤还是劳累，勉强笑起来时，眼角上已经显现出数条鱼尾纹。

但人们无论如何想不到的是，在赵佶成长过程中给他留下最深记忆的并不是孟皇后，而是另有其人。

这年的清明节，赵佶登基后第一次离京，花了十数日时间拜谒了先皇们的陵墓，同时还祭扫了已经被追谥为钦慈皇后的生母陈美人墓。后来在祭扫真宗永定陵时，一些大臣对赵佶郑重其事大礼祭拜李宸妃墓大感不解。

赵佶神情庄重，说："李宸妃实乃朕第三代祖后，朕理当顶礼膜拜！"

这位太祖奶奶,也就是仁宗皇帝的生身母亲李宸妃,曾是少年赵佶某一段日子的梦中情人。

从幼年开始,他就从很多比自己年长的世家子弟那里听到了关于李宸妃的故事,都说这位来自东南、身材娇小的妃子十分美貌,双目湿润,始终含情,肌肤光滑,可以流珠。他们私下里谈论起李宸妃时,对真宗皇帝有此美遇都流露出深深的羡慕之情。

刚满十四岁那年,赵佶接到了离开皇宫、设端王府的诏令。趁当时还在宫中,赵佶偷偷查阅了内侍记载王室后妃事迹的典籍,企图弄清楚儿时在宫中听说过的狸猫换太子传说的真假。虽然经查实传说并不符合宫中的记载,但是记载中的李宸妃的形象果然熠熠生辉,是一个美貌性感的女人。由此赵佶对狸猫换太子传说的主角李宸妃一直存有的那份同情之心,演变成为爱慕和思恋,暗地里一遍又一遍地想象李宸妃的音容笑貌和体态神情,有一次居然在梦中相见。在梦中,年轻的太祖奶奶与他一起饮酒,一起玩耍,后来又除衣入浴。起先他只是偷看,并不敢听从太祖奶奶的招呼与她同浴,再后来,太祖奶奶出浴了,朦胧的胴体散发出一阵香浓的气味,他被熏倒了,动弹不得,是太祖奶奶主动走了过来,俯下裸露的身子,想把他抱起来,但是任她怎么用力,就是抱不动他,他紧张了,问:"太祖奶奶,您要抱我到哪里去啊?"

太祖奶奶湿润的长发落在他的脸上,弄得他痒痒的,好生难受。他紧紧地抱着太祖奶奶,叫道:"太祖奶奶不要扔下我不管。"

醒来时,却是南柯一梦,然而赵佶却浑身湿透了,在睡梦中他失去了童贞。

现在他只是想了却少年时期的一个心愿,以当今皇帝的身份对李宸妃再一次推崇和膜拜。后宫的女人,包括向太后对赵佶如此重视先皇的后妃,都深受感动,认为此举说明新皇帝是一个富有感情的好男人。

由此还引起宫廷内外和朝野上下对李宸妃的考证热潮。

那是发生在一百年前的事情,浙江东路金华县主簿李延嗣,为了表示对皇帝的一片忠心,千里迢迢,入钱塘,下运河,舟车并行,将自己的孙女送到汴京的宫中,不久女孩儿便被真宗的专宠,后来成为帝后的刘美人看中,将其留在自己身边做侍女。这李宸妃后来之所以成为仁宗皇帝的生母,是由于刘美人也就是刘皇后偶然的一次懈怠。

刘美人祖籍是太原人,出身名门大户,她对于身边这个来自东南的侍女不是没有警惕,因为第一次看到她时,她在一群亮丽的少女当中就显得格外夺目,刘美人心里面本能地产生了一丝不安。这个侍女的一双眼睛过于迷人,即便刘美人自己作为一个女人,也禁不住要多看几眼。两只天生的泪眼再加上一副淡淡的笑容,怕是哪个男人也抵制不了。然而刘美人还是选中了她,她将自己的不安保持了一些日子,每当皇帝过来时,她要做的第一件事情,就是先把李姓侍女打发走,不是让她到别的妃子那里去帮上一两天忙,就是叫她到秘阁书库去找几本一时难以找到或者是永远也无法找到的书。尽管如此,险情还是发生过一次,那年秋天的一个早晨,找了一晚上书的李侍女从秘阁书库回来,又被当值宦官支使到卧室侍候帝妃起床,睡过了头的真宗皇帝刚刚醒来。虽然这位李姓宫女蓬头垢面,睡眼惺忪,一脸的倦态,但是真宗皇帝端着茶杯,透过帐帘看了看,还是问了刘美人一句:"她是谁?朕怎么没有见过?"

当刘美人发现这位睡眠不足、一脸倦容的宫女竟然是李侍女时,心里一阵紧张,但还是从从容容地做了回答:"是新进宫来的一位东南美女,陛下要见见她吗?"

事实证明,刘美人的回答还是十分聪明的,如果她用阻止或是隐瞒的口气,可能会适得其反。真宗皇帝又喝了几口茶,说:"一个侍女,朕见她做甚?"

刘美人心里暗暗松了一口气,于是由自己给真宗穿衣服,一边对着帐帘外面的李氏说:"你找了一晚上的书也累了,吃点好的,睡上一觉,快走吧,陛下的事我自己管了。"

刘美人相信了皇帝的话,觉得皇帝不会去理会一个普通的侍女,倒是自己过于谨慎,过于狭隘了。于是从这次险情发生以后,刘美人恢复了她应有的自信和大度,再也没有刻意去隔离李侍女和皇帝的照面。但她没有想到的是,当时皇帝虽隔着帐帘却仍然看到了那侍女的模样,而且牢牢记在心里,只不过不露声色罢了。

一次刘美人出宫去探望父亲,真宗皇帝的机会来了。那天,刘美人的父亲非得要自己的女儿吃了晚饭以后再回宫,因此她没有能够在掌灯之前赶回来。正当她焦急的时候,宫中来了一位小黄门官,传达了皇帝的口谕,说刘美人不要急于回宫,不妨在父亲家中暂住一晚,以尽孝心。面对陛下的体恤,刘美人没有办法,只有感恩戴德,自然也就安下心来,与父母弟妹一块儿说了一夜的话。这一天宫中的朝议早早就散了,真宗皇帝好像忘记刘美人已经出宫省亲去了,未时刚到,就来到了刘美人处。没有见到刘美人也不急着走,而且早早就用了晚膳,早早地说要卧床休息,沐浴更衣后,早已有心腹宦官安排了真宗心里相中的人,秘传圣旨道:"李侍女为陛下侍寝!"

李侍女没有想到会让她去侍奉皇帝睡觉,一时间方寸大乱。她心里一直认为,皇帝是属于刘美人的,自己接近皇帝等于得罪了刘美人。但她又想,说不定刘美人等一会儿就会回来的,自己无非是做一些奉茶铺床的事情,刘美人是个宽容的主人,断不会因此而责怪自己。于是她终于鼓起勇气,走了进去。当时皇帝并没有多理会她,自顾自地在看书,后来那个去刘家传旨的小黄门进来禀报说:"刘美人领旨,明天回宫。"真宗当即就扔下书,双眼大放异彩,对她露出了灿烂的笑脸,仿佛突然发现了这位东南女子的美色。真宗拉着她的手,邀其上床,并且临幸了她。她一边克服内心的恐慌,一边任其摆布,口干舌燥,终于说:"奴婢不能对不起刘美人。"

真宗爱怜地拍了拍她的脸,哈哈大笑说:"刘美人是贤德之人,会高兴你这样对待朕的,她岂能责怪你?"

一夜没有安睡的刘美人次日一早回到宫里时,碰巧看到皇帝还没有离开。她看到的是一个既成事实——李侍女头发蓬乱,眼圈发黑,但是却掩不住满脸的容光焕发。皇帝向她告别时,她低头不理,半是害羞,半是恐慌,尤其是看到刘美人进来时,一直泪汪汪的眼睛终于真的流下了泪水。刘美人面对这样的情景一时无言以对。昨夜她想过很多,猜想过皇帝可能到哪个妃子那里,但就是没有想到皇帝居然真的会看上自己身边的一个侍女,之前的直觉竟然终于被证实了!

真宗此时显然考虑更多的是让李侍女从这一边的窘境中脱离出来,他屈下帝王之躯,给她擦了擦眼泪,然后对她说:"随朕一起走吧。"

当年的侍女、后来的李宸妃抬起一张极度不安的脸,看了看主人刘美人,没有答应皇帝的要求。

刘美人在瞬间突然想通了许多事。她之所以是专宠,是因为自己得体的行为和优雅的气度,但她却没有生养,这是她当时看到李侍女后引起不安的一个深层原因。皇帝有过五个皇子,长子赵禔、三子赵祗、五子赵祈出世不久便死去,郭皇后所生的次子、信国公赵祐也在九岁这年去世。自己多年没有子嗣,已经有愧于皇帝,而皇帝身边总是有很多女人,她们总是渴望生养,繁衍后代。当李侍女饱满的体态,高耸的双乳,还有细腰下丰腴的臀部,这些属于一个年青女人勃然的生命力量,一下子冲入自己的眼帘,映入心中,这使她自惭形秽。健康的皇帝如果遇上如此肥沃的土壤,很容易就会诞生一个个新的生命。但她意识到,这种隐藏得很深的担忧毕竟不符合自己的为妇之道,她自己也极力排斥这种有可能会演变成嫉妒的念头,她害怕自己真的会去和一个侍女比什么高低,争什么风头,她所能做的只是避免皇帝看到她从而喜欢上她。但即使是有这样的念头,她仍然觉得自己对皇帝犯罪。刹那间,她忽然想到,如果自己身边的侍女能够为皇帝生养一个儿子,总比别的妃子或者别的妃子的侍女生养皇子好。

想到这里刘美人真诚地笑了起来,说:"陛下既然喜欢,也不一定叫她离开这里,这些日子每晚都来,她一定会给陛下生一个皇子。"

真宗走后,刘美人亲自给惊魂未定的李侍女洗了脸,劝她进了汤食,然后说要与她姐妹相称。李侍女被刘美人的大度和宽厚所征服,欣然表示同意。两人马上在香案前结拜为姐妹，李侍女抑制不住激动，跪在刘美人面前大哭了一场。

真宗对李侍女的宠爱不可阻挡，用过午膳以后他又兴冲冲地过来了。心中豁然开朗的刘美人加倍地周到、热情，仿佛自己的事情一样，马上安排皇帝和李侍女午寝。自此，真宗每日过来，有时候几天都不离去，侍候皇帝的事务则由刘美人亲自调度安排。两个多月以后，李侍女有了妊娠反应，太医诊断果然有孕。一向沉静的刘美人不禁欢呼雀跃，如同自己有了身孕，那份喜悦，那份激动又一次感动得李侍女号啕大哭。真宗得知李侍女怀孕后，对她更加宠爱，每日叫她不离左右，同时对刘美人更有好感，都不知如何赏她才好。

刘美人想了想，终于说出了自己的计划："不管是皇子还是公主，臣妾想尽抚养之责。"真宗点头同意。

对于这个计划，李侍女当时并不知情，真宗其实也并非有意隐瞒，只是无暇向她说起此事。李侍女沉浸在幸福呵护之中难以自拔。登临砌台时，李氏娇声喘气，不留心插在头上的玉钗坠落，掉下了砌台，李氏撒娇生气，真宗看了倒觉得可爱，淡淡一笑，吩咐侍从捡上来。但在这一会儿工夫里，真宗心里暗暗占了一卦：如玉钗完好，李氏当生男孩，反之则女。侍从捡上玉钗呈上，果真完好无损，真宗兴奋不已，当即赏赐了李侍女，封其为崇阳县君。不久，十月怀胎，李氏顺利生产，果真是男孩。床榻上，真宗才把玉钗占卦一事告诉她，并认为这是天意。同时他还说了要把皇子交给此时已册封修仪的刘美人抚养的决定。李氏紧紧抱了抱自己的儿子，哀求道："是否让奴婢喂上十月之乳？"

真宗没有答应，新生的皇子连一口母乳也没有吸吮，就被抱走了。不久之后，李氏又诞下女儿，遂被进封为才人，旋即，又迁升婉仪。而刘修仪也于大中祥符五年（1012）终于成为了大宋王朝的皇后。

不管如何，在与一个侍女的较量中，刘美人是最终的胜利者。刘皇后的第一个高明之处在于她对事情的真相进行了极其成功的隐瞒。真宗第六子赵益，也就是在李宸妃去世后改名的赵祯，一直不知道自己的生母另有其人，始终认为刘皇后就是自己的生身母亲。宫中宦官、侍女则慑于刘皇后的威严，谁也不敢说出半点真情。直至赵祯登基十年之后，李宸妃身染重病，进封为宸妃几天后死去，终年四十六岁，刘皇后才终于去了一块心病。关于李宸妃的死因，说法甚多，且都指向刘皇后，但实际上都是空穴来风。对此，刘皇后并不加以追查，她相信谣言止于智者。刘皇后还以皇后大礼下葬了李宸妃，置下皇后衣物，用的是水银实棺，此举一出，得了宽厚之名，因此也渡过了因李宸妃之死引发的危机，成功地维护了自己的名誉。第二年，刘皇后也带着这个天大的秘密走完了自己的人生道路，以六十五岁的年纪与世长辞。

　　刘皇后的第二个高明之处是皇子由自己抚养后，视为己出，精心养育，教导有方，将许多为君之道细细地教导于他。随着时间的推移，母子感情越来越深，长大成人的赵祯越明白事理，刘皇后就越来越不想说出真情，生怕一旦真情暴露，这一切都会化为乌有。但是刘皇后对于赵祯的无私奉献最终也得到了回报：真相大白后，赵祯没有半句埋怨，仍然认定抚养他的刘氏是仁心宽厚的楷模，是自己永远的母亲。

　　每当听说这个故事，与其他世子倾向推崇刘皇后的立场不同的是，令赵佶伤心落泪的是李宸妃。他心里不止一次想过，如果有朝一日自己遇上李宸妃这样美丽而悲情的女子，一定不会损伤她一丝一毫。

　　而今他虽为皇帝，也禁不住在李宸妃的墓前红了眼圈。

## 四　美哉顺兮得意乎好开头

然而,赵佶此生最感激、最敬重的女人是向太后。

对于他在李宸妃墓前动情的场景,当时有人劝说他皇帝之尊,不可轻易流露感情,怕向太后知道了要责怪。不想向太后也同情李宸妃遭遇,赵佶内心的细腻多情,令她感动,不禁感慨说:"李宸妃实在可怜,生前不能认自己的儿子。"

赵佶忽然跪下说:"太后是儿的生身母亲!"

向太后高兴得落下眼泪,扶起赵佶,说:"陛下何苦这样,亲生母亲只有一个,你不可怠慢了陈美人。"

赵佶不禁大哭:"太后仁慈,真是大宋之福!"

向太后安慰说:"好了,陛下不要伤心,不要你多有辉煌建树,只要求你学你父亲神宗皇帝,勤政爱民,不敢懈怠,为振兴我大宋社稷,呕心沥血!"

赵佶脸色严峻,神情庄重,发誓说:"一定牢记!"

当晚,赵佶亲自提笔抄写了元符三年(1100)即位赦:

　　朕承先帝之末命,嗣累圣之丕图,若履渊水,未知攸济。先皇帝睿明聪哲,克勤于邦,遵志扬功,笃绍先烈,十有六载,海内蒙休,忧劳爽和,遂至大渐,乃以神器,属于冲人。负荷惟艰,怵惕以惧,用谨承祧之始,肆颁在宥之恩,可大赦天下。恭念元丰诒谋,绍圣遗训,具在天下,可举而行,惟既厥心,罔敢废失。其率循于天下,用奉若于先王,更赖忠良尽规,文武合虑,永弼乃后,共图康功,咨尔万邦,体予至意。

一月之后,登基大典完成,向太后尽管与新皇分处军国事,但仍然做出姿态,退居后宫,不再上朝议事,就是私下里对赵佶的新政也没有过问。赵佶也常去问安,送去一些各地新贡的物品,但只要一说朝中的大事,向太后就回避,只是比较关心两件事情。

一件事是喝茶。喝茶谈心,能解乏,能增进感情。

同样好茶的向太后说:"你我母子谈一谈喝茶的心得吧。"

赵佶以为是向太后在试探自己,忙说:"近来政务繁重,无暇顾及俗事,所以只喝茶解渴,却没有闲情品茶。"

向太后批评他说:"陛下,天赋不可弃,品香茗论茶经,这是高雅之事,怎么说是俗事呢?且定下一个规矩,每半月就过来品茶一次,也是让陛下轻松轻松,不可像陛下的父兄,太过劳累。"

以后赵佶每半月过去喝一次茶,直至半年后向太后过世。

还有一件更重要的事,就是为他选身边的女人。赵佶之前娶德州刺史王藻之女,即位后,册王氏为皇后。王皇后相貌平平,生性俭约,因而他更宠幸郑贵妃。其中一个原因,郑氏原是向太后宫中的押班,之前赵佶当亲王时,每到慈德宫请安,向太后总是命郑氏陪侍。郑氏眉清目秀,又善言辞,赵佶自然产生好感。向太后也早就看在眼里,一等他即位,就把郑氏赐给了他。郑氏入宫后,投其所好,跟着看书写文章,更得赵佶偏爱。欢娱之中,他赐给郑氏情词艳曲,夫唱妇随,有如唐明皇与杨妃故事。

病中的向太后听说赵佶沉湎于郑氏的美色,心中焦急,等他过去请安,终于忍不住,直言劝他,话也还是那几句:"只要学你父亲神宗皇帝,勤政爱民,不敢懈怠,为振兴我大宋社稷,呕心沥血,我的病自然就好了。"

赵佶脸色严峻,神情庄重,发誓说:"一定牢记!"

向太后叹道:"那些说你坏话的人,千万不能让他们得逞了。"

那段时间身为山陵使的章惇仍然在朝,时刻监督他不要倦怠政务,连州县杀牛走羊案都要送到他的龙案上。他想退回案卷,章惇劝道:"陛下新政,须从小事做起,牛马牲畜,却是农家根本,不可小视。"

但是杭州一件风化案,事关人命,赵佶索要详情,曾布又来多话:"男女故事,通奸杀人,州县已有判词,陛下如此事必躬亲,势必抓小放大,本末倒置。"从早晨到深夜,总是不断有大臣来见他给他讲道理,说事情,而且一说就是一两个时辰。这样一来,赵佶连踢球的时间也没有了,两腿不知不觉沉重起来。一次浴毕,他看着肌肉变得松弛的小腿,叹道:"生得一副好腿又有何用!"

向太后听说此事,又觉得不忍心,支起病体,专程过去劝他说:"陛下年轻气盛,但求心静,不误国事,可是球也不踢了,闷出病来,致龙体羸弱,于大宋不利。文武之道,一张一弛,不可偏废。"

事后,向太后做主,在宫中举行了几场蹴鞠大赛,最后一场高俅与赵佶的两人场户,变成了两个人的表演赛。赛前赵佶试了试球,觉得双腿不如以前有力,心里没有底气,高俅看着心急,跪下说:"请陛下宽心,高俅哪里是陛下的对手,输赢早定,高俅不敢造次!"

赵佶听出高俅让球的暗示,十八岁的年轻人血气方刚,不由得兴起,说:"你我全力拼抢,以争输赢!"

几个回合以后,赵佶体力有所不支,看球的妃子们心疼得只管骂高俅愚钝:"这个高俅,这般无礼,如何逼得陛下气喘吁吁的?"

只有端王妃也就是现在的王皇后,没有恼高俅,坐在向太后身边为她讲解,低声相告:"这高俅体力强壮,但球艺不如陛下,陛下以前跟他的场户,总是赢得多!"

正如王皇后所言,最后赵佶一个绝招鸳鸯拐,定了胜局。

赵佶一副好身板,让向太后感慨万千,神宗、哲宗不都是因为体质薄弱而英年早逝的?强壮硬朗的身体才是根本啊。

想到这些,向太后开怀大笑:"本宫没有选错人!"

高俅过来见了向太后,赵佶有心抬举他,介绍说:"他起初是苏轼的书童,后来从枢密部承旨王诜,是个人才。"

实际上王诜知道他徒弟球艺精通,把他介绍给端王府,果然因为踢得一脚好球颇受赏识,被赵佶留用。在赵佶即位后的几年里,高俅官运亨通,任殿前都指挥使,加至太尉、开府仪同三司。

向太后赏赐了高俅几匹丝绸,说:"以后多陪陛下开开场户,也有功劳。"

赵佶恢复每两三日一次的蹴鞠以后,饭量大增,脸色红润,腿脚有了力气,以百倍的精力料理起朝廷大事,有时甚至三更早朝开始一直延续到子夜时分,也没有丝毫的倦容,累倒生病的却是那些原来生龙活虎,时时勉励他勤政,并用车轮战术对付他的大臣们。

在元符年结束即将迎来新年号的那段日子,赵佶开始了皇帝生涯最初的时光。当年七月,向太后还政,不久,左相章惇被罢相,韩忠彦升任左相,曾布升任右相。

但此时容颜不老的向太后已经病入膏肓。而赵佶则断断续续总是梦到自己东南之行裁判蹴鞠的情景,想到自己曾经将蹴鞠输赢比喻成朝中之争,不可有派,更不可你死我活,想到自己早就想要当一个王诜所赞扬的英明之主,居中调和,因此应该有建中这样的年号,建中而靖国。元符三年十一月,赵佶下诏,将明年的年号改元建中靖国,说:"就是让天下人谨记要戒除党争,大公至正,同心协力,靖国安民。"

诏曰:

朕丕承祖宗,奉若天命,思建皇极,嘉靖庶邦。盖尝端好恶以示人,本中和而立政,日慎一日,期月于兹,稽历数在躬之文,念春秋谨始之义。肇新元统,国有典常,是遵逾岁之期,以易纪年之号,岂惟昭示朕志,永绥斯民,庶几仰协灵心,导迎景福。宜自来年正月一日改为建中靖国元年,布告多方,咸体朕意,故兹札示,想宜知悉。

建中靖国元年正月，向太后去世，享年五十六岁。赵佶追念不已，乃数次加封向太后的兄弟向宗良、向宗回，皆位开府仪同三司，封郡王。而自向太后太祖向敏中以上三世，亦追列王爵，这是非常之殊荣。

此前，对于章惇的去向，王诜或许有过进言，比如苏轼吃过的苦头，也让章惇吃一吃。哲宗即位后，章惇为相，贬苏轼到岭南。苏轼在惠州，做诗"为报诗人春睡足，道人轻打五更钟"。这首诗传到京都，章惇一看，认为苏轼日子过得太舒服，就将他再贬到海南。其时苏轼逢大赦，复任朝奉郎，却于北归途中，卒于常州，王诜或许因此想为朋友出一口气。

赵佶很快下达了旨意："章惇流徙海南儋州。"

爆竹声中，迎来了赵佶即位以后真正意义上的开局之年——建中靖国元年（1101）。是年辛巳，北方大辽也是新王耶律延禧登基，年号乾统；西北西夏国恰好改元贞观，而多年以后长驱直入攻占汴京的女真首领完颜氏迟至1115年才建立金国。

大宋朝似乎一切都好像重新开始，机会之神给了赵佶展现自己的空间和时间。

赵佶开始即位后真正要做的第一件大事，是关于是否恢复新法的讨论以及他想消释党争，调和两派矛盾的计划。但开始的时候，群臣们似乎事先商量好了一样，对如此大事，一致沉默。时间过得很快，赵佶对朝堂上的沉寂终于忍无可忍，依先皇成例，向朝野颁布了他的第一份直言诏，声明自己年轻，刚担起社稷重任，努力不负天下重望。大宋地域广远，是他个人难以全部掌握的。今后要大开直言极谏之路，消除欺瞒饰非之风，希望公卿士庶尽言所知，帮助分析时弊，免铸大错。凡是他个人的过失，或大臣的忠邪，以及政令的谬误，风俗的好坏，民间的疾苦，都可直言上奏，不要忌讳，即便是对于不讲情面的正确批评和建议，也唯恐听得晚，接受得慢。只要一言可用，一定给予厚赏，即使说得不对，也绝不责怪。

诏书一经颁布，令天下人耳目一新，信心大振，认为大宋中兴之期至也。

沉寂了几天，终于有多名大臣直言上书，赵佶没有食言，收到奏章后即予以优厚的奖赏，于是上书的人也多了起来。赵佶用了五天五夜的时间一口气把呈送上来的奏章看了一遍，然后命秘阁将重要的奏折全部做了归纳分类，所举大事主要有两件：一是请复议新法，二是有关西北的军事，出的都是边关策论。

个别奏议，却令人扫兴，如果采纳，什么事都干不了。元丰二年（1079）探花，右司员外郎陈瓘进呈"国用须知"之议，批评"中书主民，枢密主兵，三司主财，各不相知"，因此"财已匮而枢密益兵不已，民已困而三司取财不已"云云。赵佶看了，不由得顿时心烦，平添不安，次日叫陈瓘进宫再谈。这陈瓘情绪累积，自顾自地一路说下去，旁人看来，大放厥词，甚至上纲上线，指责现行政策，"耗根本之财，坏神考之政"，违背了神宗皇帝的既定做法。赵佶本想反驳，压他气焰，然后再与他细谈，不想陈瓘得理不让人，竟然举证一年之间，皇帝连下五敕，如今看来都是错误的。于是君臣不欢而散。当晚，赵佶觉得有几分凉意，难以成寐，想起陈瓘之言，便一一回顾起来。

元符三年（1100）九月八日敕：府界诸路，见管坊场钱，留出本路一年合支外，将剩数一半准备支用，余一半特令起发上京。

元符三年十一月十九日敕：起发见管常、平役钱如前敕。

建中靖国元年（1101）二月二十日，三月初一日，三月初二日，接连三敕，也都是要求各路将余一半钱起发上京，应付朝廷支用。

五道敕令，一一在目，虽然多是额外用钱，但急为朝廷所急，用为国家所用，何咎之有？赵佶心中沸腾了一会儿，想了又想，方才勉强平息下来，只是后悔与陈瓘面议。之后一觉醒来，已是日照中天了。

西北用兵，不就是用钱嘛！陈瓘只问其一，不问其二，实不可取。

赵佶记得以前请教向太后，向太后原是不肯表态的，被赵佶恳求不过，沉吟良久之后说："西北用兵事关大宋安危，陛下千万重视，但大宋边患源于晚唐五代，数百年的沉疴，怕一时难有良方，都拖了一百多年了，再拖一阵子也无妨。至于复议新法，却是一桩难事，但难事虽难，总是到了决断的时候，陛下让他们畅所欲言,尤其是那些重臣,一定要让他们有所表现。陛下知道了他们的想法,了解了他们的底细,就自然会有对付的办法了。"

当然,需要人才,在罢免的官员中搜罗,是最快最好的办法。

暑意渐退,一个个闻风而动的人物纷纷回到汴京,其中包括蔡京。

其实此前早有左司谏王黼观察到蔡京是赵佶属意的人选,于是逐条上奏,不惜攻击时任宰执参政等重臣,赞扬蔡京以前所推行的政事,于是被贬职杭州的蔡京得到机会再次起用,出任尚书左丞。

东南腔调里夹着汴京官话的蔡京缓缓走进延和殿,经与王黼关系交好的内臣推荐,得以向新皇谢恩。当然他没有空着手来,他将一幅表明心迹的《爱莫助之图》献给赵佶。赵佶对蔡京的字画由衷欣赏,赐座问话,道:"神宗创法立制,先帝继承,两遭变更,国家大计还未确定。朕想继承父兄的遗志,卿有何指教?"

蔡京叩头谢恩,表示愿效死力,建言道:"陛下应明令放弃调和政策,改为崇法熙宁变法。"

此言正中赵佶心坎,握着蔡京的手,说:"说得太好了!朕为表明决心,正想把明年年号都改了。"

"陛下认为崇宁元年如何?"

"好一个崇宁!好一个崇宁!"

次日传下诏命,蔡京为左仆射。

赵佶心头更热,果断地决定召开一次重大的会议,以决定重大的事情。

这年的深秋,汴京的天气特别清新,朝臣的精神也特别振奋。朝议了五六天,大家都没有显示出疲惫的样子,但不知是谁提出了一个建议说要把朝议移至宫外。七嘴八舌议论的结果,有好几个人提议大相国寺,意犹未尽的赵佶也欣然表示了同意。因此,这次议政会议的地点就定在汴京的大相国寺。

赵佶同意选择大相国寺的目的,主要是想营造一种宽松的环境,因为他已经发现,平静的背后正酝酿着一场激烈的争论。果然,到了大相国寺之后,矛盾冲突马上爆发了。

这可能是熙宁变法以来最严重的政治攻讦,响亮的争吵声引来寺内许多僧众驻足偷听,侍卫将他们驱赶以后,大相国寺内发生争吵的传言马上传遍了汴京城内。

由于臣僚们党属不同,所上章疏和所辩的内容明显地分为两派。一派是把各种弊端都归咎于"元始更化"。认为神宗和王安石以社稷国家为重,为了富国强民,实施熙宁变法,所推出的一整套改革办法,都是合乎天时,顺乎民意的。可是元祐年间,司马光等欺骗愚弄哲宗,在太皇太后的支持下,废除新法,迫害异己,因而才使我大宋又陷入贫弱的境地。

听了这番论调,赵佶隐约眉头一皱,问:"以后不是有绍圣绍述吗?"

有五六个大臣一齐回答:"虽有绍圣绍述,但因元祐旧臣掣肘,并没有完全恢复神宗的法度。陛下要成就大业,须以继父志为己任,依靠绍圣时的大臣,清除元祐党人,才能革弊布新,有所作为。"

另一派马上进行了反击:"王安石用妖言和变法迷惑和愚弄陛下,扰乱了祖宗法度,使天下百姓苦不堪言,国家处于混乱,正是司马光等君子,挺身而出,拨乱反正,恢复祖宗法度,才从危难中拯救了大宋社稷。而绍圣之变,奸佞专权,忠臣遭贬,使今日政令烦苛,民不堪忧,风俗险薄,法不能胜。陛下要有所作为,须立即起用被贬的元祐旧臣,清除坚持变法的绍圣党人。"

这对于十八岁的赵佶来说,无疑是当头的莫大考验,无论听从哪一派意见,都会引起更加激烈的党争,这是他最不愿意看到的。在大相国寺后面几天时间里,赵佶选择了沉默,不发表任何观点,但是两边的大臣并没有轻易地放过他,见缝插针地来寻求他的支持,逼他表明自己的态度。赵佶无奈之下,灵机一动,决定转移殿中话题,把大相国寺的议政会议变成了书法鉴定会,气氛顿时变得轻松活跃。

这时西夏国使者来访,要讨回一纸新皇的诏书,已经在大相国寺里等了好几天了。这天赵佶核定了赏赐西夏的丝绸茶叶的数量后,又行文对西夏国主进行表彰,嫌承旨的中书舍人的字不如自己,就召集了众臣,命每人将诏文都写一遍，比一比谁的书法更好，然后排出名次，奖励金银。等大家都写完以后，赵佶用尖硬的鼠毫也写了一遍，篇幅一出，众人莫不叫绝，称颂道："金剑霜断，崎嵌利落，内宫紧密，四周展开，风神飘洒，点画呼应，通体匀称，灵活多变，富有动感，骨力爽劲，筋络不牵，姿态秀美，笔墨不浮。"

赵佶不禁得意，问："我朝工书者谁为第一？"

有大臣回答道："苏黄米蔡四大家，难分伯仲。"

赵佶频频颔首，却不以为然。这时尚书左丞蔡京看出皇帝的心思，上前奏道："苏轼丰肥圆厚、浑厚爽朗，黄庭坚中宫紧收、四缘发散，米芾承意放肆、沉着飞舞，蔡襄端庄正丽、健而洒脱，但都不及一人。"

赵佶打断他的话说："太宗皇帝书法技艺娴熟，各体俱佳，而草书冠绝，当今工书者莫不叹服，所以当今第一还是赵家。"

蔡京没有提太宗皇帝，而是接上自己刚才的话："这四家都不及当今陛下艺如神寿，字为天赋！"

众臣忽然明白过来，齐声说："我朝工书者陛下第一！"

大相国寺议政取得了赵佶自己所想要的第一个成果。

自崇宁元年(1102)起，蔡京等一帮人果然有模有样做了几件事给他看。到了崇宁五年(1106)，有司统计的喜报呈上。一是人丁兴旺。全国计有二千万户，是本朝开国初年的五倍，按每户四至五人计算，人口约一亿左右，约为汉、唐盛世时的两倍。二是物阜民丰。其中各府各州，尤其东南之地，商贾富户大增。汴京城里，家产超过十万贯的比比皆是，超过百万贯的也越来越多。

看到如此盛况，赵佶不禁大喜，感叹自问道："造就太平盛世天之佑哉，朕之功哉？"

一时歌功颂德的诗词歌赋献上，在赵佶看来，都是由衷之作。

## 五　蛇跗琴侧立下生死誓约

皇帝赵佶喜欢很多女人，很多女人也喜欢他。登基之初，不敢懈怠，如今大事底定，天下富足，或有闲暇关注喜欢的女人了。

但事实上他发现仍然有许多牵扯，崇宁所作所为带来的瑕疵，使自己不能随心所欲。即便有喜欢的后妃前来陪侍，也被他赶走过几回。

当时他正在一大堆奏议前面描写什么，说："朕还不能松懈。"

后妃劝他："自古以来，哪个天子有陛下这样辛苦的。"

"诸事烦心，朕还不能一心二用。"原来，他正亲自设计一种新的钱币。

"新钱呀！"

"人人都有新钱，就不会穷了。"

虽然崇法熙宁，有所成就，但反对的声浪没有停止过，赵佶似乎于心不安，决定把年号改成大观，希望以民生为重，使大宋天下蔚为大观，并铸此钱响应新的年号。

天下富裕者虽众，但穷人更多，尤其朝廷发行大铜钱和劣质夹锡钱，并规定大铜钱当十文使用，夹锡钱当两文使用，致使原先通用的铁钱大幅贬值，甚至使得二十文铁钱才能换得一文铜钱，使百姓穷的更穷。为此他亲笔御书，铸大观通宝，不久发放官民，流通天下，便利经济，这样穷人手中有了新钱，日子兴许会好过一些。

大观通宝筹铸的同时，中间他偷了一个空，亲自跑了一趟西北，为丰利渠动工挖了第一铲土。此渠建成，将灌溉关中七个县三百五十万亩农田，为千秋伟业。风尘仆仆赶回汴京后，他又马上筹谋振兴茶事。茶叶和盐一样，是大宋最大宗的贸易货品，不仅给大宋带来了丰厚的收入，也是制约别国的强大武器，没有了茶叶和盐，西北敌邦会产生恐慌，甚至产生内乱，如有战争，大宋将不战而胜。

以他自己的说法，那段时间几乎利用了所有的闲暇时光，亲自撰写《茶论》二十篇。结集为茶典的《大观茶论》，全书首篇为绪言，次分地产、天时、采择、蒸压、制造、鉴辨、白茶、罗碾、盏、筅、瓶、杓、水、点、味、香、色、藏焙、品名、外焙，共二十目。对于地宜、采制、烹试、品质等，附以详细的记录和切实的论述。其间，主管太平观闲职，且在临江军安置的原龙图阁学士王觌无疾而终，赵佶得讯，不由得想起元符三年（1100），时任御史中丞的王觌，上呈"好问尤不可不择其人，迩言尤不可不察其实"的奏议。记得王觌开头便提到中庸，曰："舜好问，而好察迩言。"然后说：

夫好问不察，而迩言则察者，盖舜欲有问，必择乎端人正士而后问之，所问皆端人正士，则不察而信之可也，察其人在前故也。至于迩言，则有不问而闻之者矣。舜不以人废言，亦不遽信其言，必察其真伪善恶而后用舍焉，故不问无以致忠言之启沃。

明显有劝诫之意。更记得后面几句，其意切切，希望他以大舜为榜样：

……舜之好问，察言者既如彼，用以命龙者又如此，可谓重且慎矣。陛下以大舜之资，行大舜之政，故臣敢以大舜之所重且慎者，上尘听览。

云云。现在看来，当大舜并不容易啊。惶惶之时，以茶求淡泊的心境也真还是上计。

《大观茶论》印制那天,汴京迎来了又一个春天。赵佶看着上面每一段文字,不禁为自己的付出感动,闪耀的泪光让在场所有的人纷纷称颂。

此刻,热血在他身体里涌动,他突然意识到自己是一个年轻强壮的男人,意识到后妃们的眼神是充满渴望的,这么长时间里,自己怎么忽视了呢?

首先是发妻王皇后,虽然面容憔悴,但偶尔触摸到她身体的瞬间,她会激动得颤抖。再就是郑贵妃,她总是不失时机地在自己身边出现,迫不得已才离开。除了郑氏,自认为受到宠爱的还有向太后所赠的另一个妃子王氏,以及后来都封为贵妃的刘氏、乔氏、韦氏等人,居然都在那一段时间遭到冷落。

其中刘氏虽然出身寒微,却花容月貌,入宫即得到宠幸。然而,好景不长,在为自己生了一个最喜欢的女儿后去世。刘氏曾亲手在庭院中种植了几株芭蕉,当时她说:"等这些芭蕉长大,恐怕我也看不着了。"

赵佶听说,并不在意。谁知过了不久,刘氏病重,等他前去探视时,已撒手西去。悲痛之中,谥其"明达懿文",将其生平事迹编成诗文,令乐府谱曲奏唱。对刘氏,只是怜惜而已,他明白。

后来他才感觉到,自己之所以如此冷淡后妃们,是因为将遇到此生最铭心刻骨的女人李师师。

他内心深处,总会回荡起王诜的话。

"野趣、野味,一个'野'字,其实是一个'美'字。"

"我几时感受到这个'野'字?"

"村社、市井之中。"

大观三年(1109)四月之春,汴京的暖意浓浓,内河上的水开始微微上涨,长了新羽的雏鸟从南边飞来,树林吐出绿绿的一层。王黼劝他出宫殿去看看,感受一下四月春天的汴京。

崇宁年间,王黼考中进士,因编修《九域图志》升为校书郎,后又升为左司谏。赵佶一看到目光炯炯、仪表堂堂、口若悬河的王黼,就想起王诜,觉得这人特别顺眼,特别舒服,话语特别顺耳,特别在理,很快就喜欢上了。而蔡京为感激王黼相助,提议他为左谏议大夫、给事中、御史中丞。王黼从校书郎之职,升到御史中丞,只用了短短两年的时间。

到城外骑马回来时天色将晚,贴身内侍张迪跟他耳语了几句,赵佶就叫王黼等先走一步。之后张迪就带他到了内城东北一个叫镇安坊的街头,进入了一座刚刚装修一新的教坊,引出了李师师:"这就是人称白牡丹的李师师。"

李师师四岁成为一个孤儿,被李婆子收养,改姓李,叫李师师。等她长大,不仅模样美丽,歌艺也出众,一颦一笑,一唱一和可以让人销魂,声名渐渐地越来越响,后来竟而成了汴京城里最有名气的艺伎。提及李师师,汴京城里几乎是无男人不知,无男人不晓,每一个男人都在想:倘若是和李师师睡上一夜,死也甘心了。李师师因为红透了整个汴京城,自是常人不能一见的,所以能一睹芳容的,只有那些达官显贵了,偶有知书达礼之人也会受到格外礼遇,被请进楼中雅叙。

大观三年(1109)八月十七,赵佶以一介书生的面目,去找李师师,从午至晚,促膝谈笑,便为知己,其间教她读书,练学丹青,让李师师越加崇敬,因此索性要认他为弟。赵佶随手翻开边上一本《左传》,又写了一段瘦金体,让她模仿。

(宣公)三年春,不郊,而望,皆非礼也。望,郊之属也。不郊,亦无望可也。

晋侯伐郑,及郔。郑及晋平,士会入盟。

楚子伐陆浑之戎,遂至于雒,观兵于周疆。定王使王孙满劳楚子。楚子问鼎之大小、轻重焉。对曰:在德不在鼎。昔夏之方有德也,远方图物,贡金九牧,铸鼎象物,百物而为之备,使民知神、奸。故民入川泽、山林,不逢不若。螭魅罔两,莫能逢之,用能协于上下,以承天休。桀有昏德,鼎迁于商,载祀六百。商纣暴虐,鼎迁于周。德之休明,虽小,重也。其奸回昏乱,虽大,轻也。天祚明德,有所底止。成王定鼎于郏鄏,卜世三十，卜年七百，天所命也。周德虽衰，天命未改。鼎之轻重，未可问也。

夏，楚人侵郑，郑即晋故也。

宋文公即位三年，杀母弟须及昭公子。武氏之谋也。使戴、桓之族攻武氏于司马子伯之馆，尽逐武、穆之族。武、穆之族以曹师伐宋。

秋，宋师围曹，报武氏之乱也。

冬，郑穆公卒。

虽然内容乏味，不求甚解，但李师师练了几天，却慢慢像了，让赵佶称赞不已。之后来往密切，为人所知。一次宫内宴会，嫔妃云集，韦德妃悄悄地问赵佶："是个什么样的李家姑娘，令陛下如此喜欢？"

赵佶得意地说："没什么，只要你们穿上一般的衣服，同师师杂在一起，高下立判。她和你们迥然不同，那一种幽姿逸韵，完全在容色之外。"

韦德妃调侃了一句："那还不迎进宫来，好让她'回眸一笑百媚生，六宫粉黛无颜色'。"

赵佶笑着连连摇头，说："她在外面自在，朕不上这个当！"

后来李师师闻听此话，大为感动，全心全意在赵佶身上，说："陛下疼我，不让奴做杨贵妃。"

此刻琴瑟和鸣之时，李师师对他一手瘦金书五体投地。赵佶得意，又写了几行，说："师师天慧，一本临完，自有佳境。"李师师学着写，又像了许多。

且说这一天，夜色降至，黄河上的风吹进镇安坊，让人感到春寒料峭。热乎乎的白毛巾贴在脸上冒出热气，赵佶心里涌起一阵暖意，他一把拉住她，希望得到她的爱抚，但是她很有礼貌地拒绝了他的要求。紧接着李妈出来解围，上了一桌酒菜，动员了其他的艺伎轮番向这位叫赵乙的客人敬酒。在张迪的要求下，李师师弹了一曲《平沙落雁》，这时已经天亮了，张迪急着催促赵佶回去。赵佶不肯放过，还是缠着李师师再弹几曲，并说愿以重金相谢。李师师又是很有礼貌地表示了谢绝，说："凡事有度，天已大亮，贵客也该回去将息了。"

赵佶回宫后,耳朵里只响着《平沙落雁》的声音,神志恍惚,茶饭无心,第三天就让张迪拿出宫中至尊乐宝蛇跗琴,假称微服私访,为了做得像真的一样,还约了王黼等人一同出宫。这次张迪不敢怠慢,从宫里带了四十个小黄门,叫皇帝混在里面,天一黑就出了禁宫,到了镇安坊,先叫四十个小黄门将四周团团封住。

这蛇跗琴是古人遗传,年代久远,黑漆发亮,因为有纹路像蛇下之跗,故而称蛇跗琴。赵佶先是将蛇跗琴赠送给李师师,说:"愿再听姑娘弹一曲《平沙落雁》。"

李师师显然是个识货的,她一看到蛇跗琴,心里已经明白了八九分,掩不住有点慌乱。赵佶不禁有几分得意:"姑娘尽管目中无物,慢慢弹来。"李师师的心情很快就恢复了平和,也恢复了应有的礼貌,说:"客人先喝茶,容奴换身衣裳再向客人献丑。"这边,赵佶早已忍受不了她的这般虚礼,急着就向她公开了自己的身份,一把抓住她的手说:"你信不信?我是当今皇帝。"坐在外厢喝茶的王黼等人听到赵佶突然说出这话吓了一跳,因为有言在先,赵佶不可以暴露自己的真实身份。李师师没有把手抽回来,她好像没有听到他的话,赵佶把她拉进自己的怀中,又说了一遍:"我是皇帝。"

李师师靠着他,良久不开口,突然说:"任由你是谁,奴好像上辈子认识你似的。"

当夜赵佶没有回宫,没有回到堆锦铺裘的龙床,而是在那张垫着棉絮的小小睡榻上和李师师说了一宿的话。他问道:"你是不是一看朕就爱上了?"坐在对面床上的李师师点点头,她拒绝了皇帝的激情,但没有说明理由:"等以后,奴若是和陛下有缘……但今天不行。"

"为什么今天不行?"赵佶涨红着脸问道。

李师师不作答,抚着蛇跗琴给赵佶弹唱了一支曲子,但不是《平沙落雁》,而是柳永的《凤栖梧》:

伫倚危楼风细细,望极春愁,黯黯生天际。草色烟光残照里,无言谁会凭阑意。

拟把疏狂图一醉,对酒当歌,强乐还无味。衣带渐宽终不悔,为伊消得人憔悴。

唱完"衣带渐宽终不悔,为伊消得人憔悴"一句,赵佶忍不住插话,问:"姑娘也有思念之苦?"李师师笑了:"教坊之曲,不过唱唱罢了。"直到天亮,李师师还在弹曲子,赵佶也还在听曲子。最后李师师说:"新学的一首歌,颇为清新,客人必定没有听过的。"原来唱的是周邦彦的《少年游》。赵佶边听边笑了起来,说:"填词作曲之人是朕的好友,过几日朕命他到你处一见。"

李师师点点头,并无什么惊喜的表情,收了琴,要歇息了。

看看窗外的阳光,赵佶心头涌上一丝绝望,问:"为什么今天不行?"李师低着头,说:"若有下次,皇帝会明白的。"

回宫的路上,王黼低声相问:"这白牡丹可是了得?"

赵佶可能是一夜未眠,神情有些萎靡不振,说:"什么了得?难道你们就没有听见她弹了一宿的曲子吗?"

自从与李师师相见,接连几天,赵佶都想偷偷出宫,无奈朝中事情太多,到了晚上后妃们一步不离督促他上床睡觉。几天没有能见到李师师,赵佶心中焦急,就传来王黼说:"东京城里浪荡子弟不少,朕怕白牡丹耐不住寂寞,误中了圈套,玷污了自己,你速去一趟,带朕的书信,还有,张迪也一起去,朕过几日就去见她。"

这天掌灯时分,王黼和张迪带了二三随从,传达了皇帝的旨意,并要求李师师不要再接待什么客人。张迪留下五十两黄金说:"这些金子是皇帝所赐,够你开销几个月的了。"

李师师退还光闪闪、沉甸甸的黄金:"奴不缺金银,请张殿头带一句话,就说师师谢过陛下了,请陛下保重龙体,不要因一个坊间女子分了神,误了国家大事。"

张迪把李师师的话告诉了赵佶。正在批阅奏章的赵佶当时激动地站了起来,说:"坊间有如此贤美的女子,朕为何不求!现在就出宫,就朕和你。"

不过还是用了晚膳,赵佶推说困乏,要早早入睡,叫人不要打搅,然后就和张迪带了几车箱笼出了宫门。到了镇安坊,张迪命人将车上东西卸下来,李师师一看,也不觉心跳加剧,原来全是内务府珍藏的宫中宝物:一件紫茸皮衣,四支彩色细毛布,两颗珍奇的瑟瑟珠,白金廿镒、辟寒金钿、舞鸾青镜、金虬香鼎、端溪凤咮砚、玉管宣毫笔、剡溪绫纹纸,五彩珊瑚钩各有两三件。

等李妈收了东西,李师师先上了楼,静静地等着赵佶上来。

赵佶上楼后,只见李师师长发散乱,白裙拖地,铅华洗尽,与宫中佳丽完全两样,与往日的李师师也是判若两人。原来李师师的素颜是如此清纯自在,如此年青透亮,明明白白的一个少女模样。这让赵佶不由得感受到了王诜说过的野趣、野味中的一个"野"字,即一个"美"字的真正意思。这个"野"字,真的便是在村社、市井之中啊。

赵佶看着她失了神,一时无言无语。

等张迪高声咳嗽着,退下楼去,李师师拉着他的手,缓缓走向那张小睡榻,睡榻很小,只能躺一个人。

李师师轻轻地叫了一声:"陛下。"

赵佶迈了一步走上睡榻,顷刻间,小小的睡榻和李师师一起把赵佶颀长结实的身躯承载起来,抬向高高的空中。

"奴等你很久很久了,有几辈子了。"李师师的声音从很远的地方传来,飘进了赵佶的耳朵,他的身体猛烈地颤动起来。更令赵佶吃惊的是,李师师依然还是一个女儿身,他不由得欣喜若狂,欢快的叫喊声震动了整个镇安坊。天亮了,赵佶还是不愿意离开狭窄的小睡榻,李师师不得不一次次地催他。赵佶离开的时候,看到李师师变得苍白的脸上有几道泪痕。赵佶突然抱住她说:"我若不是当这个什么鸟皇帝,就和你一块远走高飞!"

李师师笑了起来,抱得更紧了,身体颤动着,又忽然哭了,说:"陛下是天下人的,师师不敢奢望,只求心中对师师有一丝念想,不管天长日久。"

激情完毕,赵佶还不忍离去,想起她到底是京中名伎,见多识广,交友庞杂,不禁有几分不放心,抱着她问道:"今后如有故旧来访,想必接待?"

李师师挣开他,说:"有了陛下,奴断然不会再见别人。"

赵佶拉住她的手,又问:"如果是落魄的旧交,穷困潦倒之际,央求于你,以姑娘豪情,岂能不叙?"

李师师也不犹豫,说:"不叙。"

赵佶又问:"如若过往仰慕姑娘的官宦富贵子弟,才比曹鲍,貌胜沈潘,此刻前来,以人情礼貌之由求见,如何不叙?"

李师师一笑,说:"人情礼貌不过是借口,他要借,奴不能借,更不叙。"

赵佶感动,眼中发光,又问:"如果是姑娘以往钟情至深的相好,曾负于你,此刻回心转意,奔来见你,姑娘必然急切一叙?"

李师师沉默不语,良久,说:"不叙。"

赵佶停顿片刻,问:"为何?浪子回头,姑娘正可消除恨意,鸳梦重温。"

李师师突然笑出声来,说:"今后除陛下一人,还有谁!"

赵佶大喜,索性抱起她,赞道:"好一个三不叙!我此生绝不负你。"

李师师挣开他,认真道:"我却只要一个誓约。"

"如何誓约,只要你高兴,生死都行。"

"我就要生死誓约。不过,陛下万寿无疆,对师师情在,我死也是生。"

"既是生死约,应该同生死。"

"陛下,我说的生死,是情,是魂,不是人,不是身体。陛下他日另有新欢,情不在,便都是死了。"

"朕此生绝不负姑娘,此情永生!"

两人又拥抱在一起,久久不分。

回宫后多人问他昨夜的行踪,赵佶对任何人都不作回答,独自想着李师师的话,高兴了一夜。又暗中叫张迪把宫中画院珍藏的巨作《金勒马嘶芳草地,玉楼人醉杏花天》送给李师师,作定情之物。

张迪犹豫，说："这画是宫中至宝，陛下的心爱，价值千万啊。"

赵佶说："师师之情何止千万？"

后来，张迪看到皇帝对李师师的眷恋之情一年半载难以割舍，私下里建议道："从宫中向东挖二三里地道，可直通镇安坊，这一是为来去方便，二也可以防止微服夜行的不测，后宫也自然无话可说。"

宫中通往镇安坊地道以极快的速度修建完成，只要赵佶一想见师师，就可以通过地道去找她，这样无异于赵佶将李师师娶在宫中。这条专为自己和李师师幽会而秘密修建的通道，除了当时监工的张迪，朝廷大臣、后宫嫔妃没有人知道，即使大家听到传闻也不愿意相信有这样一条连接宫内外地道的存在。地道从御花园的假山上一直修到宫墙之外的御街，修到李师师的楼坊内，终端是李师师的卧室。

李师师一直在练字，反反复复写的是赵佶抄给她的《左传》中的那一段。

其中意思，李师师不求甚解。临摹完悬挂在卧室里，粗粗一看，与赵佶写的字确实难分真假，赵佶大喜，给她讲起了《左传》，说："宣公三年这段后面的文字更是有趣，日后写给你，让你临摹。"

李师师问："是什么有趣文字？"

赵佶说："郑文公遇一女子，此女为他生下骨血。"

李师师顿时红了脸，说："不说了不说了。"

赵佶又说："这便是我与姑娘的生死誓约。"

后来两人相遇，总是床上恩爱，赵佶没有把后面写的字拿去，李师师也似乎忘了这事，那幅挂在卧室墙上的瘦金书也渐渐发黄。

## 六　天子春游觉悟匡正朝纲

宣和元年(1119),本朝又一个己亥年,欣然而至。

到底是元年的新气象,正月,一夜飞雪,次日天晴,阳光之下,红白相交,宛如仙境。照例是上元节流光溢彩,热闹纷杂,跨虹桥下,车水马龙,五光十色。照例水陆城门贴满了寻找丢失小童的告示,衙门皂吏为显示尽职,东奔西走,各家吃喝。照例借着到京城述职的大小官员,拜师会友,酒宴聚集,互赠礼物,展望前途,作词制曲,或豪放或婉约。照例到了雪化之时,人们才觉得又要开始辛苦的一年了,忽然间,又有多少对过往的不舍得,对未来的不情愿!

到了三月初,汴京下了第一场不大不小的春雨,大地重现绿色,清风和煦,送来阵阵浓郁芬芳。皇帝赵佶趁着雨过天晴,晨曦美好,绕着御苑疾步数十圈,感到腰身壮实,步态矫健。只见繁花似锦,绿树茂盛,泉流鸟唱,此情此景,让他突然想到了他刚刚记事,刚刚学会奔跑,就被母亲陈美人领着,到御苑晋见父皇。

病势沉重的父皇回光返照,指着满园春色,无限美景,正在告诫前一天才立为太子的赵煦,道:"要永远拥有此情此景,保大宋万年生机,只有常怀内忧外患,努力革故鼎新,勤理国政,不能丝毫懈怠,不能玩物丧志。切记。"父皇说着,眼光环顾,似乎认出了他,艰难地伸出手抚摸着他的头,说:"是十一子吧,你也听懂父皇的话了吧,也要切记。"

当时赵佶想说:"父皇,儿臣记住了。"但没敢说出来,因为表态的应该是即将继位的皇六子赵煦,父皇的话分明是对他说的。

皇六子当时有没有说过什么话,怎么说的,赵佶已经记不起来了,但他记住了父皇的话,尤其是父皇说话时看着他们的眼神,寄予的厚望,多年过去,仍然在脑子里萦绕。

此时想起父皇的话,想起父皇的眼神,赵佶觉得热血沸腾,精神振奋。自己身为皇帝,不能辜负父皇当年的殷切期待,应该倾力国家大事,不能有丝毫的松懈,不能在后宫美人身上消磨过多的精气神,不能在艺文上花过多的时间和心力,应该趁着美好的季节,身体力行,集中处理若干重大朝政,让大宋永保辉煌,让百姓永享和平。赵佶想着,不禁神情庄重,向着天上的父皇,郑重地拜了三拜。

想起了父皇当然也想起了生母陈美人。父皇驾崩后母亲哀痛不能自拔,守护陵殿的日子一久,悲伤过度,身体看起来像皮包骨。侍女想让她喝粥吃药,但她把粥、药撤去,说:"如果能早早去服侍先帝,我就满足了!"果然不多久母亲就去世了,终年三十二岁。

每当想到母亲,叹其命短,感其情切,赵佶不禁潸然泪下。

从御苑回到睿思殿,赵佶一天的心情都难以平复,没有好好用膳,也没有心思想一想后宫的哪个妃子,甚至连东南美人都暂时搁置到九霄云外。他都已经等不到明日早上的朝议,连夜开始部署几件急于想做成的事。

第一件就是发布诏令,将宣和殿改名为保和殿,虽然只是改名,没有实质意义,但以此可以向天下人民表达要努力造就新气象新时代的决心,提振士气。果然好消息就来了,蔡京进献其寻获到的殷商年代六座铜鼎,克日运送回京。赵佶认为这是大吉之兆,但此时并没有欢欣鼓舞,没有像以往那样,迫不及待地要观赏,甚至会立马奔到铜鼎发现地,第一时间验看二千年前的稀罕宝物,他只淡淡地回了话,说:"让蔡京别急,慢慢地送回来,别损毁了。"

他这时候,满脑子都是父皇的话,父皇的眼神,他恨不得一天把所有的国家大事都做好了,让大宋一夜之间重新强大,时不我待呀!

紧接着他决定了第二件事,批准童贯主动进军西夏的建议,诏命调度兵马,攻统安城,力争打一个大胜仗,让大宋百姓扬眉吐气。诏令一出,兵部和三衙多位官员担心没有必胜把握,联名请求暂缓发兵。但赵佶主意已定,说:"朕谋求与金国和议结盟,首先是为了对付西夏。"联金灭辽,也是为了灭夏,这是何等英明的方略,如果一旦成功,一洗大宋百年之耻,自己必为一代雄主!

想到这些,赵佶亢奋不已,一连数天,日晚议政,没有半点闲暇,又围绕重振朝纲之题要,君臣激奋,终日热议,但都不得要领。一直忙到月中,终于拟定了一项重大决策,并草就诏令:扫除几朝以来党争后患,弥合官吏分裂,以文武之道,九州凝聚,天下一心,方能强我大宋。

赵佶选择此题,并非心血来潮。直接的原因有二,一是因宰相王黼而起。

素来与蔡京志趣相投,政见一致,同气呼吸的王黼,竟然与蔡京闹起了别扭,相互攻讦,大有各立门派、结党争斗的势头。

王黼父丧辞官守孝,仅过了五个月,赵佶就重新起用他为宣和殿学士。王黼团结蔡京,共理朝政,让赵佶省心不少。王黼揣摩皇帝的意思,请求设应奉局,自己兼任提领,中外钱财允他调用,竭天下财力以供应奉局,凡是四方水土所产的珍奇之物都要进奉给国家。赵佶以此赏王黼宅第昭德坊,还任命他为特进少宰,由通议大夫超升八阶,被任命为宰相,是大宋开国以来前所未有的。但王黼与蔡京的龃龉由此开始产生。蔡京借着其时正值青黄不接,财库空虚,就设法调他任户部尚书,然后想以国家财用不足影响供应的罪状,将他参弹。同时暗中鼓动因没如期得到犒赏的诸班禁军,到左藏库鼓噪闹事。王黼看破蔡京企图,迅速应变,在短时间内调度充足的财用,在诸禁军前贴上大榜,保证某月某日犒赏他们,众人读榜后都散去,还纷纷赞扬王黼。蔡京的计划落空,遭到抨击。王黼其后任学士,升为承旨,并逼迫蔡京辞官。王黼表面顺应人心，一反蔡京所为，罢方田，毁辟雍、医、算学，合并修会要、六典各机构，裁汰冗官，对远郡使、横班官的俸禄减半，茶盐钞法不再比较，对富户的科抑一律蠲除，天下人都称他是贤相。对此，赵佶颇为焦虑，他绝不允许原本同声一体、和谐相处的宰执们发生分裂，导致朝中众官，甚至全国州县官吏被迫选边站队，一个个都陷入没完没了的党争，最终两败俱伤，体无完肤。赵佶希望王黼与蔡京和好，因为蔡京有蔡京的长处，蔡京的长处非王黼所能及。他想等蔡京运鼎回来，好好观赏他那些商鼎，一来安抚于他，二来借此放松自己。

此时，赵佶觉得今后一个时期的朝政有了目标：绝不能让神宗、哲宗两朝的党争重演。

再一个原因就是三月十五这天，京东西路的萧县之行。

赵佶意犹未尽，想着下一步如何亲力亲为，落到实处，取得成效。恰好王黼推荐，刚刚转升尚书右丞的翰林学士张邦昌面君谢恩，还呈上如何落实与金和议的奏帖，认为既攻西夏，就要借金之力，一打一和，避免两面受敌。赵佶深以为然，留张邦昌一起用膳，又让他陪着一起批阅奏议，中间说起元祐党争，有所感叹。

张邦昌看到皇帝励精图治的气势，也有几分感动，请求他不如仿效神宗皇帝，做体察民情、了解民意之举，有的放矢地推行内外新政。张邦昌的建议正合赵佶心意，觉得在殿堂上的时间长了，也略微感到有些烦闷，正想着到汴京以外的地方走一走，但太远太近都不行，选来选去，选不好地方。张邦昌也一个个提议，先是洛阳，但被赵佶否定，又提出大名府，说："那里与金国接近，可以体察民情，知晓百姓是如何不喜战争的。"

最后赵佶选了往东的路线，意欲在京东西路远郊私访，说："东边春早，春景更浓。"

张邦昌连忙称道是好主意，说："第一日先到萧县，再作行程。"

说到萧县，赵佶忽然想到了一个人，这个人就是吕陶，仁宗皇祐年间进士，晚年在萧县当了隐士，说："吕陶如果健在，应该也年岁不小了。"

张邦昌想了想,回答道:"崇宁三年(1104),吕陶去世,享年七十有七。"

赵佶默然,说:"朕当然知道吕陶已死。"然后评介道:"吕陶成名太早,是大宋朝数得着的神童,十三岁就考中了进士,为铜梁令。当年王安石实施新政,吕陶多次上奏,数其过错,被贬谪到蜀州做了通判。到了哲宗朝,调任殿中侍御史,然而又上奏议批评当朝蔡确、韩缜,更是直言抨击章惇,因入元祐党籍夺职。"

张邦昌接话道:"直到万岁登上龙位,恩及天下,复任吕陶官职。"

赵佶又说:"吕陶著有《净德集》六十卷,不知传于世否,不如到萧县一探。"

除了张邦昌,赵佶又想请周邦彦同行。周邦彦此时正感染风寒,卧床在家,听闻此事遂推荐了大晟府典乐田为,说:"此人作词制曲日后不在臣之下,陛下也许会有意外之喜。"田为打扮成随行伙计,貌不惊人,言语不多,赵佶心想,周邦彦叫了这样一个人,朕倒要看看,如何会有意外惊喜。

一路过来,逢水坐船,无船坐车,无车徒步。赵佶脚快,张迪和几个短打的侍卫勉强跟得上,其他五六个临时叫来的文官都远远地落在后面。到了萧县,天色又晚,城门已闭,张迪送了几两碎银子给守门吏卒们分了,才得以进了城。打前站的张邦昌只先到一个时辰,便像一个本地人,熟门熟路地引着他们到一家灯火通明的旅店吃饭宿夜。其间赵佶并不感到疲惫,其他人都歇了,他自己由张邦昌陪着,与正在吃夜宵的住店客人交流,问了些民间疾苦,听到的居然都是赞扬皇帝和朝廷的好话。问起国家大事,都是希望皇帝圣明,与金人和议,以免除百姓战备之苦。他一开始怀疑是张邦昌事先安排好的,但细细分辨,交谈之人皆是四方来客,南腔北调,而且一个个也都是情真意切,都是发自肺腑,不像言不由衷,更不像事先教导过的。由此赵佶看到百姓安居乐业,不忘皇恩,心中喜悦,又多饮了几杯酒。

回到房间,赵佶兴致一高,与张邦昌谈起自己幼时见到神宗皇帝的情景,说:"父皇教诲,现在想来,真是圣明啊。"

当晚,在萧县这家旅店里,赵佶美美地一觉睡到天亮,一早醒来喝了几口水,然后又睡了一个回笼觉,起床时已经日上三竿,这是他在汴京皇宫里少有的。

赵佶出得门来,张邦昌带着田为已经在门口等候,三人于是上街,与民同乐,各吃了一大碗馄饨加一大块火烧。但见行人稀少,市面冷清,与昨晚问到的情形不太一样,正疑惑间,看到有灵柩经过,君臣不及回避,就跟进了队伍里。送行的都是县学的学生,于是细问,原来亡者是此地有名的隐士,曾经是个官员。

赵佶在心里搜索起来,问路人,路人不敢回答,叫他们去问戴着乌纱帽、主持殡仪的官宦,说他是本县提举学事,能说得清楚。

赵佶便上前询问:"既为隐士,却如何有名?"

提学神情庄重,看了看赵佶,见他衣着相貌都颇为体面,便给予几分热情,指着棺材,说:"他是名人,是我们萧县之门面。"

赵佶越发有了兴趣,问:"这位名人怎么称呼?"

提学听他口音,料他是从汴京来的客人,于是热心地介绍起亡者来,说:"他叫苏迈,神宗元丰四年(1081)进士,前殿中侍御史吕陶的女婿。你不会没有听说过吧?"赵佶听到吕陶的名字,点了点头,连忙道:"吕陶,我知道,我知道。但并不清楚他女婿是何人。"

张邦昌在旁边一愣,想插话提示,但又想皇帝焉能不知苏迈是谁,于是低着头没有作声。

"还问他女婿是谁?"提学有几分不快,说,"如果我说出其父名字,你就知道了。他是我朝文豪苏轼的儿子。"

赵佶心里顿时明了,但还是掩不住一脸的惊愕。

跟在灵柩后面的是苏迈续娶的夫人石氏,稍年轻些的两位是他的侧室李氏、高氏,后面跟着数男,提学一一介绍,长子苏箪,次子苏符,三子苏箫,四子苏笋,五子苏筊,六子苏笙。张邦昌怕提学过于卖弄、抬举人物,有心挫他,上前一步,道:"知其父未必知其子。"

但赵佶却故作恍然,说:"原来如此,都是蜀人蜀党。我想起来了,苏迈是苏轼的长子,曾做过嘉禾令,政和二年(1112)被罢官了。"

提学感到诧异,说:"你倒是有心人,知道得如此详细。"

其实赵佶知道苏迈,是因为苏迈的一次疏忽,救了父亲苏东坡性命的传说。

当年的乌台诗案,对于赵佶来说,只是一则传闻。在听说的关于苏轼的故事中,印象最深的是苏轼下狱之后,生死未卜,其子苏迈每天去送牢饭,但父子并不能见面,所以暗中约好,情况如果平常只送蔬菜和肉食,如果有坏消息,就改送鱼,以便心里早做准备。苏迈出京借贷银钱,便把为父亲送饭一事委托朋友代劳,却忘记告诉朋友暗中约定之事。不想那个朋友送饭时,给苏轼送去了一条熏鱼。苏轼大惊,以为自己凶多吉少,便以极度悲伤之心,给其弟苏辙写下诀别诗两首。诗作完成后,狱吏按照规矩,将诗篇呈交神宗皇帝。神宗皇帝读到这两首绝命诗,感动之余,也不禁为如此才华所折服,下令对苏轼从轻发落,贬其为黄州团练副使。

赵佶也知道,苏轼与吕陶结为了儿女亲家。那是熙宁十年(1077)三月,由苏轼亲自书帖向吕陶求婚:

> 里门之游,笃于早岁;交朋之分,重于世姻。某长子迈,天资朴鲁,近凭一艺于师传。贤小娘子姆训夙成,远有万石之家法。聊申不腆之币,愿结无穷之欢。

元丰四年(1081),苏迈对试策进士及第。但一年后,苏迈之妻,吕陶之女就病逝了。

此外还有父子考察石钟山的轶事,他也听说了大概。元丰七年(1084),苏迈任饶州府德兴县尉,父亲送他到安湖口石钟山下。石钟名称由来,在苏轼心中悬疑已久,这次终于有了解惑的机会。于是父子一起考察石钟山。先是白天见到庙里和尚叫一个小童拿着斧头,在一堆乱石中随便挑了几块来敲打,果然响如钟鸣。再是月光明亮的当晚,父子俩乘小舟到山壁之下,沿着山脚寻找,只听见一阵阵声音,如钟鼓不绝,照灯细观,原来这里遍布大小、形状、深浅各不相同的石窍,它们不停地受到波涛撞击,所以才发出各种不同的音响,宛若钟鼓齐鸣。父子俩此刻终于恍然,求证到了石钟山名称的由来。次日苏轼又提笔撰文,写下了苏迈和后人得以阅读的名篇《石钟山记》。

元符三年(1100),赵佶登基,大赦天下,恩及苏轼。苏轼从琼岛北归,提举成都玉局观,人在广州的苏迈陪同病弱的父亲北行,途中苏轼写下"心似已灰之木,身如不系之舟"的心境,病逝于常州。消息传到汴京,赵佶翻看苏轼当年因乌台诗案的绝命诗旧作,暗中感慨。

其一曰:

圣主如天万物春,小臣愚暗自忘身。
百年未满先偿债,十口无归更累人。
是处青山可埋骨,他年夜雨独伤神。
与君世世为兄弟,更结人间未了因。

其二曰:

柏台霜气夜凄凄,风动琅珰月向低。
梦绕云山心似鹿,魂飞汤火命如鸡。
眼中犀角真吾子,身后牛衣愧老妻。
百岁神游定何处?桐乡知葬浙江西。

二十年后的今天,苏迈卒于萧县龙岗泉,终年六十一岁。

离开萧县途中,赵佶猛然止步,道:"此时此刻,朕想起听过的六十年前的一件往事。"

张邦昌顿时接上话:"那正是本朝仁宗嘉祐四年(1059)。"他猜到了皇帝所说的这件事情。

嘉祐四年三月,主管财政的三司使,也就是当年向欧阳修推荐苏轼三父子的张方平,被包拯参倒。仁宗皇帝又任命与欧阳修合修《新唐书》的宋祁为三司使,但包拯再次上书弹劾宋祁。之后包拯被任命为新三司使。欧阳修对包拯逐其人而代其位的行为十分愤怒,写了《论包拯除三司使上书》,为张方平、宋祁鸣不平,指责包拯没有什么学问,做事严厉,容易出格,不适合担任三司使。但仁宗皇帝没有采纳,包拯得以留任。

"这不是党争是什么?欧阳修与包拯谁为对错?"赵佶问张邦昌,也是问自己。

张邦昌迟疑一会儿,说:"其实不难理解包拯为什么会遭到欧阳修的弹劾,因为包拯动了欧阳修分好的羹,欧阳修既是在替张方平、宋祁说话,更是在替自己说话。"

赵佶不置可否,突然问张邦昌:"倘若今日朝臣结党,你站哪一边?"张邦昌没有多想,就回避道:"陛下圣明,朝臣岂敢结有朋党。"赵佶又问:"倘若蔡京与王黼各自成势,如仁宗朝欧阳修与包拯各不相让,如神宗朝王安石与司马光水火不容,你站在哪一边?"

张邦昌一愣,说:"臣不敢有党。"

赵佶哼了一声,说:"你会站在王黼这边,他提携你,是你的恩公。"

张邦昌双手合礼,道:"身为大宋官员,唯天子之命是从。"

赵佶点点头,神情自信,道:"朕治天下官吏,不容有党。"

回到汴京宫中,赵佶躺了一个下午,心情久久难以平复。想起崇宁三年(1104)七月,十三岁的张继先张天师建坛传授经箓,演法讲说道妙,参礼者云集,最后都一个个领悟而去。天祥殿上赵佶问张天师时政,张天师回答:"元祐诸臣,虽然都有负天下重望,还乞望圣上包容宽待。"他当时不禁烦恼,说:"朕哪有不宽容。"

张天师神情漠漠地注视着他,说:"陛下,皇帝要做到最好,就要无偏无党,以天下苍生为念。"张天师说了此事之后,离开汴京,回到江西龙虎山中。

是啊,小小年纪的张天师说得对极了。大宋开国以来,党争不断,包括苏轼在内的多少官员成为牺牲品,为害实在太深了。作为皇帝,应该以天下为任,不应该站在任何一边。如果自己能以皇帝权威,彻底消弭无谓的党争,如何不是一个万民爱戴、青史留名的好皇帝!

赵佶正激奋的时候,周邦彦支撑着病体送来田为的两首《南柯子》。

其一曰《春景》:

梦怕愁时断,春从醉里回。凄凉怀抱向谁开?些子清明时候、被莺催。

柳外都成絮,栏边半是苔。多情帘燕独徘徊,依旧满身花雨、又归来。

其二曰《春思》:

团玉梅梢重,香罗荽扇低。帘风不动蝶交飞,一样绿阴庭院、锁斜晖。

对月怀歌扇,因风念舞衣。何须惆怅惜芳菲,拼却一年憔悴、待春归。

赵佶不禁赞许,道:"果然是意外之喜。田为升为大晟府乐令。"

这天晚上,张迪引着蔡京,兴高采烈进来报告:"商鼎到了!"

赵佶还沉浸在如何消弭党争的设想之中,此时不由想到了王黼与蔡京的紧张关系。于是传旨道:"叫王黼一起来看。"

虽然时近子夜,君臣毫无倦意,由张迪布置了六盏羊皮灯,分别照耀每一座铜鼎,以便细细观赏。其中一鼎,底内有铭文,字形诡异难识,蔡京谦虚,奏请皇帝亲自破解。赵佶辨识良久,自以为考证出十有七八,会其意义,认定是商后期,即盘庚迁殷后,国王专用的重大礼器,确切一点,应该是商王武丁的祭庆之物。

然后细看兽纹中间镌刻图形,似一妇人行束手下跪之礼,蔡京献疑说:"既然是武丁专用,会不会是其夫人妇好?"

在场的人一听,瞪大了眼睛,如果蔡京说的是对的,那无疑又是一个稀罕发现。蔡京言下之意,这六件商鼎有可能是出自妇好之墓。妇好不同于晚她一百七十余年的商末纣王宠姬妲己之恶名,而是殷商第一奇女子,美名传扬。

不想蔡京这一猜测让王黼竖起了大拇指,称赞他说得有道理,学识渊博。

蔡京及时施以回报,拍了拍王黼的肩膀,全然默契。

赵佶见这两人亲密无间,相视而笑,不禁松了一口气,心想:这两人岂能有争,是自己多虑了。本朝君臣同心同德,本朝无党争,本朝唯其一尊,没有二话。宣和元年将是真正的元年,大宋走向辉煌的元年!

虽然内心振奋不已,但他并不赞同蔡京的判断,说:"妇好乃商汤第一女中豪杰,不会跪人。"

王黼拉着蔡京,齐声恭贺道:"陛下英明!"

至于具体年月,一时难有定论,即便观天象测算,恐怕也难以解明,但这确定是大喜事无疑。

次日早朝,赵佶对群臣说:"此为二千年前物件,今日复示于世,实为大宋之幸。"

赵佶难得开怀大笑,他笑自己真是英明,父亲神宗、兄长哲宗都没有做到的事情,自己轻而易举做到了,悄无声息地把可能发生的又一次党争化解得干干净净,这何尝不是大宋之福?欣喜之中,他双掌一一击鼎,声如音乐,唱起《商颂·玄鸟》:

天命玄鸟,降而生商,宅殷土芒芒。

古帝命武汤,正域彼四方。

方命厥后,奄有九有。

商之先后,受命不殆,在武丁孙子。

武丁孙子,武王靡不胜。

龙旗十乘,大糦是承。

邦畿千里,维民所止,肇域彼四海。

四海来假,来假祁祁。

景员维河。殷受命咸宜,百禄是何。

商为玄鸟降临人间,承受天命,尤其是武丁称贤,疆达四海,四夷来拜,天下称善,百样福禄,自己或可成为大宋之武丁?

赵佶遐想着,笑了。

## 七　朝殿君臣高唱大江东去

宣和元年（1119）的春天，赵佶登基十九年，突然有了告别青年的感觉。

进入四月，温暖如春已成了定局，天早早地就开始明亮，因此他身体的秘密在于起居时间表有了变化，最为明显的迹象就是每天就早早醒来，而且情绪也特别好，似乎想做很多事情，显得坐立不安，亢奋不已。可是到了午时以后，会因为某件细小的事物，触动自己的心思，高昂的情绪会一下子冷却下来，仿佛一天之间，就经历了春夏秋冬。

许多人看到了他的这种变化，但并没有过多地关心，只有贤淑的郑皇后叫太医给他诊脉，说："自然无恙，但看看也好，知道补哪里。"

赵佶自信地说："朕自认为生龙活虎，岂能有病？"太医也对郑皇后说："陛下无恙，早睡早起是人到中年的征兆。"

郑皇后终于感到了轻松，舒了一口气，幸福的眼泪几乎突眶而出，说："皇帝总算人到中年，但愿能好好把持了。"

早朝因为两个重要人物，当朝太师蔡京和枢密使童贯，都离开汴京不在朝中，因此大臣们都显得自由放松，彼此间交谈的声音也比平常响亮了好几倍。嘈杂声中，有的官员吟唱新的诗文和新填的词曲相互交流，欢笑声在大殿上此起彼伏，一阵接着一阵。

赵佶从偏殿进来，大步登上龙位的姿态特别敏捷，也没有什么开场白，就与大臣们讨论起与金国结盟抗辽的奏议,说:"朕是在丹青上花了很多工夫,但既为皇帝,就要治国。大宋朝一百五十多年了,西北从未安定,那燕云十六州还没有全都收回,如果在朕一朝,能够安定西北,全数收回燕云十六州,朕这个皇帝也算对得起太祖太宗,对得起天下百姓了。"

大臣们都注意到了,皇帝的眼睛里饱含着热泪,那是激动的眼泪。与金国联盟一事已进入实质性的阶段,只待盟约一签,收回燕云十六州就指日可待。多少年了,这燕云十六州啊,这太祖、太宗未能完成的宏愿,始终是大宋的一个大隐痛,一个大耻辱,而时至今日,眼看着就要真真切切地回到中原,回到大宋的怀抱了,怎能不让他激动和喜悦!赵佶心花怒放:"宣和元年,天时地利人和,君臣同心,军民协力,强我大宋!"

大臣们一齐跪了下来:"吾皇英明!"

赵佶正意犹未尽,急着要与大臣们讨论联金抗辽计划的一些细节。这时张迪建议稍事休息:"恰巧这几天有一班长安歌伎在乐坊司进行从业考试,不如请来助兴。"

赵佶知道张迪是长安人,说:"为何进宫来考?怕是走了你的门路吧。"

张迪倒也不否认,说:"其实是奴才早早为陛下准备的。"

赵佶兴致高涨,于是又叫张迪召来大晟府周邦彦,说:"今天就让朕和各位大臣当一回考官,邀请她们伴宴,一边权作考试,总不能让周待制独享春色。"

不一会儿工夫,大晟府周邦彦进来,赵佶叹道:"朕正羡慕你周邦彦,天天只管往教坊里走,有各色美女放在面前,任你欣赏,眼福不浅,你我换个位置吧,朕求之不得。"

周邦彦额头上渗出汗来,说:"陛下如有闲暇,不妨天天都去做考官。这全国各地的艺伎每日成百上千地拥到汴京来,都想立个坊间,做个赚钱营生,臣就是三头六臂,初选过的官伎都考不过来,不用说一个个到教坊看了。"

这时那班长安歌伎鱼贯而入,看到皇帝倒没怎么心慌意乱。席间她们要唱柳永的词,赵佶可能想起上个月的萧县之行,反对道:"长安歌伎,本应关西风格,雄伟豪情,今天展开胸怀,不如唱苏轼的《大江东去》。"

苏轼是元祐党人,对他的诗词文章还没有正式开禁,主要是因为蔡京一直坚持认为赦免元祐党人的时机还不到,尤其是苏轼在朝野影响太大,更不能早早解禁。可是今天蔡京不在场,又是陛下这么说,在座的大臣惊奇之后也乐得一听,于是跟着带头赞同的张邦昌附和道:"陛下英明!"

大江东去,浪淘尽,千古风流人物。故垒西边,人道是,三国周郎赤壁。乱石穿空,惊涛拍岸,卷起千堆雪。江山如画,一时多少豪杰。

遥想公瑾当年,小乔初嫁了,雄姿英发。羽扇纶巾,谈笑间,樯橹灰飞烟灭。故国神游,多情应笑我,早生华发。人生如梦,一樽还酹江月。

长安歌伎一曲《大江东去》唱着,赵佶跟着唱后半阕,其他人也一边跟着唱,一边鼓掌,意犹未尽。一时欢声不绝,气氛浓厚。

赵佶拍拍手,等大家静下来,说:"通过考试了,你们明日就找个坊间开业,也好让东京城里听一听豪放的歌声,总是柳词也太单调了。"

后来又唱了几曲,长安歌伎由周邦彦领走。赵佶本想小睡一会儿,但因为兴致依然高涨,睡意也就消失了。他把蔡攸他们又叫到睿思殿,说要作一幅早就构思好的花鸟画,说着就展开纸本,一边勾画起草图,一边高声地解说:"此画拟分两段,前段作坡上老柳一株,柳条垂落,疏密有致。设想有一处陂陀,上面画凤尾草数茎,杂草数丛,再画四只白头鸦,两只栖息枝头,一只踞枝下俯,与树旁一只上下呼应。后段画水滩上四只大雁,在芦草、蓼花边俯仰接唼,或曲颈理羽。但是朕最得意的是要用没骨画法,设色时,不用墨线勾边,而是以色代墨,分层敷色,待朕画好便知鲜活生动如此!朕命其为《柳鸦芦雁图》!"

画笔尚未真正落下,在旁的大臣一阵鼓掌,纷纷说:"好!好!"

但是赵佶突然沉默不语了,脸色沉重起来。别人无法知道的是,赵佶情绪突然变坏的起因是被风吹落的杏花。

他高声说着画面创意的时候,起了一阵狂风,殿外那棵杏树上飘下来的一些杏花,被风吹了过来,其中有几朵落在睿思殿的台阶上。赵佶看见了那几朵被风吹落的杏花,他注意到其中一朵杏花已经破碎。他想走过去看看门外的那棵杏树,于是手中的画笔就滑下来,掉在了绢纸上,这张作了一半的《柳鸦芦雁图》的草稿也被污损了。

赵佶收手道:"不画了,不画了,春天的风居然将春天的杏花吹落了,是何兆头?"

春天的浓绿和情意有时让他这个大宋的皇帝也无所适从。春色满园,春光明媚,春意盎然,但美好的事物来临了很快就会消失,如同春风刮落了美丽的花朵,让他感受到了温情下的残酷。每当想到这一层,春天反而使他惆怅和落寞,甚至连美丽女人们的歌舞和调情也挑不起他的兴趣。他无法和任何人说,也不想和任何人说,这种令他无助的心绪只能属于他自己。

赵佶后来下了逐客令,驱赶了大臣,把构画了一半草图的绢纸揉成一团,然后坐在榻靠上,浮想联翩,一脸苦愁。

已近子夜,他还沉浸在自己都无力驾驭的情绪状态之中。他知道自己是一个情绪化的皇帝,不像他的皇祖太祖太宗,他们征战奔驰,攻城略地,扩大疆土增加人口,规划大宋最初的架构;更不像他最崇敬的父皇神宗,做一个辛苦勤劳的皇帝,终日上朝议政,发布新的政策和命令,治国安邦,推动新政。春天的来临,万物显示出勃勃生机,但是随着年岁的增长,他突然感觉到自己以后可能越来越难和春天的美景融和,春天会让他觉得孤独,让他失去安全感,让他思念远行的亲人。强大的皇祖皇父,你们为什么远远地走了再也没有回来?他真想永远遮蔽在他们的羽翼之下,快快乐乐,无忧无虑地生活。

张迪伺立一旁已经很久,此时轻声地提醒道:"陛下,该歇了。"

更鼓的声音特别响,已是半夜了,赵佶想不起晚上送过来的妃子是谁。暗红的灯光下,侍寝的妃子有一张华丽的新面孔,袒露着发出白光的肩膀,坐在床上，红唇蠕动着，不知说着什么。她刚刚洗完芳菲之浴，因为青草的香味还十分浓郁。赵佶轻轻地吸了吸鼻子，吸进弥散在空气中的香味，但他没有再仔细地看她。

情绪仍处于低谷之中的赵佶坐了一下，感到自己兴奋不起来，刚要离开的时候，张迪劝阻了他："陛下，这就是昨天刚刚送到的西域胡姬。"

赵佶想起来了，大约一年前，经略延安的将军回到汴京养病，赵佶抽空接见了一次，没有更多地询问边境是否安宁，因为他认为西北已经得到和平，这位实际上是进士出身的将军也没有更多地汇报边关的战备，两人从唐朝的边塞诗谈到了大漠和绿洲，后来就谈起了女人，开始还有点拘泥的将军逐渐放开，描述了大量的实例，在皇帝面前吹嘘西域女人如何野性和风情。当时赵佶听了龙颜大悦，希望有机会能够见识一番。但将军去后并无消息，赵佶正要淡忘此事时，不想就在昨天，西北的将军终于找到了最好的胡姬，用最快的速度送到汴京。而且这胡姬是一个首领的女儿，胡姬的父亲告诉她，宋国的汴京是天底下最庞大最繁华的都市，是人人仰慕向往的万国中心之地。令赵佶深感愉快的是，胡姬是自己要求到汴京来的。全然不同于中原汉家姑娘，胡姬说来就来了，没有羞愧，没有遮掩，骑着一匹快马，带着几名侍女几名骑士，一路关防通行无阻，大摇大摆进入开封城，在一个官府翻译的陪同下，在禁宫门口指名道姓，宣布自己要嫁给大宋的皇帝。那时，有多少汴京百姓怀着好奇赞赏的态度观看了这幕场景！对此，就连饱读诗书、长于礼仪的士绅们也没有一句指责。

要不是看到那一朵破碎的杏花，也许今天赵佶有一个最销魂的夜晚。

张迪已经注意到了皇帝心头又一次涌上的无法消解的伤感，这是近年来每一个春天来临的那一刻，皇帝都会有的一段旁人无法说破和劝解的消沉。张迪没有说更多的话，向龙床上招了招手，胡姬从床上爬了下来，身上的红绸裙袍像蛇蜕皮一样脱落下来，女人肥美的身体扭动着全部展露在皇帝面前。

赵佶犹豫地等了一会儿，才把手伸了出来。

张迪知道皇帝伸手讨的是一颗药丸,他已经把一切都准备停当,药丸已经放在由宫女举起的托盘里。果然,赵佶开口了:"把飘渺神仙丸给朕。"

张迪趁机叫宫女伺候皇帝服下那颗药丸。这颗专门用来对付宫中房事的黄色药丸,是不久前赵佶在温州道士林灵素的指导下,让人秘密炼制的五颗药丸中的一颗。药丸制成后,林灵素云游江南去了,临走前再三嘱咐,此药也可女用,切不可让宫中后妃们得到,否则红杏出墙。因此,赵佶把炼成的五颗药丸锁于密室,只有他自己一个人知道置放的地方。最初的一次是与李师师做爱,他曾偷偷服用。给他一个惊喜的是,李师师在床笫之上全然没有了平常的矜持,一遍又一遍地乞求着他的恩宠。他感到自己是一个强大的皇帝,一个真正的男人,整整一个晚上,李师师像一个最听话最温柔的奴隶一样,跪在他的脚下失去自我,胡言乱语:"我的道君,您怎地这么厉害,奴越发依赖您了,奴是您的贱婢,您永远是奴的主宰!"

赵佶没有告诉李师师自己是服了药的,但他抓住了这种药丸给予男人和女人奇特的感觉,私下里给它起了这个"飘渺神仙丸"的名字。

也许引起他欲望的女人越来越少,他已经很久没有吃过这种药丸了。这时他本不想服这颗药丸的,但服下了之后,他按捺不住自己一步一步走近西域胡姬。张迪带领宫女退下时,也为皇帝暂时从莫名的情绪中脱离而松了一口气。

春天的太阳出现在禁苑,十分地明朗。春风和煦,人体感觉舒适,适宜出游或做事。昨日被风吹落的花叶,包括飘到睿思殿的那几朵杏花,已经被清扫干净,整个皇宫的各色树木依然郁郁葱葱,汇成一天的绿色,遮盖了层层叠叠的红墙金顶。

皇帝没有按照昨天所说的那样今天一早就继续进行朝议。也许大臣们知道西域胡姬昨晚已被宠幸的事情,也都姗姗来迟,来了之后,也像昨天那样,聚在殿内,说说笑话,谈谈琐事,有的甚至到御花园去散步,枢密院的几个发胖的武臣还气喘吁吁地练起了武艺。

不知从什么时候起,朝廷的工作节奏开始慢下来,久而久之,悟性很好的大臣们发现很多重要的事情、紧急的事情并不是马上要议论决断,反而拖一拖慢一慢就能够过去,有时甚至比马上处理的效果还要更好些。尽管很多部司的办事风格显得有些闲散,表现出无所事事的状态,但大宋的疆域之内,反而更见繁华安宁,这是因为大臣们把更多时间投入到书画文章、诗赋歌艺之中。大臣们对这种宽松的政治环境深感满意,并且已经习惯于此。因此望着此时仍然空闲的龙位,没有人提议叫谁去催促皇帝,大家把这种等待视为幸福。

听说皇帝还没有醒来,蔡攸不禁赞叹:"万岁那才是真正的风流洒脱!"

早餐是送进去的,但皇帝并没有很快起床。直到中午,张迪才看到值夜的小黄门打开了那扇门,皇帝出来的时候,看了看太阳,伸了伸双臂,两条腿做出踢球的样子,情绪像是好多了。回头看着懒懒地趴在龙床上的西域胡姬,对张迪说:"今晚还是让她陪朕。"

张迪把门关上,提醒皇帝昨天早朝时一个重要的议题:"蔡攸已经写好与金国的盟约,在等候召见了。"

向终于坐上龙位的赵佶行过礼,蔡攸手中举着盟约的草稿,大声说:"盟约在此!"

"老太师呢?哦,半月前派你父到杭州去督办花石纲了。"赵佶想起蔡京父子失和,各立门户已经好几年了。

其间赵佶从中劝和过几次,但他们一次比一次吵得厉害,到如今已形同水火。至此赵佶也甩了手,宣布再也不管他们父子的事了。

赵佶又闭上了眼睛,说:"还有否奏议?"

刚刚离任的枢密院副使侯蒙出列,他报告的是禁军改革的情况,主要是说禁军的兵员不够,军饷军粮不足。但这位枢密院副使居然还提出"厢改禁"之策,建议把一部分厢兵改编为禁军,扩充大宋的正规军。赵佶一听,神经马上就绷紧了,这不是要把各州府养厢兵的费用转嫁朝廷吗?这不是要增加朝廷的负担吗?赵佶睡意暂消,先是问侯蒙:"童贯同意'厢改禁'之策否?"

侯蒙如实回答："虽然还没有征询童相的意见，但是枢密院上下，都以为扩大禁军，广养精兵方是上策。"

不等侯蒙讲完，赵佶就激动地说："养兵养兵，已经养了六十万禁军了，怎么就不见打胜仗，不见大宋强大呢？如果再扩大养兵，民生如何？文艺如何？财政如何？"

侯蒙话锋一转，解释说："统安城之役，禁军折损十之有六，故而急需补充兵员，以足陛下所言六十万之数。"

赵佶最不想听的就是统安城战役的事情，这侯蒙分明是要他追究童贯的责任。

统安城之败，朝野大多认为责任应该由童贯来承担，各部官员也有人提出弹劾，包括枢密院内部的一批官员也趁机要求罢去童贯的枢密使之职。童贯回京后赵佶也斥责了他，但童贯心中不服，一脸无辜，辩解说："不说百年之内宋将中不曾一仗胜辽，就说元昊建西夏以后，与宋为敌，宋军何曾赢过？仁宗康定二年（1041）好水川之役，宋军失败，朝廷并没有过多追究韩琦、范仲淹的罪责，韩、范反为一代名臣，独童贯初有败绩，竟不问缘由，被无端指责、弹劾。"

赵佶被童贯说动了，为了公平起见没有追究他的责任，但他也没有让童贯在京城招摇，而是下了一道口谕，让他当夜就赴东南，暂避风头。

童贯领兵，也是自己钦定。其中缘由，当然与祖宗传统有关，这也是众多文臣时时在耳边提醒的。比如，建中靖国元年（1101），左正言任伯雨上奏"论西北帅不可用武人"议，强烈反对重用武将统帅大军。奏议中举了唐朝例子，说肃宗、代宗以后，武夫悍将皆以功，强藩巨镇以次分授，重权在手，不可控制，唐朝因此而亡。本朝太宗以后，以唐为鉴，重要军事行动，都用儒将领兵。比如这次西北用兵，认为用武臣领兵，未必为患，只是侥幸心理，从长远来看，是很危险的，希望"陛下深思远虑，鉴前代之事，遵祖宗之制，审所处置，以安万世无穷之基，天下幸甚"。

凡此，赵佶都是印象深刻有心采纳，这不，童贯作为内臣统帅大军，那当然最可靠不过了。

童贯是赵佶多年的心腹内侍,童贯办的事情总是最能投其所好,总是做得最好。就拿延福五区的工程来说,确确实实证明了童贯的办事能力,满朝、满宫的人没有一个不心服口服。

政和二年(1112),赵佶突然觉得延福宫这样的宫殿虽然已经十分气派,但不及唐朝的宫殿来得庞大雄伟,于是颁布诏令,扩建延福宫。此工程由蔡京主持,设定五个扩建的区域,命名为延福五区,派童贯、杨戬、贾祥、何䜣、蓝从熙各取一方位,各尽其能,争雄夸多,看谁的工期快,谁修得漂亮。为了压倒对手,童贯可以说是绞尽了脑汁,他揣摩到皇帝素来喜欢东南景致,于是将阁亭台尽现金碧辉煌的同时,在区内配上假山、曲廊,点缀上奇花异草,呈现小桥流水、湖光荷色的东南风景,既宽阔宏大,又异趣横生,评比结果,童贯得分远远高出其他四人,名列第一。

想起童贯往日的种种能干,赵佶不由得思念起这位宦官身份的重臣来。但最主要的是,想起让童贯出京避难的那个晚上,自己私下送童贯出南华门,嘱咐他办一件事:"这几天朕见落杏缤纷,夜有所梦,见有一东南美女美妙绝伦,像是朕朝思暮想的入画之人,你可细心查找,朕不仅开脱于你,还要重重赏赐。"

想到这事,赵佶斥退了侯蒙,叫大家不要再妄议朝廷重臣,说统安城之役也不曾伤大宋元气,日后自有评论,又下旨道:"叫童贯速速回到京城,商议联金抗辽的大事。"

"谁出使金国?联金抗辽是童贯奏议的,童贯他到东南已经一个多月了,朕让太师去传他回京的,怎么还不见回程?"赵佶问道。

张迪说:"蔡太师应该到杭州传了圣旨,童枢密想必也应该在回来的路上了。"

## 八　通判贿赠枢相美貌义女

　　领枢密院事、宦官童贯来杭州已经很多次了,这次来名义上是催办花石纲。宋夏统安城之战,宋兵死亡近十万人,童贯是此役的统帅,本该承担责任,他自己也做好了接受处分的心理准备,人没有回到开封,先上了一道请罪的奏折。但是皇帝退回了他的奏折,叫他不要在京城多停留,马上直奔东南,到杭州去。

　　这分明是皇帝在保全他。皇帝对他真是一番苦心啊!

　　一个月下来,比起西北,甚至汴京,西湖边舒适的生活使他多少有点乐不思蜀,他也要学学杭州的历任知府通判,学学苏轼这些文人雅士,寄情山水,沽酒饮茶,题词看句。上有天堂,下有苏杭,杭州是男人们的天堂,但遗憾的是,他是一个宦官,虽然黑须飘然,身躯伟岸,但到底已经不是一个真实的男人。面对着这里许许多多天姿国色,淫女娇娃,他只能饱一饱眼福,只能空空地感叹。其实从心底里说,他对美少年更有感觉。杭州通判私底下给他物色过几个人,都被他婉言拒绝了。蔡京门生、政和年进士、杭州知府吴安举报李通判是元祐党漏网之徒的女婿,准备向朝廷告发他,将他的名字刻进党人碑。

　　童贯却说:"元祐党的事情都过去多少年了,翻不出新鲜来了。"吴安又展开人身攻击,说:"杭州军民谁不知道此公好男色。"

童贯心里一惊，说："愿闻其详。"

于是吴安绘声绘色地给他讲了一个有关李通判的笑话。

十六年前，婺州兰溪县有一家乐户，夫妇俩在兰江的游船上唱曲谋生，一天下来，只得几贯小钱，而那些年纪轻轻的女孩家，凭着几分姿色，引得过往的官商大把大把的银子往她们的怀里送，乐户夫妇不由得感叹："如今世道，歌舞升平，女孩儿有些颜色，就吃遍天下了，有一女儿万事足矣。"一次半夜回家，路上捡到了一个小婴儿，以为是女儿，带回家一看，却是个男孩，丢回去又不忍，只好认了个晦气，将他养育。不承想小男孩长到五六岁大时，长得水灵灵的比女孩儿更加动人，又过一两年，男孩越长越漂亮，乐户夫妇欢天喜地地商议，要教会他歌舞，把他装扮成"女伎"，因为他们打听了苏杭二州的行情，像他这样的"女伎"，可以售数十万钱。

此后，这男孩便被关在深屋中，节制饮食，他的肤发腰步，都被加以严格调教和修饰。待他长到十二三岁，俨然是一个美女形象了。于是乐户夫妇抛下了兰江上的营生，带着他坐船到了杭州，又花钱请了一个年高色衰的老伎，教给他时兴的声乐舞技。因为他非常聪慧，一学就通，再学就精，老伎赞叹不已，说："你这女儿，如果到了东京，让陛下遇着了，就走不脱了，非封她个贵妃娘娘不可！"但是乐户夫妇却也沉得住气，名气传出去了却还是不让别人看见，这样一来，就奇货可居。杭州城内许多富家子弟道听途说，都想求他为妻，但是乐户夫妇一口回绝，说："我们这女儿应当归贵人所有。"之后，好事者还是接踵而至。李通判其时初到杭州，听说了这件事情，非要得到这位女子不可，经过讨价还价，一直给到七十万钱，乐户夫妇最终将女儿售给了通判。但是通判不久发现了其中的秘密，隐忍一段日子之后，却也发现了其中趣味，于是他就默默地留着给自己享用了。

杭州知府说到这里，不由得哈哈大笑道："只是这事气坏了他的妻妾，从此李通判家中不得安宁。"

童贯听了吴安的讲述，问道："你见过此人吗？"

吴安摇摇头说："谁都没有见过此人，再说我吴安是个堂堂正正的男人，对男人没有兴趣。"知府说这句话的时候脸上呈现出一副男子汉大丈夫的傲态,无意间伤到了童贯。童贯对吴安幸灾乐祸的表情十分厌恶,心里自然对李通判有了几分同情,自此与李通判亲近起来。李通判知道吴安在背地里诋毁自己,心里一直紧张,也想着办法巴结童贯。童贯于是就此事过问李通判,李通判叙述的却是另外一个版本:第一,李通判一开始就知道那是个男孩;第二,用了七千钱,而不是七十万;第三,李通判没有将他带回家,而是叫他回到了兰溪老家,因为他的生身父母找到了。

李通判讲完这个美好圆满的故事,童贯也觉得更为入耳,于是对李通判说:"日后这个男孩若想要个前程,你帮衬于他,也可到汴京来找本枢密。"

在杭州最后一段时间,吴安请童贯搬到自己临近清波门的府上小住几日,那里靠近西湖,风景优美,更重要的是可叫吴夫人亲自给他熏香美容,十日之后,保证容光焕发,返老还童。原来吴安夫人的熏香驻颜之术是全杭州有名的,一般不肯施于外人。童贯动了心,答应吴安试一试。李通判得知十分焦急,请童贯去一次沐浴馆,说:"绝对让童相有意外之喜。"

童贯经不住李通判痛哭流涕的哀求,答应去一次。童贯先是沐浴,浴毕喝茶。此时馆内的一个奉茶之女引起了童贯的注意,看她衣着素淡,服侍细心周到,与之交谈,说话也得体。李通判又叫这个女子给童贯做足底按摩,童贯没想到她手法精巧,十分地有力道,肌肤受之,如中心窍。不消片刻工夫,童贯大喜,喝了一口清茶后说:"这位姑娘给我捶脚十分快感!"原来童贯虽为宦人,不知床笫之欢的滋味,对女性本无兴趣,不想玉指点穴,点中了脚心的神经,一阵欢畅袭击了全身,随后浑身乏力,懒懒地闭上了眼睛。此后一夜童贯都在想其中滋味,第二天就把吴安夫人熏香驻颜的邀请谢绝了,一早又去沐浴馆。等按摩完足底,这女子还给童贯跳舞唱曲,童贯当时就说:"宫中的舞伎不如她!"几次下来,童贯问其姓名,该女回答姓童,名九两。童贯喜出望外,认她做了义女,并向李通判索讨要把她带回汴京去。李通判极其不舍,但又不敢得罪童贯,把她找到书房,谈了很长时间,结果她竟然表示愿意跟随童贯到京城去,李通判只好第二天就把她送到了制造局。毕竟是进入高门,整个过程看不出童九两有什么不高兴的样子。

一晃就到了四月底,皇帝终于催他回京了,而且派了蔡京来叫他一同回去。童贯突然想起还有一件最重要的事情没有来得及做,就是他出京时皇帝私下里额外托付的,寻找皇帝做梦梦见的一个东南女子。

当时皇帝执意相送,轻声对他说:"你去一趟睦州,仔细寻找,那里必然有朕梦中所见的入画美女。"

他对皇帝的梦中入画美女之说将信将疑,宫内苏杭美女无数,哪个不可以入画?难道睦州美女还能胜得过苏杭美女?他问了问李通判和杭州的其他官员,居然都说睦州是出美女的地方,绝不逊色苏杭。童贯这时才感到陛下所梦是真,就连忙叫人到睦州打个前站。

到了晚上,他在望湖阁上备下酒宴,为奉命来江浙督办花石纲的太师蔡京接风洗尘。

童贯向蔡京作揖,蔡京还了礼。近几年来蔡京心里面对童贯有些看不起了,总认为他是一个宦者,没有什么学问,却爬上这样的高位,几乎与自己平起平坐,但碍于以往的交情,礼节上还过得去,有来有还。毕竟翻起旧账,童贯其实是蔡京的恩人。当年童贯到苏州去为皇帝搜集书画珍宝,外贬苏州的蔡京正是最不得志的时候,极想找个机会翻身,因此千方百计巴结于他,每天陪着他喝酒游玩,帮助鉴定字画,还把自己书写的屏风扇面送给他。童贯认为蔡京确实有些才艺,正是皇帝需要的人,回京后就向皇帝举荐,说是物色到一个少有的人才,不久蔡京就奉旨进京,很快就当上了宰相。可以说是童贯一手操纵安排,让蔡京爬上了权力的顶峰。有了这段历史,蔡京虽位极人臣,贵为太师,但也不能不在面子上维持对童贯的尊重。

看着湖面上雨珠溅起的水泡,望着远处迷离的吴山,蔡京沉醉了半天,高声说:"此刻正好得佳句——西湖斜雨美人泪,吴山横阵壮士怀。"

大家一起喝彩,说:"好句好句!"

这时,童贯义女童九两端上墨砚。蔡京仔细端详了她,似惊其美,说:"好一个东南女子,就是童枢相新收的那个义女?"

童贯带着几分得意说:"太师说对了,这是我义女童九两。"

童贯新认了一个义女,是他杭州之行的一大收获,但别人并不知道这个义女是李通判送给他的。童贯编了一番话说:"清明节那天路过净慈寺,见一少女卖身葬父,我以九两银子买得,故名九两。又看她聪明伶俐,性格活泼,稍作调教就能歌善舞,也许胜过东京教坊中的名伎,于是收为义女。"

蔡京一双老花眼不住地盯着童九两看,羡慕童枢密好眼力,识得如此聪慧的佳人做义女,要将题好的佳句送给他这个新得的义女,并赞道:"童枢密这个义女,行止颇是不俗,脸蛋儿圆润有致,看不出半分的贫寒,神情也总是淡淡的,但微微一笑,却给整个场面平添了许多生气。回东京后一定到府上做客。"

童九两点头谢过:"多谢太师夸奖!"

应童贯之请,蔡京题好"杭州制造局"五个字的匾额,众人一片喝彩:"好!不愧为苏黄米蔡四大家!"

蔡京稍作谦逊,说:"也有人说苏黄米蔡的蔡应该是蔡襄。"

杭州的官员们皆说:"哪有此说,倒过来蔡苏米黄才对,蔡太师是天下第一!"

蔡京指着绵绵的细雨和绿树成行的苏堤:"水光潋滟晴方好,山色空濛雨亦奇。这第一还是那个苏东坡吧?只怕他不服气。"

童贯心中想得更多的倒是皇帝,说:"但谁都不能与当今皇帝相比,道君皇帝的琴棋书画谁人能及?"

蔡京心里有几分不舒服,转移话题道:"听说陛下作《东南美人图》一画,要童枢密找一个梦中入画之人?"

童贯得意地说:"陛下圣旨,令我找一名东南绝色女子。陛下有意作《东南美人图》,请太师与童某一同前去睦州,看看山水女儿之美,帮助鉴赏,以遂道君皇帝的心愿。"

说话间,蔡京回过头来找童九两,却不见了,又不便问,因此情绪有些低落。

原来童九两趁热闹之际,偷偷划了一条小游船来到沐浴馆,与李通判最后一次会面。李通判又怕人多嘴杂,把会面的地点改在苏堤上,于是她就把船划到了苏轼做杭州知府时建起的湖堤旁。雨后天晴,堤上人山人海,刚从游船上岸的童九两与一个年轻人撞了个满怀,他回头看了她一眼,刚要发作,童九两莞尔一笑,尽管笑得灿烂,笑得迷人,但年轻人没有再理睬。这时人流越来越拥挤,几个市井无赖把童九两挤到湖边,进而又想把她推落湖中,童九两大喊救命。年轻人犹豫了一下跑了过去,喝退了那几个市井无赖,将童九两拉了回来,年轻人自己却落进湖中,上岸时,袖内牛耳尖刀掉落在石板上,发出响亮的声音,几位巡差听到声音走过来,童九两迅速捡起尖刀还给了年轻人。

年轻人接过尖刀,点了点头,就匆忙离开了。巡差走后,童九两从后面追赶上来,指了指对面的杭州制造局说:"我带你去那个地方换衣服。"

年轻人奇怪地问:"你是制造局的?"

童九两点点头:"我义父在那里。"

年轻人跟着童九两到杭州制造局门口,守卫盘查了几句,就让他们进去了。童九两等年轻人换好衣服,知道年轻人是睦州人,高兴地告诉他说她后天还要跟义父童贯、太师蔡京去富春江游玩。

年轻人得知童九两竟是童贯的义女,便拒绝了她留他吃饭的请求,沉下个脸,夺门就走了。但他并没有走得太远,他在清波门内的一家小酒馆里要了十几个包子和一大碗热汤吃了。等天黑透了,来到制造局门口时,被拉客的几个私妓纠缠,这时童九两又一次出现,年轻人才得以脱身。

童九两问道:"我还没有问大哥姓名呢。"

年轻人一边走,一边说:"我乃东南无名氏喂。"说着往清波门外逃去,一路狂奔,登上藏匿在芦苇荡里的小船,离开了杭州。

童九两追赶不及,只好作罢。

## 九　落杏儿或者是人间绝色

此时此刻远在汴京的赵佶无从得知，前往睦州的大红官船正从杭州出发，驶出钱塘江水道，逆水行舟，一路向前，尽是富春江畔的山色风光，蔡京与童贯赞美不已："真个是山清水秀，苏杭之美不及此处。"

童贯立在船头，说："苏杭美女入宫无数，皇帝思慕的却是睦州美女！请问太师，陛下征选睦州美女入画，可有出处。"

蔡京捻着灰白须发，说："陛下慧根，能梦到睦州美女，已是神奇了，闻说苏杭美女天下皆知，却很少有人知道歙州美女其实胜过苏杭，但是知道歙州美女在睦州美女面前自惭形秽的人就更少，如果不是上天托梦，陛下又何曾听说过睦州美女。所谓歙州美女胜苏杭，若是睦州美女出深山，歙州美女当丫鬟，等看到了睦州美女就知道了。"

蔡京是闽人，口音混杂，旁人难懂，只有当今皇帝听顺了他南腔北调地说话。童贯本是开封人，加上口齿清利，皇帝也是喜欢听他讲话的。而他与蔡京之间，言语投合，也是因为喜欢听对方讲话，甚至互相学对方的口音。童贯称蔡京为公相，蔡京称他为媪相，但经由蔡京一讲，听起来公媪不分，都是同样称呼，有时候引皇帝一笑。

出富春江时，船队遇到了一次小小的危险。其时天色突然阴暗，一只小船飞快地从芦苇荡里逆水行来，船上立着一人。开道的官船上前盘查，几十只大红的油纸灯笼一齐点起来,照亮了整个江面。大船上的童九两眼尖,看清楚了小船上正是那东南无名氏,刚要喊他,又怕冒失认错,只细细看着前面的小船。

童贯问:"女儿认识此人?倒是一个英俊后生!"

童九两脸一红,但马上平静下来,说:"虽说面容熟悉,细看却不认识。"

前面开道的官船喝令那小船快快回避,东南无名氏不理,继续划了过来,开道的官船撞了上去,把小船赶进小河汊里。隔着一丛芦苇,东南无名氏突然大唱起来:

"打破筒格,泼了菜格,便是人间好世界喂。"

开道的官船不由分说,向小船放了几排弓箭,东南无名氏躲进芦苇里。等开道船一过去,小船又突然蹿出,东南无名氏纵身跃起,远远地将一杆渔猎标枪掷向大红官船,标枪落进水里,把坐在船头的蔡京、童贯等吓了一跳。

开道官船快速追了过去,东南无名氏见状,驾着小船又消失在芦苇荡里。

童贯知道有人要杀他,心头涌起一阵寒意:"打破筒格",要杀他童贯的人竟然在这睦州道上!他披上铁甲,站在船头,命令开道的官船:"你们放四五条小船,跟着他不放,一定要抓住这个刺客!"

蔡京倒不奇怪:"哼,他唱的什么泼了蔡,就是本太师蔡也。由他去,此处皇恩未及,民风一向凶悍。"

正在紧张的时候,江面上驶来一支船队,睦州知府率领一干官员前来迎接,原来已经到达睦州地界了。

睦州知府进士出身,书生长相,先是向蔡京行过礼。然后对童贯说:"童枢相好眼力,睦州这一带就是出美女。桃源、横山、碣村等几个村子依山傍水,户舍相连,实为同一村子,昨日州县都已发下榜文,半夜里就封了道口,再说,也是皇恩浩荡,千载难逢,良机莫失,姑娘一个都不会走。"

睦州知府的话不假,官兵们早已将四周各条道路都守住,派进村里的官员已经开始行动。

蔡京、童贯等人一下船，只见晨曦之中一个熙熙攘攘的热闹场面，如同展现了一幅选美的风俗画。

蔡京不由得叹道："好一幅依江选美图！"

这时一个郎中模样的人上前与蔡京说话："为了一块石头，我把房子都卖了，这会儿又要征走我女儿，是何道理？"

知府正好表现，为了以示办事干练，便和颜悦色道："李郎中，又不是将你的女儿充军，是到繁华的京城去的，朝廷选美女的钦差来了，你把女儿抵了石头，进了宫去，也是你的福气，再说了，也不一定人人能够选上的，你李郎中若是有福，村坊邻居眼红都来不及！"

看到一大群官员在旁边看着自己，李郎中早已吓得不敢再反对了，只好画了押，对女儿说："无邪，你认命吧，父亲行医江湖，怕是一辈子贫寒，你进宫去或许还会有荣华富贵。"女儿无邪怨恨地看了看父亲，什么话也不说，就跟一位衙差上了船，李郎中呆呆地坐在河边一言不发。

蔡京细看无邪，赞道："果然有几分美色！"

到睦州地界之后不消一两天，睦州知府命人将各地选中的美女集中到桃源村这官船上，蔡京早已把押上船的美女们看了个仔细，说："虽称得上个个都是美女，但其中并无陛下一看就中的绝色。"

蔡京的话使童贯一下子倍感压力。蔡京这句话的意思很明白，所选美女并没有一个能入得了皇帝的画。他回头对睦州知府说："陛下亲自交代一件事，一定要在睦州找出一个皇帝相得中的绝色。"

睦州知府忙说："此处有一个美女叫落杏儿，已在名册上，只是一时找不到。"

蔡京不以为然："不会徒有虚名吧！"

睦州知府十分自信，说睦州美女实在太多，多得如天上的星星，但落杏儿的美貌在这一带是哪家女儿都比不了的。据说远在百里以外的歙州有一个倾城之貌的富家女子，不相信山沟里还有比自己美丽的女子，特意与自己的兄长一起来到青溪看个真假，结果兄妹两人心服口服，虽然落杏儿看起来还显得有几分幼嫩,但心里却已经有自己的主张,当那个兄长对她表示倾心,并提出愿以黄金百两作为聘礼,娶她为妻,接到歙州享尽富荣的时候,她没有任何的犹豫,就宣布说:"我已定了亲了喂。"听了她这句话,歙州美女只好扶着流泪不止的兄长,怏怏离去。据说,兄长回去以后声称终身不娶,除非遇上和落杏儿一般美貌的女子。

睦州美女落杏儿是由童贯首先发现的。

发现落杏儿的过程并不曲折离奇。她从远远的山坡上走下来的时候,童贯便眼睛一亮,禁不住朝她走了过去,然后越过众多人头和肩膀,眼睛不眨,眼神不移,镇定地看了她很久。这尽管是一个阉人一个宦者的目光,是一个失去灵根的男性的注视,但落杏儿还是感到了强烈的压迫感,她把头低了下来,并扯开了发,一头淡黄的秀发遮住了美丽的脸容。但童贯已完全捕获到了她,他的眼光继续紧紧跟踪她的同时,喝住了四周官员们的惊叹声。

久久的安静之后,童贯忍不住哈哈大笑起来,但他没有说话,而是回头看着船上的蔡京,等待着他的鉴别和判定。

"此女子灵秀,道君皇帝必定喜欢,入画之人找到了!快别让她逃走!"这时蔡京像个小孩子那样,一边从船上跑下来一边喊着。

童贯拨开人群,走近了披散秀发的落杏儿,和颜悦色,细声软语:"村姑何姓?何名?能不能告诉童贯?"

落杏儿觉得他的声音十分古怪,她分不清童贯是一个男人还是一个女人,禁不住要看他是个怎么样的长相。于是她抬头一看,马上低下了头。

蔡京看清了她的脸,忘情地沉浸于他这个年龄不应该有的激动之中,称赞道:"她真美!"

童贯微微躬下身,说:"姑娘,请上船吧。"落杏儿知道自己要往哪里走,她往后撸了撸头发,跟着童贯往船上行去,没有回头,越走越快。

到了杭州,落杏儿再一次受到瞩目。比较特别的是童九两看到她之后,两眼放出光芒,并不住地向她笑,说:"你真美!"落杏儿绷紧的神经放松了一些,也看了看童九两,虽不知道她是一个什么人,但有一点可以确定,眼前的这个人也可称得上"真美"二字。中间蔡京不时走进舱里,一来就坐很长时间,其中逗留最长的一次,说是要对落杏儿试以文字才学,还把自己新写的一首题睦州的《西江月》给她和童九两看。童九两先读,读得十分顺畅,但蔡京却嫌她语速太快,抑扬顿挫不够,而且有一两个字读得不大对。落杏儿开始感到很可笑,不肯读,但见童九两读得好,再则觉得那宣纸上的字写得真好,就低声读道:

碧水绿浪在前,红船白发春心,睦州有情醍醐顶,胜比少壮无行。

落杏儿只读了上阕,就不往下读了,她不懂词句讲的是什么,但隐约感觉到里面的意思。蔡京喜不自胜,告诉童贯说:"落杏儿认过字,念过书,聪颖过人,太师府中正缺这样一个女子,当年在苏州也没有遇见过这样灵秀美貌的。"暗示童贯把落杏儿送给他。

童贯婉言拒绝:"既是皇帝入画之人,我肯,恐怕陛下也不肯。"

蔡京拉长了脸,突然说了一句:"我看东南要不太平了,童枢相这时还……"蔡京强压心中的不快,向童贯辞别,要坐船先走一步。

童贯向蔡京行了个大礼,说:"童贯还有杭州地方事务要交代,几日后还要在苏州停一停,代道君皇帝对朱勔父子加以训诫,我怕陛下等得急了,这花石纲和百名睦州美女,当然还有那个落杏儿,都一齐请太师先行押走,陛下那里我已有快报。"

蔡京还了礼,颜面和悦了许多,说:"我是钦差,带走花石纲也是本太师的职责,童枢相放心那个落杏儿也随我一道走?"

童贯笑道:"道君皇帝知道了,正急急地等着呢,太师老成持重,自然不会有闪失。"

第二天,蔡京的话得到了一次小小的应验。一早,杭州运河船码头,十船花石,是为一纲,加上新得的百名睦州美女,一起押送汴京,运河上崭新的船队排成长长的一行,十分地壮观。

假山里突然出现那个美丽的村姑落杏儿,伫立于顽石之中,顽石似被其点化。

顿时,花石纲忽然变得生动。

送行的杭州大小官员一齐欢呼。

童贯得意地说:"就这光景到汴京,道君皇帝不会说我童贯没有品位吧?我给起一个名字,就叫作美人花石纲!"

蔡京也惊其美。一时无语,他知道了童贯的用心,也不得不佩服童贯的创意。

他向来愿意与童贯搞好关系。童贯虽是宦人,但做事有其胆魄,遇好遇坏,都有所担当,对皇帝忠诚,得其依仗,有时天不怕地不怕,总是抢别人的功劳,有时包括自己也要提防被他挤压。然而童贯近些年地位稳步上升,却仍嫌不足,此番征调花石纲,也不容更多的人插手,想必以此与皇帝越加亲近。想想自己宦海沉浮,时被褒贬,始终难成一党,虽然无法从内心真正看得起童贯,但总是为了大计,可以利用。他清楚地意识到,在某种程度上,自己是少不了童贯的。元符三年(1100),端王即位,蔡京即遭罢官,其间皇太后留他完成修史工作,但几个月后就因与内侍交结的罪名遭到弹劾,被贬出知江宁。蔡京心中不满,拖延不去赴任,又是那个陈瓘,人已经在无为军任上,却心心念念留意京都,情系朝堂,上了一道弹劾蔡京交结外戚的奏议,抨击蔡京炫耀与向太后家族的关系,骗取名声和实利,说他"谄事外戚,不畏上天",进而质问"陛下徇一京胁持之私名,而不畏天下至公之大义乎?"因此,蔡京又被论罪去职,贬往杭州。

几年以后,蔡京以谋逆罪将陈瓘下狱,赵佶知其人品,为其开脱,贬至通州,但蔡京并不肯放过,变本加厉,对其不依不饶。宣和六年(1124),六十五岁的陈瓘病逝于楚州,这是后话了。

至靖康元年(1126)赵佶退位,蔡京被贬岭南,途中死于潭州,而同时,陈瓘被追封为谏议大夫,并在县学中建斋祠奉祭。这也是后话了。

童贯以供奉官的身份到杭州,蔡京极力巴结,希望他在皇帝面前替自己美言。果然被重新起用,掌握大权,为投桃报李,蔡京借权提拔童贯领节度使。童贯更是内朝呼应,又使蔡京屡得提拔,最终拜为太师,位极人臣。虽然蔡京在其间又数度险遭降贬,但都是童贯从中周旋,化险为夷。这次大兴花石纲是蔡京的计谋,童贯则说动了皇帝,二人你中有我,我中有你,各显神通,千方百计使皇帝看到新建和扩大宫苑的好处,双双求得恩宠。因此蔡京认为与童贯虽有小摩擦,但无大矛盾,双方结盟,互通声气,才是大局。

想到此处,蔡京连连称赞童贯的才识与气度,说:"陛下圣目慧眼,得赏童枢相。"

童贯听到称赞,认为蔡京也不是假意。之前蔡京得以起用进京,得力于童贯。蔡京任相后,维护童贯的统兵权威,赞成童贯的用兵主张,使童贯在枢密院的地位得以巩固。其间虽有蔡京借人之口,批评童贯恃功而骄,对选拔将领官吏等要事,绕过宰执,直接奏明皇帝表示过不满,对皇帝拜自己为开府仪同三司有所妒忌,提出过使相官职怎能授给宦官的质疑,但这一切,都不是明目张胆的公开批评,说明他多少还是想努力维持双方的良好关系。事后蔡京还主动示好,说:"时人称我为公相,你为媪相。正好。"承认二人平起平坐。自己与蔡京交好,双方恩惠互加,朝野皆知,尤其百官总有参弹,世间不免骂声,蔡京官位更高,顶在前头,承担更多,压力更重,自己能有所遮挡,有所进退,有何不可?更主要的是,这次花石纲,天下震动,一旦皇帝反悔,怪罪下来,蔡京首当其冲,自己有何损失?如果花石纲诸事顺利,誉满天下,他与蔡京事事联合,不也可以各取所需,取悦皇帝,共享成果吗?他看着蔡京的老态,得意地笑了。要说计算,不止他蔡京一个人。

两人正各自想着,这时人群中,那个自称东南无名氏的年轻人握着那把牛耳尖刀,正悄悄往童贯这边走来。码头四周人山人海,但戒备森严,负责警戒的几个公差似乎注意到了他的举动,发现了他的异常,提着朴刀向他迎面走去,与他近在咫尺。

发现东南氏的还有童九两,她挤过去,拦住了东南无名氏,高声喊道:

"大哥,又见到你了喂!"

几个公差一看眼前出现一个如花似玉般的女子,一时愣了神,只管盯着她的脸看。东南无名氏听到声音,一看是童九两,然后又看见了几个公差,知道自己被注意了,于是快速闪进了另一股人流,仍然往河边挤过去,那几个盯住他的公差再次一齐向他靠过去。

假山上的落杏儿因站在高处也看见了这一幕。

落杏儿突然大叫一声,便要往假山上撞。

只见一个人快步冲上来一把拉住了她,紧紧抱住了她的身子。这人正是童九两。

混乱之中,东南无名氏躲进了码头的一艘运粮船内。

## 十　大晟府令献词花魁娘子

在汴京皇家禁宫里，西域胡姬的突然离去，使赵佶等待童贯归来的心情变得尤为迫切。

前一段时间，赵佶感到头晕眼花，筋疲力尽。秘藏的五颗飘渺神仙丸早已用完，林灵素不知所终，赵佶只好自己动手炼丹，勉强制成了几颗，但服后效力甚微，在这样的情况下，他已无力对付身体强壮、性欲旺盛的西域胡姬。张太医诊断后，劝其节制情欲，保重身体，并开了几味补肾的药，无非鹿茸、牛鞭等，嘱道："陛下龙体强健，但西域胡姬非同我中原女子，疏离半月之后，陛下自然生龙活虎。"

郑皇后十分心焦，一连过来探视了三四次，劝道："陛下身体，臣妾爱都爱不过来，哪敢奢望，怎能由她一个人贪婪如此！事关国家，恳求陛下远离胡姬。"言下之意，要将她逐出皇宫，送回西域。

赵佶也点头称是，但不赞同无情之举，毕竟大宋是文明之邦，说："朕自有调度。"实际上他此时看到胡姬，已是心有余力不足，一连十数日，不敢再见到她。那胡姬也已试出赵佶床笫上的功夫不过平常，于是不遮不掩地表示出已对赵佶心生厌恶，加上又想念起西域来，性情突然改变，不像初来时那么温顺。赵佶心里着急，想以自己的才艺再度折服她，好几次让她观赏自己的绝品丹青，谁料胡姬对此全无兴趣，不仅对赵佶写的字画的画看也不看一眼,还撕毁了宫中收藏的几幅古人名画。赵佶又叫她观他蹴鞠,好显自己本事,不想,几脚下来,就气喘吁吁,只踢了半圈,就踢不动了,顿时沮丧。

胡姬笑他说:"就只有一个花架子,没有一点力量。"

而胡姬对抚琴弈棋之类更觉得无聊,宫中的操琴高手把一曲上古的《高山流水》弹得荡气回肠,但是胡姬却将他们一个个赶了出来:"什么高山流水?流了一天了还流不完?高山上是冲下来的水,是瀑布,我听了怎么就以为是泥地里不死不活的淌水!"一个少年弈棋天王与宫中棋院的众多圣手上演车轮大战,观者无不叹服,胡姬却掀翻了棋盘,说:"半日落不下一颗子,这只会教人学会算计!"有时胡姬思念家乡的雪山和草原,思念家乡的帐篷和马群,便一个人在御花园里一边独舞,一边咿咿呀呀地放声高唱。王黼等几位官员听说之后还愿以大臣之尊与胡姬共舞。胡姬讽刺说:"你们宋国的大臣最没劲了,哪比得我们西域歌舞生猛热烈?像你们这样慢慢吞吞的,难怪打仗总是打不过人家。"赵佶终于大怒,当众斥责了她,她就闹得越厉害,后来有一次索性在寝宫大殿上一丝不挂地来回奔跑,幸好张迪反应敏捷,马上取下一块帘帐,将她裹了一个严严实实,否则她当时完全可能就这样跑到殿内去找正在与大臣们议事的赵佶。此外,她还公然对朝中年轻的武将们抛媚眼,使得他们神魂颠倒,几乎把持不住。忍无可忍的赵佶认为她实在太过分了,命令张迪动用宫规,将其捆锁,并当众掌了她几个耳光。

受了刑罚的胡姬事后并不哭闹,而是不吃不喝,安静了几天之后,神情淡淡地告诉赵佶说:"大宋皇帝,我在你的宫殿里再这样生活下去就要闷死了,要么杀死我,要么让我回到西域。"

赵佶这时才知道西域胡人真的不了解大宋,不了解大宋是一个伟大的国度,是一个礼仪之邦。一个嫁入宫中的女人,说回去就想回去,而且听说他父亲也亲自到开封来接她了,这真是天大的笑话!赵佶这个时候终于说了重话:"赐她一杯毒酒,或者是把她打入冷宫。"后宫之主郑皇后得知了皇帝的态度以后,发动嫔妃们对胡姬的行为进行了批判,各种压抑已久针对胡姬的谴责和议论汹涌而至,像火山一样喷发出来。同时,对一些有干系的人也进行了猛烈的抨击,有的甚至还认为皇帝本人也有一定的责任,对此郑皇后异常严肃地确定了一条根本原则:禁止一切对皇帝的批评,否则就是大逆。后来只对几个有牵连的官员提出了处分的建议。其中西北的将军其时已任权知开封府事,他深责自己给皇帝带来了麻烦,主动请罚,向郑皇后递交了一封悔过书,赵佶并不埋怨他,亲自找郑皇后谈了谈,阻止了后宫随意指责大臣的行为。

矛头主要还是集中在胡姬身上。已故向太后的外甥孙女德妃王婉容早已对胡姬不满至极,主张对胡姬动用幽闭的宫刑。赵佶听说此议后深感惊诧,当时就驳问王德妃道:"幽闭之刑为上古的酷刑,本朝岂能仿效?你从何处得知此法?显然有失宽仁。"

按制胡姬属后宫管辖,后宫的实际领袖是郑皇后,因此郑皇后和张迪等人商量了一个初步意见,最后请赵佶拿定主意。赵佶对郑皇后的意见深表赞许,下了一道圣旨:"胡姬自小长于西域,从未归化我大宋,既非大宋女子,就不要用大宋的礼法强求了吧,她要走,就让她走,好来好走。"实际上,郑皇后的建议里还有另一层考虑:其时宋正与西夏对峙,战争随时可能爆发,如果得罪了西域胡姬,等于给大宋再树一个敌人。赵佶当然也明白这个用意,所以下旨允许其返回西域,并随赠茶叶二百担,绸缎四万匹,瓷器二百箱。

胡姬与赵佶告别时行跪拜大礼,用西域的语言说了一番话:"大宋皇帝,我不跪任何人,这是我第一次下跪,也是最后一次。你是一个好人,你会得到保佑的,今后你的国家对你不好了,或者说敌人要攻占你的国家,你不妨到西域来找我,我仍会以夫妻之礼相待。"

尽管翻译的官员没有将她后面的几句翻译给赵佶听,但是看到胡姬说话间眼泪流了下来,赵佶心里也不禁酸楚:谁说胡姬无情,只是两族文脉不通,没有缘分罢了!他鼻子一酸,点点头:"西域之境,也是朕想象过的,只是身不由己。"

多年以后,他在五国城的寒风中,想到了胡姬,不禁泪流满面,以胡姬的性格，如果她得知自己的处境，如果她有能力，她一定会想尽办法拯救他的。当然，那是后话了。

胡姬离开汴京的时候尽管是晚上，但她还是大摇大摆地穿过灯火通明亮如白昼的御街，骑着骏马走出空旷高大的西北城门。消息显然已经走漏了，开封城的官民百姓挤在两旁，夹道而观，绵延数里。也有开封民众对皇帝随便放走一个妃子颇有微词，感叹道："如此这般，大宋脸面何在呀！"

胡姬一走，赵佶只当快剑斩情丝，反而一下子觉得轻松了，心里留出了一大片空间开始想别的事，做别的事。除了着手编纂《宣和画谱》，与后宫的嫔妃们叙叙感情，重温汉家女儿的似水温柔，其中最大的期盼便是等待童贯归来。但不知童贯有没有去睦州，有没有找到入画的美女，这入画的美女是否就是自己梦中之人？这么一想，赵佶又是一连好几天没有上朝，他不分白天黑夜猫着身子在睿思殿里不断地画，地上小山似的堆起了画废的《东南美人图》草稿。他只是想把梦境在绢纸上记忆一下，免得忘记了，到时候还可以对照，童贯带回来的人是否正如自己梦中所见到的一样。

这天赵佶起了个大早并上了朝。大臣们报告了很多好消息，诸如岭南的一批名贵砚台已经运送开封，荆湖、荆湘两路赋税增加了一成，金国的使节昨日已经到达开封等等，使他原来较好的心绪更加高亢。散朝后，他回到了睿思殿，极想找一个人分享他内心的快乐，想来想去首先想起的就是周邦彦。近来周邦彦告病在家，已经有很长时间没有进宫来和自己切磋音律了，不知他身体康复了没有。他对张迪说："周邦彦如能进宫来最好，如行动不便，朕亲自去他府中探视。"巧的是，张迪回话说周邦彦已经在殿外等候求见了。赵佶笑道："朕与周邦彦就是有缘，朕今日想见他，他也想见朕，这就是默契！快请快请！"

大宋朝当今第一才子周邦彦已经在殿外等候求见多时了。

钱塘人周邦彦于元丰初年，在汴京当太学生时，因为写了一篇描述汴京盛况，歌颂新法的《汴都赋》，受到神宗赏识，被提拔为太学正。以后十多年时间里,外任庐州教授、溧水县令。哲宗绍圣三年(1096),又回到他念念不忘的汴京,担任国子监主簿、校书郎等官。后来又外调顺昌府、处州等地。此时,已提举大晟府,负责谱制词曲,供奉朝廷。

这次他抱病进宫是为了向赵佶求情。这几日钱塘老家不断有书信或是有人过来,千里迢迢皆因花石纲赋役沉重,东南虽富庶,但长此无度征调,官民难过安宁日子了。特别是自本朝开国以来杭州之地选美无数,近日又闻要在睦州征选百名美女,民怨已起,这怨怒直指朝廷,直指他素有好感的皇帝,他心底里深深敬爱的皇帝,他多么不愿意看到皇帝被人唾骂,被人贬损!杭州地方官员和乡绅报过来的事实,却又说明皇帝的的确确做得有些过分了。他们认为周邦彦是皇帝近臣,是皇帝看得起的才华横溢的名士,故此请他向皇帝进言。周邦彦刚刚送走老家来人,心情不免怏怏,因此进来的时候,脸色有些沉重。赵佶问周邦彦可有谱成新曲?周邦彦暂时收起愁容,说话中气不足,回道:"这几日寂静,将旧作《苏幕遮》谱了曲,臣下自认为尚有些意思。"赵佶兴奋地说:"备琴,快快请周待制唱来。"

燎沉香,消溽暑。鸟雀呼晴,侵晓窥檐语。叶上初阳干宿雨,水面清圆,一一风荷举。

故乡遥,何日去?家住吴门,久作长安旅。五月渔郎相忆否?小楫轻舟,梦入芙蓉浦。

周邦彦唱毕,赵佶击掌道:"好曲好曲,朕已有多日没有听闻了。曲中所忆,是你的家乡钱塘吧?"

周邦彦抚琴之声突停,布满褶皱的脸上盗出了一层虚汗。赵佶忙问:"周待制你是不是不舒服了?叫张迪宣太医吧。"周邦彦支吾着说不用了。其实他是心里紧张,方才唱曲间,心神已经游离,对于两浙民怨,说还是不说,他内心充满激烈的矛盾。如果说了,必定扫了皇帝的雅兴,皇帝对他恩宠有加,情同知己,自己出言不逊,惹恼皇帝,又于心何忍?但有此机会闭口不说，更对不起杭州父老。如此想了很长时间，最后他硬着头皮跪奏，但声音有些含混不清："陛下，请罢东南花石纲。"

赵佶可能没有听清楚，一时没有反应过来，周邦彦提高声音又说了一遍："道君皇帝，请罢东南花石纲。"

赵佶总算明白了周邦彦今天的来意，说："周待制，你还是专心音律吧。填词作曲，当今天下无人能与你比肩，朕提举你为大晟府，徽猷阁待制，就是要你专心艺文，少问政事。你是钱塘人，为乡人说情，自然可以，花石纲加重两浙负担，朕确有过失，但东南财赋之地，这区区贡献，也是应该。"

周邦彦还想说什么，赵佶用手势制止了他，他起身离开琴座想辩说几句，赵佶有些不耐烦了，说："你们江南不会如此小气，送几块石头都不舍得吧？"

周邦彦感觉到皇帝已经动了气，忙说："臣多嘴了，扰动了圣心，臣愿意献上一首新曲向陛下谢罪。此曲是应花魁娘子李师师之请所写，好像坊间还不曾传唱。"

原来是周邦彦将自己的旧作《少年游》填了新曲：

并刀如水，吴盐胜雪，纤手破新橙。锦幄初温，兽烟不断，相对坐调笙。

低声问向谁行宿，城上已三更。马滑霜浓，不如休去，直是少人行。

赵佶听了，击掌说："真填得好曲，花魁娘子焉能不喜！"嘴上这么说，心里却有些酸味。想起之前与李师师初识，自己亲自送去快马快船从福建运到的一筐新橙，叫她尝鲜。李师师原本就喜食柑橘甜橙之类水果，自然欢天喜地，马上问李妈妈要了一把先前一个太原富商赠送的刀子，纤手一张，雪亮的光刃一闪，就切了起来。只一会儿，一个金灿灿的黄橙，就剖作七八瓣，似一朵莲花，放在玉盘上面，肉如金丝，晶莹剔透，甜甜的汁珠欲滴还渗，让人垂涎。

李师师叫他先吃，赵佶哪里舍得，连声赞叹她一双巧手，正如观音玉指，让一颗东南来的黄皮橙果有如此造化，说："此橙有福！"

李师师递上一瓣，送进他的嘴里，说："陛下吃了，它才有福！"

赵佶一边吃着，一边也给李师师喂了一瓣，说："姑娘玉口，正好含蕊。"

李师师也咬了一瓣，嘴唇轻抿。赵佶看了觉得她连吃的模样也动人，不禁拉她的手，她却皱了一下眉头，把手一抽。原来刚才一急，并刀离手指一近，碰了两处皮，此时又沾上橙汁，因而疼痛。

赵佶心疼，抚着她的手指，说："让人叫个名医来。"

李师师却又拿起一瓣递给他，说："一点皮外伤，又没有出血，明日就好了。我哪有这么娇贵，还叫什么名医呀！"

赵佶担心，说："怕留下什么疤痕。"

李师师看着自己的一双纤手，说："留点疤痕也好，天下哪有十全十美的人。"

想想周邦彦的这曲《少年游》如同当时情景，这本该自己来写的，却让人写了，确是憾事。所幸后来没有留下什么疤痕，李师师的双手十指光洁如故，并无一点点瑕疵。

赵佶想着，正耿耿于怀时，张迪进来，说："飞马来报，花石纲连同百名睦州美女已入黄河，童贯有亲笔书信呈给陛下。"

赵佶看了书信，大笑说："童贯果然不负所托，朕的入画之人亦与百名睦州美女一同赴京。"

周邦彦听到百名睦州美女一事，双手封住琴弦，原本平稳的情绪又突然激动，说："陛下，宫中美女已近万，不少这百名睦州妇女。听说这些女子多是被迫，两浙官民多有怨言，不如仿效胡姬之例，下旨遣还。"

赵佶因为处于兴奋之中，没有再责备周邦彦的直言，说："这与胡姬不是一回事情。这睦州美女不逊色于苏杭美女。朕已下旨年内将放还数十人，宫中要新陈代谢，方能生机勃勃，朕保证这是最后一次征选东南美女了。"

周邦彦听到皇帝这么说，心里不免难过，说："陛下，臣一定用心做好填词谱曲之事。臣受尽皇恩,无以报效,臣能做的就只有这些了。"

赵佶命张迪备好车马送周邦彦回家,周邦彦落了泪,想说什么,赵佶挥挥手,说:"俗事不要去多管,也别放在心上,好好养病。"走下睿思殿台阶,周邦彦又说:"《少年游》一曲,请陛下转赠于花魁娘子。"

赵佶爽快地答应了,说:"周待制的美意,师师一定会感激不尽。"

其实,原有的《少年游》旧曲,就在过了上元节不久,赵佶已经从李师师那里听到过一次了。

自从胡姬进宫到现在,一晃已有两三个月没有见到李师师了。

周邦彦说起要把《少年游》的词曲送给李师师,赵佶正好有个理由去见她了。于是他一个人从地道来到镇安坊的醉杏楼。李师师正呆呆地站在窗口看夜景,看着将街坊照耀得红红火火的一串串大红灯笼。她回头看见赵佶眉飞色舞地闯进来,吃了一惊,灯光下脸红红的说不出话来。

赵佶笑问:"呆呆地在想念朕吗?"

李师师行了礼,但脸红得火烫,承认说:"奴正想着陛下呢!"

赵佶对李师师表现出的羞涩心生十二分的喜爱,真想立刻拥抱她,但他还是不紧不慢地说:"花魁娘子不认得朕了?如何目光生疏?"

李师师嗔道:"自从什么胡姬进宫,道君皇帝就没有空闲,都长远不来奴处了,道君皇帝怕是忘了奴,奴能不生疏吗?"

赵佶见李师师话语间有些醋意,越发高兴,说:"这东南花石纲一到,万岁山就造好了,而且,这百名睦州美女中必有我梦中入画之人。"

李师师深情望着赵佶,劝道:"道君皇帝性情中人,只是贵为天子,不可忘记还要烦心国家大事,天下百姓。"

赵佶一听就烦躁了,说:"你怎么也和周邦彦一样?尽扫朕的兴!国家大事有童贯、蔡京他们管着,花魁娘子和周邦彦都不懂。不说这些俗事,弹琴弹琴,听我唱今日周邦彦新谱写的《少年游》新曲,说是赠给花魁娘子的,听听与旧曲有何不同。"

李师师也不纠结,马上来了兴致,不禁说:"周待制也长远不来看奴了,奴倒想念他了。原来的曲子不是很上口的吗？不知为何要重填此曲。"

赵佶假装吃了醋，说："朕看周邦彦对花魁娘子也是钟情得很呢，可惜名花有主了。好一个并刀如水，吴盐胜雪，却是何意？如周待制来了，朕是否要回避呢？"

李师师笑容妩媚，红了脸，说："师师对道君和周待制是两样的情，对道君的情是男欢女爱、卿卿我我、身心俱交，对周待制是晚辈对长辈，彬彬有礼、你敬我重的那种，不一样嘛！并刀水，吴盐雪，师师只与道君一人知！"

李师师绵绵软软地说出这番道理，真是一个可心的人儿。赵佶忍不住搂紧了她，说："花魁娘子，你真是朕心目中的好娘娘呀，今晚朕就留下来不走了，你不是说和朕身心俱交吗？此刻朕身心都已交给娘子了。"

李师师听到这番话，把一张俏脸儿贴着赵佶的胸口，泪珠子一颗颗掉下来，声音也像梦呓一般："道君，奴已经心满意足了。上一次恩宠，刻奴的心刻奴的肺，奴的魂魄都跟着道君走了，但等来生，奴还是要纠缠道君不放的。"

李师师这一说，赵佶想起胡姬还没有进宫之前的那个晚上，他与李师师的销魂之夜，那是他服了飘渺神仙丸之后，真正征服了一个女人。他这时想重温当时的情景，但是他心里又有些不踏实，因为今天没有带飘渺神仙丸。两个人正拥抱着，不分你我地说着话，张迪从地道口出现了："陛下，花石纲由蔡太师押到，已过黄河。"

瞥见二人此时情景，张迪知道自己来得不是时候，忙解释说："花魁娘子请恕张迪失礼，皇帝交代过，有花石纲的消息要马上呈报。"

李师师见张迪解释，反觉得不好意思，忙说："张殿头，是师师不应该了。"

赵佶并没有马上就要离开的意思，还与李师师相拥着说："童贯书中所言，睦州美人是一绝，明日一早请花魁娘子也到汴河上去看看，用你的慧眼挑剔一番，也让朕知道童贯所言是否夸大。"

李师师听了赵佶的话，没有马上回答，但是脸上的笑容却消失了，说：

"道君皇帝还是回宫早点歇歇,怕是宫中后妃又要在背后骂师师了。"

赵佶兴致正浓,说:"由她们去,反正伤不了娘子。"

李师师又说:"晚上道君皇帝的心思怕是早不在这里了,别忘了一大早还要迎接梦中入画的东南美人。"

赵佶纠正道:"是睦州美人。"

"那陛下会与她订什么誓约吧?"

"什么誓约?"

"生死誓约。"

赵佶正色道:"休要诓朕,那誓约只是与师师的。"

## 十一　大名艺人陪伴空虚时光

　　想着皇帝突然离去时的迫切神情，李师师一晚上都没有睡好觉。第二天一早她忍不住也想到汴河边去看看，所谓睦州美女到底是何等尤物。

　　但她一脚跨出醉杏楼，两个公人，一个瘸子和一个独臂就紧紧追在她的后面。这是两个小人物，但在汴京城里有些知名度，一个叫董超，一个叫薛霸，是镇安坊上的专职巡卫。按照规定，开封内城的主要街市，每隔半里便有两名巡卫，但董超和薛霸是为李师师特设的，他们的主要任务是负责她的安全。皇帝与李师师第一次相遇以后，就命张迪将镇安坊李师师的坊间修饰改造，如同新宅。赵佶说："镇安坊与皇宫近水楼台，朕要见花魁娘子只在一刻之间，因此坊间也要气派。"李师师又请赵佶重起个楼名，因为坊间和睿思殿门前一样，也有一棵杏树，赵佶于是就赐名醉杏楼。醉杏楼的朱红门口，则是赵佶所赐手书：歌舞神仙女，风流花月魁。

　　李师师花魁娘子之称也因此而得。

　　李师师的安全问题是由张迪到开封府落实的。开封知府正为西域胡姬的事耿耿于怀，自胡姬走后，他觉得自己没有把事情办好对不起皇帝，更担心皇帝会心生怨恨把自己重新调回西北边关。对皇帝钟情李师师的事开封知府早有耳闻，只是苦于没有机会表达自己的一片忠心，此事正好将功补过，当时就决定派出府衙内最得力的王、马、张、赵四大捕快和一个姓展的护卫。还当着张迪对这五个人进行了动员，说皇帝下达这样的重任，是开封府的幸事，李师师为开封府争了面子，开封府理所当然要负责照看好她。张迪一看，果然一个个身材健壮，相貌英俊，展护卫更是出类拔萃。展护卫原是包拯任权知开封府事期间的得力手下展昭的孙子，名叫展五。张迪赞扬了一番，没有马上做决定，说还要请示皇帝。回去后他禀明了皇帝，描述了他们的长相，赵佶犹豫了良久，说："朕不想张扬，找一两个人就够了，人长得不要太引人注目。"张迪知道皇帝的心思：四个捕快和展五都太年轻太英俊了，尤其是这个展五，长得和他爷爷一样，是开封城内有名的美男子。镇安坊一带多的是歌台教坊，多的是年轻女子，叫他们早晚混在里面，说不定惹出什么风流事情来，影响也不好。皇帝对李师师是否专一应该是有把握的，但对展护卫就不一定有把握，谁能保证这小伙子不会迷上李师师？赵佶又命张迪跑了一趟开封府，传达了自己的意思。展五和四大捕快一听说取消了这份差事，也有些怏怏不乐，说："皇帝是对我们不放心。"

开封知府说："我知道陛下需要什么样的人了。"于是他推荐了著名的解差董超、薛霸。

其时董超、薛霸拿一半的俸禄，正在家中养伤待岗，因为去年冬天他们押解大名府的财主卢俊义去沙门岛，被卢俊义的家奴大名艺人劫走。那次大名艺人在英勇的救主行动中，下了重手要结果他们的性命，两个人只好随机应变装死，性命虽然保住，但落下残疾。张迪也听过两个人的大名，当时就表示要见一见他们。两人其貌不扬，董超是一个瘸子，而薛霸只剩下了一条手臂，张迪看到他们这副样子，放了一大半的心，但没有马上表态，只是说如果选中当这次皇差，俸银加倍。听说如此优厚的待遇，董超、薛霸主动表演了一路拳脚，两人相互配合，形同一人，张迪出手与他们试了试，打了个平手。

张迪回去告诉皇帝："人虽残疾，但武功了得，虽说看重钱财，但口风却会很紧。"

赵佶说："这两个解差朕也听说过，对朝廷倒是忠心的，以后他们的俸银也由宫内支付一份，开封府的那一份照例不能少，如果师师满意，要多给奖赏。"

就这样董超、薛霸担当了保卫李师师日常安全的重任。

李师师怏怏地往回走,见董超、薛霸仍不离左右,多少有些迁怒,道:"我跟你们说过多少遍了,不要每次都这样跟着我!"

董超、薛霸不肯离开,神情冰冷,低声说:"道君皇帝嘱我等,负责花魁娘子出门在外时的安全。"

李师师说:"那好,我不出门了。"

回去之后她坐在窗下发呆,想象此时此刻汴河码头的情景,内心变得空空荡荡,毫无着落。

这时一个从山东来的声称大名艺人的标致男子上门求见。李师师原本什么人都不想见了,但不知为什么,却见了此人。大名艺人先是送上了大量的金银,但李师师看也没有看一眼,说:"你胆子不小,怎么进得来?你难道不知道我是什么人吗?"

大名艺人非常得体地作了一个揖,说话直截了当:"我知道,花魁娘子是当今皇帝的红颜知己。"

李师师对他有了几分好感,说话的声音缓和了许多,又问:"你难道不怕道君皇帝知道了为难你吗?"

大名艺人目不斜视,说:"我对花魁娘子没有其他的想法。"李师师对着他嫣然一笑,就看了座,破例设宴招待他。

数杯酒后,大名艺人道出了自己的真实身份:"我流落河南已有些日子,目下正在山东水泊做点事情,混口饭吃,并非杀人越货之徒。"

谁知李师师并不惊奇,说:"原来是山东盗,你们有很多人才,早就听说大名艺人哥哥精通诸般乐艺,不知能否一观,酒边闲听,助助兴也好。"

大名艺人心想这分明是叫自己唱曲,正好显示自己本事,微微一笑,说:"怎敢在花魁娘子面前卖弄?"

李师师酒红已经上脸,说:"我便先吹一曲周美成的《少年游》叫哥哥听。"说着从锦袋内掣出那管凤箫,口中轻轻吹动。

大名艺人听了,不禁喝彩,心想外界传说李师师与周邦彦关系深厚,看来不假。第二阕时大名艺人也就跟着曲子唱了：

"低声问向谁行宿，城上已三更。马滑霜浓，不如休去，直是少人行。"

李师师心中惊奇大名艺人的音乐才华，此乃新曲，大名艺人却一听便通。李师师吹完曲后，递过箫来，放在大名艺人手上："哥哥好情致，也吹一曲与我听听。"大名艺人自忖有要事在身，应想办法让李师师高兴，便接过箫，忽而呜呜咽咽，忽而悠悠扬扬吹了一曲，却是苏学士的《水调歌头》：

明月几时有？把酒问青天。不知天上宫阙，今夕是何年。我欲乘风归去，又恐琼楼玉宇，高处不胜寒。起舞弄清影，何似在人间。
转朱阁，低绮户，照无眠。不应有恨，何事长向别时圆？人有悲欢离合，月有阴晴圆缺，此事古难全。但愿人长久，千里共婵娟。

李师师也和着，唱着唱着，唱到"但愿人长久，千里共婵娟"一句时，就不再出声音，只是听得出神，怔怔地看着大名艺人，待曲罢了，说："哥哥不但一表人才，英俊无人能比，想不到才艺也这样好！"

大名艺人又说："我也唱个曲儿，让花魁娘子听听。"说着声韵清美地唱了一曲柳永的《雨霖铃》。李师师举着酒杯一边喝，一边舞，情绪放松开来。歌舞完毕，两人都一言不发，房间里突然静谧无比。大名艺人看出她心绪不在这房里，就说时候不早，要告辞了。

大名艺人没有看错，李师师此时想到了皇帝赵佶。他在干什么？前些日子和那个胡姬凤颠鸾倒，夜夜云雨，如今又一颗心全到了睦州美女那里了。想到这里李师师不禁一阵幽怨涌上心头，连喝了三四杯酒，才喘着气，笑说："再坐片刻不迟，早就听说大名艺人哥哥一身好花绣，能给我看看吗？"大名艺人看那李师师两腮火红，两眼水汪汪的一片晶莹，黑眼珠儿只在自己身上转，便低了头，说："虽有些花绣，但怎敢在花魁娘子前袒胸露背？"李师师此时酒劲一点点上来，胆子也更大，一定要讨看，说："锦体社家子弟，那顾得揎衣裸体！"大名艺人只得脱下衣服，转过背来。李师师看着，一双纤手轻轻抚过他的肌肤。大名艺人慌忙穿了衣裳。正当此时，李妈妈慌慌张张地冲进来报告："娘子，宫中来人了！"李师师一听说宫中来人了，不禁兴奋地失声叫道："真的？"

趁着李师师高兴时不再注意自己，大名艺人悄悄走了。

原来大名艺人进了醉杏楼早已被人发觉。镇安坊四周来回走动的巡探们，都带着十分专注警惕的神情，脚步迅速，不声不响地在醉杏楼这边来回巡视。门两边，董超、薛霸各站一边，就像拉着一张网，等候着大名艺人从屋里出来投进网中。

因其脸熟，大名艺人一出镇安坊就被董超和薛霸拦住："这位客官，请慢走。"

两人亮出执勤的腰牌，说："我们是钦命负责镇安坊醉杏楼花魁娘子安全的公人。请你跟我们走一趟。"

大名艺人已经听出这两个声音有几分熟悉，便低着头走路，说："我是花魁娘子的客人。"

薛霸上去拉住他的肩膀，说："你敢说你是花魁娘子的客人？你还不如说是当今天子的小舅子！那就更得要跟我们走一趟了。"

董超借着红灯笼的亮光，忽然认出了大名艺人，喊了一声："好啊，是你！你分明就是山东盗！"

大名艺人不觉一惊："胡说！"肩膀一动，甩开了薛霸的手。薛霸以为大名艺人要动武，往后一跳几步远，董超已横刀在手，说："我们正是去年秋天大难不死的董超、薛霸！"

大名艺人脱口而出："你们怎么没有死？"

董超哈哈两声大笑，说："我们当时被那姓燕的山东盗连弩箭射中，只好装死，却分别损了一条臂膀一条腿。今夜不想撞在我们手里，正好报当年之仇!"

大名艺人也冷笑,摆出阵势,说:"原来你们没有死!今日你们要是纠缠于我,就没有上次幸运了,必死无疑。"

董超和薛霸齐声说:"今天不比去年荒凉无人之地!我等合二为一,功夫已经了得。而且这堂堂京师,街坊之上巡骑密布,三步一探,五步一哨,你敢妄动,只要一声呼哨,便是天罗地网,看你怎么逃脱?"

听说是山东盗贼,四周的捕快公差都迅速地向大名艺人靠拢。大名艺人没有多话,突然出手先将薛霸摔倒,并腾手抽出刀来。董超猛地退后,正要高喊抓人,这时,李师师在楼上推开窗子说:"董超,不要乱来!大名艺人请刀下留人。"趁着董超薛霸二人一愣神的机会,大名艺人飞身离去。

之后,李师师先是邀请董超、薛霸进楼喝酒,两人说:"不敢,保护花魁娘子的安全是我们的职责。"

于是李师师便下楼来,赠送一包银两给二人,并轻声叮嘱道:"事关道君皇帝的机密,遇上大名艺人的事不要与外人道,以后也不要这么烦劳,在醉杏楼边一步不离的。"

董超先把那包银两揣入怀中,脸上有了笑容说:"身负钦命,不敢马虎,可能我们认错人了。"

李师师一笑说:"道君皇帝不过是随便跟开封知府开了一句玩笑,你们何必当真。"

董超、薛霸二人一边嘴里连声说不敢,一边招呼周围捕快公差收队离开了。

这时红灯已经掌上,李师师叫人关上大门,又备下几样酒菜,自己吃了起来。李妈妈说:"说不定今天皇帝要过来,你还是先等等吧,不要急着吃。"

李师师停住了酒杯,往屏风那边看了一看,又把一杯酒倒进了嘴里:"都这时辰了,不会来的。"她这么说着,但眼睛却一刻也没有离开过那一排屏风,满心希望屏风移开来,出现那张熟悉的脸,然后再给他添上一只酒杯,两盘热菜,和他美美地喝上几杯,在半醉之中弹几个曲子,接着……李师师想着全身热热的,禁不住一连往自己的嘴里倒进了五六杯酒,白银酒杯边沿已是一圈红唇的残印。她的双眼已经有些蒙眬,但却看得清楚那排屏风还是一动也不动。

她忽然清醒了,心里不禁一声苦笑:我怎么忘记了宫中新来了一批睦州美女呢!

夜深了,李师师却一直不能入眠,坐起来弹了一会儿琴,迷糊中唱的是柳永的《忆帝京》:

> 薄衾小枕凉天气,乍觉别离滋味。展转数寒更,起了还重睡。毕竟不成眠,一夜长如岁。

停了停,心中少许怨尤,故意模仿赵佶口气,唱了下半阕:

> 也拟待、却回征辔。又争奈、已成行计。万种思量,多方开解,只恁寂寞厌厌地。系我一生心,负你千行泪。

一边唱着,一边想着下回再见到,让他一起唱,心里轻松不少,居然打了一个盹,猛然惊醒,总是惆怅,又磨了墨,对着赵佶的字练起来,从"宣公三年春"一直写到"冬,郑穆公卒",天已经亮了。

宫中过来的是一个小黄门,送来了两匹渝州进贡的绸缎。没有带来皇帝的任何消息,也没有皇帝的一句问候,对于皇帝昨晚和今日的行踪,小黄门一问三不知。

李师师把临摹的瘦金书交给他,说:"我写的字,请皇帝批改。"

小黄门看了看问:"跟皇帝写的一样了,这写的是什么?"

李师师冷冷道:"是生死誓约。不过只是写了一半。"

"还有一半呢?"

"还有一半在道君皇帝那里,他现在还没有给我写。"

## 十二　调包妙计瞒骗多情圣君

一长列的花石纲船队放慢了行驶速度,进入了汴河水域。

昨天晚上,落杏儿没有睡着,因为蔡京进来打扰了好几次,尽管和颜悦色,但落杏儿听不懂他在说什么,于是她又惊又怕,也一夜未曾合眼。原本童九两同船回来,打算两人住一个舱,但是童贯留在了苏州,她也跟着留下了,因此这个靠近船尾的小舱里就只她一人。但是她不肯多理睬蔡京,蔡京也没有办法,因为舱门口童贯安排的两名心腹内侍瞪着四只眼睛一刻不离地看着她。蔡京要请她去豪华的主舱里品一杯茶,也被他们阻止:"童枢相说过,要小心护送,谁也不能见她,直到陛下过目。"半夜里,落杏儿蜷缩而眠,并不住地打冷战,蔡京叫李虞候下去为她盖件袍衣,又被那两个内侍呵斥了一顿:"我们自然会照顾她,不劳烦蔡太师了。"蔡京得知后,显然生气了,操着满口的闽南话,说:"我堂堂一个太师却不能关心一个普通的民间女子!"

也就是在看到汴京城楼的刹那间,蔡京突然对素来投机的童贯充满了怨恨。离京城越近,与落杏儿接近的机会越少,他越想越觉得此番杭州、睦州之行,自己受尽童贯的欺负。童贯为了邀功,为了皇帝,不顾自己的再三请求,不把落杏儿送给自己!快到汴京城时,蔡京又冷静下来,实施了一个别人想都不敢想的计谋。

望着开封上空还没有完全散去的夜色,他向李虞候如此这般交代了一番:第一步,入京城之前,务必让监管内侍喝下蒙汗药,或是干脆将他们杀掉,山高皇帝远,没有人会追究;第二步,偷偷将落杏儿藏于几名高大胖女之中,换上姿色上好之人伫立船头。

行为果敢、手脚麻利的李虞候很快就把两样事情都完成了。他用一根棍子将两个监管内侍一一打昏,然后在他们身上拴了几块睦州石头,沉入河底。

至于调包上来的,是另一个睦州美女无邪。无邪的五官也很精致,八九分容貌,神态气质也不平常,身材丰满且有型,在一百个睦州美女中也显得十分抢眼。

蔡京顿时喜悦,暗暗祈求:但愿眼界太高的皇帝会看上这个来自睦州的美女。

船队终于进入了汴河码头,在众多官员簇拥下,赵佶迎风站立在码头临时搭建的高台上。船一靠岸,赵佶便离开华盖,走出几步,眼睛快速地扫了扫整个船队,急切地询问刚刚上岸的蔡京:"童贯叫你带来的人呢?"

也许赵佶感到自己的样子太过于迫切,就挽着蔡京的手,叫内侍奉上一杯迎客茶,之后才又问了一遍:"蔡太师,童贯让你带来的那个睦州美女呢?"

蔡京行过礼,往船上的无邪一指。说:"童枢密对陛下一片忠心,特别托老臣先行献上一份厚礼,供陛下入画之用。"

赵佶这时才看到假山石上站立着一个模样姣好、体态丰腴的睦州美女,不禁眼睛一亮。但是上前几步之后的刹那间,他猛然产生了自己的美好愿望可能落空的预感。赵佶又多看了无邪几眼,心中不免涌上一阵凉意:童贯此番负了自己了,此女并非自己梦中所想的入画之人!

蔡京已经看出皇帝此刻的心情,道:"其实这美女五官匀称至极,无人可比,正可入画。"

赵佶唔了一声,回头对蔡京说:"蔡太师,你这个年纪了,看起年轻的女子来,自然个个美丽。唉!朕怎么就忘记童贯是个净身之人,看女人的眼光比蔡太师不如。"

蔡京听出皇帝虽然是在讽刺自己，但话中更多的不满情绪却是冲着童贯的，他又说："这百名睦州美女也有好的，万岁是否一个个过过目？"

话音未落，赵佶已拂袖而去。

除了周邦彦，同时到汴河码头来的大臣们始终不明白皇帝为何没有看中船上的那位睦州美女。在他们看来，靠着假山石亭亭玉立的无邪是一个货真价实的绝色佳人。但周邦彦却理解皇帝为何突然拂袖而去。在他看来，无邪虽美，但总是缺点什么。是太过丰满？但皇帝并不喜欢女人纤细苗条。是脸蛋太过精致匀称？但是皇帝分明就没有细看她的五官。皇帝只是将她和自己梦中的女子迅速地比较了一下，就匆匆离去了，皇帝一定是对他心中的睦州美女有自己特殊的感觉。

无邪并非梦中人。

周邦彦猜想着，刚要离开，突然看到船上高大胖妇们的肩膀中露出了一张女孩儿的脸来，不由得眼睛一亮，刚想走近船边看个究竟，蔡京一把把他拉过来，说："陛下都已走了，周待制还不快回去。"

周邦彦一边走一边不停地回头寻找那张突然梦幻般一现的女孩儿的脸。

那一大帮跟来的后宫嫔妃见皇帝生气走了，趁机起哄。王德妃在一旁阴阴地看着从船上下来的睦州美女，冷笑道："皇帝的画又画不成了，我以为睦州美人有多美呢！"

汴河岸边，张迪只等朝中官员们逐渐离去，好布置内侍们准备办交接手续，查收从船上下来的一百个睦州美女，但是官员们流连忘返，磨磨蹭蹭地不愿离去。张迪只好赶人，说："陛下都走了，各位大人还是请回吧。"

"看看有何妨？"说话的是蔡攸。刚才他当着皇帝的面只好与父亲蔡京点点头，算是问候，就跟着皇帝走了，不知道他为什么送走皇帝后又回来了。蔡京心里清楚，儿子回过头来并不是来迎接他这个父亲的，而是冲着船上的睦州美女，分明是来饱一饱眼福的。因为皇帝不在，父子两人这会儿相见也不用做戏给谁看，所以连个招呼都不需打，形同陌路。一旁的张迪看到父子俩像不认识似的,谁也不理谁,怕蔡京这么大年纪了难堪,就劝他说:"蔡太师,您路途劳顿,请早点回府歇歇吧。"

蔡京摇摇头,高声说:"不累!我要赶走这批眼馋的官员,包括某个不孝之子。"他站到船头,大声说:"三院六部各司曹的长官,身为朝廷命官,大白天游荡闲逛,无所事事,成何体统?礼仪已毕,把你们的人带回去,即刻回去!不然本太师点名了!"

官员面面相觑,脚步开始移动,但都没有真要走的意思,最后大家的眼睛都看着蔡攸。蔡京严厉地喊了一声:"蔡攸!你第一个走。"

这其实是蔡攸多年以来再一次与父亲面对面接触。但这样的接触,只能勾起往事,充满仇怨。

蔡攸承认自己的进仕有父亲恩荫,父亲好比一棵遮天蔽日的大树,荫庇着蔡家。但后来主要靠自己努力,作为长子,他付出也更多。尤其是近些年来,自己为父担当,甚至力挽狂澜,其间父子关系十分融洽。政和五年(1115)初置宣和殿,自己被任命为宣和殿大学士,赐毯文方团金带,如日中天。御史中丞弹劾父亲,皇帝无奈,欲罢父亲相位,自己当即跑到睿思殿百般恳求,皇帝才改变初衷。但这种关系很快就发生了变化。父亲再次被起用为相时,由于年老,少能视事,一切决断全交给钟爱的幼弟蔡绦处理,而且有意避开他这个长子。这蔡绦擅权用事,肆行无忌,朝中敬畏,也不把兄长放在眼里。兄弟数度弥合不成,相互怨恨在心,更不满对方所作所为。蔡攸愤愤不平,为此花了很多精力和时间专门搜集蔡绦罪条,上奏皇帝,要求严加惩处。皇帝看到蔡氏兄弟反目,并不忍心,加上蔡京说情反制,最后蔡绦得以停职待养了事。蔡攸自然不能解恨,屡次加罪,因此与父亲积怨愈深。就在父亲忙于征调花石纲,大兴土木,广修殿宇来取悦皇帝时,蔡攸不甘示弱,以父亲年老有疾为由逼其罢官。几个来回,如同水火,终成仇敌。

此时对父亲的厉声说话,蔡攸本想顶过去,叫父亲下不了台,但他看到父亲的脸都气红了,双手颤抖,怕真的弄出什么意外来,自己要担当不孝的罪名,只好一边走一边说:"我等来迎接花石纲是陛下的旨意,不是说你要我们走就走的。大家虽然公务繁忙,但是想见识见识睦州来的美女也不算过分。"蔡攸一走,在场的官员也纷纷跟着离去。张迪叹了口气,觉得蔡攸越来越过分,安慰说:"太师,犯不着动气,您又不是只有他一个儿子,何况陛下是向着您太师的。"

蔡京点了点头,道:"我就是喜欢孝顺的季子。"说着,心里却一阵烦乱,张迪的话不禁勾起他心中潜伏已久的不满情绪。皇帝向着自己吗?说实话,他蔡京辉煌了这么多年,那全是皇帝抬举的结果。但是皇帝能过上随心所欲、奢华纵情的日子,他蔡京从中起了多大的作用,担待了多少干系,承受了多少非议啊!在赵佶以前的皇帝们大多生活起居比较简朴单一,少有铺张浪费。就拿神宗皇帝来说,有时还吃残羹剩菜,穿补过的衣服,嫔妃、公主们虽说贵在帝王之家也受到种种约束,谁要是贴金戴银,珠光宝气,衣着华美,就会遭到百官的劝谏甚至弹劾。起初还算克制的赵佶想选择不同于祖宗的生活方式,又怕朝臣们反对,正当犹豫彷徨之际,是他蔡京替皇帝分忧,冒险站了出来,说出了皇帝想说而不敢说的话。

政和三年(1113)春,皇帝朝宴大臣,试探性地拿出美玉雕成的盘子和酒具,问大臣:"用这些行吗?"

那时候朝臣们一心以为皇帝继承父皇遗志,即将推行新法、励精图治,听皇帝此言,深感惊诧,但又没有人马上提出反对意见,场面一时沉默,皇帝的脸上出现了尴尬。

出来解围的是蔡京,他一通深思熟虑之后说:"我以前出使辽国,他们的国宴用的都是玉器。想我大宋,物阜民丰,用点玉器何足道哉?陛下圣德恭俭,不肯超越,可谓有舜尧之德。其实事情只要合理,官民人等是不会议论的。《易经》说凡太平盛世,必然要丰、亨、豫、大,即所谓政治清明、生活富裕,就要尽情享乐,不然就不能称为盛世之君了。《周礼》说惟王不会,君王的费用自古以来就是不受限制的。"蔡京的这番话算是给皇帝新的生活方向和标准提供了理论依据。扩建延福宫、征花石纲、建万岁山虽是童贯他们去做的,但点子是他蔡京出的,思路是他蔡京指明的。"丰、亨、豫、大"遂为本朝行事的张本。无论如何,皇帝都不应该忘记对自己的恩宠,事实上也没有忘记对自己的恩宠。只是恩宠之中,时时隐伏着危机。就说元祐党人案,关键时候皇帝却缩了回去,做了好人,他蔡京冲在前面,替皇帝出头,当了一个天下读书人都十分痛恨的恶人。崇宁五年(1106)正月,天空出现彗星,端礼门东墙边的元祐党人碑突然遇到雷击,石碑被一劈两半。皇帝得知这一消息,内心极其恐惧,他深信这是上天对此不满,所以降怒于自己。皇帝怕蔡京反对,瞒着他直接叫张迪带人深更半夜把破损的党人碑毁坏。第二天蔡京发现此事,命人追查,知道是皇帝的指使,十分懊恼,上表说:"此碑可毁,但碑上的人名永远毁不去。"皇帝此举等于为党人翻了案,在世的党人和子孙们纷纷递上奏折表达了对皇帝的赞扬,皇帝又一次做了大大的好人。

往事涌上心头,有如昨日。码头上的人渐渐散去,蔡京一脸冰霜,脚步沉重地上了轿,垂帘落下的刹那间,他看到了那些睦州美女陆续走下船来,包括那个落杏儿,低着头,从顶轿旁边匆忙走过。就在这一瞬间,蔡京想到了报复。对蔡京来说,这报复的欲望一旦升上来,就难以抑制。他明白,自己想报复的对象不是童贯,而是当今皇帝。

李虞候看到蔡京眼光停留在落杏儿身上,揣摩他是不是有些不舍得落杏儿,于是把头探进轿内低声说:"太师,我再造个手段,把那个落姑娘弄回府去。"

蔡京自言自语道:"落杏儿固然好,但岂能属于我?我能在乎一个山野美人?本太师已有一谋,你把落姑娘带过来。"

李虞候带落杏儿到蔡京轿边。蔡京撩起垂帘,说:"于此我们就分别了,好一个水灵秀美的东南女子,可惜呀可惜。"

落杏儿也看到蔡京白须红脸一脸的祥和,以为是一个老者对自己起了怜悯之心,跪下向蔡京求情:"太师,放我走吧,不然我只能死!"

蔡京抚摸着落杏儿的头发,声音低沉却又柔和地说:"进宫后你就是宫女了,不要想什么死,就这么死了多可惜,况且荣华富贵不会少你的。你若听话,以后我会想办法照应你,说不定,让你回家,但你一定要听从李虞候的安排。记住,今日起,你不姓落,姓蔡,与我一样的姓,名字呢,就叫梅儿吧。"

李虞候这边已动作起来,给她俊俏的脸上抹上了几道黄褐斑,说:"这是从杭州带回来的民间秘方,此种颜色,只要不多浸上大汗热泪,涂上后数月不退,这是为你好,免得宫中的嫔妃们看你如此绝色吃了你。"

张迪一个个验收完毕,远远看到李虞候带着落杏儿走来时不禁一愣,心想道君皇帝今天怎么走眼了,像这样好的身材都看不上。待走近时看到落杏儿脸上的黄褐斑,叹道:"可惜了,就去秘阁藏书库打杂吧。"

赵佶回宫后,总觉得童贯办事不会这样随便应付自己,后悔自己没有细细看过那一百个睦州美女就匆匆回来了。等到张迪回来,又听他说已经一个个验收了,知道不会有自己看中的,不解道:"童贯书信中分明说到为朕找了一个入画女子,难道飞走了不成?"

第二天赵佶心中烦恼,命人请来了周邦彦,想听他对睦州美女的看法。关于女人的事情,众多臣下,只有周邦彦能有资格和自己讨论女人之美。赵佶认为周邦彦总是很有见地,总是能够很独到地发现女人最美之处,因此特意让他也一同去了汴河码头,就是想在第一时间里听到他对睦州美女的评价。

周邦彦似乎气色不错,高声问候了皇帝。

赵佶叫他不要拘礼,直截了当地问:"依周待制看来睦州美女中可有不同一般的?"

周邦彦因为前几天为了花石纲的事劝谏了皇帝,扰乱了皇帝的心绪,想起来总是惶惶不安。皇帝是性情中人,丹青高手,诗中魁首,情中班头,又为天子,征一次花石纲何尝不可,找一个入画之人何尝不可,自己凭一时激动,不仅不附和风情,还要从中劝阻,是为不智。今天自己无论如何都要逢迎皇帝。他沉默了一下,向赵佶提起:"在码头曾经见过一个惊人美女,说不定就是童贯说到的落杏儿,但又觉虚幻,怀疑是老眼昏花,镜中幻象,所以没有向陛下说起。"

赵佶手一拍,说:"你不会看错的,查!不能放过一个睦州美女,要逐个验明正身。"又指着张迪说:"朕怎么就忘了张迪你是宦人眼光,几误大事!"

张迪这时也说:"我是逐个看过的,双目传神,身材姣好的倒是有一个,但却长着一张难看的黄脸。"

之后张迪又把正在集中培训的睦州美女集拢来查看了一遍,一共九十来个人,查完后禀报说:"除了几个分到御膳房烧火的粗壮宫女,别的都在,一个个都查了,没有周待制看到过的那个人。"

周邦彦问:"怎么缺了一个?"

张迪说:"一个在秘阁藏书库的也查看了,就是那个黄脸的姓蔡的宫女,绝不会是她,她远远不如那个无邪。"

周邦彦着急,说:"那也得看看。"

张迪不耐烦道:"周待制,我刚刚看验过了,满脸都是黄褐斑,除非把脸用布蒙了,还是一个十全十美的可人儿。话说回来,后宫的事自有我等内侍去办,您就安心养身体吧。"

这一天下午,童贯红光满面地回到了汴京。下了船上了轿直奔宫中,用大礼叩见了皇帝之后,脸上露出了得意之色,不想赵佶开口就训斥他:"你缘何来迟?你有负朕所托,睦州美女虽美,但并无朕梦中所见的入画之人。"

童贯听皇帝这么说,心里一愣,但他脑子转得极快,也不提睦州美女的事,先送上吴道子的一幅画和王羲之两方残帖,说:"奴才正为这个在苏州耽搁了,所以迟来几天。此事,蔡京我也瞒了。"

童贯真是周到!一看到书画,赵佶的脸色缓和下来,说:"瞒得好,蔡京极爱书画,比朕有过之,若被他所得,岂能给朕看到?好吧,你在杭州也做了不少事,但朕所托之事如何?"

看皇帝在赏字画,童贯借机要搞清楚刚才皇帝训斥自己的原因,便低声问一旁的张迪:"送来的落杏儿陛下可满意?"

张迪说:"没有落杏儿这个人,所以陛下才问。"

童贯顿时明白了八九分,说:"除非遇着鬼了,好好的一个人怎么会不见了?此事蔡京可以做证。"

赵佶命人悬挂好书画,说:"宣蔡京!就说叫他来鉴赏字画。"

蔡京已闻童贯回京,听皇帝宣自己进宫便明白了几分,于是慢慢吞吞地进了宫。蔡京来到皇上跟前一味装作观赏书画,赞叹不已。童贯在一边询问落杏儿的下落,问得急了,蔡京大装糊涂:"陛下,臣是老眼昏花,看到的睦州美女一个个都是绝色,分不清谁是谁了,哪能还记得什么落杏儿!人是张迪亲自点的,百名睦州美女之数何曾少了一个?"

童贯路途辛苦,加上这么一气,差点站立不住,说:"船头上那人不是落杏儿?"

张迪说:"那人叫无邪,清点了百人,没有姓落的人。"

童贯盯着蔡京说:"太师在睦州时就鉴定过入画美人,并先一步送回,不妨问一问负责监管的王李二位内侍。"

这时一个外班黄门说:"监押的王李二位根本就没有回到京城。"没有等童贯再问,蔡京就说:"王李二人是同船来的,但不小心落入黄河里溺水死了。"

童贯这时断定自己被蔡京耍了一把,神情严肃起来,说:"蔡太师,那个落杏儿你也曾见到过,人也是交你送回来的,为何不在陛下面前说明呢?"

蔡京手一摊叫起屈来:"什么落杏儿?谁记得她的名字?我不是一个不少全都让宫里查收了,这后来的事情就要问张迪了,难道我私自带回府中了?"

赵佶心里知道童贯办事不会有差错,要存心做手脚的肯定是蔡京。但他有心平息两个人的争吵,说:"蔡太师一路劳顿,忠心可嘉,朕岂会怀疑你将睦州美女擅自带回府中?来日太师要是有这等情致,大可在睦州美女里面挑选一两个过去。"

蔡京赶紧低头,说:"不敢不敢,臣不敢。"

童贯领会赵佶的意思,皇帝着急的是找到入画之人,于是也就不与蔡京争吵,向赵佶告退说:"童贯此刻就回到宫里找人,不怕找不到。"

除了蔡京,后来又有多人成了童贯的主要怀疑对象。听说当时替了落杏儿站在船头的无邪现在在王德妃那里,童贯就直奔她的寝宫,要找来无邪看一看。当年她进宫三年时间就从才人晋升到贵妃,虽说主要是向太后有心抬举,但中间都是童贯出面周全,说服了后宫诸位太皇太妃,又向老资格的后妃每人赠送了一方和田玉、百匹东南绸缎,封住了她们的嘴巴。所以王德妃对童贯十分尊重,叫人端座上茶,很快就叫出了无邪。童贯好记性,看了一眼就说:"她怎么会是落杏儿,分明是叫无邪。"

王德妃提供线索说:"会不会被周邦彦弄到了教坊司?他可是好色之徒呀!"

次日得知周邦彦请皇帝到教坊司试唱一曲新词,匆匆过来的童贯等到他们唱完一曲,当着赵佶的面,话中充满挑衅地说:"听说周待制也在找睦州美女落杏儿,钱塘人真是风流,要美女教坊里有的是,怎么居然找到宫里来了。"

周邦彦对童贯的指责又是气愤又是惊愕,结结巴巴地说:"人是张迪验收的,与我何干?"

童贯回过头再去责问张迪:"你点的人真是一个不少吗?"张迪话很软,但软中带硬,顺便又把责任推到蔡京头上,说:"蔡太师送来的宫女虽然有一百人,也是我亲自查收,但并无落杏儿,恐被人顶替,但是总不至于去搜太师府吧?"

童贯说:"要是陛下有这个意思,太师府也没有搜不得的!"

自从汴河码头回来以后,看到过落杏儿那张脸的周邦彦一直处在云雾之中,这几天他也看了一些睦州美女,并没有发现在一群胖妇中间偶尔一现的那张难忘的俏脸。他向赵佶建议由大晟府主持排练《东南百花阵》,挑选几个新入宫的睦州美女到乐房培养,借机向内宫索要睦州美女的名册,赵佶高兴:"这就对了。你把才智用在这些方面必有成就。"

赵佶又认为睦州美女美则美矣,但其中无绝代佳人,叹道:"昔日汉有汉宫飞燕,唐有出浴贵妃,独朕枉称风流,遇不上千古绝色!"

周邦彦想了想,说:"陛下有李师师堪称绝代。"

赵佶虽然点了点头,但发了一通议论:"李师师之美在于繁华楼台之中,但朕也需要另类美丽。东南山水,胜景无数,难道就没有人间仙子?朕梦寐以求者是入画之人!你生于钱塘,想必能为朕解此求美之愿。"

周邦彦想了想说:"在进宫的苏杭美女之中,必有陛下看得上的,不必再去东南烦劳。"

方才周邦彦提起了李师师,赵佶才想到应该去看看她了。

先前黄门带回李师师习得的瘦金体,果然进步不少,应该当面表扬一番,这么一想于是说:"现在就去花魁娘子那里。"

好久不见,赵佶执着李师师的手一阵呆看,李师师也是无语,只是命人上了酒菜,又叫人搬来蛇跗琴准备弹奏。李师师原本不打算主动和赵佶说话,但还是不忍心先开了口,向赵佶询问睦州美女的事情。赵佶表示对睦州女子不是太满意,说:"童贯没有把这件事情办好。"

李师师说:"道君也要求太高了,什么时候让我看看。"

赵佶爽快道:"花魁娘子开口,不用看,送你几个也行,也叫你像个妃子一样过日子。"

李师师却问:"我写的字,陛下何时批改?"

赵佶连忙道:"跟朕写的分不清了,有赏!"

李师师哼了一声道:"我当生死誓约写的,还有一半呢?"

赵佶轻轻抱住她:"朕这一半不是来了。"

李师师推开他,说:"我说的是后面半段。让我写全了,不然没有另一半,也不叫完整一体了。"

## 十三　仙女飞天一般全无影踪

秘阁藏书库就在延福宫西北位，冷清安静，近来宫内夜夜笙歌，静心读书的人越来越少，平时很少有人过来。落杏儿分配的工作是整理修补破损的旧册。她牢记了蔡京在汴河码头跟她说的话，盼望蔡京有一天真的会放她回去，因此来到这里就埋头做事，小心谨慎，从不和人多说一句话，空闲下来就阅读藏书打发时光。但晚上是最难耐的，她不跟其他宫女住一起，而是一个人住在书库楼上的小阁楼里。从花砖构起的小窗上可以看到一片花园。花园里有一片杏树林，其中有一棵特别年长，高耸入云，和桃源村后山上的那棵杏树十分相似，包括树冠和主干上的条纹都一模一样，莫不是从那边移过来的？就像自己一样，远远地从桃源村来到陌生的京城，困在这门深墙高的宫中，困在这满屋子书的房子里？这时她又想起了远方的亲人，不禁泪流满面。

后来赵佶下了一道圣旨，要求善待新来的睦州美女，说这些睦州女子平日鱼米滋润，怕吃不惯北方的杂粮，何况都是青春年少，有的还正在发育，因此特别拨给一百石新米，菜蔬上也给予关照。凡新来的睦州女子，每日都有一份新鲜鱼肉和一餐米饭供应，谓之两菜一汤。落杏儿虽在书库，也算此例，不消十几日，因得调养，整个人出落得更加饱满健康，体态动人。但脸上的黄褐斑并没有除去，她几次想拼命地让自己流汗，试图将它清洗掉，恢复原来的容貌,可一想起蔡京和李虞候的话,她又赶紧把汗水小心地抹掉了。

这天,天气特别晴朗,库房内侍一早就过来说,今天有要紧的人物到书库,叫大家做好准备,打扫打扫。落杏儿负责擦洗地砖,半天下来满头大汗。到了中午大家也累了,落杏儿洗了脸出来时,库房内侍愣愣地看了她半天,问:"你就是蔡宫女?"

落杏儿点点头,她并不知道自己脸上的黄褐斑已经被汗渍洗掉了!屋内所有的人都在看着她。

正在这时候,外面高叫一声:"圣上驾到!"

说话间,赵佶的一只脚已经迈进屋里。昨晚他想起一首《菩萨蛮》,记得是晚唐温庭筠所作,但就是想不起最后一句,问了旁人也没有人知道。他想起周邦彦是当今第一词家,应该知道,就叫人去问他。派去的人回来说周待制白日去了教坊,一夜未归。赵佶等不及问周邦彦了,突然心血来潮,说要巡视秘阁藏书库。

赵佶绕着还没有整理好的书堆走了几步,命掌管内侍将温庭筠《花间集》一书找来,并强调说:"是五代版。"库房内侍不比那些馆职饱学,虽知晓《花间集》,但分不清什么是五代版的,听皇上如此说,不由得惶恐万分,找了半天也只有本朝版的,急得满头大汗,窘态毕露。落杏儿看到,忍不住"扑哧"发出进宫以来的第一声笑。

赵佶听到笑声,不由得循声看过去,但看到的却是叠得高高的书箱。此时落杏儿小心地朝外面探了探脸,看到了一个高个子俊朗男子望着自己。等她明白了这个人就是皇帝时,刚要缩回头去抽身离开,库房内侍低声喝住她:"大胆!陛下在此,你还敢走!"

落杏儿听闻此言,连忙停住脚步,并朝库房内侍羞涩一笑,这倏然逝去的一笑却被赵佶捕捉住了:"休吓她,叫她过来。"

张迪也不敢相信自己的眼睛:"她的脸怎么变了样子了?"

对于女人,赵佶非常相信自己的眼光,就在看到落杏儿探出的那张脸的时候,他感觉到上天要赠予自己一个绝色佳人了。等到她走近时,他的眼睛一刻都离不开她了。

张迪冷静下来,说:"陛下,这不过是一个普通宫女,不见得要抬举她。她先前还是一脸的黄褐斑,难保以后不会旧病复发。"

赵佶目不转睛盯着落杏儿,嘴里驳斥张迪:"青春年少之人,哪来的什么黄褐斑?她脸上如玉之白,如冰之洁,哪有半点瑕疵?"

随行的人和库房内侍一齐说:"陛下慧眼,蔡宫女玉白冰洁,并无半点瑕疵!"

后来偌大的书库里只留下落杏儿和赵佶两个人。赵佶温柔地拉过落杏儿的手说:"你的手冰凉,你在发抖,是不是朕吓着你了?"

落杏儿想把手抽回来,赵佶把她的手握得更紧了,而且唇下两绺多少有些飘逸的黑须在她的眼前晃动着,遮挡了她的视线,她惊慌得紧紧地闭上了双眼,耳朵里飘进来的是赵佶低沉而又激动的声音:"姑娘,你就是朕梦中所见的入画之人!"

落杏儿跪了下来:"我要回家喂!"

赵佶急不可待地将落杏儿揽入怀中:"回家?这里就是你的家!"

"求您放开我,让我走喂。"

"朕如何舍得。"

张迪不放心,听到泣哭声,怕后面要叫他照应收拾,于是避在静处没有走开。

接着听到赵佶的声音:"如若今日正好花开之时,你今后便不一样了。"

直到泣声全无,直到皇帝临幸完毕离开,张迪才又悄悄回去,对着落杏儿的背影叮嘱了几句,但昏然中的落杏儿似乎什么也没有听清,怔怔地立在那儿。

关于赵佶与睦州美女春风一度的传闻,另有心腹内侍密告了王德妃。一向性格冲动的王德妃刚听到这个消息时还能克制,不就是一个宫女吗?皇帝不是差不多天天在宠幸宫里的女人吗?说不定其中的谁又会产下一个皇子来,作为皇妃,应该为皇帝高兴才是。但是后来王德妃之所以勃然大怒,是因为这个前来密报的心腹还提到了李师师。这个内侍绘声绘色地报告了情形后,禁不住称赞说:"都说这蔡宫女比李师师年轻,比李师师长得美!"

王德妃并没有什么机会见到李师师,但脑子里却经常出现李师师的名字,曾经有一段时期,晚上闭上眼睛时想,早上睁开眼睛时也想,没有想到这个名字的时候是她最幸福的时刻。自从皇帝私自出宫遇上李师师以后,明显地对后宫的嫔妃表示了冷淡甚至厌恶,也就是从那时候起,皇帝就再也没有叫王德妃上他的龙床了!

但是,李师师是宫外的人,纵有倾城倾国之色,也入不了宫,当不了贵妃皇后,到头来不过是一段皇帝的风流佳话。但现在突然出现的却是一个宫内的人,是皇帝日思夜想的入画之人,如果生下一个子嗣,那她就可能是最得宠爱的女人,远远超过李师师。有这么年少于自己的一个女人在皇帝身边,那她王德妃这一辈子怕再无机会与皇帝亲近不说,更糟糕的是这个睦州美女很有可能成为皇后!王德妃想到这一层突然感到害怕,她没有像惯常那样摔破几件龙泉官窑的瓷器,或是把自己困在床上大哭一顿,怒火之下,她急奔到郑皇后那里。听皇后宫中的人说郑皇后已去睿思殿,她又急忙奔往睿思殿。郑皇后已经注意到王德妃充满怒气的表情,但没有马上理她,因为刚好此时殿帅府的太尉高俅因为没有找到皇帝,就先一步向来到睿思殿的郑皇后报告紧急边事:"辽国数千骑兵来犯,三关急矣,没有找着陛下,就先报皇后娘娘知道了。"

王德妃来不及顾及郑皇后的态度,接过话就说:"连我们都难得看到皇上了。一个李师师已经使道君无心朝政,再加上一个不知来历的睦州美女,这皇宫乱到什么地步了,等辽兵打进东京,把我们都掳了去,大家都干净!"

郑皇后狠狠地瞪了王德妃一眼,声音很轻,但口气严厉:"王德妃,不可胡说八道,朝廷大事由不得你我多嘴多舌!"

太尉高俅一看气氛不对就要退出去,郑皇后先是命张迪带他速去找陛下,然后听完王德妃的哭诉后,叹口气,沉默了一会儿,才抚着她的手,劝慰道:"你出身名门,又是贵妃,贤淑大度十分要紧,千万不可生妒。"

赵佶一上午都在和周邦彦为温庭筠《花间集》那阕《菩萨蛮》填曲:

南园满地堆轻絮,愁闻一霎清明雨。雨后却斜阳,杏花零落香。
无言匀睡脸,枕上屏山掩。时节欲黄昏,无聊独倚门。

琴弦和了几遍,又叫人唱。张迪领着高俅进来时,赵佶兴致不减,说:"待朕将这首曲儿唱与入画之人听享。"

张迪说:"边关事等不及了,只好打扰。"示意站在门口的高俅赶紧说话。高俅站在门口,看赵佶唱着曲子入迷,不敢说话。

赵佶说:"高俅你怎么与朕生疏起来?"高俅这才放松下来,说边关报急。

赵佶又说:"你去跟童贯商议,等朕填好这曲,即刻商议退敌之策。"

张迪又禀告说郑皇后正在睿思殿等待皇帝。赵佶说:"等朕把这词再唱一遍,让她们先等等又何妨。"

睿思殿这边,郑皇后和王德妃等得心焦,好容易看到皇帝口中哼着曲儿大摇大摆地进来,看到她们也没有问候。郑皇后好言责备说:"殿帅府和枢密院几个时辰都找不到皇帝,辽国犯边这样的要紧事却先说给臣妾知道了。"

赵佶好像是马上要走的架势,也没有坐下,说:"方才高俅已经找到朕了,朕一会儿就到文德殿商议退敌之策。"

郑皇后看到皇帝如此浮躁,声音也不那么和悦了,说:"童贯他不是被陛下差来差去做别的事吗?"

王德妃心里也有气,说:"陛下,臣妾以前听向太后说过,神宗皇帝在朝时,多少治国大事,白天黑夜,忙都忙不过来。"

赵佶顿了一下,仿佛有些不好意思,但最后还是不耐烦了,说:"朕有其他事要忙。"

郑皇后脸露愠色,但仍然语重心长,说:"陛下也想想我太祖太宗是怎么样打下这大宋天下的。"

王德妃也趁机接上话,说:"陛下是忙,天下最忙的人,身为万乘之尊,同那奴婢在藏书库里忙什么?"

赵佶虽然已经厌烦了郑皇后的唠叨,碍于她义正词严,自己不便计较,但一听王德妃提起秘阁藏书库的事,火从心来,不禁迁怒于她,说:"谁人如此神通广大?对朕的行踪了如指掌!朕找本书,与你何干?"

郑皇后劝赵佶:"陛下不要责怪王德妃,这事不止她一个人知道。"

赵佶骂了王德妃几句,却一语双关,说:"你再多嘴,看朕不废了你!"

郑皇后听出皇帝话里其实也针对自己,就帮王德妃说话:"身为贵妃,强似李师师什么的一百倍,陛下对王德妃也要尊重些。"

王德妃见郑皇后为自己说话,又来了劲头,说:"既然陛下宠幸这个宫女,为何不宣上金殿,立她为妃?也好让臣妾等多个小姐妹。只要陛下高兴,不累着身体,臣妾等也求之不得。"

郑皇后示意王德妃不要再闹,然后还是劝赵佶说:"陛下,国事艰难,您要用心朝政啊!东南女子水灵但心计颇深,万不可再受那些睦州宫女的迷惑。"

赵佶看看门外,说:"皇后对东南女子素无好感。可曾记得,大观二年(1108),皇后为德妃时曾被吴贵妃算计,这吴贵妃便是浙西处州人,朕猜测皇后因此耿耿于怀,说出刺耳之言。蔡宫女此事引起后妃们的不快,而皇后必然为后妃说话撑腰,如果朕对蔡宫女恩宠有加,那她以后恐怕日子不会好过了。朕还真是想去看看她。朕这就去看她,择日朕便提拔她为才人,看谁敢欺侮她!"

去秘阁的路上,赵佶急急忙忙走进了一个偏殿。说是偏殿其实是几间平房,掩藏在几株大杏树下很不起眼,但这里却是赵佶的炼丹之所。几个道士和太医正在打盹,赵佶也不打扰,一进去就打开了丹炉的铜盖,刹时,一股强烈的怪味冲了出来。赵佶闻了闻,又把盖子盖好,走了出来,对张迪说:"还要再等一天。"张迪哦哦着点了点头,他知道皇帝说的是炉中的那颗丹药。这是赵佶重新配方的飘渺神仙丸，早在睦州美女进京之前他就在研制改进这种黄色药丸了，但至今还没有一颗出炉。赵佶说话的口气有点失望，又问："林灵素可曾有消息？何时回京？"张迪说："各地都去找了，都说神龙见首不见尾。"赵佶却又表情豪迈地说："算了，不用他了，朕也用不着服药了。"张迪问："那陛下不去秘阁藏书库了？"赵佶说："去！"

他脑子里只想着蔡宫女，昨日与蔡宫女之遇，来不及好好交谈，细细品味，现在想起来总觉得像是做梦那样不太真实，他此刻只想真真切切地再看看蔡宫女。

藏书库的人并没有注意到皇帝已经悄悄地进来了，巧的是正在对着书堆发愣的落杏儿第一个看到了他。赵佶轻手轻脚走进去，伸过手抓住她的肩膀，说："蔡宫女，朕想念你了。"

落杏儿一动不敢动，说："陛下，让我回家吧。"

赵佶突然拥抱了她，说："朕怎么舍得你走啊？你什么都不懂，真是个纯情的人儿。"他又回头对张迪说："你明日就安排蔡宫女到后宫，找个方便到睿思殿来的地方，朕也好随时见到她。"又抚着落杏儿的头发说："你还哭了，你看眼泪都湿了你的秀发了。"

落杏儿不屈不挠，说："等画好了，陛下就让我回睦州吧。"

赵佶见她如此执着，更觉可爱，说："朕还不知晓蔡姑娘芳名呢！"

落杏儿想起蔡京跟她说过的话，就说："梅儿。"

赵佶又问："梅花的梅？梅子的梅？"

落杏儿红晕上脸，点了点头又坚持说："让我回睦州吧！"

赵佶突然大声说："朕怎么舍得你走啊！"

暮色中，赵佶回到了文德殿门口，然后兴致勃勃地玩起了一个牛皮制成的圆球。这个球大如柚子，因为所用的是牛犊脖梗之皮，因此用去了十张牛皮，弹性极强，手感软实，是赵佶心爱之物，每当心中喜悦，就拿出来玩耍一番。

玩到半途,赵佶想起了童贯,说:"宣童贯,朕对他有赏!"

此刻童贯正懒懒地躺在床榻上,让义女童九两给他做足底按摩。柔柔的阳光照进来映红了童九两姣美细致的脸蛋,童贯不免一叹:"好一娇娘!他日不知落入哪个男人的怀中?"

童九两听闻童贯这一句话,两只手停止了动作,一张红脸火烧一样。童贯哈哈笑了两声,充满无奈和伤感,柔声道:"女儿不用害臊,你义父并非男身,你大可不用害羞。"

童九两低着头没作声。义父是父亲,父亲不是男人吗?虽然义父是一个宦者,但相貌伟岸,两腮美髯,躯干挺拔,比男人还男人,阴阳自顾,别人都喜欢他,皇帝也喜欢他,因此讨得许多便宜也不奇怪。然后又想,如果他是真男人,自己难道不会喜欢他吗?

她正想着,张迪不经通报就走了进来,说:"童枢相,有好消息,陛下要赏你呢,陛下找到睦州美人了!"

童贯轻轻推开了童九两,站了起来,抢在张迪前面,向皇宫奔去。

童贯是跑着进宫的,一见面赵佶就向着他把球踢了过去。童贯眼不眨,身不乱,脚一钩,就把球接在脚脖上,粘住一般,这一招唤作"水中捞月"。赵佶连说几声好,还叫他把球传回来。话还没有说出口,童贯脚一伸,抛了一个高旋球,划出一个极刁的弧圈向赵佶这边突袭,这叫"流星穿云"。但赵佶一边说"任你怎么厉害,也难是朕的对手",一边把球轻轻地钩了回来,亮出了自己的绝招"苏秦背剑",把球往头上一抛,那圆球就从头顶上顺着脖子、后背,直滚下来,一直落在翘起的屁股上,屁股又用力一弹,球便飞了出去。

这来回传球间,赵佶大声道:"那睦州女子,朕找到了。"

童贯也大声道:"我肯定她就是落杏儿。"

然而接下去童贯却无法证实这就是落杏儿,因为睦州美人突然失踪了。

第二部
夏夜参斗

还是从靖康二年(1127),往前推六十四年,皇长孙赵顼早在仁宗嘉祐八年(1063)五月,受经于东宫,读《韩非子》,对法家富国强兵之术颇感兴趣。

赵顼登基后,立即任命王安石为参知政事,制定出台富国之法、强兵之法和取士之法。两年后,王安石为宰相,农田水利法、青苗法、均输法、保甲法、免役法、市易法、保马法、方田均税法等新法先后颁行天下。

但在一片反对声浪中,王安石罢相,赵顼从幕后走到前台,强支病体,推行新法。

元丰八年(1085)正月,因为对西夏战事的惨败,赵顼身心交瘁,病情恶化。大臣们乱成一团,王珪等人开始劝说早日立储。赵顼预知不祥,将六子赵佣,改名为煦,立为太子,之后他怀着再造汉唐盛世的梦想,离开了这个世界。

他最后一眼看到,太阳正往西边。


词曰:

宫梅粉淡,岸柳金匀,皇州乍庆春回。凤阙端门,棚山彩建蓬莱。沈沈洞天向晚,宝舆还、花满钧台。轻烟里,算谁将金莲,陆地齐开。

触处笙歌鼎沸,香鞯趁,雕轮隐隐轻雷。万家帘幕,千步锦绣相挨。银蟾皓月如昼,共乘欢、争忍归来。疏钟断,听行歌、犹在禁街。

## 十四　她那一年失约梅雪诗会

宣和元年(1119)端午节前后,日长夜短,夏蝉初鸣。

汴京无事,四水安澜,百官也照例进行了升迁,内外两城有多条商街开市,两浙、荆湘各路的花石纲都如期进贡。所有人都欣喜地看到,大宋的一切都在有条有理、正常有序地运转。多地地方官上奏,歌颂皇帝之德,认为大宋有可能迎来了一个盛世。但似乎更多的官员并不赞同,以为不过是平常之年。奇怪的是,两种意见一直争论着,皇帝却对此没有什么评论。

其实赵佶每到这段时间心中就感到焦虑,其中原因,是因为他出生以来一直有一则传闻困扰着他,说他实际上是生于元丰五年(1082)五月五日,因为五月生人不祥之故,才改为十月十日。更有传闻说他父亲神宗皇帝那一天到秘书省观看收藏的南唐后主李煜的画像,见其人物俨雅,再三叹讶,随后就听到十一子出生的消息。对此,他相信不过是谣传,从没有去求证。只是到了五月五日这一天,他不得已,才被迫去想一想。每到这一天,他都要用别的事情来冲淡这种不愉快。

因为过了这一天,就会一切如常,一切安好。

在得知落杏儿失踪的那天上午,发生了一段和大宋第一女词家李清照有关的插曲,但此事史官并无记载。

时间是宣和元年的初夏,五月初四,离端午节还有一天。为构思《东南美人图》,赵佶夜不安寐,浮想联翩,终有所悟。正在此时,张迪禀报说崇宁右相赵挺之的儿子赵明诚从青州来,请求皇帝召见。因此事略显突兀,赵佶一时没有反应过来,张迪又说了一遍,赵佶才想了起来,问:"他来干什么?朕凭什么要见他?"

张迪说:"赵明诚带来一方汉末遗印请陛下鉴赏。"

听说赵明诚带来汉末遗印,赵佶有心召见,但他并没有马上表示同意,沉下脸来说:"不好好地在青州住着,擅自回到汴京做什么?是谁托来这般人情?"张迪如实地道出了事情的原委,说赵明诚确是私下里来的,但是怀宝而来,所以周邦彦叫他想办法安排引见。

赵佶沉思了半天后,突然问道:"赵明诚的妻子也到了汴京吗?"

张迪马上提高了声音,说:"一同进宫了,奴才看见了一眼,三十四五的年纪,风姿出众,光彩夺目。"

赵佶早就听说过李清照了,而且在心底里留下了很深的印象。他可以忘记很多大臣的名字,忘记很多嫔妃的称呼,但他一听到李清照的名字,有关的所有记忆马上变得清晰了。

在赵佶登基之前,李清照一直住在汴京,而且其住所与端王府仅隔着两个街区,但是两人并没有一面之交。这时汴京城里,朝野已经纷纷传开李格非的长女与赵挺之的儿子赵明诚意欲结秦晋之好。而且大家都把这一段佳话,添油加醋,加以渲染和夸大。赵佶对此也有耳闻,听很多人说起赵明诚相中的李清照颇有才色。其时赵明诚尚在太学,金石之名已经传开,比赵佶小近两岁的李清照也已经词锋初试,尚为端王的赵佶一次次听说他们的名声,尤其是李清照的一首小令《点绛唇》令他真正动起了在短时间内约会李清照的念头。

那首《点绛唇》他仔细玩味了好几遍:

蹴罢秋千,起来慵整纤纤手。露浓花瘦,薄汗轻衣透。
见客人来,袜刬金钗溜。和羞走,倚门回首,却把青梅嗅。

赵佶不禁拍案："总是女儿多情，此词句句生动传神，日后李格非之女必为一个大词家！"又忽生惆怅，叹道："这赵明诚好福气！"但赵佶仍然着手安排邀请李清照到端王府做客的计划，只不过是与李清照单独会面，还是约请赵明诚同来，一时确定不下来，因此迟迟没有动作。这一年冬天汴京城没有下雪，但春天来得特别缓慢，一场飘飘洒洒的大雪却在初春之后，下个不停，盛开的梅花，犹如肌肤雪白的美人们的点点红唇，与此相映生辉的是，李清照的一首咏梅的新作也同时在汴京城内传诵。这首咏梅新词因比喻形象，画意生动，好事者就把这首《渔家傲》唱给擅长工笔花鸟的赵佶听，好让他作为画物构图意境的参考：

雪里已知春信至，寒梅点缀琼枝腻。香脸半开娇旖旎，当庭际，玉人浴出新妆洗。

造化可能偏有意，故叫明月玲珑地。共赏金尊沉绿蚁，莫辞醉，此花不与群花比。

此词以梅自况之意甚明，其自矜自得之意溢于言表，赵佶读来更觉李清照非同一般女子。这夜他默念此令，辗转反侧，难以入睡。第二天就叫人送去粉红锦柬，说是请李格非携长女李清照到端王府参加梅雪诗会。

这一天端王府的请柬送到李格非府下时，李格非正好回到汴京，感到既突然又欢喜。但李清照并没有太重视这件事，父亲询问她时，她反问道："父亲说我去不去？"

李格非犹豫半晌，心里奇怪女儿提出这个问题，他正要给女儿拿主意时，李清照接着说："明诚去我就去。"李格非只好说："这样也好，等你与明诚完婚后，再一同前往端王府拜会。"在梅雪诗会之前，赵家趁李格非回京很快向李家下了婚帖，作为正式求婚。李家早已觉得这桩联姻门当户对，巴望早日完婚，一见婚帖终于来了，欣然应允。

在黄河边上赏雪归来的路上，赵佶听到了关于赵李两家正式联姻的喜报，心里产生一种预感，李清照很可能不会赴梅雪诗会，但他指示诗会的筹备仍然加紧进行。

诗会这天，李格非是和周邦彦一起来到端王府的，正如赵佶预感到的，李清照并没赴会。赵佶淡淡地询问了一句："李家小姐不曾见来？"没等李格非说话，周邦彦半开玩笑地代李格非回答："如今正是和赵公子须臾难分之时。"赵佶听了眉头一皱，并不答话，周李二人相互看了看，甚觉无趣。梅雪诗会草草结束，赵佶酒不饮，歌不唱，不冷不热地陪着客人。客人们也知趣，大都提前告辞。

周邦彦送走李格非之后又折了回来，对赵佶说："明日不妨由周邦彦出面将李小姐请来。"

赵佶冷冷一笑，说："她如今不是和赵公子须臾难分之时吗？"

周邦彦一时语塞，不一会儿便悄悄离去。

后来很长的一段时间里，赵佶再也没有尝试过与李清照见面，不久赵家正式娶亲的消息传来，皇亲国戚多有前去祝贺的，端王府也送去了一份礼物，奇怪的是赵佶并没有追问这方面的消息，或者说看起来他已经不关心李清照和赵明诚这一场天造地设的汴京之恋了。其中原因，好像是他突然对一个升州女子有了浓厚的兴趣。这个从船上带下来的升州女子只有十五六岁年纪，浑身春情勃勃，狂野动人，而且酒量极大，五杯不醉，十杯不倒，醉态更是放浪不已。赵佶日夜与她对酒相饮，便全然忘记了李清照不赴梅雪诗会的尴尬和遗憾，忘记了诗词曲艺，琴棋书画，连原来每天雷打不动的蹴鞠都中断了。看到过这个女子的球友们对他在球场的缺席表示了理解，一致认为这个身体曲线无比美好的升州女子，的确值得他忘我地爱一次。作为画家的赵佶美美地、细细地欣赏着升州女子那高高耸立的双乳，动情地说："只有飞天神女才有你这样的美胸！本王专攻花鸟，但也喜爱人物，总有一天我要把你画下来。"不想没过多长时间，一个月或者两个月，升州女子忽然不见了。

赵佶的解释十分奇特,他说:"她是天上来的仙女,她回天上去了。"人们对深谙仙道之术的赵佶说的话并不怀疑,因此端王与飞天仙女相会的消息不胫而走,传遍了整个开封城,连沉醉在新婚的甜蜜和幸福之中的李清照也听到了,觉得十分好奇,询问于周邦彦,周邦彦也肯定地说:"确有此事,看来端王是有福之人,你不妨求见端王。"

李清照问过赵明诚:"端王果然有趣否?周邦彦要我一见。"

当时赵明诚脸色就变了,说:"端王风流成性,周邦彦要你见他,是何用意?"

李清照忙说:"我也不想见他,不过说说罢了。"

赵明诚说:"不想见他,说也用不着说。"

最后还是李清照万般娇态,勾着丈夫的脖子,转移了话题。

这时赵佶又回归常态,每天一早踢球,下午作画,晚上弄箫。但有一天府中聚会,赵佶问的一句话令在场的人确实感到突然。赵佶问:"李格非之女嫁与赵明诚了?"看来赵佶十分在乎赵明诚结婚的事情,只是由于升州女子的突然出现,暂时忘却罢了。对李清照说过要把她引见给端王以后,周邦彦心急,自作主张,跑了一趟端王府向赵佶说明了李清照要见他的意思。赵佶仿佛身心还在升州女子那里,说:"本王事多,过些日子再说。"

周邦彦甚觉无趣,也就不去提起了。不想过了一个月,赵佶亲自拜会了周邦彦,平静地对他说:"等春暖花开,请赵明诚夫妇到府上来做客,我与他切磋金石之术。"

周邦彦急忙把信息传到,李清照红着脸说:"这还要明诚情愿,我怕他不乐意。"周邦彦笑了,说:"赵明诚不会如此小量吧?"

李清照马上为丈夫辩护,说:"非是量小,皆因为我们夫妻相爱无间,彼此感情深切所至,不过要见端王,他不会不高兴的。"李清照这边一松口,周邦彦回过头来催赵佶发请柬,但是端王府却一拖再拖。李清照见到周邦彦偶然问起此事,看他言辞支吾,居然说不出一个确信,心里失望,但嘴里却说:"日后也不一定要见,一个亲王,恁地架子。"

直到那一年的春末,赵佶才对周邦彦提及此事,说:"等明年吧,明年的梅雪诗会定会请赵明诚夫妇。"不曾想到的是第二年,即元符三年正月,赵佶正要筹办梅雪诗会,哥哥赵煦,也就是哲宗皇帝晏驾,向太后做主把赵佶推上了皇位,一时千头万绪,扑面而来,闲情逸事,自然无法顾及,于是邀请李清照和赵明诚一事就被耽搁下来了。

赵明诚这时也问起当时端王邀请之事,李清照说:"你当时不情愿,周邦彦也就不管这个事情了。"

赵明诚心里后悔不已,嘴里却说:"陛下如果诚心,自然还会约请,下次千万不能错过了,否则陛下怪罪。"

李清照听了,心中颇不是滋味,但还是笑着答应了丈夫。

崇宁元年(1102)七月,李格非被列于元祐奸党十七人中,排名第五,诏令不得在京城任职。端礼门外的党人碑上,李格非在余官第二十六人,又罢其京东提刑,责令李格非携家返回山东原籍。其间李清照仍在汴京,左思右想之后,上诗赵佶,营救其父,言辞恳切,虽引起一些朝廷大臣的同情,但并无结果。据说李清照认为这首诗并没有到达皇帝手中,她自信地说:"皇帝要是读了这首诗,必定会有所感动的。"后来传出可靠的消息,赵佶是读过这首诗的,李清照听闻,仍不相信,但之后神情黯然,几日不语。赵明诚劝她继续想办法,直接见到皇帝,说:"如果陛下得知真情,必然宽宥。"但李清照摇头没有答应,说:"这样的事,你本该出面,我一个妇人,陛下能理睬吗?"这之后赵明诚找了一些门路,托了一些人,希望皇帝能够召见他们夫妇,但皇帝借故没有召见。后来的事态发展越来越严重。崇宁三年(1104)四月,尚书省勘会党人子弟,不问有官无官,不得在京城留住,一律迁居外地。根据这份文件,李清照只能被迫离京,到了六月,重新核定元祐、元符党人名单。再由赵佶亲笔刊书,置于文德殿东壁,以示永远不得翻案。这份名单共三百零九人,李格非仍在余官第二十六人。在此期间,李清照开始从新婚的甜蜜中走了出来,对丈夫赵明诚的感觉也起了微妙的变化,一个直接的原因是赵明诚的父亲赵挺之。虽说李格非被贬,首先是蔡京起了关键作用,但其中也有李清照公公赵挺之的原因。就在李格非一贬再贬之时,赵挺之却一再升迁,连升三级,同年六月,除尚书右丞,八月除尚书左丞,后又除中书门下侍郎。在李清照看来,正因为赵挺之协同蔡京对元祐党人连连打击,才祸及他们这些所谓的党人子女。所以当赵明诚再一次鼓励妻子"再写一首诗,想办法送到皇上手里"的时候,李清照却说:"有蔡京,还有你的父亲他们挡在中间,皇上能读到我的诗吗?"

其实,赵佶确实读到过李清照的救父诗,也一直在注意李清照的反应。当他看到名单时,本想做个人情给李清照,但想起她不赴梅雪诗会给自己带来的尴尬,就不免有些犹豫。加上蔡京几次都大力主张把李格非列入党人名单,认为如果放过李格非,元祐党人案无法震慑天下,因此赵佶原来有想召见李清照的念头也就打消了。

但因李清照词作名声渐大,汴京城里,宫内宫外几乎传遍她的新词旧句,赵佶因此私下里也找李清照的词来看,每一首都令他不得不叫绝,暗暗决定要在元祐党人案风波过后见她一面,开脱她父亲的罪责,给她一个解释。

在赵佶看来,李清照这时有很多理由怨恨自己,因为李格非贬谪以后,紧接着又发生了赵明诚之父,也就是李清照公公赵挺之的事。

元祐党人案后赵挺之的地位显赫起来,蔡京又容他不得,动员了一帮官员,对赵挺之发起弹劾。之后,赵挺之罢相,蔡京一人独大,并想尽办法逼死了赵挺之。赵挺之死后蔡京又派专人赴青州赵家,对赵家主要成员进行进一步的审查迫害。尽管这事主要由蔡京所为,赵挺之一家自然对蔡京心怀怨恨,但最后做决定的总是皇帝,所以赵佶认定赵家的人,包括李清照这个儿媳妇都不会对自己有什么好感。这边蔡京布置了一些耳目,禀报皇帝说赵明诚和李清照夫妇对朝廷多有不满和讽讪,赵佶听了半信半疑。之后加上国事困扰,党人案迟迟没有一个结果,因此见李清照的事一搁再搁。

不料时隔多年,此时赵明诚夫妇自己找进宫来了,这岂不是天机巧合,要了却自己的一桩心事？赵佶不禁又问一次："赵明诚妻李清照同来否？"

张迪忙说："奴才看到他带着一个青年女子，三十四五的年纪，应该是他的妻子李清照，听说她有一首新词献给陛下。"

赵佶精神大振，说："待会儿先带他们到睿思殿喝茶，朕要好好和李清照说一说词。还有你设个法，将赵明诚的那方汉印留下。"

## 十五　女词家伉俪正重归于好

　　赵明诚此次进京，并没有得到有关方面的许可。宣和元年正月刚过，接到开封府通知，说惠民河边的赵家老宅要拆迁了，叫人赶紧进京处理善后。赵明诚得到这个消息心中十分痛愤，正准备上路，忽然又收到吏部行文，叫他暂时不得进京，何时进京，静等通知。等了几个月还是没有通知他进京的消息，焦急之下赵明诚决定擅自进京。李清照听说赵明诚要进京，生怕一旦蔡京知道，又要罗织新的罪名，这样一来怕是以后丈夫再难得到一官半职了。她想劝阻他，但是她又想到自己离开汴京也多年了，多少回梦回汴京，因此重返汴京的诱惑使她不仅没有劝阻丈夫，反而进行了鼓励。这其中还有一个主要原因就是住在青州的时间已经太长，随着时间的推移，初婚时的激情也已经慢慢燃烧完了，夫妻之间的日常生活也变得越来越淡薄。而且丈夫一味玩弄金石，自己虽作了一些新词，但总是令人不太满意。当丈夫告诉她一起悄悄地回一趟汴京散散心，李清照欣喜同意，并把这次汴京之行想象成挽回夫妻感情的怀旧之旅。

　　按照事先赵明诚所说的，这次原本只打算在京城作短暂的停留，一旦处理好惠民河边的赵家老宅后就马上离开。但是赵明诚却私底下向青州府请了长假，以便有足够的时间在汴京活动，然后以祖传的汉印作为见驾礼，求得皇帝的接见。这样做的目的是避开蔡京，只要得到皇帝的赏识，蔡京就无法阻挠。这次成功与否,关系到自己能否回到汴京入朝为官,关系到赵家能否重新崛起,因此,赵明诚做了精心准备,决定孤注一掷。一到汴京,赵明诚并没有按照事先许诺的那样,带李清照去寻找旧时景色,而是自己一个人偷偷地找到了周邦彦,进行了一番密谋。起先两人干坐闲聊,茶水新沏了好几杯,想着晋见皇帝的办法,一筹莫展,唉声叹气。最后周邦彦说:"我有一计,但要夫人出面。"

赵明诚听了周邦彦的计谋,同意一试,回来后就对李清照说:"我要进宫一趟。"

李清照询问赵明诚进宫的具体计划,但赵明诚没有告诉她更多的情况,只是得到皇帝召他入宫的圣旨后,赵明诚才对李清照说:"你我一同进宫。"对此,李清照的内心深处是拒绝的。

这几年来已有移情别恋先兆的赵明诚总是以离开她相威胁,实际上在青州的时候赵明诚就提出过纳小妾的打算,为此夫妻发生了多次口角,但多数情况下都是李清照默默地流泪妥协,对赵明诚纳娶小妾的要求没有表示强烈反对。

但在此时夫妻俩却为是否一起进宫发生了争吵。随后李清照还是在赵明诚严厉的最后通牒和动情的挽留中犹豫了。争吵的结果是李清照屈服于赵明诚软硬兼施的手段和名存实亡的夫妻之情,同意一同进宫见驾。赵明诚乘胜追击,很快提出了一个额外要求,这也许还是周邦彦的主意:填写一首新词献给当今皇帝赵佶。

赵明诚神色严峻,说:"当今皇帝也是一个有名的词家,你献词于他并不辱没于你!"

听到这句话,李清照一夜没有睡好,第二天她早早起来脸容显得十分憔悴。化了妆,她望着镜子呆呆想:"那个皇帝会怎么看我呢?"

赵明诚在她的乌发中插上名贵的头钗和鲜艳的绢花,说:"要让陛下看了,好好地赞美你。"

但是在准许进入宫门的那一刻,她对丈夫一定要叫她一起进宫的目的又一次提出质疑:"见皇帝的事,你自己一个人来不是更好吗?"

赵明诚露出有些诡秘的笑容:"等见到陛下,你就会明白了。"

李清照是头一次来到禁苑,她对其中的画梁雕栋、奇花异草没有心情欣赏,只是机械地跟着丈夫的脚步走着,几经曲折,来到了当今皇帝的书房睿思殿。这时,赵明诚兴奋得脸都红了,对引路的内侍不停地说着感谢之词,还取出一块手指般大的条玉送给他,说:"烦请还能快一点禀报万岁。"

进了睿思殿马上就有人来招呼他们,端来座位,奉上茶水。赵明诚坐立不安,李清照就顾着自己先坐下了。突然她发现一幅想必是赵佶亲笔的书法,悬挂于墙左,写的正是她作的词:

昨夜雨疏风骤,浓睡不消残酒。试问卷帘人,却道海棠依旧。
知否,知否,应是绿肥红瘦。

落款的时间是建中靖国元年仲春。李清照走近又看了一遍,不由得叹了一句:"这字写得好精致好飘逸!"

赵明诚仔细端详果然有赵佶的双龙小印,好不欢喜,自豪地说:"周邦彦说得一点不错,陛下就是喜欢你的词。等会儿你见到皇帝,就向他说一说你的新词,说不定龙颜大悦!"

这时李清照的情绪一下子好了许多,一方面是这首词本身勾起她当年热恋而又未嫁之时的美妙与欢情,不由得心潮起伏,另一方面自己的词作变成赵佶的一手好书法,对字画向来挑剔的李清照看到这一手绝妙的瘦金书自然是满心欢喜。就在读完墙上这首《海棠词》的那一刻,她心里十分庆幸这次与丈夫同行,于是不禁猜想起将要见面的皇帝会是什么样子,他对自己的词作是真的读懂并且喜欢吗?这么想着一回头发现赵明诚看着皇帝的这幅字似乎比自己更激动,这不禁使她产生了逆反心理,说:"我写词又不是讨皇帝欢喜的,他喜欢与否,与我何干?"

赵明诚正处于激动之中,被妻子抢白了一句,心中虽有些恼火,但他也不与妻子辩论,心里想:只要见到陛下就行,现在暂且不与你理论。

不巧的是落杏儿在秘阁书库突然消失,使赵明诚的愿望终于落了空。赵明诚几乎已经看到皇帝落在大理石台阶上的身影,但是皇帝听了一个小黄门的报告,什么话也不说,也没有与他们打个招呼,就马上离去了。

赵明诚疾步出来时看到的是赵佶远远的一个背影,他后来再三恳求张迪道:"告诉陛下就说我们夫妻已经候驾多时了,李清照要给陛下奉献一首新词呢!"

张迪解释道:"出事了,一个睦州美女找不到了。"说着也匆匆追了上去。

李清照新写的是一首《念奴娇》,数尺见方的锦帛上已经填好了一半笔墨,门外赵明诚向张迪恳求的声音愈来愈使她感到胸口憋闷,张迪的解释更令她感到气恼。当丈夫低垂着头进来时,她终于爆发了,放下笔:"赵明诚,我不想写了。"

赵明诚正为可能见不到皇帝而心情烦躁,对妻子的举动十分不满,斥责她道:"你以为你才华横溢,皇帝要求你写?你以为你还是当年在汴京吗?我们在青州什么都不是!"面对丈夫的斥责,李清照再也控制不住自己,捧起龙案上的端砚,把墨汁泼在锦帛上,说:"我永远不会写这首词了!"关于这首《念奴娇》,当时她心中并无全篇的构思,只写了上半阕,下半阕还不见片词只句,事情过后就连上半阕写了什么也没有回忆起来。

落杏儿失踪的消息虽然使赵佶感到十分突然,一时乱了方寸,但他没有完全抛开还在睿思殿里等候召见的赵明诚夫妇,他一路疾走,还交代后面赶上来的张迪,说:"留他们二人用午膳,朕还要找他们好好谈谈。"张迪即刻就让人把这话传过去,但是等传话的小黄门赶到睿思殿时,李清照和赵明诚已经争吵完毕,两人一前一后,拉开几丈路离开了睿思殿,往宫门走了。传话的小黄门一路跟着,怎么劝说,也没有留住他们,眼看着就要出了宫门,赵明诚的脚步不禁缓了下来,但是李清照却越走越快,赵明诚把她喊住,说:"听到没有,陛下留我们用午膳!"李清照脚步不停,说:"你没有听到皇帝正忙着找他的睦州美女吗?你想留就自己留下吧。"其时她的一只脚已经迈出了宫门。赵明诚叹了口长气,也跟了出去。小黄门也失去了耐心,不再进行劝说,回来后又怕担干系,也就没有及时向张迪禀报。

却说赵佶一走进秘阁藏书库后就没有再顾及睿思殿里的客人,一门心思想找到那个可能是跟自己玩捉迷藏的睦州美女。也许她是想要他自己找上一找,然后再出现在他面前,给他一个惊喜。他亲自盘问了掌库内侍和负责守库的几个小黄门,都说一早起来落杏儿就踪迹难觅,无人知道她的下落。赵佶断定没有人敢骗自己或是跟自己开玩笑,看来蔡宫女真的是失踪了,心里又紧张起来。张迪忙安慰说:"陛下请宽心,这么大一个人还能到哪去,找上一找,就能找到,陛下尽管放心。"

赵佶却有了多种猜想:是什么人把她藏起来了?还是私下里将她逐出宫了?或是做得更绝,恐怕已遭了什么人的暗算?他一言不发离开了秘阁,径直来到后宫。刚巧头一个出来迎接他的是王德妃,她还没有反应过来,赵佶已经大声斥责道:"你们把蔡宫女弄到什么地方去了?"

王德妃吓得一愣,回过神后马上大喊冤枉:"活要见人,死要见尸,我能把她弄到什么地方去?陛下我冤枉啊!"

王德妃这一喊冤,赵佶冷静一想也觉得自己过于冲动,但一时又不好下台。张迪在旁看到皇帝的窘态,出来打圆场说:"陛下请息怒,宫闱森严,过不了半天一夜,蔡宫女自己会出现的。"

张迪一说情,王德妃便像得了理了,眼泪把妆都哭花了,说:"为了一个宫女,万岁就万般焦急,无端指责。臣妾高低也是一个德妃,在万岁眼中却不如一个刚进宫的山野女子?"

赵佶懒得理王德妃,对张迪说:"你就派人找找吧,难道飞了不成。"说完离开,又到秘阁藏书库转了转,临到中午,肚子咕咕叫了几声,才想着要吃饭。听到张迪说准备了丰盛的午膳,他忽然记起自己原是要在睿思殿召见赵明诚和李清照夫妇的。他赶紧问起,张迪回报说赵明诚夫妇已经离宫了。赵佶心中又冷了一冷,倒也没有怪谁,只是叹了口气,说:"我与李清照、赵明诚如此无缘!"

张迪劝道："赵明诚自然还会再求见陛下。"

赵佶却不这样认为，说："这赵明诚是朝廷官员，宣他自然该来，但是他的夫人不一定能请得来。算了，还是一个'缘'字。"

张迪见赵佶表情怅然，还想再说，赵佶又说了一声："日后与赵明诚讨论金印或有机会。但召见赵明诚夫妇的事，算了。"这一番话里已是第二次说"算了"，这次语气更加坚定，无奈和失望已经更显彻底了。

再说赵明诚和李清照出宫以后两人很少说话，一时也就没有提再进宫的事。到了第二天早上看到李清照脸上有了笑容，赵明诚说："是不是烦请周邦彦再帮帮忙，叫张迪安排我们见皇上一次。"周邦彦与李清照有数面之交，对周邦彦的词作，李清照也看得入眼，而周邦彦更是推崇李清照，在朝廷内外广为宣传。赵佶曾问他与李清照相比何如，周邦彦不假思索："不如。"这一段赵明诚早有闻知，如果妻子出面再求于周邦彦，周邦彦必定愿意再作一次努力，陛下也必定会另眼相待。

不料李清照一听便冷冷地说："你不是找过周邦彦了吗？要说你自己去说。"

赵明诚见妻子这么不理解自己的苦心，心中突然来了火，但忍着没有发作，到了傍晚，也没跟李清照说一声就一个人出去喝酒了。直到半夜，赵明诚才带醉而归。李清照细闻酒气之中，还有脂粉之香，没有等她追问，赵明诚自己说了："我去了教坊，会了歌女，你若不能容忍，大可离我而去，反正我这一辈子仕途不过如此，你随我也不会荣华富贵，反而受够颠沛流离之苦。"

李清照望着丈夫绝望的神情，想起二人毕竟有过美好时光，不免心生恻隐，先前的怨气减了大半。她端上一杯凉茶放到他的嘴边，赵明诚干燥的嘴唇沾在水里，眼泪掉了下来。那个晚上夫妻俩一夜未眠，李清照说了很多的话，他二人沉浸在美好往事的回忆里。李清照还读了那首新婚蜜月时写的《减字木兰花》，这让赵明诚的脸上有了一丝笑容：

卖花担上，买得一枝春欲放。泪染轻匀，犹带彤霞晓露痕。

怕郎猜道，奴面不如花面好，云鬓斜簪，徒要叫郎比并看。

赵明诚紧紧拥抱着妻子，大哭："我们再也回不了汴京城了呀！"

就在赵明诚和李清照进宫的当天，周邦彦得知陛下与他们夫妇失之交臂，心生惋惜，连叹数声，说："可惜错过一段佳话！"

张迪说："赵明诚是朝廷官员，以后宣他能不来？"

周邦彦说："赵明诚不见倒无妨，可惜的是没有见到李清照呀！此后恐难再有机会。"

张迪硬是不信，派了个小黄门去通知，恰巧赵明诚负气到教坊找歌女解心中烦闷，李清照紧闭房门，任谁敲门都不回应，更不开门，苦了那个小黄门一直等到夜色沉沉，无功而返，回来禀报说赵家已经人去屋空了。张迪向赵佶报告此事，赵佶说："既然未曾见驾，此事在记录中删除，不要再提。"

周邦彦本想出宫以后就去看看李清照，请他们到府上去吃一顿好酒好饭，然后把那首原本送给皇帝的新词，请李清照评点评点，修改后再谱上曲子，找教坊的歌女试唱一下，这样送进宫去，想必皇帝一定会更喜欢的。但他最主要的目的是让当今圣上见一见当今的第一女词家，不能让大宋的词苑留下遗憾！

赵明诚夫妇离开青州私下求见皇帝的消息，很快就被蔡京知道了。一个是被自己挤掉的崇宁右相的儿子，一个是党人的女儿，党人案和排挤赵挺之两件事都和自己密切相关，皇帝私下里召见他们用意何在？难道要给党人翻案？他越想越觉得这是严重的政治信号，况且李格非之女非同一般女子，如果她见到皇帝以后发挥出一半的才情，美目顾盼，谈词论句，三番五次之后，这道君皇帝如何把持得住？说不定引出别样风情来！自己一定要想办法阻止皇帝和他们的进一步接触。他越想越觉得此事非同小可，自己不能麻痹大意，于是很快就拟好了一份将赵明诚治罪的奏章，并带着一份青州方面报过来的证据，神色凝重地进宫见驾。这份证据是赵明诚所写诋毁花石纲的《唐义兴县重修茶舍记》的跋文。其中有云:"余尝谓后世士大夫,区区以口腹玩好之献为爱君,此与宦官、宫妾之见无异,而其贻患百姓,有不可胜言者。如贡茶,至末事也,而调发之扰犹如此,况其甚者乎!"说的是茶,实际上指的是花石纲,明眼人一看就明白了,皇帝不会看不出。当时蔡京一看到这段文字,心中窃喜:赵明诚这下完了。

赵佶听了蔡京之说,明确表示自己不会见他们的,但又说:"见与不见,也是小事,像李清照,词名是真,才学是真,只不过所嫁赵明诚时运不济罢了,太师何必小题大做!"

蔡京点头称是:"臣并非针对李清照。"

一直等到过了五月初五端午,赵明诚眼看进宫无望,只好草草处理完了赵家房产,带着李清照一起离开京城,一路向东,回到了青州家里。其间赵佶也没有传旨召见。离开汴京后,赵明诚和李清照夫妇之间虽然隔阂愈深,激情不再,但总算相敬如宾,面红耳赤的争吵也就很少发生了。旁人看来,夫唱妇随,品印论词,幸福美满。之后他们再也没有回到过汴京,尽管赵明诚仍然认真地等待赵佶的召见,期盼皇帝读了自己妻子的词,品了自己的金石,网开一面;期盼自己奉旨回京,重温旧时生活,有朝一日如果不能像父亲那样做个宰执,也要像丈人李格非那样做个闻达京中的名士。实际上李清照内心也无法忘记皇帝亲笔书写并悬挂在睿思殿的那一幅自己的旧作《海棠词》,也向往八月中秋汴京上空的一轮圆月,河边酒香,楼台歌声,园中词话;向往上元灯会的满目璀璨,花团锦簇,红男绿女,熙熙攘攘。

"汴京啊汴京,心中的梦,永远的梦,此梦难圆乎?"是夜,赵明诚躲于赵家的阁楼上举杯狂饮,放声高歌。李清照没有劝阻丈夫的狂饮,说:"任他去吧,醉了会痛快些。"

## 十六　恩爱柔情如此端午之夜

端午节这一天,宫中依然沉浸在蔡宫女失踪后的忙乱气氛里。

太后太妃们差郑皇后来请赵佶去商议过端午节的事情,他推说身体疲乏,没有过去。大晟府与教坊司为端午宴排好了新舞,只等他去观看彩排并提修改意见,开始他也答应了,等听到舞乐响起的时候,他又觉得没有兴致,不肯去了,说:"改日再看。"大晟府和教坊司的人私下里多有怨言。周邦彦听说此事,只好请来了几个大臣一起看完了节目彩排,看后十分称赞,安慰了乐工和舞娘,排演的费用照样拨给,说:"如果不肯拨付,就在我的俸禄里扣除就行了。"

例行的赏赐额度减少了三成,原先准备好的宴席大大缩小了规模,其中的原因,都是因为赵佶在审阅呈报时,赏赐的名单中列首位的蔡京,其获赏赐的额度明显高于其他官员,有二千三百五十缗之多,比名列第十位的王黼多出一千二百缗。赵佶笔一勾,减了蔡京一千缗,余下官员依次递减,说:"蔡京疏于朝政多年,何以赏赐高于百官如此?"又看端午宴会共五十席,蔡京名列君臣首席,赵佶说:"今年宴会由各部院自主,朕不会群臣,自在文德殿设四五席与后妃们一会就可。"

但后来就连与后妃们一会的四五席也取消了。

例行赏赐减少,宴会也取消,群臣和后妃们才真正意识到蔡宫女的失踪是一件很严重的事情,对皇帝情绪上的打击不消说,给大家带来的损失都是始料不及的。对于皇帝无缘无故地减少赏赐,大臣多有怨言,但又没人敢明说,后妃则把怨恨对准了那个失踪的宫女,但也没有一个人敢说出来。

眼看就到了用晚宴的时间,赵佶的情绪却越来越低落,张迪为了将赵佶从烦恼中解脱出来,试着向他提起了李师师。赵佶听后,顿时精神振作了一些,说:"朕倒想去看看她,索性和她一块儿过这端午节,或许会有几分乐趣。"赵佶叫张迪做些准备,先去通知一声。

当张迪把皇帝要来的消息告诉李师师的时候,她却不怎么相信,以为是张迪的一个善意的玩笑,是一次好心的安慰,因为她想明确知道皇帝到达的具体时间时,张迪的口气却不那么坚定,说:"陛下可能会过来。"瞬间把正式的预备通知变成了一次"可能"。何况她想到今天是端午节,皇帝能避得开宫中的那么多后妃吗?李师师为了让自己不抱太大希望,刻意没有认真对待张迪的预备通知,因此快到半夜的时候竟然请了大名艺人陪自己喝酒。听说晚上皇帝要过来,刚入席的大名艺人忽地站了起来说:"那我就回避了。"李师师给他斟上酒说:"他们只是讲讲罢了。今天是端午节,宫中的皇后妃子岂能轻易地放皇上出来?这样的夜晚我等得多。眼睁睁看着天亮。宫里的人有几次说话算数的?"

经李师师一说,大名艺人才记起今天刚好是端午节,这种时候,皇帝是不会出宫的,于是他就大着胆子坐下来,说:"就让我来陪花魁娘子吧。"

此刻赵佶正走在地道里面,忽然犹豫起来,因为他这时脑子里想得更多的还是蔡宫女,于是他问回来接他的张迪,说:"你说说这蔡宫女到底到哪里去了?"

张迪劝他说:"陛下今夜就把这事放下了吧,和花魁娘子好好聚聚,吃些好酒好菜,好好地睡上一觉,说不定明天蔡宫女就出现在陛下面前了。"

赵佶停住脚步说:"都子夜时分了,师师恐已入睡。"但又转念一想,"回到宫中自然更加没趣。如果师师睡下了,朕就径直钻到她的绿罗帐里。"赵佶这样想着,又来了精神,也不要张迪通报,直接撞进了醉杏楼,不想刚好看到李师师正和大名艺人饮酒,而且大名艺人相貌堂堂,赵佶不免脸色难看:"这等丰盛酒肉招待什么旧相好?此人是谁?"

张迪紧跟进来,对大名艺人喝声道:"闲杂人等,速速离开!"

大名艺人本来起身要回避,但一听张迪高声赶自己走,心里气不过,反倒坐回了椅子上。

赵佶转过脸来责问李师师:"朕说过要来的,你为何不等了,反约了别人?"

李师师并不慌张,看到赵佶这个样子,反而高兴他在乎自己,忙挽着赵佶入座,说:"奴一直焦急等待的,不说半夜了,道君能来,奴天亮都等。"李师师又称在座的是流落汴京的大名艺人,是她特地叫来助兴的,并叫大名艺人弹唱一首赵佶填曲的近作,却是济南李清照作词的《醉花阴》。赵佶问:"这是朕填曲的一首旧词,你市井之人如何得知这般旋律?"大名艺人回答说教坊歌场都已传唱开了。张迪还要赶大名艺人走,赵佶却高兴地说:"那你就留下显显本事吧。"于是大名艺人又唱起了《醉花阴》。

赵佶脱下丝冠,除下两靴,跟着大名艺人的曲子,在地毯上一边跳着,一边唱和:

薄雾浓云愁永昼,瑞脑销金兽。佳节又重阳,玉枕纱厨,半夜凉初透。

东篱把酒黄昏后,有暗香盈袖。莫道不消魂,帘卷西风,人似黄花瘦。

饮下几杯酒之后,听完大名艺人唱第二遍,赵佶发起了呆。李师师看出他有心事,便把头靠在他的胸口,说:"陛下莫非听了李清照的词句动情了?"

赵佶叹道:"这大名艺人唱得好,把情景都唱活了。李清照的词都做得好,真情流露,动人心扉,朕本来要见她一见的。"

李师师抚摸着他的胸口说:"师师见过李清照一回,她跟着夫君来过先前的教坊,郎才女貌,叫人好不羡慕。"

赵佶纠正道:"赵明诚虽有才,但不如其妻。"

李师师说:"待八月中秋或是重阳佳节,师师请李清照到醉杏楼来,与道君一会,听她亲自唱这首《醉花阴》,也好让道君高兴,师师只在一旁上茶倒酒,伺候着就行了。"

"朕怎能委屈了花魁娘子?"赵佶犹豫了一下说,"怕李清照已经回山东去了。"

李师师坚持说:"道君不要管,师师又不会吃李清照的醋,到时候自然会给道君一个惊喜。"

赵佶不由叹道:"花魁娘子肚量蔡京等不如,堂堂宰执竟不能容人!"

赵佶也不肯再说李清照,叹起大名艺人来,说:"李清照词作得好,大名艺人唱得也好,我大宋尽是能歌善词之人,好气氛,好景象!这样的人应该为朝中所用,大晟府缺的就是这样的人,周邦彦遇见,必定欢喜,要跟你讨人了。"

大名艺人是个机灵之人,他趁赵佶高兴之机,要抽身离去,就向赵佶拜别。赵佶有些舍不得,叮嘱他过些日子务必要到宫里见驾,届时推荐他到周邦彦那里谋个差事。

这时房里只剩下赵佶和李师师,二人喝了几个交杯酒,不一会儿,赵佶便酒已半醉。李师师香雾熏被,伺候赵佶就寝。赵佶借着酒劲一把拉过李师师:"今夜朕要睡个痛快觉,师师陪朕一块儿做个美梦吧。"

李师师顺势倒在赵佶的怀里,娇嗔道:"师师却比不上新来的睦州美人让道君牵肠挂肚呢!"

赵佶酒醒了大半,坐了起来,脸色转了阴,说:"怎么谁都不愿意朕有这个入画之人。"

就在此时,童贯正准备对宫中进行搜查行动。童府中铁衣铁甲,挥刀舞枪的阵势犹如一支即将投入恶战的劲旅。义女童九两见此情景提醒童贯说:"这么多披甲武士气势汹汹地杀进宫去,不知晓内情的人还以为是逼宫谋反呢。"

童贯一听,急了,说:"不可胡言乱语!落杏儿莫明其妙就失踪了,宫中的人谁可以相信?这次搜寻义父打定主意不让宫里的人插手。等不及皇帝恩准了,只好先斩后奏。"

果然不出童九两所料,童贯带着这些人进宫时引起了一些骚乱。

可能是事先走漏了风声,在童贯准备进入后宫时,忽然遭遇了一群品级低下的贵人、御侍以及宫女们有组织的阻挡。她们一个个玉臂展露,摩拳擦掌,齐声道:"郑皇后懿旨,外人擅闯后宫,以大不敬惩处,一律凌迟!"童贯刚要出面,不知从哪里冒出五六个任过供奉的上辈老宦官出面劝说:"如此兴师动众,惊动后宫,所幸她们不过品级低下,要是碰到后妃,她们撒泼闹将起来那就不好了,还是先报告陛下才好,否则教人安上什么罪名,到时候说不清楚。"童贯看到这个阵势,知道宫中早有防备,尤其是后宫的抵制,十有八九是郑皇后在那里坐镇指挥,如果坚持要先查后宫,势必要与郑皇后为首的嫔妃们有一番交锋。此时童贯想起童九两说的那些话,不觉迟疑起来,先是命令按兵不动,然后对这几个前辈说:"童某也想见到陛下,当面禀报自己的计划,但是怕夜长梦多,真走了陛下的心爱之人,怕是不好交代。"

正当进退两难之际,一个当值的小黄门跑了过来,悄悄告诉童贯说:"皇上到镇安坊了,一夜未归,童枢相不如先到睿思殿等等。"

等到午时,皇帝还没有回来,童贯没有了耐心,不容别人再劝,当即指挥起来,命令参加行动的人分成四路,自己带一路直接到秘阁,其余三路则分别先把昭文馆、史馆、集贤殿围起来。童贯选了十数个面相温和一点的亲随,拥进了秘阁藏书库,用极快的速度进行了搜查。先是看了看每一个门窗,接着每个书箱书架里面角角落落都扫了一遍,童贯还亲自登上了蔡宫女曾经住过的阁楼,细细地翻看。等秘阁的馆职上班时,搜查已经结束。显然,秘阁中看不出什么疑点。童贯又把馆内的馆职和宦官集中起来,逐个盘查审问,但他们回答的口径十分一致:"没有落宫女,只有蔡宫女,但也已经不见了。"

一直到了傍晚,其余三处的人也无功而返。想想一无所获,童贯心有不甘。

童贯搜查秘阁藏书库的同时,消息就已经传到了醉杏楼,那个当值小黄门将情况报告了张迪,张迪又马上向赵佶做了禀报。

就在童贯决定是否要搜后宫的时候,赵佶的一道御旨把他叫到了醉杏楼。

童贯只身一人到了醉杏楼,一头撞进了李师师的卧房,气喘吁吁地向赵佶行了礼,说:"童贯奉旨见驾。"

这时李师师身上穿了红肚兜儿,外面半披着一件丝袍,斜着身体坐在梳妆台上,赵佶站在一旁紧靠着她,聚精会神地给她画眉。童贯想回避又不敢走,只好低头侍立一旁,一直等到赵佶把李师师的双眉画好。

"淡扫蛾眉,花魁娘子可更生动了?"赵佶问他。

童贯认真地看了看李师师的脸,说:"经陛下神笔,花魁娘子赛过天仙了。"

赵佶得意地细细打量李师师的脸,说:"师师天然就是九分仙子,略作妆抹之后,确是十分美丽。"

李师师转过身来,紧身的红肚兜儿上露着大半个洁白的胸脯,说:"师师浓妆艳抹了才是十分,但道君心里面那入画之人自然然就是十分。"

李师师不小心说出这句含着醋意的俏皮话,却勾起了赵佶的愁绪,他一扔眉笔,气呼呼地说:"童贯,如果秘阁找不到,秘阁其他各处也不会找到,还搜什么?莫非九天玄女下凡,又回重霄了?"

赵佶给李师师披好丝袍,在床榻上坐了下来,说:"先把你的人撤出宫去,你带着这么多人杀进宫来,别人参你谋反,你也无话可说!"

童贯一听,擦了擦头上的冷汗:"童贯也是急于找到入画之人呀!"

## 十七　不曾料她在人世间消失

本来以童贯的身份和办事周密得力的风格，找到落杏儿应该没有什么更大的困难，但是后来形势发生了急转。

端午节之后，到五月初十这一天，金国突然发动了对辽国的进攻，并夺占了数个重要的城池。赵佶急令童贯迅速北上与金国签署密约，一同进攻辽国。匆忙之中，童贯只好暂时把寻找落杏儿的事搁置一边。

就当时的情况而言，联金抗辽成为朝廷当务之急，密约的发起签署与身为枢密使的童贯密切相关，因为与辽国东北面的女真金国联合，对辽国形成南北夹击的战略态势，是他首先倡议并具体谋划设计的。

数年以前，童贯出使辽国，心系故国的辽国汉族官员马植秘密求见，献计说北方女真金国日益强大，但他们和大宋一样对辽国怀有血海深仇，并且已经与辽国发生了多起激烈的冲突，大宋如果要报百年之仇，可以和金国联合。童贯当时听了，内心一阵亢奋，对马植不忘记祖宗的民族志气做了一番赞扬，但没有发表更多的实质性意见。不过，到达辽国上京以后，作为大宋副使的童贯与金国的使者私下里进行了接触，很快证实马植所言不虚。金国的使者明确表达了女真方面的愿望：宋金两国秘密结盟，共同进攻辽国，待两国皇帝同意后马上正式签订盟约。

童贯听了金国使者的建议后，狂喜不已，当即就表示赞同。那个晚上，他整夜没有合眼,想象着大宋百年世仇终将得报的情景,不禁激动得流下了眼泪。

童贯回到汴京后,向赵佶呈报了这次辽国之行的意外收获。但赵佶认为此事干系重大,需要从长计议,朝臣讨论了无数次,意见不一,分歧很大,迟迟没能决断。一晃几年过去,意向还是意向,宋金盟约一直没有正式签订。及至今年年初,金国多次催促,赵佶和朝中官员也都觉得已经不能再拖延下去了,本来童贯如不去催办花石纲,四月即去担任使者,从海路赴金国签订盟约。不想金国出手如此之快,辽国在金国进攻之中又一次受到重创,辽国的颓败已成定局,如果大宋再等下去,到时候将得不到辽国的一块土地,一座城池,就是原属中原故土的燕云各州也有可能被金国独吞。

朝议时蔡京对童贯北上攻辽的壮举不以为然,从中做了一些阻挠,再一次提出了攘外必先安内的主张。所谓安内就是准备大规模对山东盗进行清剿;所谓攘外就是与金国联合出兵围攻辽国。蔡京在朝议中说,攘外征辽大事,看似艰辛,但实则水到渠成,相对容易完成。他认为建中靖国以来,金国崛起,兵强马壮,而辽国内乱多年,国力衰弱,宋金合力,对付辽国已是摧枯拉朽之举,并且暗示童贯作为枢密使当仁不让,之所以自告奋勇,愉快轻松地接受了这项任务,是借此洗刷三月统安城失败的耻辱,为自己恢复名誉。蔡京说:"为江山社稷安定计,征剿山东草寇才是当务之急。"

争论的结果,是朝廷派出殿帅府太尉高俅率八千水步军征剿山东盗。但是童贯北上征辽,更是箭在弦上不得不发了。五月十五,好消息又传来,金国从辽国手中夺得了燕州城,将此作为礼物赠还大宋,敦促大宋迅速派人前去接收。是否派童贯前往,赵佶有过犹豫,但童贯主动请缨,豪言道:"燕云不还,誓不回家!"赵佶于是同意。童贯临行前,赵佶摆了一桌酒席壮行,说出了自己犹豫的原因:"朕本该御驾亲征,但童枢密去如同朕去。取回燕云十六州是太祖太宗以来大宋最大的愿望,多少征战,多少钱财,今日总算从朕手中拿回了,也算是朕的一个大功劳,待万岁山竣工,要大大地庆贺!如得燕京马上就回到汴京,万岁山工程已到最后关头,你也离开不得。"

童贯热泪盈眶:"道君伟业,名扬青史。"

君臣壮怀激烈之后,又说起了悄悄话。童贯喝了一杯壮行酒,低声说:"只是入画之人尚未找到,童贯放心不下。"

赵佶手一挥,说:"你放心去吧,这入画之人……就随缘吧!"

童贯离开汴京几天之后,在郑皇后催促下,赵佶一早去了一次太庙,祈求祖宗保佑大宋强盛,祈求联金抗辽大业能够顾功,使宋辽百年的冤仇有个了结。祭祖后,他叫郑皇后带其他人先回去,自己想单独待一会儿。但一直到晚上,赵佶都没有回宫。张迪不放心过去看了看,发现皇帝整个下午都是一个人在祖宗的神像下面发呆。

政和元年开始,赵佶每年祭祖时都有这样的神情和举动,朝臣和嫔妃,包括郑皇后都不清楚皇帝一个人在庙里这么久干什么。其实,赵佶在祖宗的神像前一言不发,沉默良久,想着心事,也没有别的什么举动。这是他为大宋的国运担心和祈求的时刻,也许在这一时刻他深感自己责任重大并为自己某些不称职感到愧疚。从走进太庙的那一瞬间起,他的心情突然沉重,不再是无忧无虑,望着祖宗的神像,他一遍又一遍地问自己:"我怎么会是皇帝呢? 一个皇帝要做那么多的事,要负那么大的责任,这个人为什么会是我呢?"

可千真万确,他就是皇帝,他至今想不明白自己怎么会当上皇帝的。

赵佶平生最崇敬的人是父亲宋神宗,但最感激的人却是一个妇人,这个妇人就是神宗皇帝的皇后向太后。时为端王的赵佶并没有当皇帝的奢望,也绝没有想到自己能做上大宋的第八任皇帝。他对自己当时无忧无虑、行动自由的生活感到十分满意,因此平时对宫中核心的决策阶层没有更多的巴结。在没有任何预兆的情况下,向太后就找他谈了一次话。赵佶当时正和东京最有名的蹴鞠团体圆社的几个高手偷偷踢球,因为哥哥哲宗赵煦刚刚去世,正是守丧致哀期间,尽管感到无比悲哀,但是球瘾上来使他无法控制,他只想踢很短的一会儿时间,解解球瘾,但脚一接触到球,就停不下来。当时,他还没有来得及换衣服,就被叫进宫中,去见了向太后。

向太后看他一身的汗水,就催他去洗了一个热水澡,还给他准备了一套新衣。年轻的赵佶出浴后容貌动人,英姿勃发,向太后看着他,表情无比喜悦。一杯热茶上来以后,向太后跟他谈起了茶。赵佶对茶的研究使他在向太后面前对答自如,并让她从中有了新的收获。赵佶越谈兴致越高,说:"我准备写一本关于茶方面的书,届时请太后批评。"向太后对茶的热爱,加深了对赵佶的好感。

赵佶离开向太后回到端王府不到一个时辰,就传出新皇已经选定即将登基的消息,让赵佶意想不到的是,这个新皇就是自己!

在祖宗的神像面前,他之所以想起向太后,是因为想到了王德妃,又因此想到了失踪的蔡宫女,也就是童贯从东南选来的入画之人落杏儿,他断定王德妃与蔡宫女或者落杏儿的失踪密切相关,而王德妃恰恰是向太后的外甥孙女。

建中靖国元年五月,向太后带着一个八九岁的小女孩,当着赵佶和王皇后的面,说:"这是我妹妹的孙女,颇有福相,望陛下日后能纳其为妃。"

之后,向太后身体不适,从此卧床不起,又二年即预封其外甥孙女为昭仪。大观四年四月初八,向太后病重不治,临终前,向皇帝赵佶请求封年仅十八岁的王昭仪为德妃,并郑重托付道:"王皇后福薄,而皇帝却是强健之人,王德妃生性活泼,体态劲美,成人后一定会配合陛下,尽夫妻之乐,日后如有机会,就选她为皇后,但如有过错,请皇帝念我的薄面,不予深究。"

向太后所说的机会,就是希望王德妃能够生出一个皇子,但是机会并没有给王德妃,因为她一直没有子嗣。王皇后身体不佳,不久就离开了人世,后立的郑皇后,是一个雍容安定的人,赵佶对她十分敬重。郑皇后对王德妃总是说一句话:"妹妹年轻,这后宫迟早是妹妹的。"王德妃也很自信,有了向太后的嘱托,只要自己想尽办法用年轻和美貌向陛下邀宠,宫中就无人能够与自己争锋。有一阵子,韦贤妃对她有过威胁,但这种威胁很快就消除了,因为她发现韦贤妃是一个性格温和的人,面对着自己咄咄逼人的攻势,韦贤妃寻求了妥协,并请郑皇后出面向她传达信息,表示她只满足于一个贤妃的位置，而且隐约提到她以后很可能离开皇宫，到某一个道观或者寺院出家。最主要的是，王德妃一次又一次地看到了自己的出身优势，面对向太后的在天之灵，皇帝总是对她另眼相看。

只是蔡宫女出现后，王德妃才感到了威胁。童贯到东南选美之初，她就在多个场合表示自己将对睦州美女无法容忍，直等到在汴河码头看了下船的睦州美女，才发现是虚惊了一场，当晚她放下心，好好睡了一个安稳觉。

没有想到几天之后，皇帝宠幸蔡宫女的消息传遍了后宫，王德妃初听时几乎哑然失笑，笑皇帝也看走了眼，居然会宠幸一个小宫女，既然是被临时分到秘阁藏书库整理古书古画的宫女，八成是睦州美女中的次等货色。但是后来又听说这姓蔡的宫女有几分姿色，只可惜脸上长了几处黄褐斑，王德妃有些好奇，想约了韦贤妃一起到秘阁看看。韦贤妃不肯去，说："陛下不过是图个新鲜。"

但王德妃不死心，于是事先没有一点张扬，就一个人悄悄去了一趟秘阁，推说找温庭筠的《花间集》。馆职心里十分奇怪，但没有多问，就随口朝一个宫女叫了一声。

王德妃分明听到馆职叫她"蔡宫女"，就认真起来，睁大眼睛。

她先是看到了蔡宫女的背影，猛然一阵紧张，这样的背影，这样的身材，虽然她无法描述出来，但她可以肯定的是，在皇宫一万多女人中，找不出第二个。王德妃怀着一线希望要看她的脸蛋，不是说她脸上有黄褐斑吗？

这时，蔡宫女循着馆职的呼唤回过头来，王德妃一看，吃了一惊，胸口突然发闷，透不过气来。没有什么黄褐斑，也没有别的任何瑕疵，这个睦州女子的美丽和年轻，尤其是姣好的肌肤都在自己之上。

王德妃离开秘阁之后，一路上神志恍惚。关于这个蔡宫女，宫中知情的人，包括皇帝都撒了一个弥天大谎。很多人特别是后宫的嫔妃们都被骗了，包括自己，也被骗了。

整整一个晚上，王德妃没有入睡。她想过很多种方法，譬如直接去找皇帝，责问他为什么要宠幸一个小宫女，更主要的是，为什么要骗自己？或者联合郑皇后、韦贤妃她们一齐闹将起来，搞得皇帝不安宁。但是，她不可能对皇帝怎么样，皇帝所做的一切事情，她都不能明目张胆地去责问，去反对，郑皇后、韦贤妃她们更不会受自己的挑动。她又恨起童贯来，都是他选来什么睦州美女，为了邀宠，瞒天过海，把别人都骗过了。

想来想去，王德妃却忽然冷静了，到天亮时，她心里面有了一个大胆的计划。

就在李清照、赵明诚求见赵佶的前一天晚上，王德妃的两个心腹假扮成巡夜的侍卫混进了书库，趁无人注意，以帮助其离开皇宫为诱饵，让落杏儿扮成小黄门，神不知鬼不觉地溜出了书库，然后在后宫中四处躲藏。等童贯搜查后宫的风波过去，王德妃叫人把落杏儿转移到自己的住处，这才露面见了落杏儿，并吓唬她说："你千万不可露了身份，有人要杀你。"

落杏儿正对着桌子上的一面铜镜，照着自己明显清瘦了的脸庞，问："是什么人？为什么要杀我？"

王德妃羡慕嫉妒恨地看着铜镜中的落杏儿，说："因为陛下喜欢你，所以整个后宫的妃子们都忌妒你，因为她们之中有些人都等了十几年了还没有让陛下摸过手指头，你呢，太幸运了，但只怕是祸福相依，接下去就要大祸临头了。"

落杏儿仍旧照着镜子，说："我不想陛下喜欢我，我也不喜欢陛下，陛下说过他画完一张画，就会让我出宫，我想回家。"

王德妃笑了，套她的话，问道："难道你另有意中人？给我说说，我会给你保守秘密的，他是谁？"

落杏儿脸上掠过一丝难以捕捉的笑容，点了点头，她本想开口说出点什么，但看到王德妃期待的样子过于急切，又迅速改变了主意，摇摇头："没有，我还没有喜欢谁。"

王德妃情不自禁地抚摸落杏儿娇俏的脸，说："你这个俊俏的小宦官，别的宫女要是遇到这样的事，可能会活不长，但是你，你不一样，有我保护着你呢，在这后宫，就我能保护你。"

王德妃比落杏儿年长四五岁，作为一个女人的经验自然丰富得多，她知道自己要做的第一件事情就是让落杏儿放松警惕，让她相信自己。

落杏儿放下镜子，说："如果出不了宫，出不了京城，要杀我那就杀吧，反正在这里我活着也不会快乐的。"

当天晚上，王德妃把自己床前的靠榻给落杏儿睡，两个人睡在同一个卧室里。落杏儿虽然没有好好入眠，但心里对王德妃生出几分感激。王德妃把自己从那个叫秘阁的地方弄出来，藏到自己的卧室，不是为了帮助自己又为了什么呢？

其实，王德妃为了不让皇帝找到落杏儿，设想了多种办法，现在把她藏在自己的卧房里毕竟是权宜之计，长远一点就是把她当作一个新入宫的小宦官转移到别的地方，比较彻底的办法就是把她送出宫外。藏了落杏儿之后，王德妃自然十分关注宫中的动向。童贯进宫而且准备搜查后宫的时候，她正准备用早点，一时紧张得饭都没有吃。她不怕赵佶亲自到后宫来搜查，对赵佶她有应付的办法。她怕的就是童贯，因为童贯对皇帝最忠心，也是皇帝最相信的人，不仅仅因为他是当朝最有权势的人，更要紧的是他还是一个宦官，对后宫的嫔妃们来说，童贯没有别的大臣那样的禁忌，他可以随便到后宫来，询问这里的每一个宫女，查看每一个嫔妃的房间。所幸郑皇后对童贯的行为十分恼怒，而且叫了几个贵人带了一大群宫女前去阻拦。王德妃情急之中，动员了当年向太后身边的几个供奉官，也都是童贯的师辈，去劝说童贯。后来听说童贯搜了秘阁藏书库之后，被皇帝责怪，已经撤出人马离开皇宫了，这才松了一口气。

风波暂时过去，但王德妃却不免心事重重，接下去要看皇帝对找到蔡宫女究竟有多迫切，如果皇帝要不顾一切地找到蔡宫女，那么童贯就会下最大的决心，不顾一切地对宫中所有的地方进行搜查，包括皇后住的地方，她这里就更不要说了。其实她这时已经后悔把蔡宫女藏起来，但是想把她送回去，又怕皇帝会追究此事，还会被郑皇后、韦贤妃她们笑话。

最后她想想还是把蔡宫女送出宫去是上策，便对落杏儿说："蔡宫女，我有意放你出宫,五月十五,陛下要到汴河上看舟子赛船,这之前我要亲自去安排。到时候仍把你扮成一个小宦官,你跟我出宫,但你要先答应我三个条件。"

"你说你说,我一定做到!"听说能够出宫,落杏儿兴奋得想给王德妃行个大礼。

王德妃阻止她说:"你先听我说完不迟。"

王德妃这三个条件,第一第二条都是叫她远走高飞,销声匿迹之类的内容,说到第三条,王德妃的眼光变得阴沉了:"第三,你出宫一个月之内必须在远离汴京的什么地方找一个寺庙出家为尼,这样,你永远不可能再回到后宫了,陛下总不能娶一个尼姑进宫吧?"

落杏儿听完王德妃说的第三个条件之后,半天不语。王德妃焦急地不断地催她表态,最后落杏儿下定决心似的说:"要出家为尼,我不干。"

王德妃对落杏儿的矜持和不知变通突然失去了耐心,同时对送落杏儿出宫的念头产生了动摇,她让落杏儿再想一个晚上,明天一早答复她。

## 十八　飘忽如云仍然无处寻觅

真正使王德妃决定立即让落杏儿消失的根本原因,是之后她和赵佶之间的一段对话。

王德妃天黑之前求见了赵佶。赵佶当天去了太庙,然后一个人去跑了马,当时刚刚跑完马回来,一身大汗,正准备进入汤池沐浴。王德妃支走了侍浴的宫女,高挽红袖,给赵佶搓背揉肩。王德妃的手势柔软又温存,赵佶微闭着眼睛,叹口气说:"想朕了吗?"

王德妃记不得有多长时间没有接触皇帝,也就是自己丈夫的身体了,光滑的皮肤,结实的肌肉,令她全身颤抖得不能自主:"道君,奴想啊,做梦都想,道君要奴吗?"

赵佶感到自己的冲动,他回过脸来,吻了她一下,说:"来与朕一起沐浴!"

王德妃兴奋得哭泣起来,除去了衣裙,剩下一件紫色的肚兜儿。

赵佶说:"且慢,让朕好好看看你。"

实际上王德妃的身材在嫔妃们中是首屈一指的。当年她刚出阁进宫的时候,赵佶对她的身体迷恋了很久,有一次酒醉后对着几位大臣描述了王德妃的身段之美,一时间,宫内宫外都传开了。

政和七年(1117)初夏之夜,雨声中,宫中宴会,当时王德妃是后宫的女

主角,几乎宫中的每一次晚会都由她开台,乐声一起,她已经按捺不住,赤着双脚奔到宴席前面,边舞边唱:

纤云弄巧,飞星传恨,银汉迢迢暗度。金风玉露一相逢,便胜却人间无数。

柔情似水,佳期如梦,忍顾鹊桥归路。两情若是久长时,又岂在朝朝暮暮。

尽管在场的蔡京对王德妃唱党人秦观的《鹊桥仙》有些异议,但由于赵佶没有表示反对,他也只好装聋作哑,一起欣赏起来。其时汴京大热,微风不吹,童贯组织水工向星空喷水,以为降雨驱暑。繁星满天之中倾盆大雨,是为一道奇观,赵佶不禁兴奋,高举酒杯冲入雨中,狂歌一曲。王德妃受其所动,随后冲入雨中,水淋衣湿,薄衫贴身,如同没有着衣,一副好身段暴露无遗,全场为之目瞪口呆,连注雨的水工也握不住龙头,弄箫的乐工停止了吹奏,倒酒的宦官由于深感不安而不小心把佳酿倒在地上。尤其是在场的大臣们,都直着眼睛盯着王德妃,私下里叹道:果然名不虚传。一直琢磨着唱秦观之词是否合适的蔡京,这时也被王德妃的身体吸引了,但他很快觉得自己失态,马上正襟危坐,目不转睛。赵佶看到众人的失态,并没有愠怒,只是戏谑地回顾蔡京和周邦彦,说:"这场面叫朕想起一首汉乐府,不知两位有同感否?"

蔡京刚要开口,周邦彦已经哈哈笑了起来,说:"道君皇帝真乃神趣也!却是《陌上桑》?"说着吟起其中一段:"行者见罗敷,下担捋髭须。少年见罗敷,脱帽著帩头。耕者忘其犁,锄者忘其锄。来归相怨怒,但坐观罗敷。"

赵佶大悦,笑声不止,一把搂过王德妃:"使君自有妇,罗敷自有夫。"

那夜没有受到宴请的大臣听说了王德妃的表现,大为不满,认为有伤风化,有违宫中礼仪,准备上表进谏。蔡京劝他们说:"更严重的是王德妃公开唱党人秦观的词作,本相也看不下去。但她是太后外甥孙女,大家不要太计较。"

但是事后王德妃包括赵佶本人还是受到了礼部几个司员以及十多位台官的批评。赵佶看了这些奏章，有点不以为然，不无讥讽道："明年仲夏请上表的司曹和台官来观赏王德妃雨中起舞之，他们自然无话可说。"

当然，第二年七巧之夜，宫中并无王德妃的雨中表演。此等赏心乐事，岂可让众人分享。赵佶想起这段佳话不禁发笑。

此时，王德妃像一朵开放得最盛的白牡丹，全身都释放出达到顶点的成熟，似乎顺手一碰就会掉落下来。赵佶禁不住动情地问："爱妃已经多长时间没有靠近朕的身体了？"

王德妃解着紫色肚兜儿，一边把一条腿迈进水里，一边说："臣妾把上次恩宠时间记得牢牢的，至今已经一百零九天了。"

赵佶不太相信："已经这么久了吗？王德妃这一句话，他听了多少有些感动。不管怎么样这些日子自己对她太过冷落，作为一个妃子也太委屈了。赵佶这么想着便伸出手，要拉王德妃一把。

但就是在这个时候，他猛然想起了另一个人，于是闭上眼睛比较了一下，情绪忽然低落，收回了几乎碰触到王德妃的手。王德妃骤然感到紧张。

王德妃对赵佶这种表情很有经验，每当他想起李师师或者别的妃子时，就会有这种心猿意马的神情。他不会又是想起了蔡宫女了吧？她忍不住试探了一句："道君有什么心事吗？"

赵佶叹口气，并没有对她隐瞒，说："朕在想那个蔡宫女，她究竟去哪儿了？"

王德妃心底里涌上一阵绝望，但仍在做最后的努力，说："道君不是还有这么多妃子，还有天天都想着念着道君的奴吗？"

但赵佶此时仍然沉浸在对另外一个女人的深深迷恋之中，对王德妃的内心痛苦视而不见，他说："她是朕的入画之人，怎么说找不到了就找不到了呢？朕想她啊！"

这时赵佶满脑子都是秘阁中蔡宫女的模样，对王德妃的兴致彻底消减了,他从浴池中站起身说:"朕累了,想休息了。"

王德妃误解了赵佶的意思,欢喜不已,说:"那臣妾就去把被子叠好,把床铺得软软的,点上香炉,把房间熏得香香的,就像臣妾进宫的头个晚上。"

赵佶冷冷地说:"你回吧,今夜朕不要人陪伴,朕想作画。"

但是真正刺痛她的还是赵佶临走丢下的那句话:"朕不相信在大宋疆域之内,睦州美人能藏到哪里去?朕一定要找到她!即使上天了,朕也要与她相会!"

王德妃来不及擦干身上的水渍,就匆匆穿好衣裙,回到自己的住所时已经是一个泪人儿,她无法抑制自己的一腔怨恨,立即就命两个心腹小黄门,把落杏儿送出了宫,说:"我一刻都不愿意再看到你了。"

落杏儿出宫之前,流着眼泪向王德妃叩了三个头。

当夜,王德妃大哭了一场。

宣和元年的七巧节就数汴京上方的夜空星星最多最亮,但赵佶却可能度过了生平最为平淡简单的七夕之夜。童贯远赴北边,蔡京偶感暑热称病在家,原定大会群臣的计划临时取消。李师师也没有如约进宫,据说是因为她曾经答应赵佶请李清照的计划兑现不了,今晚要暂时避一避,不好意思来。听传话的张迪如此说,赵佶一笑:"不过是一句戏言,师师何必认真,朕早就将此事忘记了。"宫内宴席的规模小于以前,王德妃上前敬了一杯酒,赵佶也没有喝,嫔妃们准备的节目,他只看了一半,就离席而去。

子夜时分,赵佶早早上床之后,星河就突然消失在云层里了,于是大家都悻悻然各自回去了。

之后的这段时间里赵佶为了躲避后妃们的围堵,忘我地投入到朝政之中。大臣们也对皇帝的勤政表示了充分肯定。为此蔡京专门画了一幅松鹰图,题有"雄鹰终展翅,傲视向苍穹",对他大加称颂,说:"陛下日理万机,以天下事为重,真乃大宋之福!"赵佶听了略有几分得意。

月底,济州通判王宁上了奏折,弹劾高俅出师不利,对山东盗盘踞的水泊的进攻遇到挫折，却隐瞒战况，冒功骗赏，请求将高俅治罪。远在东平的高俅很快听到了风声，连忙上奏对王宁进行了严厉的反驳，举证说征剿大军半月之内已克山东盗前寨，斩首数百，不日就可大获全胜，值此战事紧锣密鼓之际，竟遭小人诬陷，居心何在？请求斩济州通判王宁，以稳定军心。如果在以前，赵佶或许会把此事先搁置起来，等童贯或者王黼在汴京的时候再行决定，但他这时看了这两份奏章，心里已有主见。听说王宁是崇宁进士，蔡京恰好是主考，所以王宁尊蔡京为恩师，考虑到这层关系，赵佶命人将奏章送于蔡京，由他定夺。蔡京看出赵佶这些天情绪高昂，热衷于处理政务，这种情况下如果自己越俎代庖，反而不好，便先暗地里两边都写了书信，叫他们不要相互攻讦，以免授人以柄，然后才将奏章退还陛下，说："高俅是臣交好的同僚，王宁算是臣的门生，两边都不好说话，陛下英明，自有圣裁。"赵佶不禁几分欢喜，心想蔡京果然知朕，于是马上批复道：命内廷供奉张迪赴山东监军，并查济州通判所奏是否有不实之词。

御批显然不利于高俅，朝中的官员获知，有多人上奏赞颂皇帝远小人近君子，不偏袒宠臣，可谓明君。还有部分官员趁机对朝中重臣的一些做法纷纷提出异议，连蔡攸呈送十一月南郊冬祀的奏议，也被几个殿中侍御史参劾，说："内忧外患之际，此等繁文缛节，恐误国家，请罢蔡攸官职。"

赵佶到万岁山走了一遍，因是王黼提议，也遭到御史的规谏，说："如今国家正在征战，陛下应暂离繁华之所，王黼不合国家争战之时诱使皇帝疏离朝政。如若童贯大胜而归，则举国欢腾，万岁山正是歌颂功业之地。"

赵佶听了，微微点头，下了一道旨："以后朕每日上朝议事，书画、蹴鞠、骑马、歌舞一律停止。"

但官员们误解了皇帝，包括蔡京也没有看清楚皇帝仿佛洗心革面、励精图治之下的内心世界。

## 十九　那玉膝一跪为曲魁求情

这是最后也无法证实的消息：睦州美人是被东南无名氏接走的。至于是如何接走的，也没有一种详尽的说法。

东南无名氏是一个英俊健壮的青年，而且有些文才，怀揣着一封钱塘乡绅的推介信，找到了周邦彦，于是在开封有了立足之地。

这天晚上汴京下起了一场带着凉风的小雨，叫人感觉到了夏日后的第一阵寒意。因为是周邦彦的关系，向来好客的大名艺人在醉杏楼所属的一处酒坊，为东南无名氏和自己的上级山东盗首领接风。酒至一半，李师师和周邦彦也过来了，他们又赠了东南无名氏一些银两。当着李师师的面，山东盗首领和东南无名氏展开了一场辩论。因为东南无名氏不肯说明只身到汴京来的目的，也不愿意告知自己的名和姓，山东盗首领已有几分反感。东南无名氏说："我崇拜你这个山东盗首领，你早年那首在江州写的《西江月》我会背诵，最令我激动的那四句诗：心在山东身在吴，飘蓬江海谩嗟吁。他时若遂凌云志，敢笑黄巢不丈夫。"

山东盗首领不仅不否认，甚至还有几分欣喜，但平静地说："这是当年酒后之言，今天看来，当今陛下道君皇帝还是一个仁厚之君，坏就坏在蔡京、童贯等六贼没有尽人臣之责。兄弟也是个人才，如果把私愤放弃一边，以后必定能挣个前程，报效国家，封妻荫子，何等风光。"

东南无名氏眯着醉眼说:"头领说话的口气怎么和童贯一模一样格?我有何私愤格?"

山东盗首领不免难堪,又不好发作,大名艺人和李师师都责怪东南无名氏:"宋大哥也是看道君皇帝的脸面,何曾与童贯一模一样来着?"

东南无名氏猛地一拍桌子控诉起赵佶来,说:"写诗作画,荒淫无度,把东南搞得鸡犬不宁,这样的皇帝如何有脸面?"

山东盗首领劝解说:"东南富饶,鱼米之乡,奇花异石最多,为国家做点贡献也是应该。"

东南无名氏拿起酒杯一饮而尽,说:"征调无度,以致民不聊生,夺人妻女,抢人钱财,与强盗有什么两样?"

周邦彦向山东盗首领解释:"他因自己的恋人被征选入宫,故而出言不逊。"

山东盗首领虽然不曾喝酒但因为气愤而脸红,说:"大丈夫不能为一个女子而忘国家大义!妇人家何曾牢靠?死了何足惜?想我当年杀阎婆惜,就大长了作为一个男人的志气。"

东南无名氏拍案而起,说:"对格,我此行为不仅为一个女子,也是为东南所有女子,也为东南百万人民不平。"

李师师听到山东盗首领对妇人的看法,忍不住插话道:"男人家也何曾牢靠?"

山东盗首领不好说李师师,回过头来责怪大名艺人,说:"志不同道不合,连姓名都不肯相告的人何以让我来见?你是精细之人,却做出这种毛糙事情。"

默默饮茶的周邦彦冷眼旁观。东南无名氏年轻,但出言张狂,为朝廷所不容,以后必然有祸;加上说话都是格啊喂的,一听就被人另眼相待了,东京城里寸步难行。而山东盗首领他们是贼寇,已被朝廷视为敌人,即将对其围剿,自己身为朝廷官员,不应与他们有所联系。他叹口气,劝东南无名氏道:"快回东南吧,找个贤女子,依山傍水,男耕女织,岂不是人间美事,我想过这样的日子却不能够呀!"

最后大家都醉了。周邦彦坐上牛车先离开了,东南无名氏醉得只想唱歌,大名艺人将他扶到隔壁的一家客栈睡下,然后和山东盗首领送李师师回到了醉杏楼。

李师师乘着酒兴,又留他们喝了一会儿茶,说皇帝今夜肯定过来,你们见上一见。

就在这时,赵佶微服出宫,从地道口走了进来。

看到皇帝突然出现在自己面前,山东盗首领无论如何不敢相信自己的眼睛:这就是自己一心想见到的圣上吗?自己是不是在做梦?

大名艺人见过赵佶,心里已有些准备,拉着发愣的山东盗首领一起跪了下来,说:"万岁圣安!"

这时忽然对面的客栈里东南无名氏大唱道:"打破筒喂,泼了菜喂,便是人间好世界喂。"

赵佶听到,不悦道:"他说的筒喂菜喂,无非是蔡京童贯,朕早已听闻,并不新鲜。"

大名艺人趁机进言说:"花石纲确实为害百姓。"

赵佶愠怒,说:"你身为艺人,何以言出凶险?朕上次真是看错你。"

山东盗首领连忙瞪了大名艺人一眼,突然跪下,而且跪得极其坚定,黝红色的脸上流下两行热泪,他低低地伏在地上,一种敬仰之情让自己的身体化了,他久久不起,美美地在享受这一刻给他带来的幸福和快感。对于山东盗首领的这个举动,赵佶先是觉得突兀,继而警觉,最后就剩下感动了。李师师酒意浓浓地靠着赵佶,贴着他的耳朵喁喁而语:"道君啊道君,你看看这就是你日日想着征剿的山东盗。你说,他这样还会对赵家怀有二心?你就招安吧!"

赵佶看到山东盗首领态度如此诚恳,心里已经同意商议招安一事了,他开金口道:"招安一事,可以商议,你们速速离京准备吧。"

山东盗首领感激涕零,又是长跪不起。

赵佶颇为得意,他等不到天黑,叫李师师赶紧尝贡砂糖,说:"如你我甜蜜一番。"不等她多尝，就亲热起来，舔着李师师双唇，说："果然甜蜜。"

他们睡着时已经是后半夜了。进入梦乡的赵佶在一阵雷声中醒来，他披衣起床，屋外一阵大雨噼里啪啦地下了起来。李师师听到了雷声，吓得从床上跳了起来，一把拉住赵佶说："道君，师师怕惊雷呢。"

赵佶抱住她说："雷是天怒，于天没有愧心，用不着怕，只可惜把朕的美梦惊醒了。"

李师师问："什么美梦，说给师师听。"

赵佶站起来，望着窗外的闪电，说："就是那个睦州美人，我梦见她了，朕正在给她作画。"

李师师心中怏怏，懒懒地躺了下来，低低地自言自语："早知道就不问道君的梦了，在师师身边，却梦着别人。"

汴京城外，军旗招展，鼓角声声，刀枪林立，喊声阵阵。即使在确定征剿方案的最后关头，赵佶对是否真的要征剿山东盗还是十分犹豫，因此童贯向他汇报的时候，他显得心不在焉，屡屡走神。当童贯说到山东方面情况，赵佶突然想起了赵明诚夫妇，问道："赵明诚夫妇隐居青州十年了吧？如果战事波及，你要关照，如若路过，或可叫他们进京。"

赵佶又想了想，想起了蔡京，于是改变主意说："算了，不提此事了。"

最后进攻山东盗的计划还是被搁置了，赵佶力排众议，坚持了自己的意见："要征剿山东盗，也要等万岁山竣工之后。"

童贯总是第一个表示支持，他同时也劝说了蔡京等人，叫他们不要反对皇帝的意见，因为皇帝并不是不要进剿，而是暂缓几日。蔡京很快认可了童贯的观点，表示可以在万岁山竣工后再行征剿。但是也有几个朝臣并不听童贯的劝说，对赵佶的这个决定进行了坚决的劝谏，有的甚至痛哭流涕，指责赵佶是一个昏君，说："征剿山东盗，事关国家安危，与万岁山比，孰轻孰重？怎能不顾江山，只顾享乐！"

情绪比较激愤的是一批太学生，竟围在宫门不肯走，说是一定要见到皇帝，并上了一道万言书，坚决要求朝廷马上进剿山东盗。

童贯怕再给赵佶添烦恼，除了把太学生驱赶出内城，扣下那个万言书，还对朝中所有官员宣布了一道纪律，就是谁也不许再上奏折，议论这件事情。

草草议朝之后，赵佶就把自己关进睿思殿里，铺下一地锦帛，一口气涂了几幅寒鸦游鹭、枯木老树，之后稍稍冷静，端坐片刻，临了十来行褚遂良的帖，又觉得四肢乏力，人就懒了下来，躺倒不起。

消息传出去，后宫都来探视，但赵佶又烦她们，几个前来问候的妃子没有进门就被打发走了，连郑皇后也见不到他的面，只在门口张望了一下就被赵佶传话叫她离去，说："朕无病，只是不想被打扰，让朕清净清净吧。"郑皇后也不好再答话，只得领着众妃子走了。回廊上遇到韦贤妃，捧着一罐燕窝前来探望，郑皇后告诉她："你往回走吧，省得讨个没趣，皇帝害的是心病，你我都无法安慰的。"

韦贤妃却是不懂，问："什么心病？我去看看，兴许陛下不烦。"

郑皇后笑她自我感觉良好，阻拦说："是你面子大，陛下就见了？陛下得的是相思病，心里头全都是那位长翅膀飞走的睦州美女，哪有你韦贤妃的位置？"

韦贤妃一听说睦州美女，心里也凉了，但她还是把燕窝交给一个当值内侍，说："请陛下喝了。"说着就跟着郑皇后一起走了。

等到午时，怀揣一首新词的周邦彦求见，正在喝燕窝的赵佶却同意一见。见到周邦彦，他叹口气，说："朕是不是在梦中？那睦州美人不知去向何方？会不会被什么人接走了？会不会回到睦州？"

手中拿着那首新词的周邦彦想起花石纲运抵之时，他在码头上所见的一幕，说："道君所遇之人臣也见过，当时如昙花一现，疑为天人，不知臣是否也在梦中？"

赵佶把笔一丢，说："朕与你到宫门外走走。"

这时在镇安坊的客栈里，大名艺人看望了东南无名氏，将自己身上的一些银两赠予他，说自己暂时要回山东水泊去了，问道："兄弟要找的相恋之人可在宫中？姓甚名谁？告诉花魁娘子，说不定能有办法。"

东南无名氏笑而不答。送罢大名艺人，独自一人来到皇宫四周，转悠了很久，终于和赵佶相遇，并且学正宗开封口音背诵了柳永的长调《望海潮》。

在端礼门外，东南无名氏停在一块墙碑前，怔怔地看。陪同赵佶出宫散心的周邦彦先一步看到了东南无名氏，吓了一跳，拉住他就走："党人碑下是非之地，你赶紧离开吧！"

东南无名氏站在墙碑前不肯走，惊讶地问道："这就是元祐党人碑？"他清楚地在上面看见了苏轼的名字，惊叫了一声说："这里还有苏轼的名字喂！我以为不过谣传，果然把他列为党人，真是黑白颠倒，杭州人更是谁都不服！凡读过他文章、诗词的都不服格！"

周邦彦见他如此大声说话，生怕被随后出来的赵佶听到，心里着急，说："此处不是议论的地方，是否到寒舍小叙？"没等东南无名氏回答，此时换了普通衣装的赵佶已经走出了端礼门。

赵佶远远地就看见了周邦彦和一个后生说话，眼睛一亮，提了精神赶过来，笑着问："周待制，这位后生是哪里人氏？"

东南无名氏仔细地看了看赵佶，镇定下来，小声作答："钱塘人，住清波门外。"

赵佶一脸存疑，说："钱塘人？还住清波门，这么说是周待制的同乡了？我对钱塘了如指掌，说两句杭州话给我听听。"

东南无名氏只好说了几句带着睦州腔的杭州话，且都是乡间俗语，里面还藏着几句骂人的话，而且刻意没有说到格啊喂的，除了周邦彦，在场去过东南的人，包括赵佶在内，虽然听不懂东南无名氏所讲的意思，但都认为东南无名氏的杭州话说得十分地道。

赵佶来了兴致，说："要讲我们都能懂的，就用杭州话把柳三变的《望海潮》背一遍。"

周邦彦一听心想，这不是给东南无名氏出了一道难题吗？就说："陛下，这位乡邻是个粗人，何曾读得柳三变呀。"

不料，东南无名氏整了整衣帽，不慌不忙，仍然用淡去睦州口音的杭州

话背诵《望海潮》:

  东南形胜,三吴都会,钱塘自古繁华。烟柳画桥,风帘翠幕,参差十万人家。云树绕堤沙,怒涛卷霜雪,天堑无涯。市列珠玑,户盈罗绮,竞豪奢。

此处东南无名氏停顿了一下,赵佶问:"还有呢?"
周邦彦想提示一下,东南无名氏说:"不劳周待制,还请听——

  重湖叠巘清嘉。有三秋桂子,十里荷花。羌管弄晴,菱歌泛夜,嬉嬉钓叟莲娃。千骑拥高牙,乘醉听箫鼓,吟赏烟霞。异日图将好景,归去凤池夸。

赵佶其实对杭州方言所知不多,去杭州几次,送往迎来的大小官员说的都是官话,真正的街坊巷间的杭州土语很少听到,所以对东南无名氏所说并不全懂。但东南无名氏一口的吴侬软语,十分动听地将这首《望海潮》完整地背了下来,这让赵佶对东南无名氏有了几分好感。他不露声色,问周邦彦说:"听上去有几分意思,周待制,他不会是在骗我吧?"
周邦彦对东南无名氏能如此流畅地背出柳永的词也颇感意外,说:"确是钱塘腔调。"
赵佶这才点点头说:"你方才吟咏,有一番功夫,只可惜柳三变所述景色不在东京!"
东南无名氏接着赵佶的话题说:"钱塘虽然繁华,但只是徒有其表,百姓苦不堪言。陛下,何时罢花石纲?"
赵佶一愣,脸色顿时一变:"你是何人?"
东南无名氏笑而不答。
赵佶叹了一口气,也不再理他,转过身往宫里踱了几步,转身道:"周待制,你也该走了!"

周邦彦紧跟着,回头对东南无名氏说:"你且回府等我。"

东南无名氏离开:"我自已有去处格。"

赵佶低声对周邦彦道:"你先回府吧,打发你的钱塘同乡离开东京,如久留于此,必有祸也!"

周邦彦回府的时候,东南无名氏已经等候多时了。

周邦彦心里纳闷:一个入选的宫女何以说接走就接走,如果所言不假,不知走了什么门路?但又不便多说,只好尽其所能将本月一家膳食钱共一百贯,送给东南无名氏。他怕东南无名氏嫌少,解释道:"只因为上个月的月俸都还没有发,端午节的例赏也没有兑现,因此只有这么多。如果不够,我再到隔壁瓷器店里借贷一点。"

东南无名氏心里不禁感激,只要了五十贯,说:"一路走的是船,找到杭州运粮船,搭个便不要路费,只是吃喝用一些钱。你借钱与我已是感激不尽了,我不过三两个月,一定回来,到时双倍归还格。"

周邦彦只得收起另外的五十贯,说:"不过小小的馈赠,何言归还?不过有一事相托,你可否到睦州查访入画美女落杏儿,如有什么消息带来汴京,以解陛下思念之苦。"

东南无名氏听到"落杏儿"三个字,脸色陡然变得铁青,周邦彦说:"如能查访得到,速速通知,也算周邦彦为陛下做一件事情。"

东南无名氏铁青的脸又涨得通红,他把手中的五十贯钱往桌子一放,说:"从此别过格,我自有办法喂,不劳周待制了喂。"就离开了周府。

周邦彦一脸愕然,呆立原地。

一晃几天过去,此日天气炎热,一场雨水悬压空中,赵佶却内心凉寂,他又约周邦彦到醉杏楼喝李师师酿制的冰镇果酒,或许周邦彦会劝他偷懒,想办法让他迷恋于别的事物,至少可以倾听他诉说内心的愁苦。因此一见到周邦彦,他就迫不及待地说:"那蔡宫女莫不是天上仙女,何以忽然无了踪影?"

周邦彦并不奇怪皇帝突然提起此事,他来就是想为陛下解开愁结。一壶酒喝完,趁李师师下楼拿酒之际,周邦彦劝慰赵佶说:"当年升州女子不也来去无踪吗?时间一久,陛下就会慢慢地放下了。"

赵佶感慨道:"周待制此言差矣,升州女子不过是昙花一现,何况当年朕心中并无升州女子。"

周邦彦连喝了数杯酒,说得更加直白:"陛下不妨以升州女子之法,渡过难关。"

赵佶摇头说:"朕不比从前拿得起,放得下,这蔡宫女就此走失,朕心有不甘,如果从此不能再见,怕是一生憾事!"

周邦彦真真切切地感觉到了皇帝内心的痛苦,一时想不出更好的话来安慰他,两人面对面干坐着,久久没有说话,只是一杯接着一杯地饮酒。

这时李师师大概在楼下听到了什么消息,一向脾气温顺的她一上楼就嚷道:"都是蔡京、童贯的主意,道君皇帝又何尝想征剿所谓山东盗?搞得举国不宁,能不动刀动枪,好好地招了安那多好呢!高俅三次败了,山东盗也没有再为难朝廷,你说过要招安,怎么又叫童贯回来打山东盗了呢?为什么放着歌舞升平的好日子不过!"

李师师这么一说,赵佶又觉得有道理,无奈地叹口气说:"蔡京、童贯等力主征剿,童贯去了,说不定比高俅输得还要惨,到时候再议招安,就无人敢再说什么了。不过童贯要先忙完了万岁山的事,一时还不会马上进剿山东盗。"

李师师心里宽了许多,说:"万岁,你有此心就好。"

坐在一边低头喝酒的周邦彦插话道:"万岁,对山东盗是征剿还是招安,微臣不敢妄言,但是,怎能把守边御辽的禁厢调回!边关薄弱,一旦遭敌入侵,汴京何以为保?太学生们都痛哭流涕了。"

赵佶被李师师正正经经地说了几句,一时间又没有恰当的话反驳,心里已经不舒服,又听周邦彦这一通话,当下没有好声色道:"朝廷军政大事你休要过问,朕交代给你的分内事还没有办好。"

周邦彦以为是蔡宫女的事，趁着酒兴说："找人自是张迪他们的事！"

赵佶见他出言顶撞，更是恼怒："蔡宫女要找，那你至今也无新词，也是失职，怎么称得上是我大宋第一词人！"赵佶的这句话使周邦彦十分难堪，他不住地咳嗽起来，满脸通红，原先摇摇摆摆的身体显得更加佝偻了。李师师看不过去，就在他的背上捶了捶。见他二人如此，赵佶更是不快，拿出茶桌上新写好的数阕词，丢在周邦彦面前说："你看，我费了几夜工夫，才把这些词写好，谱曲的事，交给你了，万岁山竣工之日，新词新曲，岂不是大乐之事？你却一再拖延！"

听了赵佶的斥责，周邦彦心中自有冤屈，又偏多喝了几杯，仗着酒胆嚷："陛下，您有两件事做得不好，您不该听信蔡京，兴党人案，立党人碑；您不该起花石纲，说到底，您也不该当皇帝！您只做端王该多好！"

赵佶一听，脸上勃然变色，李师师吓得扑通一声跪了下来："圣上，道君，周待制酒后失言，看他是词曲魁首，恕其无罪！"

没想到周邦彦说完几句，突然头一歪，睡着了。

赵佶把李师师扶了起来，说："师师何苦如此？朕怎么会治罪于他呢？他不过一词人罢了。也许他说得对，朕不该当皇帝，当年做端王的时候，才是神仙日子，那师师也就可以做端王妃了。"

李师师一股热浪涌上心头，两行泪如雨般落下，她紧紧地抱着赵佶，呜呜哭了起来："师师永远没有这个福分呀！"

赵佶看了看鼾声如雷的周邦彦说："你只安顿他到别处睡，总不能三个人一张床吧。"

李师师不肯放手，说："让他在床上睡，你我就睡榻上，一起好好地做一个梦。"

赵佶听闻此说笑了起来。看着周邦彦略显可爱的醉态，想想自己连这样酒后放纵的机会也没有，心底不免长叹一声。

## 二十　私情求公义岂遇山东盗

之后赵佶把李师师拉到自己身边，说："朕给你讲以前的一个梦，梦里带你去东南。"

李师师像一个孩子依偎着赵佶，说："陛下总是拿梦哄我。"

"梦里有师师的。"赵佶安慰道。

赵佶的梦中只见一个道人，忽而像太上老君，忽而又像元始天尊，带着一身道袍的他在云雾中行走了许久，然后下望人间，昭示于他，说："此地东南，本来独与你有缘，但做了皇帝，后缘如何，就看造化了。"说完，手舞足蹈歌曰：

东南的潮湿使万物得到最快的滋生，鱼蝉还是蝶蝇，总是时时繁衍，谷物还是花果，总是岁岁丰收；

东南的潮湿使人类得以持续的浸润，少男还是少女，总是水分充足，母亲还是父亲，总是阴阳调和。

他跟着节奏随同歌颂：

制造生灵的东南啊，活体速成也速朽，转世轮回就在刹那间，因此希望一个接着一个,永无止境。

最让当今皇帝自豪的,大宋不只有中原,还有东南。东南通幽秘世,仙化洞天,神道境界。东南的好处还有一个,那就是东南的潮湿使阡陌泥泞,河网纵横,交通阻隔,东南的丘陵使林木荆棘,烟幕笼罩,道路崎岖,辽国和西夏的铁骑望而生畏,寸步难行,始终不敢有半分的企图,气势磅礴的金国想必也是如此。

但其实最让当今皇帝向往的,是东南的端午节气,是所有景象都会特别呈现的时季,雨水晶莹,清气弥漫。

赵佶从被封为国公开始,耳畔似乎多次听闻一种奇怪的声音,当上郡王后那年端午,他在金明湖看龙舟比赛,才想起这种奇怪的声音原来就是水浪与船桨碰击的声音。划得最快的那条蛇形花船来自遥远的东南,他听不懂船夫们的方音,但从他们的爽朗大笑中,分明看出他们为自己来自东南而感到自豪,感到骄傲。

绍圣三年(1096),遂宁郡王赵佶以平江、镇江军节度使封端王,作为亲王,他准备放任自由的性情,而第一件事就是谋划到东南过一次端午。除了想看一次真正的龙舟赛,还准备带领一伙汴京子弟,通过巡展蹴鞠神技,传扬风采,折服夷性,宣示天威,征服人心。

赵佶心里一直在说:"你有龙舟,我有蹴鞠。"

依稀中似乎是元符三年(1100)大年初一,他开始筹备东南之行,打算过完正月,就踏上旅程。他私下亲笔写信给东南各路的州府,要求他们广泛发动,挑选精英,组成场户,在端午当日,选择一处人口众多的繁华之地,比如杭州,比如福州,与他率领的汴京子弟打一场决赛。但信还没有来得及发出,宫中传出皇帝兄长突然驾崩的消息,随后太后选中他继任皇帝,于是蹴鞠东南的端午之行只能作罢。

登上皇位后,从建中靖国到崇宁,到大观,到政和,到重和,除了忙着改年号,并无太多让他喜悦,让他振奋的事情。只是到东南过一次真正的端午的念头始终强烈,今年拖到明年,明年拖到后年,诸事缠身,终不得行。

依稀中似乎到了宣和元年,赵佶梦见太上老君,或是元始天尊召唤他,约他到东南仗剑而歌,传德天下。依稀中他下定决心,在春日启程,经汴河南下,舟车轮替,一月之内就能直达东南。

朝中后宫愿意随从者纷纷响应,踊跃报名,但他决定除一班汴京蹴鞠子弟同去之外,只带一个妃子照顾左右,至于是哪位妃子,暂时不作宣布。

一切准备停当,忽然传来山东盗猖獗的急报,东南之行徒添危险。于是如何剿灭山东盗就成了需要皇帝亲自过问的头等大事。原来设想一两个月就能清剿山东盗,至少在清明节前能传来胜利捷报,但没想到,山东盗越剿越多,原来拍了胸脯的文武官员一个个都失败而归。

奏曰:其势堪忧,其害不轻于边患。

以至于每日朝议讲的都是山东盗,从正月十五,一直议到清明,最后一直议到五月端午节这一天。

这天依稀省了朝膳,午后持续朝议,大臣们饿着肚子重新开始没完没了的争论。饮酒些许的赵佶闭着眼听了一会儿,支持不住,就在龙位上睡着了,轻轻的呼噜声被大臣们激烈的争吵掩盖了。

睡梦中的赵佶露出了笑容,因为他此刻正在实现自己的心愿,而且只带着李师师一个人,悄然离开了汴京。


行船汴河之上,一路风平浪静,眼看很快就到了淮水,看到岸上风景宜人,李师师娇嗔道:"为何不在此处歇下,你我在亭楼客间一夜欢娱?"

李师师有小性子,但野趣也浓,与宫中那群循规蹈矩、战战兢兢的后妃相比,常常能给赵佶带来惊喜。此种风情与东南蛮性相近,这就是他要带李师师同行东南的原因。

听到李师师的提议,赵佶大喜,说:"好!这里的人必不认得朕,正可以自由自在,过一天寻常百姓日子。"

船停下,赵佶和李师师双双上了岸,经过密林深处,豁然开朗,近近的一处玲珑玉阁开着门,正等着他们进去。但走了许久,眼看咫尺,却靠不近,进不了门。这时日头中天,照得几分炽热,李师师香汗渗出,丝麻尽湿,连里面的红肚兜也明显可见,于是拉着赵佶在一棵如冠玉树下坐下。

此时赵佶看着李师师撩人的体态,不禁又亲又抱,一番恩爱,许久事毕。正又饿又渴的时候,二人突然眼睛一亮,一幅奇特的情景出现了,只见面前一条林间小道从天而降,芳草萋萋,鸟语花香,有如仙境。更令人惊奇的是,仿佛在白纸上作画一般,人物图景渐次显现,开始是一辆江州车,随后是第二辆、第三辆,一直到第七辆,第八辆……其后进入画面的是一个又一个强壮的车夫。

那些车夫似乎对他们视而不见,在林荫下停下歇息,之后居然拿着一个土球,自顾自地开始蹴鞠了。

不一会儿,一支官府车队闯入画面,带队的一个黥面官吏持刀向前,向蹴鞠的车夫盘问着什么,手中还牢牢攥着一顶黑纱官帽。

看到黑纱官帽,赵佶猛然想起什么,指着黥面官吏对李师师说:"此人是朕在东南汴京赦免的一个死囚。"

李师师笑他说:"什么东南汴京,陛下梦里去的吧。"

他乡遇故人,赵佶兴奋地跟黥面官吏打招呼,但黥面官吏好像没有看到他,没有理会。

赵佶急了,说:"你忘了你在东南汴京失手杀了内城蹴鞠师傅,一个衣着锦绣者,是我放了你……"

黥面官吏似乎没有听到,正眼都没有朝他们看。

赵佶更急了,说:"你与衣着锦绣者赌球,此人故意寻衅,讥笑你蹴鞠技艺作假,而且持剑威逼,你不堪其辱,与其冲突,夺剑将他杀死。"

李师师见黥面官吏仍然不理,拉住赵佶,说:"一定是忘恩负义小人,当初就不应该赦免他。"

他向李师师解释:"他主动投案入囚,被判偿命,朕念其义愤,不仅暂缓死刑,只黥面了事。后来他赢了最后一局的二人场户,被赠黑纱官帽。"他印象非常深刻,黥面官吏是蹴鞠上难得的可造之才,不过在他之下。

李师师拉过赵佶抱着他说:"黥面配军都一个模样,陛下认错人了。"

赵佶也不禁犹疑,说:"天下黥面之人对朕自然愤然,但愿认错人了。"

这边任黥面官吏怎么问话,车夫们都没有停下蹴鞠,只是一边踢出鸳鸯脚,一边顺便回答了他的问题。他们自称是到汴京贩枣的客商,路途相逢,在此处歇脚,兴致上来就踢上几脚。

黥面官吏显然是一个蹴鞠高手,其时脚痒,试图加入,他把刀插在草地上,将飞到自己身边的土球踢向空中。

车夫们停了下来,向黥面官吏提出赌球,官府车队的军士一哄而上,纷纷要求加入蹴鞠,黥面官吏阻止不成,警告说:"花石纲尽是无价之宝,不容有失。"

最后黥面官吏的阻拦没有成功,官府车队的军士还是与贩枣的车夫进行了比赛。

赵佶忍不住,抛下李师师一个人靠在玉树上打盹,自己上前搭讪,要求为他们当裁判。虽然两伙人根本没有理会他,但他还是像模像样地对他们每一个球、每一个动作进行了评点。不分胜负之际,土球滚落崖下,幸好一个大头酒贩挑着酒桶,唱着山歌经过此地,见此情景纵身将土球踢回。土球在空中划了一条弧线向玉树这边飞来,不偏不倚就要落在李师师头顶,赵佶纵步一跃,反身一脚接住土球,再轻轻一踢,用背项轻轻一拱,土球飞出,落向那两伙人中间。

奇怪的是,所有的一切,那些人都视而不见,既没有看到美丽年轻、玉体横陈的李师师,更没有看到赵佶这一脚完美无缺的蹴鞠动作,这让赵佶焦急、愤怒,想喊叫,想申斥,但喉咙干干的,发不出一点声响。

一轮比完,双方不分胜负。贩枣车夫围住大头酒贩,要将他桶里的酒全部买断。

官府车队的军士们情急,也争着围上前去,要买另一桶酒解馋解渴。黥面官吏此时板下脸来,审视着大头酒贩,严厉盘问了几句,似乎认为可疑,持刀隔阻军士们，不让他们靠近酒桶。

大头酒贩看见黥面官吏脸上的囚犯印记，骂他："你一个黥面配军，凭什么怀疑我！"

两人争吵着，开始打斗。此时明察秋毫的赵佶，还有睡眼惺忪的李师师却看到了令人惊悚的一幕：

一个贩枣车夫从江州车里取出两个椰瓢，开了桶盖，把一只椰瓢伸进桶中，似乎作势舀酒喝起来。很快喝完了一桶酒，而另一只椰瓢很快地又伸进另一桶酒中，悄然间，一股无色的药剂从椰瓢里渗出，迅速溶入到酒里面。

这时官府车队的军士已经等不及，纷纷围了上来，占住另一桶酒，很快就喝下了大半桶。其中一个军士送过半瓢酒，让黥面官吏喝。黥面官吏犹豫推让了一会儿，硬被军士灌下一大口酒。

贩枣车夫们乘着酒兴，邀请军士们继续蹴鞠比赛。

可是才比了一会儿，官府车队的军士们便头重脚轻，一个个软倒在地。黥面官吏感觉到不妙，无奈自己也身体一软，倒地不起，蒙眬中看到贩枣车夫们把一辆辆江州车上的枣子丢下悬崖，将这官府车队十多只装着金珠宝贝的麻袋都装上车，往冈下走去，很快消失了。

黥面官吏试图站起来，但浑身无力，绝望地叫了一声，又一头倒下，但手中却抓住黑纱官帽不放。赵佶此刻断定，黥面官吏就是自己在小汴京赦免、被封官的那个死囚，让他纳闷的是他怎么押送起花石纲来了？难道小汴京也已经被朝廷列为承担徭役赋税之地了？

想问明黥面官吏，但他已经不省人事了。

赵佶拉起李师师，说："我们追上他们，那些东西属于东南汴京。"

两人刚追下山冈，那一伙贩枣车夫已经挡在面前，现在显然看到了他们。

赵佶回身护住李师师，说："不得无礼！"

贩枣车夫们却一起跪了下来，说："我们是山东盗，请陛下入伙！"

赵佶几乎要笑出声来，说："你们既然知道我是当今皇帝，居然还敢叫我入伙当强盗？"

山东盗又齐声道："陛下如果继续当皇帝，恐怕今后下场不好，不如归入山林，自由自在，日后免做亡国之君。"

赵佶大怒，想骂他们，又想不到合适的话。

山东盗又劝李师师，说："你叫圣上留下，销声匿迹，以后照样吃穿不愁，得以善终，不然，终有一天怕命都保不住。"

李师师似乎犹豫，也跪了下来，说："陛下……"

赵佶说完梦，李师师站起来，轻轻地踩了他一脚，笑弯腰了，说："原来陛下在梦里是这样看待奴的。"

赵佶抓住她的两只脚，说："朕都和你入伙了，往后只管恩爱了！"

李师师停住笑，说："等万岁山竣工，真要征剿他们呀？"

赵佶坐了起来："他们也该收敛一些。"

李师师安慰道："陛下梦里都看到了，他们也不是十恶不赦的。真要剿，我也入伙去了，看陛下忍心不忍心。"

赵佶已经有了主意，说："那朕就招安你。可好？"

李师师脸贴着他的胸膛说："陛下圣明！若招安了，天下就太平了啊！"说完又起身要弹琴给他听，说："真该叫人写词，制新曲，好好歌颂陛下。"

赵佶听闻便把琴拿过来，递给她，说："若传唱开来，朕岂不万世流芳？"

## 二十一　岂是醉杏楼梦一般美好

开封夜雨,镇安坊也被淋湿了。赵佶当晚又做了一个梦,但这是另一番美梦,因为梦中所见之人并非李师师。

梦中延续秘阁藏书库的美妙,自己与落杏儿如何相互温存,又如何做出承诺,保证自己今后一定会好好待她,一旦怀有龙种,一定为她另建新殿,朝夕相处,以她作画,而落杏儿也是心甘情愿,愿当入画之人。梦中之境,虚虚实实,但却是轻松如意,欢情无比。

梦中落杏儿撒娇,指着一包东西,说:"我要吃甜甜的砂糖喂。"

赵佶咂着嘴,喃喃道:"朕有贡砂糖。"

落杏儿兴奋地叫了起来:"真的甜蜜,我从来没有吃过格。"

李师师坐在醉杏楼睡榻上,等赵佶醒来,说:"道君睡梦里叫着'贡砂糖'三个字,一定是做美梦了。"赵佶神情一时恍惚,看到桌几上的贡砂糖,又说:"是见到师师了。"李师师别过脸去,说:"道君做梦了,梦中何曾有师师呢!"一边给他擦汗,一边指着那包贡砂糖,说:"道君不是赐奴了吗?怎么还要给谁呀?不会是入画之人吧。"

赵佶伸手拿着贡砂糖,不禁诧异,恍然思之,又定定神,说:"梦里也是给你的。"

李师师回头审视他,故意正色道:"奴活生生地在这里,梦不到的。道君怎么让奴相信。我仿佛也听到了,什么格啊喂啊的。"

赵佶吃了一惊,方才虽然是梦,梦中别的人说话,师师怎么听到了？想想又过意不去,于是给她画了半个时辰的眉,又与她下棋,最后赋诗相赠：

新样梳妆巧画眉,窄衣纤体最相宜；
一时趋向多情远,小阁幽窗静弈棋。

李师师读罢,顿时百般体贴,万种柔情,靠得更紧了,说："奴方才不过是故意蒙一蒙的,早就听说过睦州美人开口都有格啊喂啊的。"

"什么呀,子虚乌有。"赵佶此时身心俱爽,眨眨眼,哄她,"梦中只记得与你的生死誓约。"

李师师知道他是在哄自己,但仍然激动道："有这个话,我当然信了。"又依偎着他说："雨不要停下来,把我们永远困在这里多好！"

听了一会儿雨声,赵佶意犹未尽,又在睡榻上躺了下来,说："这里比那宫里凉殿和暖阁强多了,也真奇了,到这里一睡就是做梦。"李师师也坐下来,靠在他的身边,说："道君常来多好啊。小睡榻妙着呢。在这里小睡一会儿,就是好梦。而且春夏秋冬的梦各不相同,春天是春花梦,仲夏是合欢梦,中秋是明月清风梦,冬天自然是温情似火梦。"

宣和元年(1119)初夏,雨水偏多。关于落杏儿突然失踪的消息暗中流传,但说法不一,其中之一虽然与贡砂糖有关,但与赵佶梦到的大不相同,却是处境困苦,绝无甜蜜,如同噩梦之中。

传言落杏儿被送到了冷宫,那个负责看管她的是一个被治罪的姓刘的老供奉官,一开始就对她表示出异常的关心。厨房姬姓宫女提醒她说："你千万小心提防刘供奉。"

这刘供奉原来是向太后身边的近侍,大观之前曾显赫一时,但一次到湘荆路催办花石纲时中饱私囊,被赵佶降罪并削去一切职务,贬他到冷宫做监工。王德妃原本想暗中收留他,不想赵佶得知他没有去冷宫,下令严查,王德妃只好让他回到冷宫吃闲饭。对此,刘供奉当然于心不甘,整日盘算着想重回大内,重新回到王德妃身边,并且依靠王德妃这块跳板重新掌权。当王德妃派人把看管落杏儿的任务交给他以后,他认为自己苦苦等待的机会可能来了。来人传达王德妃的话说:"只要看住她,用什么办法都行。"刘供奉笑了,说:"那就告诉德妃,让她做我的伴食。"对付一个宫女,刘供奉认为一个宦官可以用的最好办法,那就是纠缠住她,并同她私下结成"伴食"。

刘供奉看到落杏儿的模样时就明确表示了要与落杏儿结为伴食的愿望,而落杏儿浑然不懂什么是伴食,竟然点了点头,然后才问:"伴食是什么?"

鹤发童颜的刘供奉顿时心花怒放,含情脉脉地说:"伴食嘛,也就是宫中人和宫女为了互相照顾,住在一起。"

落杏儿仍然不懂,刘供奉进一步说明:"不过这需要冷宫总管的同意,很多人想和我做伴食都没有机会,但你很幸运,因为我看上你的俏模样了,只要你答应,总管那里我去说。"

说着刘供奉伸手抚摸她的脸。出于一种本能,落杏儿当即甩了一下手,正好击中刘供奉的脸。正当厨房里面的姬宫女为落杏儿这一掌的后果感到担心的时候,刘供奉却从这一巴掌中获得快感,笑着说:"以后你每天给我来一下。"

此后落杏儿没有再跟他说话,看到他就低头避开,但是刘供奉一连几天依旧纠缠不休。刘供奉在厨房一出现,起先姬宫女并不离开,还斥责他,后来刘供奉威胁要毒死她,让她死后也见不了神宗皇帝。姬姓宫女一听这话,被吓到了,他一来就躲避。于是落杏儿呼救时,就没有另外的人在场了。不等刘供奉靠近,落杏儿浑身战栗,吓得发抖,哭着要逃离厨房。

不知道是谁去报告了冷宫的总管。总管是一个面容慈祥的老宦官,与刘供奉是同年进的宫,以前有些交情,原想不过问此事,但是后来报告的人多了,迫于宫规,老总管只好叫落杏儿掌刘供奉三十下嘴巴。看到刘供奉等待她掌嘴的兴奋神情,落杏儿恶心得想吐,无论如何也伸不出手,最后只得表示不愿意再追究刘供奉了。

第二天,被怀疑是举报人的姬宫女差点死在猪圈里,救过来后,查明是食物中毒。姬宫女养病去了,刘供奉没了忌惮,索性大模大样地进入厨房,警告落杏儿:"你就认命吧,只要进了冷宫,跟我作对,极少有人能活着出去!"

不久落杏儿病倒了,先是恶心,继而呕吐,最后吐的是酸水,身子弱得似乎一阵风就能吹倒,只能躺在床上休息。刘供奉前来查验时,怀疑地站在窗外看了好长时间才离开,并说了一句:"让她歇一天吧,谁叫她是我的伴食呢!"

三天后,落杏儿的病好了,她起床后食欲大增,连那猪也不啃的干硬馒头都能大口大口地吞下去。这天下午轮到宫女们洗澡,当落杏儿脱下宽大的宫裙,走进浴池时发现自己的腰身变粗,突然想起什么,吓得躲在池里不敢上来。恰好这时刘供奉听说蔡宫女病好已能入浴的消息后,趁其他宫女陆续出浴离开,偷偷溜进来守在浴池旁边,一双无比欣喜的眼睛直愣愣地盯着她:"蔡宫女,水都凉了,你还不上来?不怕冻坏了你的身子?"

落杏儿把身体藏在水下,只露出一张脸,大喊道:"你走开!"

刘供奉脸上一往情深,双脚踩进池里:"蔡宫女,你忘了,我不是男人,我是宦官,是你的伴食呀,我来扶你。"

正在更衣的宫女们听到喊声,冲了进来,一见是刘供奉,都不敢说话。刘供奉见来了众人,不好再造次,赶紧悻悻地溜走了。

刘供奉走后,宫女们劝了很久,落杏儿才打着寒战爬上浴池。突然歇斯底里大叫了一声,叫声尖厉响亮,吓坏了宫女们,之后,她又忽然平静异常,声音里透着寒气:"我要杀了他。"

众宫女劝她说:"他不是真的男人了,蔡宫女也别当什么真,但伴食之事,刘供奉一定会缠牢你不放,这人一旦得罪他,会像影子一样每时每刻都对你盯得紧,你要小心啊!"

浴池风波之后,落杏儿怀孕的迹象并没有逃脱刘供奉的眼睛,接着他跟踪落杏儿上厕所,又偷窥到落杏儿几次呕吐,断定她已经怀孕。晚饭时落杏儿忍不住当着几个人的面把刚吃进去的食物呕吐出来,刘供奉觉得机会来到,喜得心花怒放,瞅准一个空,偷偷溜出冷宫,径直奔到王德妃那里密报此事。

王德妃还没有起床,刘供奉跪在玉阶上等候。宫中值夜的宦官是一个年轻的高班,有些地位,瞧不起刘供奉,不肯马上通报。刘供奉忍不住,就和他吵起嘴来说:"你不过是一个小高班,耍什么威风?我有急事,耽搁了小心你的脑袋。"

刚好路过的张迪听出刘供奉的声音后进来盘查。

那个高班说:"这厮胡说什么冷宫里面宫女怀孕了,我正要赶他出去。"

于是张迪再问刘供奉。刘供奉与张迪当年同是供奉官,因此并不怕他,不仅不愿告诉他找王德妃的目的,竟然还当着张迪的面与高班发生了争执。张迪叫几个闻声过来的侍卫拿下他,刘供奉竟从侍卫手中挣脱出来,一头冲进屋里,直奔王德妃的内室。

正半睡半醒的王德妃猛然看见有人冲进来,从床上惊起,大叫:"有刺客!"等她看清楚是刘供奉后,才安静下来。但她并不知道此时张迪也在门外,王德妃听了刘供奉报告落杏儿怀孕的消息后,震惊得坐在床上大骂刘供奉:"皇帝只去了一次秘阁,怎么就会留下了龙种?我不信,我不信,我都入宫五年了还没有,分明是你在胡说八道!"

王德妃的大意让张迪清清楚楚地听到了她的骂声,他很快就反应过来,抢先来到了冷宫,直奔厨房,看到落杏儿正在烧火做早饭,喊了她一声:"哎呀,蔡宫女,大家都找得你好苦!陛下不知道你在这里!"

眼前的这个蔡宫女衣衫褴褛,面容憔悴,粗粗一看,还不如一个平常宫女,可她就是皇帝日思夜想的入画之人。张迪来不及细细端详,马上把自己突然来到的目的告诉了她,说:"王德妃马上就到,切记,如果来不及逃走,无论怎么样问你,你都要顶住,千万不可承认自己怀孕了,前朝狸猫换太子的故事你可曾听说?只能信其有,宫中最险恶的就是这样的事情,你千万当心,来得及的话,你今天晚上赶紧跟我离开这里,找个地方躲一躲。"

这时,王德妃也在最短的时间里采取了行动,带着刘供奉一帮人叫开了冷宫的门,迎面碰上气喘吁吁的张迪。张迪额上直冒冷汗,但心中却平静了许多,赶紧行礼道:"德妃怎么到冷宫这种地方来了,若是让陛下知道可不太好。"

张迪搬出皇帝,那意思分明是说如果你去冷宫,我就去报告皇帝。对于张迪这番话,王德妃还是有些顾忌了,毕竟自己心虚,于是说:"张殿头说得有理,我来是叫人查查那个姓蔡的宫女是不是犯了宫规怀孕了,要紧的还是要看牢她,免得她胡说八道。不过,这事张殿头不要马上惊动陛下。"

张迪环顾在场的人,声音严厉:"谁也不要张扬,否则,性命不保。"

但是落杏儿并没有能够及时逃离冷宫。她一离开厨房就遭到了管事的盘问。落杏儿只好推说上厕所,这时刘供奉和几个宦官跟着无邪赶到了女红场,刘供奉追问落杏儿的下落,管事指了指厕所。刘供奉不由分说,就闯了进去,从厕所里把落杏儿带了出来,说:"你别害怕,这是德妃娘娘身边的无邪姑娘,是医家出身,她给你验验身子。"

刘供奉捉住她的手,送到无邪面前。

无邪一搭落杏儿的手腕就明白了,落杏儿有孕无疑!

刘供奉在一旁也说:"一定是怀孕了。"

落杏儿感觉大难临头,但她决定拼死一搏。她泪流满面,向无邪缓缓跪了下去:"是刘供奉要害我,姐姐,你可看清了。"

这时,张迪也赶了过来,刚好看到落杏儿哀求的样子,心想这人是皇帝日思夜想之人,落得如此凄惨,毕竟自己也是失职。张迪不跟刘供奉多说,他一步上前,扶起落杏儿,说:"蔡宫女休要慌张。"

刘供奉对张迪擅自进入女红场颇为不满,说:"你身为殿头,也到女红场这种地方,不该多管闲事。"

落杏儿向众人诉说了刘供奉意欲结为伴食之事,刘供奉想分辩,看到张迪虎视眈眈的样子,又不敢多说,心想暂且忍着,只要无邪诊断出落杏儿怀孕，一切不辩自明。

无邪一边诊脉，一边望着落杏儿，心里有了主意，她对刘供奉说道："蔡宫女是因为这里污气所熏，害了腹胀之病。"

刘供奉听闻心中一急，问："那她为何呕吐？"

这时冷宫的几个老宫女纷纷站出来为落杏儿证明说："蔡宫女这些天呕吐，分明是害了腹胀病。这里吃的是狗食，闻的是瘴臭，能不吐吗？我们好几个人都呕吐了。"

女红场外，王德妃已经等得不耐烦了，一次次叫人过来催问结果，无邪匆匆离开向王德妃报称道："蔡宫女害腹胀之病。"

这时又有心腹宫女奴才与王德妃一阵耳语，说："刘供奉意欲与蔡宫女结为伴食，但一开始蔡宫女不知什么是伴食。"

这时张迪带着刘供奉过来，刘供奉听到无邪的话，惊得嘴巴都合不拢，正要分辩，张迪一步跨前，启奏道："如蔡氏所说，刘供奉意图纳蔡氏为伴食，蔡氏不从，刘供奉怀恨在心，诬陷蔡氏，望德妃娘娘明鉴！"

王德妃对刘供奉说的是真是假拿不定主意，现在又恼他违犯宫规，干起结交伴食的勾当，活活让张迪抓了把柄，只好当着那么多人的面骂他："混账刘供奉，你真是本性不改，竟敢又一次欺骗本宫！"

张迪又指着刘供奉，实则是骂与王德妃听，说："你大肆张扬，想往道君皇帝脸上抹黑，用心险恶，到时候皇上降罪，任你是谁，都脱不了干系！"

张迪第二次单独前来时，落杏儿以为他是来帮助自己逃走的，收拾东西就要跟他走。张迪告诉她现在不是逃跑的时机，安慰了几句，临走时再三晓之以利害，叮嘱说："你如今这个情状，怕是在秘阁藏书库而起。我当时叮嘱你万事小心！"

落杏儿一愣，果然记不起张迪跟她说过什么，反问道："秘阁藏书库？"

张迪微微点头，说："不想真的有结果了。"

落杏儿神情不免慌乱，红脸低首，不知说什么好。

张迪目光投向她的腹部，声音低而严肃，说："秘阁藏书库一事骗了整个皇宫,整个朝廷,整个天下,要骗只能骗到底了。记住,你千万不要把陛下扯进去,你要按照我说的做,我一定会带你离开。"

落杏儿听了,一脸失望,说:"凭什么我要相信你？先是那个什么蔡太师,他也说过只要照他的话做,就会让我出宫,让我回家,我照他的话做了,姓名也改了,但是他骗了我。那个王德妃呢,她骗我跟她走,却把我关起来,想害死我。你说我还能相信谁？"

张迪一时无语,自从发现落杏儿怀有身孕之后,他总是想起自己目睹秘阁中皇帝对她的所作所为。当时春风雨露,肥田得种,抑或天时巧合,得以开花结果,但要真正判明是否皇帝骨血,却是事情重大。因为,张迪到底是宦人眼光,看到年轻美女都是一个模样,尤其是那些从江南采选的上千美人,睦州美女与地域相邻的苏杭美女最容易混淆,都是娇细身材,精致眉目,贴近了久看,都像同一个模子捏出来的人似的。还是皇帝圣明见解独到,跟他说过区分的办法,张迪也暗暗记住了。

不久前赵佶闲话,对新采选的同样来自东南的苏杭籍与睦州籍美女仔细比较,身材虽然同样娇细,但睦州籍美女娇而健,细也细在脖颈、腰部,显得丰满处更加丰满;还有看走路,脚步虽然都是轻快,但睦州美女是既轻快且踏实,盈步之时带着沉稳。以此方法,果然分得清十之八九。但张迪仍然有疑问,既然睦州美女风采略胜,都是一等的好,那她们自己之间如何分出优劣,优中又选出一个最好的？比如那个蔡宫女,也就是落杏儿。

于是赵佶又告诉他一个办法,就是听其说话的声音,疑似婺州音调,又近歙州声腔,听分明了,却又都不是,细微之处主要在说话时带"喂"字"格"字。例如,情愿或不愿意,说"愿意喂""勿愿意喂",事情忘记了或记住了,说"忘记了喂""记住了喂",后面都压一个"喂"字;还有"格",表示好,说"好格",表示赞同或者不赞同,说"是格""不是格",表示肯定或否定,说"对格""勿对格",句尾都加上一个"格"字,语气坚决响亮了许多,听的人也更加明白。

话虽如此,皇帝是通天悟性,但要让张迪在看来都是一模一样的女孩儿中间，真正认准那个蔡宫女或者落杏儿还是太大的难事。因为刚进宫时，睦州美女们都是这样说话的，但她们很快便学习较早几年选入的同籍宫女说话，尽量避免"喂"字、"格"字，尽量学着开封口音说话，以免被人轻视，被人欺负。

所幸那天张迪在秘阁听蔡宫女说话，也许是在那样的情形下，心绪波动之时，她暴露了口音。当时皇帝离开，他走过去，对蔡宫女吩咐几句，她背朝着他，不知道在说什么，似乎在应答他，又似乎是自言自语，但他听清了"喂""格"几个字。张迪因此认定她就是入画之人落杏儿，并以一个内侍应尽的本分，尽力而为。首先设计一个周全的计划，所要达到的目的有两个：一则要维护皇帝，保证皇帝不能受到天下人非议，不能让皇家的荣誉受到损害，不然于外头臣民，落下口实，那些良臣言官得有多少劝谏，宫内后妃，又将处于何种困境，到头来如李师师这般相好知己，又会如何冷淡；二则是保护自己，即便落杏儿肚子里的孩子是皇帝亲生，宫中也会兴起一场大风波，一干人等都会受到伤害，不仅是蔡京等大臣，宫中的管事内班，包括自己都脱不了责任。而且把这事追究到底的是童贯，童贯对他不会留情的，说不定自己会成为整个事件的替罪羊。

实施计划的方法就是送落杏儿出宫，远走高飞，如果不成，只能让她堕胎了。

机会还是出现了。此时周邦彦正遵旨排练《东南百花阵》，集中了宫中苏杭睦三州百名美女，但领舞需十人，还缺一人，筛选数遍，均难满意，于是问张迪要人。张迪面露难色的同时，突然想到了帮落杏儿出宫的计划，如果告诉周邦彦说还有一个睦州美女，他一定会满意。

果然，周邦彦一听，便急切地问："冷宫之中还有美女吗？"

周邦彦着急道："那赶紧去找着她。"

张迪说："那是皇宫禁地，须有陛下或者是皇后的旨意。既然是周待制的意思，我向皇后请旨。还要请一个交好的太医一起来。"

周邦彦一愣："这又是为何？"

随后张迪请示了郑皇后,但没有说带走的是什么人。有了郑皇后的旨意,宫中各方面都没问题,但也引起了王德妃的警觉,她马上想到张迪可能在动蔡宫女的脑筋了,于是对蔡宫女到底有没有怀孕又起了疑心。当晚她把刘供奉找来,单独见了一次面,交代说:"如果他们看中的是蔡宫女,你就想办法叫她去不成,至于是死是活,随你的便了,后面有什么事,我替你担当。蔡宫女如果真是怀上龙种,再能保胎,就有出头之日。到时候你就死无葬身之地了。"

为了进一步证实蔡宫女是否怀孕,王德妃等一干人又突然出现在冷宫,早已等候的刘供奉从厨房里把落杏儿拉了出来,说:"看到了吗?这蔡宫女原本极细的腰肢粗了许多,贵妃娘娘你看!"

落杏儿想用力挣脱刘供奉,刘供奉不肯放手,厮打之中脸被落杏儿挖破了。

王德妃一把抓过落杏儿的手说:"你说,谁干的好事?人家进宫来的,还是你出宫去的?你擅自与人私通,犯的是死罪!"

落杏儿甩开王德妃的手,说:"我没有做什么见不得天日的事,凭什么说我犯死罪!"

王德妃一脚踢倒落杏儿,就要往她的肚子上踩,说:"有没有,让他自己出来说。"

张迪就在这当口赶来了,上前拦住王德妃说:"德妃娘娘不可如此呀!不问清楚,怎么就如此手段?"

王德妃把脚放下来,说:"张迪,你来得正好,这执行宫规的事,该你来做。"

张迪叫刘供奉放开落杏儿,说:"我是遵皇后旨意,到这里来选一个角色。上次已经证实蔡宫女并没有身孕,无邪也没有搭错脉象。"

刘供奉说:"无邪只是个学过医的宫女,为确保无误,不妨另请太医查验查验。"

王德妃胜券在握:"那好,宣太医。"

恰好这时,周邦彦带着一个人赶到,说:"吕太医来了。"

王德妃一看,表示质疑,说:"我这里刚要宣太医,你们怎么就赶到了,是不是有预谋?"

张迪理直气壮,说:"吕太医是服侍道君皇帝的,德妃娘娘也认识。"

吕太医搭脉:"前番所诊无误,蔡宫女害的是腹胀之病。"

王德妃说:"那要再请服侍后宫的太医也来看看。"

刘供奉对王德妃耳语道:"不可,如果让皇后知道了误以为怀的是龙种,一定要保护她,事情就更不可收拾了。还不如就说她真的害了腹胀之病,可以借机下手,到时无人怀疑。"

王德妃看落杏儿蓬头垢面,一脸蜡黄,这副模样即使皇帝看见了也不会有兴趣。再说,这么多人说是腹胀病,也不会有假,皇帝宠幸过的女子有了身孕谁敢隐瞒?她向刘供奉点了点头,就带着一伙人快步离开了。

这里张迪随吕太医走到一个偏僻处,吕太医急问道:"宫女怀有身孕,却为何在冷宫,又为何叫我一起隐瞒?"张迪解释道:"多谢吕太医解救,此事还请保密,你就认定腹胀之病便是,陛下处我自会说明。"

一场风波之后,落杏儿泪流满面道:"我宁可死!"

张迪在落杏儿说这句话的时候改变了主意。看到落杏儿一张无辜的泪脸,他不由得产生了同情,这张脸写满凄情,美丽无比,就是他这个宦者看了也会动心,何况皇帝风流性情!他这份同情有一半是给皇帝赵佶的,因为眼前分明就是皇帝日思夜想的入画之人。是曾经苦苦寻觅的纯真美女!他感到自己的计划已经迷失了方向,小声地劝道:"你何必总想着死呢!我给你准备了一包堕胎药,没有给你,其实我也总不忍心。后宫谁不拼着命生下孩子。指靠他将来当太子,做皇帝,母以子贵!"

不料落杏儿拼命地摇头说:"我的爹娘都被花石纲害死了,我一个亲人也没有了,我不愿意这个孩子生下来就是赵宋家的人……张殿头,把药给我吧。"

张迪大吃一惊,说:"你休胡说,我拼了老命,也要把你母子保护下来!"

落杏儿脸色苍白,说不吃药,我宁可死。结果张迪又只好从怀里掏出一个沉甸甸的纸包递给落杏儿,其实这包东西是他备下给落杏儿堕胎后补身子的砂糖,说:"我给你一包就够了。"

　　但是张迪一不小心,身上那包真正的堕胎药也丢落在地上,落杏儿一把将它捡起,说:"两包我都要。"

　　当天夜里落杏儿把那包误以为堕胎药的贡砂糖全部吃下,只是满头白发的老宫女姬氏却看清楚了是贡砂糖,咽着口水想讨一点,说:"这么好的东西,哪里有你这样吃的,以前我都是先拿一小撮泡茶,或者配白馒头吃,那滋味现在想起来舌头都是甜腻甜腻的。"说着一边搅着舌头,一边要教落杏儿怎么吃,但落杏儿怎么也不肯给她。

　　姬氏实在抵挡不住贡砂糖的诱惑,半夜起床偷吃了另一包以为是贡砂糖的堕胎药,不料整夜肚子大痛,又不敢声张,口里埋怨道:"如今的贡砂糖也不比从前的好吃!"

## 二十二　京师躲不过一场大水灾

进入六月之后,汴京气温猛然升高,又连续下了一个多月的大雨,闷热潮湿难当,人们感到烦躁,感到拥挤,暗中离京的人越来越多。有办法的官商人家纷纷秘密前往晴凉的北方,找寻避暑的地方。有的甚至隐瞒身份,花了大量银子,辗转到他国地界,比如到大同府的高原上,租下民宅乘凉,同时还兼做些如茶马这样的生意买卖,直到八月中旬才伺机南返回京。

对此,朝中许多官员甚为气愤,几名直臣连上数道奏状,怒批这些人居然私自潜入还未归还大宋的云州,真是不知我朝国耻,是叛国行为,应予以惩罚,建议说:"去了就不许回来,凡官宦人家,一律交付有司治罪。"之前,已经采取行动,在边关各口查扣了数百男女,并押解回京,关进司狱。但这些人都有头有脸,颇有家资,消息传出,引来其家人亲朋到开封府衙静坐,无业游民和市井混混趁机起哄闹事,还有的索性引领家中婢奴,闯宫门告御状。

当然这些情况相关部司都已知晓,只是一时不想定夺,推来推去,只等皇帝看完奏状之后亲自拿主意做决定。

大殿的门洞开着,但并没有风吹进来,在场的大臣已经不停地擦汗,有些年长体弱的,都找借口陆续离开了。蔡京坚持了一会儿,最后捂着肚子声称自己可能中暑,叫人扶了出去。唯独那几位进奏的直臣,全然不顾天气闷热,仍然火气十足地等待赵佶表明态度。

解开薄纱道服的赵佶露出了胸膛,感到透了些许气,加上张迪安排了几个太监轮番给他打扇子,身心觉得舒坦,因此态度也比较平静,说:"云州本我中原故地,迟早收回,到那里怎么是叛国呢?"赵佶说这个话的时候,内心是得意的,因为他胸有成竹,因为一个雄伟的计划即将实施。通过几年的努力,宋朝与金国进行了几番艰巨的谈判,决定双方出兵共同攻打辽国。约定灭辽后,将燕京地区也就是赵佶心目中认定的燕云十六州全数还给大宋。那时候,云州还不是重新回归中原,回到大宋怀抱?现在这些人愿意花钱早一步去看看中华故土,有什么不好呢?想到这里,赵佶不禁美美地笑出声来,将这几道奏议一齐退了回去,而且要求他们不要再关注此事了。至于抓到的那些人,都予以释放。

　　那几位直臣还想僵持,赵佶劝道:"如此天热,你们也找个地方纳纳凉,安静安静,目前朝中无大事,朕准你们十日假。"当然赵佶不便对怒气未消的那几位直臣透露更多,因为与金国的谈判是秘密进行的。尽管有多位大臣参与了该计划的讨论,但其中最核心的部分只有童贯等少数几个人掌握,连蔡京也只知道一个大概。

　　赵佶感到自己的决断平息了京师可能发生的一场骚乱,颇是得意,趁着在兴头上,又做出了几个重大决定。初七这日一早,亲笔下诏,将西部边防原由武臣担任经略使的都改用文臣担任。两天之后的初九落日时分,红日照耀,万道霞光降临睿思殿前,恍若天境,仿佛诸仙将至。看到此景赵佶闭目默念,忽然有一如仙道人面向自己,秘语问候,睁眼看时,已是天黑,定神想了一会儿,那道人仿佛如庄子像,自己竟与之相遇须臾了。兴奋之中赵佶连夜下诏,封庄周为元通真君,并且举行册封任命仪式,配享混元皇帝。

　　这两件事完成,赵佶本应致力于对西夏的用兵事宜,不想蔡京不以为然,而是与内朝张迪商量皇帝消暑之策。

　　起初赵佶反对,说:"东京天气,并无酷热,等雨停了,很快凉爽如常。"

　　但蔡京仍然劝说:"离开汴京几天,并不是为了避暑,而是避开水患。"

　　赵佶不由得认真起来,说:"河水真能漫到城内?"

蔡京指了指窗外的雨水,说:"照此下个不停,难说。"

赵佶很是不安,道:"那朕还不得率众臣抵御水患?"心里不禁责怪老天,雨下个不停,烦心,烦人,躁闷之中,看不得奏议,写不得字,画不了画。但是按照个别朝臣的提议,让他这个皇帝捋起袖子,披着蓑衣,赤着双脚,去蹚浑水,确是再难堪不过了,如果不得不为,也只能硬着头皮上了。

蔡京看出他的担心,摇摇头,说:"职有分工,权有分属,自有户司和开封府负责此事,陛下宽心离开一些日子。"他建议赵佶远行东南,吹吹海风,尤其是明、台、温等州,此时梅雨季节已过,时有台风送凉,气候通透,再则海鲜上市,鱼美虾肥,沿海山中茂林,有晚熟的野杨梅号称天下第一果品,正可结伴采摘。经此描述,赵佶显然动了心,下旨筹备,只是找了另外一个理由,说:"此去东南,主要敦促丝帛征收事宜。"

因为与金国草拟的盟约中,宋每年要赠送金国五十万匹金帛,如果不是御临部署,东南再富裕,也一时难以承担,此中道理,蔡京深表赞同,说:"此为头等国事,陛下东南之行师出有名。"

消息传出,后妃以下,竟然有数十人要求随行东南,为此又得限定名额,更引起争吵,整个后宫混乱一片。赵佶召集后妃训斥道:"朕不是去游山玩水的,不用一个个都跟着。"如此,后宫才恢复了平静。

但赵佶东南之行的计划还是被耽搁了很长时间,耽搁他的并非这场水灾,而是李纲的一道奏议。


看到雨水不停,政和二年(1112)进士李纲关心起本不是他职责范围的事。李纲父亲李夔,通晓军事,随统帅抵御西夏来犯有功,官至龙图阁待制、京西南路安抚使。政和五年(1115),血气方刚的李纲官至监察御史兼权殿中侍御史,因议论朝政过失,被罢去谏官职事,改任比部员外郎,迁起居郎。

这些日子他每天都到京郊观察水情,看到积水一日日高起,整个城西都已经被水浸没,茫茫一片,不禁忧心忡忡。再看东边,汴水堤坝虽然又高又牢固,起到了截停蓄水的效果,但是从东南而来的水流没有减弱的迹象,而且水势越来越汹涌,如果浸淹时间长了,加上再继续下雨,灾情必将加剧,情势堪忧。但让他感到不安甚至气愤的是,如此危险的局面并没有引起朝廷的重视,没有人为此担忧,也没有人提出应对之策,更没有人采取具体行动。当然,其中主要的原因,是身处危城的皇帝本人对此也没有当回事。

心急如焚的李纲提起笔上了一道《论水灾事乞对奏状》,说:"积水暴集,淹浸民居,迫近都城。"认为情况十分危急,需要皇帝本人亲自出马,带领群臣抗击水患,如果有片刻拖延,后果将不堪设想,云:

此诚陛下夤畏天戒博询众谋之时,而群臣竭智效力捐躯报国之秋也。累日以来,倾耳以听,缺然未闻,臣窃怪之。夫变异不虚发,必有感召之因……祖宗每遇灾变,亦降诏求言。臣愚伏望陛下断自渊衷,特诏在庭之臣,各具所见以闻,择其可采者,非时赐对,特加驱策,施行其说。因众智、协众力,济危图安,上以答天地之戒,下以慰亿兆之心,天下不胜幸甚。

但奏议最后说:"臣仰荷陛下天地父母之恩,亲加识擢,得侍清光,常思奋不顾身以徇国家之急,辄有己见急切利害事须面奏。"希望马上降下圣旨,准许他有资格协助皇帝处理紧急事务。如此直言不讳,让三省六部长官极不舒服,纷纷批评李纲是在借题发挥,是在突出自己,其意图是想靠近中枢,左右皇帝,以达到个人目的,动机并不单纯。

赵佶此时正在谋划东南之行,因此对李纲所奏也有几分不解,经大臣们这一说,也认为他是借水灾说事,恐怕另有所图,但也不能说他有错,因此退回奏议,御令道:"大水本是天意,隔几年来一次,不用大惊小怪,时下诸事重大,不应让区区水患乱了阵脚。"并在李纲的奏状上御批了四个字:"不合时宜。"

但李纲却没有就此罢休,紧接着又上了一道奏状,而且一口气写了数千字,引经据典,借古论今,以地理之困,陈汴京之危,不仅提出抗洪灾的迫切性,而且提出长期根治的办法,说如果皇帝再不重视,不仅京师,就是整个大宋朝也将危在旦夕,字里行间颇是冲撞。尤其是奏状后面加了两道贴黄,更是上纲上线,一道比一道尖锐,其矛头直指皇帝。言下之意,如果皇帝再不立即亲率群臣到水灾第一线扛石抬木,挖泥填土,而是事不关己,一味逃避,必定会背负骂名,就会失去天下忠义之士的依赖和支持,就会失去官心民心。

李纲颇有一副豁出去了的架势。

赵佶看了看奏状,心中并没有太大的波澜起伏,当然不安是有的,但还可以忍住,更没有什么雷霆之怒,而是显得克制,甚至淡然,加上仍然准备着东南之行,因此没有太予以理会。这中间他本想把李纲召来,耐心地向这位起居郎说明自己东南之行的真正目的,真正使命,同时透露自己其实一直在忙于对西夏用兵的大事,比防洪抗灾更重要的大事,让他给予理解的同时,使他为自己奏状的偏激鲁莽感到惭愧。

这是他想象中与李纲的一次对话,为了这次对话,赵佶做了功课,叫人找出了政和二年李纲的进士策论,看了一遍,上面居然有自己的朱批:虽稍犀利,然其情切切,忠义人也。

当然谈话的过程中是自己一直在引导他,教训他,话题从唐末开始,问道:"你知道石敬瑭吗?"

李纲当然知道,充满蔑视道:"千古罪人!"

赵佶神色严峻,与李纲同仇敌忾道:"石敬瑭为了换取儿皇帝的名分,投靠辽国,把燕云十六州割让给了辽国。"

君臣顿时拉近了距离。李纲情绪激昂,以敬佩的眼神仰望着皇帝,共同回忆那段不堪的往事,愤慨不已。李纲所进进士策论就是关于燕云十六州的,纵论道:所有中原政权都一直力图恢复这块失地,后周世宗柴荣倾力北伐,也只收回了三州。本朝太宗皇帝于太平兴国四年(979)败于高粱河,七年以后的雍熙三年(986)再败于岐沟,于是在河北一带平原之上,广植稻田,人为积水,使之深不可以涉,浅不可以行舟,以此形成险固,阻挠辽军,当然也不再做北伐之举。及到十八年后的景德元年(1004),辽国南侵,真宗皇帝御驾亲征,于澶渊一战大胜辽国,但其结果却是大宋每年给辽国白银十万两,绢二十万匹。庆历二年(1042),给辽国的银再增加十万两,绢再增加十万匹,以息事宁人。宋神宗熙宁八年(1075),又割了河东之地给辽国。但崇宁开始,由于水源枯竭,堤防崩坏,或者人为泄去积水,河北平原的防御优势已经荡然无存。对此,李纲提出三策,其中上策便是请求皇帝披坚执锐,亲率王师,北伐辽国,决一死战。

与今日吁请自己挽起袖口,跳进洪水里,一脉相承。

他想象自己把李纲当年的策论说给他听,告诉他自己正在全心全意对付辽国,全心全意收回燕云之地,以了却大宋朝百年心愿,李纲应该如何地感动,如何地震撼,如何地声泪俱下,痛责自己的狭隘和偏执,诉说对皇帝的敬佩之情。

然后,他还会提到李纲的一首词作,《喜迁莺·真宗幸澶渊》:

边城寒早。恣骄虏、远牧甘泉丰草。铁马嘶风,毡裘凌雪,坐使一方云扰。庙堂折冲无策,欲幸坤维江表。叱群议,赖寇公力挽,亲行天讨。

缥缈。銮辂动,霓旌龙旆,遥指澶渊道。日照金戈,云随黄伞,径渡大河清晓。六军万姓呼舞,箭发狄酋难保。虏情慑,誓书来,从此年年修好。

左相蔡京可能察觉到皇帝会和李纲有一次谈话,找个机会抨击《喜迁莺》,说这是拿真宗朝的事表达对当今皇帝的不满,力劝道:"一个起居郎,眼里只有雨水,却看不到圣威,休要理他。"

赵佶左思右想,再看看李纲的策论和词作,觉得他许多想法前后不一,喜欢坚持一己之见。如此性情,自己犯不着与他计较。最后谈话没有发生,其策论和词作也当成废纸,随便一丢,再也不看。

当然，李纲对皇帝曾经想象过的好意也就不知情，接着一意孤行，公开扬言，要把这次京师大水中皇帝不作为的言行记录下来，留与后人评说。赵佶实在忍无可忍，御令吏部会同大理寺处分李纲，将其赶出汴京，贬谪远恶军州。次日一早，人在城西，双脚泡在水中，捧着石头堵漏的李纲接到了一纸关牒，命他即刻启程赴任，不过，去的地方并非远恶之地，而是到东南福建，监南剑州沙县税务。

李纲被贬离开汴京，果然起到震慑效果，朝中有关水灾的各种议论和批评少了很多。幸运的是，上天眷顾汴京，雨势明显减少，洪水渐退。

其实赵佶知道如果自己听蔡京的话，一走了之，无论如何，心里都会过意不去。他对汴京城外的水灾不是没有过问，没有作为。一开始下雨，他就想请张天师到汴京来，作法驱赶洪水，但张天师人已经回到龙虎山，路途遥远，实在赶不回来。正着急的时候，听闻另一个同样法力无边的著名道士，号称冲和子的王文卿正在汴京，于是急忙派人请他到宫中，商议驱水之道。

王道士是东南建昌南丰人，立志开宗立门，创建神霄派。传说这年春初渡扬子江，行走在野外水泽之中，雨大迷路，忽然遇到一个异人，授他以飞章谒帝之法和风雷之书，久雨祈晴则天即朗霁，深冬祈雪则六花飘空，让他掌握召雷祈雨、叱咤风云的本事，如果妖祟为害，立即派遣神将驱治。于是王道士转道赶往京师，请求皇帝赐其门派正统，住在葆真宫等候召见已有十数日。

赵佶召见王道士，要亲看其作法。王道士便先到西郊，迫不及待作起法来。片刻之后，剑舞符止，果然骤雨初停，洪水稍退。继而再到城东，王道士跳跃上坝，将手中黄符押至水浪之中，不一会儿，风住浪平，高悬地上的水坝屹立不动。

赵佶赏赐王道士重金，正式御令其为神霄派创始人，许其在葆真宫常住，同时要求群臣努力宣扬其道行。

此时，好消息再次传来，夏国派遣使臣到达汴京，纳款归顺，于是赵佶下诏令讨伐夏国的六路兵马同时罢兵。

如此，赵佶才安心离开汴京，往东南而去。不想后来雨又越下越大，洪水终于漫进了汴京城中。

而赵佶已经离开三天了。途中听到急报，是继续南下还是马上赶回汴京，他犹豫了一阵子，最后卜卦测算，求明天意，得到的回答是汴京将很快转危为安。

宣和七年（1125）七月，李纲被召回朝，任太常少卿。其年冬天，金兵两路攻宋，完颜宗望率东路军直逼汴京，又是这个李纲向赵佶呈上须传位给太子赵桓的奏议。

这一次奏议获得了成功，赵桓即位后，升李纲为尚书右丞，任亲征行营使。李纲率领军民积极防御，亲自登城督战，数轮奋战之后，击退了金兵。金帅完颜宗望看到开封难以强攻，转而施行诱降之计，宋廷开始弥漫投降的气息。又是李纲，因坚决反对向金割地求和，被左右摇摆的皇帝赵桓当即罢官，但由于开封军民愤怒示威，迫使赵桓收回成命，李纲才又被重新起用。完颜宗望因无力攻破开封，在宋廷答应割让河北三镇之后，遂于靖康元年（1126）二月撤兵。

还是靖康元年，皇帝赵桓不知道是有意还是无意，居然派李纲到东南接回已是太上皇的赵佶。途中有机会提起当年直谏汴京防洪的往事，李纲怨气未消，批评赵佶道："臣当时论都城水灾，实在是感到事态严重。自古即使是无道之国，洪水也没有洗涤泛滥过都城。"看到赵佶打盹装糊涂，李纲不容他回避，提高声音说："天地之变，其实是在预示，宣和元年洪水漫袭城下，实际上就是今天汴京被金兵围困的预兆。"

赵佶睁开了眼睛，神情显得难堪。

李纲看他这副窘态，声音不觉又缓和下来，说："大抵灾民变故，譬如一个人的身体，病根五脏，但表现在气色上，反应在动作呼吸上。对不对？"

赵佶点了点头，不敢再装瞌睡，继而一脸的委屈，想辩驳几句，却觉得脑子空空如也，无言以对。

李纲轻轻叹了口气，似乎是自言自语，也似乎是当年奏议中的一段话："善医者能知之，非有物使之然，气自运尔，所以圣人观变于天地，而修其在我者，故能致治保邦，而无危乱之忧也。"

赵佶当然听得懂，李纲说他不是一个圣人，但自己只能承认他说得对，于是大声道："你说得有道理。"

这是后话。

金兵撤离之后，朝廷强令李纲出任河东、河北宣抚使。李纲就任后，朝廷又事事加以限制，使宣抚使徒具空名，无节制军队之权。李纲被迫辞职，旋又被加上"专主战议，丧师费财"的罪名，先责东南建昌军安置，再谪西南夔州。李纲被贬不久，金兵再次两路南下围攻开封。危急时刻赵桓又想起用李纲，任命他为资政殿大学士、领开封府事，但一切都为时已晚。远在长沙的李纲得知此命，率军北上，太上皇帝赵佶和皇帝赵桓已经当了俘虏，大宋王朝已经亡了。

这更是后话了。

## 二十三　缝衣女红或是入画之人

宣和元年的八月是一个令人惆怅的月份,对于皇帝来说,则是一个诸事繁忙的日子。

本月原本有许多事项,都是春夏之时拖延下来的,现在趁着秋高气爽抓紧料理。进入八月,有传闻黄河可能再次出现河清的景象,这让赵佶兴奋不已,假如事实果然如此,那就是他登基以来,第四次河清了。第一次是大观元年,乾宁军、同州黄河清。第二次是大观二年,同州黄河清。第三次是大观三年,陕州、同州黄河清。尤其是大观元年乾宁军所说的黄河清,全长超过八百里,时间长达七个昼夜,于是他下诏改乾宁军为清州。古贤云:夫黄河清而圣人生。自己在位,竟出现过三次河清,如果再来一次比大观元年更加清澈的黄河,皇帝和百官,更加应该祈祷苍天,歌功颂德了。在天下人眼里,自己岂能不是圣君? 四海之夷,岂能轻视我大宋?

因为坐等河清的消息,那原有的朝议,又一次延宕,原来耽误的事,再一次被耽误下来。

而接下去的头等大事,就是过好中秋节了。

八月十四日,中秋的前夜,赵佶站在殿前看着白晃晃的夜空,对张迪说:"仰望长空,满天星斗,一轮明月在几朵薄云中款款移行,而东西两端却如同白昼,好月亮! 如此景致,朕好像在东南杭州见过。"说着举杯喝了一口酒又道:"东南地方,山青水绿,好景常在,不足为怪,况且物阜民丰,美色滋润,可惜与朕无缘。"

张迪心焦,说:"东南之大何愁没有入画之人!"

赵佶不语,喝了一两杯酒,过了良久感到一阵凉风袭来,不觉低声自叹:"天气渐凉,不知伊人添衣否?"

张迪听到了赵佶这句话,不禁心里又是一酸,他把赵佶身上的锦丝袍给他披好,说:"陛下,已是秋凉天气了,还是回到殿内吧。"

赵佶长叹一声,又说了一句:"不知伊人添衣否?"这才回到殿内,一个人尽情地喝起了酒,以至半醉。

而此时郑皇后会同韦贤妃,正为八月十五中秋之夜的宴席做精心准备,准备力邀皇帝与后宫嫔妃皇亲国戚一起过节赏月,并且按往年惯例,品赏郑皇后亲手制作的美味的洗手蟹和韦贤妃秘制的橙酿蟹。蟹本太湖水产,但一入中秋,太湖蟹便由快船运到,把酒吃蟹在东京城里风行一时。所谓洗手蟹,是将生蟹拆开,调以盐梅、椒橙,然后洗手再吃。此种手艺,是郑皇后专门从汴河边船家的妇女那里学来的,每当中秋,赵佶总要点她做的洗手蟹吃。所谓橙酿蟹,则是韦贤妃的专长。它是将黄熟的大橙子,截顶,去瓤,只留下少许汁液,再将蟹黄、蟹汁、蟹肉放在橙子里,仍用截去带枝的橙顶盖住原截去的地方,然后放入小甑内,用酒、醋、水蒸熟后,用醋和盐拌着吃。韦贤妃做的这种橙酿蟹,不仅香,而且鲜,能使赵佶在新酒、香橙、螃蟹味交融的诱人氛围之中,不饮先醉。

这日早上,郑皇后差人过来,说新运到五筐太湖蟹,请陛下中午就过去品赏。

赵佶仍然躺在床上,说:"朕觉得没有滋味了,让她们自己尝吧!"

后来韦贤妃亲自过来,说:"臣妾都忙乎了半天了,挑好了蟹,配齐了料,只等陛下今日早早过来,尝尝臣妾的手艺,如何又没有了滋味了呢?"

赵佶有点不耐烦,闭了眼睛要睡,说:"只是没有情绪罢了。"

韦贤妃只好走了,说:"难怪皇后恼,她说得对,原来陛下还在为那个睦州美女烦恼,连蟹都觉得不好吃了!"

赵佶渐渐迷糊,并说起了梦话:"李娃李娃,不知道你添衣服否?"

张迪听了赵佶梦中呼唤李娃,猜想了半天,以为是李师师,待赵佶睡熟后悄悄退出,回到库房找了一件同样的锦丝袍和贡砂糖等一些食物,匆匆赶到醉杏楼。李师师一听,苦笑道:"他这哪里是想着我了,分明还是放不下睦州美人!"

张迪说:"睦州美人早已没有踪影,不是花魁娘子又是谁!"

李师师随口道:"这衣不能御寒的还有何人?莫不是冷宫中的什么女子?"

有关于此的传言再次牵涉到落杏儿。

那天张迪回宫的路上,得到报告,神宗皇帝的废贵妃姬氏因与人抢夺贡砂糖被人用木棍打昏,打人者就是刘供奉。

此事据说因为刘供奉在冷宫中抓到了一个怀孕的缝衣女红,当然张迪知道,此人是蔡宫女,也就是落杏儿。

但是因为皇宫高层的关照,冷宫管事不清楚也不愿意搞清楚这个缝衣女红的底细,只是感觉到她必定有一些来历,因此虽然没有什么优待,但也不难为她。按照上面的盼咐,管事在柴房里给她支了一张床,并且叫了一位嘴巴比较严实的姬氏顺便照看她。

缝衣女红躺在床上,看上去显得疲惫,也不肯收下外面送来的东西,一脸的冷淡。这几天她发现自己的腰身越来越粗,明眼人一看就是怀孕之象,于是她心境大坏,只是偷偷落泪,对谁都不吭声,几次要绝食,都被姬氏劝住。

接下去发生的事仍然与贡砂糖有关。

其间张迪又送过几次贡砂糖,落杏儿仍以为是打胎药,放开大吃,不想人越养越好,此时才怀疑自己吃的并不是打胎药。张迪知道她把贡砂糖都吃了,又让靠得住的管事送了一次,可落杏儿决定再也不吃了,还把送来的贡砂糖扔在地上。姬氏看见,连抓带舔,将贡砂糖吃了个干干净净。

这时张迪把锦丝袍放在床上,又给了那包贡砂糖,低声劝落杏儿道:"吃了这么多打胎药,就是不肯下来,这是天意,你就不要绝食了,等待时机,让陛下见你。"

落杏儿却坚持自己的决定:"我要离开这个鬼地方,离开皇宫,我要回家。"

张迪笑她:"你聪慧美貌,怎么却这样年幼无知。堂堂京城,深宫禁苑,你要走就走?你一个不小心,不仅出不了这冷宫女红场,还性命不保!"

落杏儿眼睛一红,泪水在眼眶里打转,说:"性命不保最好,我巴不得就死!"

见她流下眼泪,张迪又心软了。这个小宫女毕竟是陛下心中想念着的人,如今落到这般光景,也怪可怜的了,于是张迪和颜悦色地说出了自己的担心:"不是让你死!目前这冷宫女红场是最安全的地方,如果让王德妃知道,逮住了你,发动了整个皇宫,要动用宫规,不仅你死无葬身之地,就是我也恐怕过不了欺君之关,况且皇太后皇太妃她们也不会轻易饶放陛下。"

落杏儿擦干了眼泪,态度十分坚决,说:"那么就告诉那个皇帝,放我走,我不会连累别人的!"

张迪心里有些不耐烦了,板起脸说:"你眼下还不能走,一则朝中大事情太多,纵然陛下有心想着你,也没有办法这时叫他分心分神,搞不好陛下又被天下人非议,等过了这段日子找个机会让陛下自己来解决;二则后宫没有人少牵挂你,后妃们你一句我一句,口水都会将你淹死,后宫的事不会那么简单。我给你一句最重要的忠告——安生下来,如果皇帝肯放你走,说不定你和心中的那个亲人还有相聚的一天。"

落杏儿吃了一惊,猛然从床上站了起来,说:"亲人?您怎么知道他的?他在哪里?你告诉我,你告诉我!"

张迪说:"只要你听我的话,我自然会告诉你的。但是我不能欺君,要陛下同意了才行。再说,你敢保证跟那个亲人无染?"

听了这话,落杏儿马上叫张迪背过身去,然后穿衣起床,说:"我要见陛下,现在就去,求他放我走。"

张迪心想要用一个权宜之计,先稳住她,于是好言说道:"再等几天就可以了。"

落杏儿还是被说服了,她把那锦丝袍收下,摸着肚子说:"你不要骗我,我等不到那一天了。"

张迪临走时,她还离开柴房送了几步,说:"如果下次你还来,再带一点贡砂糖行吗?"

张迪连忙答应,说:"我明日就让人送给管事,再叫他送过来。"

张迪翻过女红场那堵矮墙时,刘供奉刚从茅房里出来,一副睡眼惺忪的样子。他隔着矮墙上前向内侍打了个招呼,张迪没有跟他多说话,头也不回就走了。

刘供奉对地位高贵的内侍张迪居然来找一个缝衣女红心生疑问,后来他注意察看了有关情形,发现缝衣女红肚子竟然向外鼓出,坚信她必定怀孕,而且断定与什么人有了不可告人的勾当,因此更加密切留意起缝衣女红的动静,说不定这件事能够借此向宫中后妃表功,帮助自己重回大内,这是他翻本的唯一希望。

之后的一天,姬氏在做早饭,刘供奉偷偷靠近柴房,透过那破旧的砖墙往里窥视,竟然发现缝衣女红在试穿一件上好的锦丝袍,微微腆起的肚子展露无遗。刘供奉也顾不得什么宫廷律条,一个虎跃翻过院墙冲进屋里,上前按住了缝衣女红落杏儿。

落杏儿大惊失色,吓得说不出话来。

刘供奉声音又细又轻,但却充满着欣喜和疯狂:"天助我也!天助我也!总算抓住你了!看你还如何抵赖?"

刘供奉紧紧地按着她的肚子不肯松手,而事情的突如其来,使得落杏儿感觉到自己好像做了亏心事,心中惊恐发虚,屈辱和害怕遍布全身,呆如木鸡,形同死人,任由刘供奉按着自己赤裸的腹部。正当刘供奉以为缝衣女红完全被吓住,自己终于取得胜利的时候,意外之事又一次发生。在刘供奉冲进屋子的那刻,厨房间的姬氏刚好进来向落杏儿讨吃贡砂糖,她是闻到贡砂糖的气味跟过来的,她怕落杏儿又会把上好的贡砂糖扔撒在地上,那是多么可惜啊!不想刘供奉比她快到一步,没有等她现身,他已经飞一样冲进了柴房。

看到刘供奉对落杏儿的举动时,姬氏脑子里首先产生的是疑虑甚至误解。虽然她没有马上读懂眼前的这幅画面,但她猜想刘供奉的举动并非善意,却又不敢贸然介入,然而进又不是退又不是,傻傻地在门口站了好久。等到落杏儿气喘吁吁地喊出"救命"两个字时,姬氏才明白过来是怎么一回事,急急忙忙随手就抽了根木棍,向刘供奉劈面打下去。刘供奉为护住自己的脑袋,只好丢下落杏儿,与姬氏打斗起来。他夺过木棍,将姬氏打昏,趁机抢走一包贡砂糖作为证据后迅速逃走。

姬氏很快就苏醒过来,虽然挨了几下重棍,但还是能站能走能吃,看似没有什么大碍。落杏儿要去张迪那里告发刘供奉,被姬氏死活拦住,说:"去哪里找他?况且又没伤着,只是可惜贡砂糖被他独吞。"

不想过了中午,姬氏竟然卧床不起,经察看估计是内伤加重了,不久便奄奄一息。再说张迪也是始终不安,又记起姬氏原是神宗皇帝最宠爱之人,如今落到这步田地,想想也是可怜,就转道去了冷宫,只见姬氏躺在落杏儿身上,昏迷后又醒了过来,问:"能给点贡砂糖吃吗?"

落杏儿千找万找,找到了一张草纸上有贡砂糖粘渍,送到姬氏的唇边,说:"你沾沾嘴唇,等下次送过来,都给你吃。"

姬氏连说了几声谢谢,紫黑色的舌头沾起糖粒,夸张地嚼动起来,一边尽情地搅动着口中的甜蜜,发出咂咂的声响,一边喃喃地讲起当年自己的故事:"还是神宗皇帝时,我也怀过孕,天天有这贡砂糖吃,那时的贡砂糖,比现在的软,比现在的甜,谁知不小心就吃到了堕胎药,四五个月大的胎儿就滑没了,到今天还不知道是谁下的毒手,我怀的可是龙种啊!不然我哪会是这等下场!"

落杏儿不由得又是震惊,又是难受,问:"皇帝呢?皇帝为什么不来救你,不来保护你呢?"

姬氏的眼泪落了下来："皇帝哪会顾得了一个女人！喜欢你时，会把你一口吃了，过后就把你忘得干干净净！"

不一会儿工夫，姬氏口中的贡砂糖还没有来得及完全化掉，她就闭上眼睛死了。

这时外面听了一会的张迪突然出现，他凑到床前细看了姬氏的脸，叹道："她可是神宗皇帝当年最喜欢的姬贵妃啊！外面的人还以为她早死了呢！"

这时落杏儿重复着姬氏临死时说的话："皇帝哪会顾得了一个女人！"

张迪临走把贡砂糖交给落杏儿，说："你先照看好她，找个机会送出去埋了，此物就赏赐给你。"

姬氏去世的事情，宫中没有更多的人知道。

落杏儿要在柴房的墙脚边给她烧一堆纸钱，然而也被阻止了。按张迪事先指示，经那个心腹管事同意，半夜里落杏儿用一辆老牛车将姬氏送出宫埋葬。

或许这只是张迪一个人的说法。

第二天一早，他一觉醒来，一想到那个面黄肌瘦的落杏儿，他就坐立不安，急急忙忙回到冷宫，一直等到晚上，那个落杏儿也没有回来。张迪先捏着一把汗，仔细一想，又松下一口气，这个落杏儿是个有福之人，皇帝曾经眷顾，上天也会保佑，如此，她应该离开冷宫这个可怕的地方，自己作为一个宦者只能仁慈到这里了，至于去了哪里，就看她的造化了。

这是宣和元年（1119）中秋节那天发生的事，姬氏之死在皇家史籍中并无记载，然而，有关于此的故事并没有结束。尤其是落杏儿不会凭空消失，她像一个影子，忽而不见，忽而出现。但始终没有离开汴京，离开当年诸多盛事，离开赵佶具体的关心和时时的想象中。因为至少她是宣和元年（1119）的一个主角，因为尽管皇帝万事繁忙，但在他的心中，《东南美人图》不能没有她，万岁山落成典礼上不能没有她，《东南百花阵》不能没有她，如此如此，如果没有她，一切都将索然无味。

所以关于落杏儿突然在冷宫消失的传言,张迪作为知情者,对其真假,也从来没有给予证实。走失一个冷宫中做粗活的缝纫女红本来就不值得提起。甚至此人是否是落杏儿,张迪也从未明确过。因为当时秘阁的光线昏暗,皇帝激情之时,也许并没有看清临幸的蔡宫女到底是怎样的相貌,而张迪在稍远之处旁观,更加难以辨清面貌。也并不能如之前他想当然的,从她说话中有喂呀格呀的,来据此判断她这个睦州美人,就是蔡宫女,就是缝纫女红,就是落杏儿,就是入画之人。

而在张迪以外的人看来,这一段传言,或者故事,更是扑朔迷离,难以证实。

这一天下午,现实之中感到被忽视的郑皇后将两筐上好的太湖蟹倒进了御河,说:"还是放它们一条生路吧,皇上觉得没有了滋味,皇上只想把那位睦州美女当螃蟹吃!"

## 二十四　茂德帝姬愿身心嫁东南

历时数年建造，神霄宫终于在中秋节前一天落成，赵佶当场手诏御令，向全国颁布德音文告，宣扬其美，同时令百官瞻仰，体验心得。照往年惯例，中秋夜赵佶到宣德门广场与簇拥集聚的民众同乐，赏赐御酒数坛，接受其中男女老幼各一人向他敬酒。接着大家自娱自乐，他才抽出身兴冲冲赶到蔡京家里，再吃中秋宴席。

赵佶脚步轻快，恨不得三两步就见到蔡京。这次半夜造访，除了邀请蔡京门客、术士谢石入住神霄宫，还有一个主要目的，就是确定公主茂德帝姬与蔡京儿子蔡鞗的婚事。因为心中欢喜，赵佶难免一路轻快，边行边歌。

到宣和元年(1119)，赵佶已生有女儿三十人，自然无法一一认全，更不用说全都有所记挂了。但他对五女儿茂德帝姬赵福金特别看重，一则众多帝姬当中，就数她容貌最美，也最聪明；二则其母刘氏六年前去世，临终前请求皇帝照顾所生子女，尤其要他做出承诺，保证为其大女儿，也就是时称公主的福金找个好人家。刘氏出身寒微，入宫当日即为赵佶所宠幸，三年之内即由才人晋升至淑妃、贤妃、德妃，生了三个皇子和二位公主，政和三年(1113)秋薨逝，追封为皇后，谥曰明达。也就是这一年，赵佶制发御令，引用上古周代制度，将公主改称为帝姬，亲自给他喜欢的五公主赐名为茂德帝姬。

到八月秋初,在明达皇后的忌日,赵佶见到年届十三的茂德帝姬,已显含苞欲放之姿,情窦初开之容,为此由然觉得,招一个如意驸马,兑现对其母刘氏的承诺,应该提到日程上来了。对此事,其实他一直在留心。纵观满朝重臣显贵,能入他眼中的只有蔡家子弟。蔡京有子八人,不仅皆为朝廷栋梁、国家干城,而且个个精通琴棋书画,才艺绝顶。其中第五子蔡鞗,潜心学问,至今未婚,长得也是相貌俊雅,天赋非常,不仅博闻强记,能写锦绣文章,有屈、贾才质,而且精通医道,怀有悬壶济世的扁、华之志,只不过生在宰相家中,父兄熏陶,只能继承家传,走读书做官一条路了。赵佶曾几度试以才学,果然进退有度,名不虚传,因此有意招为驸马。蔡京内心大喜不已,但他想选一个最有实力的帝姬,最好是正宫皇后所生,而不是皇帝随便一个庶出的女儿,因此他表面故作矜持,声称不敢高攀。

赵佶直接发问道:"你看中哪位帝姬不妨直言。"

蔡京吞吞吐吐,明知故问道:"依照长幼之序,不知是哪位帝姬待婚?"

赵佶从大到小,数起指头,说:"嘉德帝姬已嫁左卫将军曾夤,荣德帝姬与左卫将军曹晟有了婚约,后面就是安德帝姬,郑皇后所生……"

其时王皇后已经去世,郑氏扶为皇后,蔡京一听,眼睛发亮,说:"郑皇后嫡出,自然如玉皇大帝与王母娘娘的女儿……"

不等蔡京说完,赵佶连忙制止,说:"朕最喜欢的是与安德帝姬同年同月同日生的茂德帝姬。"

蔡京愣了愣,问:"是不是刘才人所出?"

赵佶神情果断,道:"是刘贵妃。朕要给茂德帝姬找一位最好的夫婿,我看就是你家五子蔡鞗了。"

蔡京虽然心有不甘,但也算争取到了比较好的结果,因此还是感激地向赵佶行了一个大礼:"臣高攀龙枝,惭愧!"

欣喜的是茂德帝姬本人也有意嫁入蔡家,原因是蔡家为南人,南人性情温和细腻。还有一个理由是,茂德帝姬自幼怕冷,总担心自己会受冻,特别向往南方没有寒风凛冽的温暖,没有枯树昏鸦的绿意,加上听到过朝中福建籍官员眷属对家乡的描述,知道那里四季皆暖,难免心生向往。更重要的是,蔡儵素有贤名,与别的官宦子弟不同的是,书读得好却曾立志不想做官,一心要当个医家,如果不是父亲蔡京阻止,早就入国子监太医院当学生了。听其事迹,年幼的茂德帝姬早已暗生爱慕,盼望有一天能随从夫家,住在闽地,开家医馆,沐浴阳光,享受海风,吃遍鱼鲜,尝尽奇果。

一日赵佶教茂德帝姬写字,曾与她如此对话。

赵佶戏语道:"父皇嫁你去北方如何?"

茂德帝姬吓坏了,手中的笔掉落在地,声音颤抖,问:"去什么地方呀?"

赵佶一脸认真,说:"当一位和亲公主,去女真国……"

话没有说话,茂德帝姬便双腿一跪,说:"父皇,女儿还没有到女真,半途就冻死了。"

赵佶顿时不忍,扶起她,说:"朕知道你怕冷,既然不去女真国,那你想嫁到哪里?"

茂德帝姬想,此时不得不说明自己的主张了,抬起头,道:"我要去东南,蔡太师的家乡。"

"那里比金国还远呢。父皇想你了怎么办?"赵佶问道。

茂德帝姬神情坚决,说:"父皇不是喜欢去东南吗?正好让女儿经常见到父皇。"

赵佶笑了,说:"他在朝里做官,一时也回不去。"

茂德帝姬沮丧道:"那女儿要去东南,不知要等到何时呀。恳求父皇开恩,让他去东南的太医局。"

赵佶摇摇头,道:"那太委屈了他,他以后在朝中还有大用。"

茂德帝姬想了想,又说:"那早一天让他告老还乡。"

赵佶故意惊诧道:"他?他是谁呀?"

茂德帝姬感到这是为自己命运一搏的关键时刻,因此不敢有丝毫犹豫,回答道:"女儿心中的他,就是父皇说的他。"

赵佶怔了怔,爱怜地望着女儿,哈哈大笑,说:"他将来会成为大宋股肱,前程无限，年纪轻轻的怎么能让他告老还乡？"

茂德帝姬不肯罢休，又说："古人云，不为良相，便为良医。不如让他到闽地办太医院。"

赵佶听到这话，心中感动女儿小小年纪，却有这般见识，亏了她是女儿之身了。叹口气道："办太医院，那就不入流，算不上是做官了。"

茂德帝姬辩道："都是祖宗皇帝设立的，怎么不算官呢？崇宁二年（1103），父皇在国子监设医学，不都是招收最优秀的人吗？"

赵佶一时哑了口，因为茂德帝姬说得对，朝廷太医局也好，地方太医院也罢，都是大宋朝制度，怎么不是官呢。仁宗庆历四年（1044），朝廷在太常寺下设太医局，培养学生，修订医书，不久，又诏令地方仿照太医局建立太医院。崇宁二年，自己诏命在国子监始建医学，并招徕官宦家庭子弟，让他们不仅仅到国子监读经典，日后做官从政，也鼓励他们学医，日后救济天下。同时，为了让更多人得到医疗救助，颁令督办各州县都一一建立医学，从此大宋治下，良医日增，就治日见方便。

但一晃十几年过去，时至今日，赵佶却改变了想法。翰林医官院初建时期，定员百人左右，尚多有妙手回春的名医，后来员额大增，达千人之多，但医术精湛者却越来越少，平常庸医越来越多，稍遇疑难杂症，皆茫然不知所措，眼睁睁看着皇后、贵妃和多位宫嫔，在风华正茂的年纪就不治而亡，眼睁睁看着一位又一位皇子皇女夭折在襁褓之中，太医们一个个束手无策，叫人如何相信？

赵佶由此心灰意冷，说："如今看来，太医院可忽略不计。优秀的人才应该学仙道之术。"

这些年来，他迷上了道家，认为道家是真正的医家，道术才是真正的医术。他认为仅有的官办医学只能起到辅助作用，没有能力救助所有苍生。要让天下人民健康，要使疑难重症得到根治，要把病魔及时驱除，还是要依靠道士方术，依靠药石丹砂。

"你还记得朕向你讲过，你的命是谁救的吗？"

茂德帝姬点了点头："女儿怎么能忘呢。"

赵佶语重心长，道："凡通道术者，皆知医术，医家治小恙，道术能救人命啊。"

崇宁五年(1106)，少年张天师应诏于中秋节前一天赶到汴京。这一天茂德帝姬出生才几十天，因为张天师的到来，及时驱赶了病魔，让她在鬼门关前捡回了一条命。

身居龙虎山的张继先幼年时就被人们称为真仙，九岁嗣位为三十代天师，他应诏到京师，是因为之前发生的一件事情引起皇帝对他的注意。三年前的一个夏天，山西解州盐池发生水患，盐池水溢，采盐不成，盐税收不上来，知州急报朝廷。有司商议，都认为天意如此，一时拿不出解决办法，赵佶一急，询问道家前辈徐神翁，徐神翁面西测算一番，认为这是孽蛟作怪，别无他法，必须请张天师来收妖。赵佶听说张天师不过是一个小孩，但还是马上传旨龙虎山，请他前往解州作法驱邪。

张天师赶到解州，果然出手不凡，只将铁符投入水中，一时雷电交加，降服了水中的蛟龙，治理了水患，在场的官员百姓视为神仙，惊叹信服，五体投地。

此事已经过去数年，如今一见到张天师，赵佶便好奇地问当初是用什么方法将蛟龙制服。张天师说："我请来了关羽。"赵佶点点头，也不惊奇，道："朕知道关羽是解州人氏，解州有难，自然显灵。"

张天师拜了三拜，道："陛下圣明，请赐封关羽。"

赵佶双手一合，在当心划了一划，说："朕已经封其为崇宁真君。"

言下之意，张天师你说晚了。

听说人们将眼前这位稚气未脱的道童描绘得神乎其神，赵佶今天有心压一压他的傲气，所以有意将解州一事轻描淡写，不多论其功绩。但看见张天师宠辱不惊的淡然神态，觉得又惊讶又好玩，存心挑逗，问道："你既然住在龙虎山，应该看见龙虎吧？"

虽然年幼，但是天师到底是天师，既不怯场，也没有被如此难回答的问题难倒，给出了让赵佶几乎拍案叫绝的答案，说："我住龙虎山，老虎倒是经常见，之前并没有见到龙，今天，才真正目睹龙颜。"

受到恭维的赵佶，龙颜大悦，开怀大笑，顿时对张天师充满了好感，召见时间一再延长。谈到深处，还认真地向这位道童询问如何能长生不老，并求教有关成仙的法术。

但得到的回答更让赵佶意外，张天师摇摇头，冷冷一笑，说："长生不老都是没有被教化的乡野村夫要追求的，并不适合皇帝这样的九五之尊。"

赵佶沉吟良久，问："那如何做才对？"

张天师向他拜了拜，说："清静无为，一心同尧舜帝媲美，才是圣明。"

赵佶频频点头，认可了少年张天师的话，对其更感兴趣，于是又让他画上一符来。赵佶接过符一边看，一边问道："它果真灵验？"

张天师微微一笑，回答道："神灵之气寄寓在符的上面，就自然会灵验。"言下之意，赵佶身为天子，自带神气，符到其手中，就会变得灵验。

二人相谈甚欢，过了半晌，张天师便告退，可是当他走到大殿门口，忽然停了下来，回身问道："宫内有新生儿否？"

赵佶正迟疑是否赴今晚为女儿办的酒席，马上反应过来，说："朕新得两位公主，今日刚好三腊。"所谓三腊，其时婴儿降生三日叫三朝，七日叫一腊，十四日叫二腊，二十一日叫三腊，从一腊到三腊都要给礼物，今晚要举办的酒宴，正好给二位公主赏赐。

张天师走回几步，神色严肃，道："恐有妖魔附体，须日落之前驱赶，不然性命危矣。"

赵佶刚要问清楚，只见张迪带着一个内侍，快步进来，细声报告："四公主午食后突然犯病，太医救治，仍然抽筋不止。怕是不行了……"

"哪位四公主？"赵佶急得站了起来。

张迪连忙安慰道："陛下宽心，不是郑皇后生的那个四公主，是刘才人……刘淑妃生的那个四公主……"

赵佶不快，他知道内侍讲的是晚了半个时辰出生的延庆公主福金，纠正道:"那不是四公主,是五公主了,都是朕的女儿,怎么能宽心?"

根据太医的说法,新封为淑妃的刘才人生的这位小公主当时是被冻着了,引发哮喘,浑身烧热,咳嗽不止,虽经医治,却没有见好。张天师探视,立即发现病因,说:"公主身体惧寒,是北方僵馁虎狼之魔侵入体内,待我用热烈之物驱逐。"

张天师先是点燃了从南方带来的沉香,熏了一夜,使清香盈屋,道:"如果明日天晴,公主无虞。"

沉香显然不是热烈之物,但是次日天明,阴云沉沉,并无天晴气象,众人焦急,看那小公主在成了个泪人的刘淑妃怀中,已经气息奄奄,几个太医在旁,只是唉声叹气。

张天师也不多话,突然腾空,来回跳跃,仗剑刻画墙面,画上一片杉林,上悬一轮红日,浓烈的阳光照耀林间,熠熠生辉。

赵佶细看,说:"这分明是东南万千景象。"

张天师这时收剑,张嘴一吹,杉林枝头纷纷落下果实,像下雨一般。

赵佶捡起一颗颗果实,大惊道:"这不是南国红豆吗?红豆生南国,春来发几枝,愿君多采撷,此物最相思……"

张天师指着墙上的画,说:"陛下圣明,正是红豆。这幅南国图画,已入公主梦中,公主自感身处南国,温暖自知,北方僵馁虎狼之魔逃矣。"

说话间,被丝被狐皮层层紧紧包裹的小公主大哭起来,太医们急忙诊看,不禁愕然,原来她烧也退了,咳也停了,哭声清脆,如健康婴儿。

再看那墙上,杉林也消失了,赵佶手中的红豆也没有了,只有那沉香,依然青烟袅袅。

此时一阵风来,将大家吹醒。赵佶睁眼一看,手中并无红豆,原来刚才被张天师催入梦中,方才所见,不过是幻境。

张天师施完法,又赠送一包绿色的药粉,嘱咐分两次给她服下,结果当晚再无咳声。太医暗中索要剩下药粉,发现不过是用蚌粉在新瓦上炒红,拌入少许青黛制成的粉黛散而已,但都知道皇帝信任张天师,也就不敢声张了。

那天开始,赵佶对张天师法力深信不疑,留他在内廷居住,看到茂德帝姬越来越健康,于是赐号虚靖先生,给其五品中散大夫待遇。

皇帝制曰:

> 敕汉天师三十代孙张继先,天师在汉,玄功着闻。汝为裔孙,不替远业,传袭祖法,符水有功,虚靖恬和,道行高洁,宜加显锡,昭尚真风。赐号虚靖先生,赐金铸老君及汉天师像。

但张天师虽然得恩宠,却志在冲淡,多次请求要回到龙虎山中,专心清静修道。

赵佶不舍,说:"朕已经御令在禁苑中建葆真宫,请天师主持。"

张天师屈身伏地,说:"万万不可。"

赵佶扬了扬手中的一份奏状,劝道:"朕自有分晓,不用理会。"

赵佶拿在手中的是御史中丞石公弼所上的《论道士烧炼丹砂》奏议。石公弼明里指责御街、禁城内烧炼丹砂的道士越来越多,而且把炼烧用的原材料伏火砒、硫黄、朱砂等危险毒药通过会通门带进宫内,深以为不妥,但真正的矛头却是指向皇帝修葆真宫之举,也就是张天师本人。

奏议云:

> 臣有以见陛下造道深妙,圣虑独高,凡挟方伎进者所不能欺也。盖丹药出于方士之说,事不经见,率是诞。凡人尚当审谨,岂可供进宫禁?固宜重为关防,以塞妖妄之源。臣愚以为,皇城诸门,禁令犹不可不严,亦宜此施行。如臣寮以此陈献,或援引制炼之人,亦乞立法止绝。所有见今烧制道士,挟持惑众。臣访闻,稍稍招权作过。修建葆真宫,约费钱十二万余贯。今既不用其术,臣以为其人不宜留置京师。欲乞特降睿旨,夺去师名,押归本贯。葆真宫修造如可减节,乞减节施行。

张天师黯然许久，还是坚持离开，说："奏议言之在理，请圣上纳谏。"

张天师离开汴京之后，行踪不定，但再也没有回到京师，再也没有接受皇帝的召见。

而被张天师救了一命的茂德帝姬成长到如今，也再没有生过病。

临近宣和元年中秋，赵佶将所有的事，包括睦州美人放到一边，对茂德帝姬旧事重提，说："张天师当时有过嘱咐，皇儿怕冷，不能去北地受冻，日后随同朕多去东南。"然后又许诺道："朕赴蔡京府里中秋夜宴，将提赐婚之事。"

谢石于宣和元年（1119）八月中秋再次来到汴京，自然熟门熟路一脚迈进蔡京家中，给暮气沉沉的太师府增色不少。

政和二年（1112），遭贬的蔡京听到传闻，自己将被再次起用，但御令迟迟没有下达。忐忑不安之时，遇到术士谢石，写了一个"胖"字，请拆字相命。谢石粗略一看，说此字简单，不过是月半之意，今天初一，半月之后就是中秋了。果然八月十五日那天，圣谕送达，蔡京仍出任宰相，改封鲁国公。蔡京想方设法要赏赐谢石时，人已经不见了。

四年之后的政和六年，也是秋凉月圆之夜，在汴京漂泊多年的谢石求见皇帝不成，生活困顿，居无定所，看到一轮寒月，心生凄怆，正要坐船离开。蔡京派人寻找，在水门把他拦下，重新设席，让其坐于贵宾席上，举杯赏月。恰好赵佶从李师师那里出来，转道蔡京家里。蔡京于是回灯添酒，向他推荐谢石。谢石看到圣容，全然忘记之前受到的冷遇，急着显其本事。赵佶也来了兴致，将信将疑中，书写了一个"朝"字，让谢石马上拆字。谢石果然了得，看也不看，就将此字拆成十月十日。赵佶大喜，因为这正是他的生日，于是不管是否夜深，即令谢石随他一起回宫，召来值夜的妃嫔、内侍，一起看他测字。谢石有问必答，字字拆解。至次日凌晨，赵佶意犹未尽，让他连拆了数十个异难文字，所解之言，无一勉强，不由得惊服，大笔一挥，封谢石为七品承信郎。得到天子封赏的谢石，更是名动公卿，声誉很盛，每年秋天都来京师，到蔡京府中住上一些日子，其间当然也专门为应待皇帝召唤，以谢天恩。

宣和元年的中秋节，可能是谢石在蔡京家中过的最后一次中秋节了。

谢石事先得到消息，皇帝将请他入宫，到新建成的神霄宫长住，专司奉拆字之术。蔡京有几分不舍，但皇帝既已开口，只能割爱了。因为有更好的消息传来，皇帝要为赐婚而来。

中秋之后，赵佶与蔡京更加热络，君臣几乎数天一见。九月初一，专门在保和新殿宴请了蔡京，到初八日，又叫蔡京领着群臣跟着自己祭祀明堂。没过几天，又到蔡京府邸停留了一宿。蔡京不免感到不安，劝他多在宫中安歇。

赵佶叹道："朕把最爱的女儿都给你们了，这里也是朕的家啊！"

至于谢石，仍然忙着给别人拆字，茂德帝姬早已写了一个字，终于有机会请他一拆。谢石一看，原来是东西南北四格中，在东一边画上了两点，顿时沉默不语。茂德得意地追问："解得了吗？"

谢石诈称眼疾，不能视物，就匆匆忙忙离开了。

# 第三部 秋意迷离

崇宁三年(1104)的初秋,一阵风后,赵佶让几个妃子去捡柳叶,谁捡的好看,他就给谁照样点眉,嘴里还赞道:"脸似芙蓉柳如眉。"

经他描过的,一个个画中人一般,几日不肯抹去。

后妃们私底下议论:"人若光读经书总是无趣,不如书画人有才有情,叫人愉悦。"

其实这正合赵佶所想,于是他亲自拟诏,下旨设立画学,并将其纳入科举考试之中,以招揽天下画家。画学分为佛道、人物、山水、鸟兽、花竹、屋木六科,摘古人诗句作为考题。考入后按身份分为士流和杂流,分别居住,培养考核。入画院者,授予画学正、艺学、待诏、祗侯、供奉、画学生等名目,服饰和俸禄方面高于音律艺人。

赵佶更是亲自充当教授,指导画院,繁荣画作。同时把皇宫内收藏的作品编纂为《宣和书谱》和《宣和画谱》。令人惊诧的是,他要求画院画家工谨细丽,而自己的画作却偏于水墨粗犷。

旁人疑问为何他陷画家于臣工境界,而自己却无拘束,水墨纸本,笔法简朴,不尚铅华,而得自然之趣,令人叹奇。

他不禁得意道:"朕为帝王,功在祖宗之下,而为字为画,千古独特,万世流芳。"


词曰:

无言哽噎,看灯记得年时节。行行指月行行说。愿月常圆,休要暂时缺。

今年华市灯罗列,好灯争奈人心别。人前不敢分明说。不忍抬头,羞见旧时月。

## 二十五　天子假扮乔装引人注目

过了中秋节，宫中的一切又变得正常了。

这一天赵佶又没有睡好，眼圈发黑，强作精神端坐在龙椅上。案前堆着数十份奏议，一件都还没有批阅。昨天晚饭后本想早点歇息，辗转反侧，不能入睡，想想那么多奏议要看，心里烦躁，本来起床想略阅几件，拿在手里又不想看，索性睡了再说。张迪见此，好意将郑皇后领来陪伴他。郑皇后以逸待劳，因为长久没有碰上丈夫的身体，一改以往正经矜持作风，放出三四分妩媚，哄着他连服了两颗飘渺神仙丸。赵佶一看郑皇后这般反常的模样，虽然感到突兀，感到不习惯，但终究抵不住这新鲜而又熟悉的进攻，一时也投入了全部的恩爱，你死我活地一直闹了几次。郑皇后抓住机会全力以赴，不让他有一会儿的闲暇，这样两人一整夜都未曾合上过眼。本来事情可以圆满，但可恼的是，正当赵佶乘机要对冷落了许久的郑皇后说出满腔情话时，郑皇后却已经沐浴更衣，举案奉茶，恢复了平时的端正。更让他觉得没有趣味的是，素来不多管闲事的皇后，借着两人同床共眠的机会，转述了几位皇太妃的话：睦州美女这件事已经造成了后宫的混乱，大家都睁大眼睛看着，请皇帝顾及皇家脸面，顾及后妃们的感受，不可落下话柄，这睦州美女纵有西施、王嫱之貌，绿珠、红拂之美，也犯不着这样情深似海，打乱了皇帝的常规生活。

想起郑皇后这几句话,赵佶困盹之中又感到压力,不禁心情郁闷,一阵不快,对朝堂下大臣们的慷慨陈词听不进半个字。

在朝堂上做主题发言的有童贯、蔡京以及刚从同知枢密院事位上卸任不久的侯蒙。侯蒙陈述了《荡寇奏议》之后,按规矩由蔡京首先发表意见。

蔡京一开始就引经据典,泛泛而谈:"强秦亡于黥徒陈涉起兵大泽,刘汉乱于术士黄巾妖言惑众;隋炀败于草莽瓦岗啸聚山林,李唐虽盛,安史之乱,由盛及衰,坐视黄巢横扫天下,藩镇拥兵自重,三百年社稷毁于顷刻。时至今日,山东盗首领自比黄巢,窥视朝纲,垂涎丹墀,大逆不道,十恶不赦,一日不除,终成大患。"总之,力主用最短时间最快的速度,集中优势兵力对山东盗实施毁灭性的打击。蔡京之辩一出,有多名朝官附和。蔡京讲话以后,没有人接着发言,按理枢密院的态度在《荡寇奏议》中已经表明,童贯既为枢密使本可以无须多说,而此刻皇帝也双目微闭,对蔡京的话不置可否。

朝堂上片刻静谧之后,皇帝睁开眼睛看了看童贯,问:"你是枢密使,有何议奏?"童贯今天一直在注意皇帝的神情,感觉到皇帝的心思并不在征剿山东盗,说不定还在为睦州美女的事情烦恼。高俅新败,朝廷将童贯从征辽前线调回,也就是为了剿灭山东盗,但是他认为山东盗,不像北方辽国西夏,骑有骏马快马,战有悍兵悍将,辽国才是大宋的心腹大患,山东盗算什么?不过是乌合之众,山贼草寇罢了,消灭山东盗是迟早的事情,到时候派一个先锋牙将就行了,为此事隆重地进行朝议,未免小题大做。他心里这样想,但没有说出来,只是强调了军队集结和后勤支援方面的困难,何时出兵为好,还要听陛下的明断。他最后清了清喉咙,谈了自己的意见:"山东盗当除,只要尽心围剿,不过十日之内,何时出兵,临了议定就是,朝中大事多着呢,何必再三议论。"

听到童贯这么说,朝臣们面面相觑,但是赵佶却精神微微一振,抬了抬身体,问道:"那依你之见,还有何事要议?"

抢在童贯前面的是蔡攸。

蔡京发言的时候,他的儿子蔡攸和童贯一样,一直在观察皇帝的表情,看出皇帝对出兵围剿意愿并不是十分迫切,因为父亲义愤填膺、激情澎湃地从赐座上站起来,走到朝堂中间慷慨陈词的时候,皇帝的表情却十分平静,并没有开口鼓励。他相信自己的揣摸是正确的,因此等皇帝话音一落,蔡攸便朝前一步,率先提出了关于暂缓征剿山东盗,集中精力筹备南郊祭天大礼的建议,结果得到了十之有五的朝臣支持。蔡攸还说:"冬祀之礼已告知群臣百官。京中吏士兵将,无不欢欣鼓舞,翘首以待,不如将南郊大祀提至十月初十天宁节举行,臣以为十月初十天宁节万岁华诞之时,也是郊祀盛举之日,可谓双喜同庆,盛世歌颂。"

蔡攸此提议不失为一个好主意,童贯看到皇帝已经露出喜色,马上接过蔡攸的话,说:"童贯也有一个建议,将万岁山竣工的日期定在天宁节,万岁山是献给陛下的生日大礼,一同庆祝,乃是上佳!"

赵佶听到蔡攸的话就满心欢喜,现在童贯的话更让他喜上眉梢,最后拍板说:"十月初十南郊祭天之议甚好,但万岁山实际上已经竣工,竣工典礼定在九月初九,朕等不及了。"

蔡攸不免露出得意之色,蔡京白了儿子一眼,说:"臣也认为建万岁山是头等大事,不可停废,但征剿山东盗可以同时进行,二者并无主次。"

这时赵佶完全来了精神,坚持说:"太师年迈,不能劳动,而蔡攸要筹备郊祀大礼难以分心,万岁山竣工和征剿两件事情都须由童枢密掌控,故有先后。"

赵佶转而向童贯做了交代:"征剿山东盗之事要抓紧准备,但时间押后。万岁山竣工典礼为当前第一要务,由你全面协调,按期交付使用,以振我大宋国威。"

当即有掌书翰林吴学士铺开白麻纸草拟了诏书,作为圣旨颁布。文曰:

奉天承运,皇帝诏曰:童贯主持万岁山竣工典礼,定于九月初九重阳之日;蔡攸主持年例郊游,定于十月初十天宁节日。务必全力尽心,隆重热烈,盛况圆满。但郊祀人员递减,文官六品以下暂不参加。

宣和元年(1119)九月初一。

圣旨刚刚宣读,张迪就递过户部左曹转呈的一个奏折,反对郊祀的预算:"虽除文臣六品以下。但南郊执仗兵士一万七千四百余人,预算一千五百万缗,加上推恩封荫,又一千万缗,而库内只剩余五千万缗,恐难承担。"

赵佶正在犯难,蔡攸出列启奏道:"先皇做法,陛下何须更改?自太宗以来,兵卒武人既三年得一次郊赉,自然文臣不应向隅。"

在蔡京的暗示下,户部左曹索性出列,奏道:"如今库中入不敷出,难以为继。"

这时童贯怕皇帝难堪,打断了户部左曹的话:"陛下的本意是把事情办好,又能节俭,度支何必如此计较?"虽然元丰三年(1080)改制时,三司就已经裁撤,但朝中仍称户部分管的司曹为度支。

这时蔡京终于开口,说:"每逢郊天,即推恩封荫,文臣仍得郊赐,宰相枢密使得银四千,执政官三千,三司使一千。既然度支有奏,可否宣和元年郊赉,宰相、执政以下各减一千,六部长官减三百,余皆递减,遂为定制。"他的这番话既给蔡攸一个巴掌,对圣旨提出修正意见,又支持了户部左曹的话,当时就得到部分大臣的附议。

户部左曹受到鼓励,也不看蔡攸的脸色,坚持要说完自己的话:"纵有点石成金之术,也一时难以承担如此巨额的费用!"

童贯劝说道:"郊祀是大事,花费户部总要给出一点。"

户部左曹不肯听童贯的劝,仍然咬住十月冬郊大礼的费用问题,说:"目前国库最多只能承担一半。"

蔡攸早已忍受不了户部左曹的再三为难,刚想发作,赵佶此时也不容再说,下旨道:"户部火速从东南各路及四川调集一千万钱缗,以资宣和元年十月郊祀。"

这时童贯摆摆手,说:"万岁山竣工大典花费不须户部给出。"但从哪里来，他并没有多说。实际上他心里早就盘算好从西城所调四千万缗作为万岁山竣工大典的专用款项，只不过他并不想在朝议中说明。

蔡京见状示意户部左曹不要再说，高声道："九月初九万岁山竣工大典乃天时地利人和。"

赵佶问："此话怎讲？"

"重阳之日，乾坤爽朗广大，可谓天时；垦岳填高，汴京地势稳固，所谓地利；辽夏力穷，女真金国践盟，可谓人和。"蔡京一石二鸟，既奉承了皇帝，又讨好了童贯。

几次朝议之后，朝廷就确定了征剿山东盗、万岁山竣工大礼和南郊祀天这三件大事。围绕这三件大事，蔡攸分得了南郊祀天的重任，征剿山东盗和筹备万岁山竣工大礼由童贯独揽。赵佶议定后又将两人叫拢来，表扬鼓励了一番，打开天窗说亮话道："你二人是朕的左右手，为国家大事，你追我赶，建功立业，一争高下，其中并无私心杂念，于事大补，这真是我大宋的幸运，可喜可贺！"童贯打定主意，要办好万岁山竣工大礼，把蔡攸比下去。因为征剿山东盗总是有一些风险的，如果稍有败绩，会吃力不讨好，对此只能先做表面文章应付应付。为此，他还把自己的办公地点搬到了工部，这一来，工部上下都紧张起来，包括尚书孟揆在内，全力以赴把精力投放到万岁山工地。

离九月初九只有十多天了，童贯和孟揆一起，每天都奔波在工地上，监督各司各曹加班加点，不分昼夜地在工地上进行最后的冲刺，一刻也不敢放松。几天下来，大家疲劳不堪，童贯甚至感到自己快要病倒了，孟揆劝他休息，但他稍感舒服，就在各处查看。现场监工的工部和户部老臣对他认真负责、恪尽职守的行为佩服得五体投地，纷纷上奏，为他表功。

但是落杏儿还没有找到，皇帝这头还逼他，他自己也为此着急。他明白，找落杏儿这件事情谁都帮不了自己，这事只有自己想办法。

那天皇帝找蔡攸和他谈话，蔡攸走后，赵佶又留童贯说了一会儿话。不等童贯揣摸皇帝的意思,赵佶就说:"你回来已有些天了,总是要找到蔡宫女,难道就飞了不成?"不等童贯回话,赵佶又说:"一个宫女,姿色姣美,东南口音,能到哪里去?难道已经出了宫,离开汴京了?"

童贯凭直觉认定,落杏儿应该还在禁城里面,至少还在汴京城,他语气坚定地回答说:"落杏儿与陛下应该还在咫尺之间。"

童贯这样称呼皇帝所说的蔡宫女,是因为他断定蔡宫女就是落杏儿。

这日一早,赵佶就找来童贯说想出去散散心,说:"秋后百姓空闲,内外两城人来人往,万般景象。秋色正浓,而蔡宫女不知何在?"

童贯说:"不如到万岁山骑马。"之后就陪着微服的赵佶来到万岁山工地,指着新修的马球场绿草地说:"这里场面开阔,今后既是陛下开十数人场户的蹴鞠之处,又是容数十人玩弄马球之地,四周可容观者数万。"

赵佶骑着白马,黄衫黄衣,显得神气威风。他一跳就下了马,试了试草地,不禁当众来了几个腾空翻,其中一个蹦跳加上鱼跃的连贯动作,腾空旋转,高约半丈,引来众人的喝彩。童贯也试着翻了几个跟斗,终是不及。赵佶看到草地上正搭起一个高台,童贯说是为《东南百花阵》演练用的,赵佶心血来潮说:"听说《东南百花阵》已经练就,就在此处演练给朕看看。"

不到一个时辰,周邦彦便带着黑压压的一群美女出现在马球场上。他看到赵佶下巴围着黄巾,遮住了胡须,一副宦官打扮,就走过去要行礼,赵佶忙阻止道:"不要惊动她们,让朕随便看看就是。"但又问:"如何都是二十五六年纪的?"

周邦彦忙解释道:"原是要清一色的睦州年少美女,因分散各处,事情仓促,来不及召集,就叫了一批苏杭美女权且顶替,但她们技艺却十分娴熟,比睦州美女高出一筹。"

赵佶说:"那不可比,睦州美女白玉无瑕,稍作雕琢就会与众不同。"

随着鼓瑟齐乐,歌声响彻,广阔的草坪上霎时间有了妩媚和生气。美女们五人一组,三人一排,款款起足,婉转举手,舞蹈蹁跹,蛇动蝶游,阵容形势如花似锦一般,变化得五光十色,目不暇接。赵佶看得兴起,为增添气氛,命童贯招呼在场的工匠们停下工来,一齐围坐观看,鼓掌喝彩。

《百花阵》演练完毕,赵佶不肯出面说话,只骑在马上看。周邦彦叫美女排成一队,说:"大家再勿嬉戏,仔细听话,请童枢密点拨一二。"美女们见周邦彦说得认真,全不像以往随和,觉得滑稽好笑,不禁纷纷掩住樱桃小口哧哧地笑了起来。

这一笑,赵佶也乐了,也笑了起来,美女就朝他看,只听得几个略显老成的苏杭美女偷偷议论道:"这个黄门长得好飘逸,好模样,白马黄衫,王子一般,又好威武!"

一个嘴滑的苏州美女索性靠近前来,高声说:"只可惜不是男人了。"

这一句话引得全场一阵哄笑。几个宦官要叱责这个苏州美女,赵佶示意他们不要为难她。旁边的童贯见皇帝并不恼她们,也不好发作,但一脸严肃,将她们奚落了一通:"你等觉得好笑?以为自己美貌无比?当初本枢密在杭州所遇绝色美女,如果往你们中间一站,犹如鹤立鸡群,你们是鸡,她是鹤!"

童贯的一席话把美女们都镇住了,一直等到周邦彦让她们散去,也没有一个人再敢露出一点笑容,有几个气狭心细的,掉起眼泪来。

赵佶见状好生怜香惜玉,低声对童贯道:"每人赏五十缗,一顿美味佳肴。"

说完手一拂,无心再理她们,带了张迪等几个人策马先走了。

按照皇帝所嘱,童贯当即就赏给每个美女五十缗,又让她们中午在万岁山临时搭建的帐篷里用餐。一个大帐很快就支了起来,摆上了酒席,帐里帐外都坐满了人,美女们还在叽叽喳喳地议论快马离去的赵佶。

其中有没有喝酒的,脑子清醒,听了童贯和周邦彦议论,才确信刚才走掉的就是皇帝,不禁后悔不已。

看到这个场面,童贯不禁得意。其实他很愿意听她们的吴侬软语。只可惜陛下走了,不然的话,他也会喜欢听到这些声音的,因为她们的口音与落杏儿相似,能使他想起落杏儿。

童贯倾着耳朵听这片声音的时候,其中一个人的说话引起了他的注意,声音很轻,而且是从帐外传进来的,但童贯还是隐隐约约听到了。

"童枢密刚才说的人是不是青溪村的落杏儿,听说她在冷宫做缝纫女红,据说是逃出了宫,有人把她接走了,说不定这会儿又回到青溪过苦日子了。"

童贯此时酒力涌遍全身,身体已经支持不住,头一歪便倒在草地上睡着了。一觉醒来之后,童贯匆匆赶到冷宫,询问了几个管事,都说没有睦州来的缝纫女红。

童贯不觉怀疑是不是自己喝醉酒听错了。

## 二十六　童九两的内心充满迷惑

八月的汴京是最令人眼花缭乱的。天高云淡，气候宜人，繁华和热闹，富足和奢侈，闲散的人流充满了街市，喧嚣的声音响彻全城，充满动感，却又让人感到安定。

汴京城是万国之都。

翻过雪山和沙漠，走过草原和沼泽，远道而来的异国商人、亡命逃犯、卧底奸细、出走女奴、流浪艺人，都被开封城的八月迷惑了。尽管有些人高鼻深目，语言不通，但由于开封市民乐于兼容，他们慢慢地忘记了自己的处境和使命，淡化了自己的身份和国籍，融入了庞杂而深厚的生活洪流之中，变成了地地道道的开封人。

至于从大宋境内各军州来的蛰伏于开封城内的良莠善恶，更是不计其数。各式人等，南腔北调，自谋生计，鱼龙混杂，难以分辨，不管你是作恶多端的江洋大盗，还是獐头鼠目的奸诈小人，只要你的外表没有明显记号，比如脸上刺字的黥徒，只要你有一份工作，有一点钱财，就可以是一个开封城的居民，你只管大着胆子在城里居住，大大咧咧地招摇过市。

大名艺人来到汴京已经三个多月了，在这期间，他数度进出内城，勾留御街，对他来说最危险的地方也是最安全的地方。但这次他刚要去镇安坊，就又一次成为董超、薛霸监视和追逐的对象。大名艺人在内城转了几个圈，试图摆脱他们的监视和追逐,突然听到后面有人在叫他的名字。

叫他的人就是童贯的义女童九两,曾经与他在醉杏楼有一面之交。这时她正从朱雀桥上走下来,在居高临下的位置上看到了大名艺人,就叫了一声。大名艺人听到之后,朝她挥了挥手,示意她跟着自己。童九两看到在大名艺人后面,董超、薛霸紧紧尾随,马上明白发生了什么事情。于是接下去的一幕就出现了,在离董超、薛霸几丈的地方,大名艺人一路奔跑,董超、薛霸则紧紧追赶,而离大名艺人不远,则是轻盈快步的童九两。

两个人急急忙忙往西南门就跑,大名艺人跑得飞快,童九两也不甘落后,一步都没有放松。大名艺人奇怪:"世上竟有你这样跑得飞快的女子。"

晚霞中,童九两脸腮绯红,对大名艺人的话理也不理。

本来大名艺人可以轻而易举地脱身,但是后来由于开封府捕头展五一干人等的出现,形势出现了反转。

大名艺人没有反抗,开封府的一干衙役和追上来的董超、薛霸押解着他往城里走,童九两微喘着气,拦在中间说:"他是童枢密相府的人。"展五验看了童九两的腰牌,问道:"你又是什么人?"

童九两发现自己面对的是一个长相英俊、表情友好的官府衙役,不禁露出了笑容,说明了自己的身份:"童枢密是我的义父。"

开封府这班衙役知道童九两是童贯的义女之后,对是否放走大名艺人产生了分歧。以董超、薛霸为代表的一方坚持不能放人,尽管他们也认为不能得罪童九两,但是怕就这么放人有违朝廷法度。董超说:"再说她不过是童枢密的义女,又不是亲生女儿,要放也要等待开封府审明白了之后再放,那样赏赐也有个出处。"

与董超、薛霸的意见截然相反的是以展五为代表的几个年轻衙役,他们对这个年轻美丽的女子的出现颇感突兀,呆呆地站立原地,只顾着盯住童九两看。展五认为既然她是童贯的义女,说明大名艺人绝不会是山东盗的奸细,就应该把大名艺人交给她,还对董薛二人说:"你们明知道童枢相不可能有亲生女儿,所以她就跟亲生女儿是一样的。"

薛霸知道展五的脾气，心里不禁骂展五浮浪好色，但又不敢违拗他，犹豫着没有吱声。董超看看形势不对，就说："给展兄弟一个人情吧。"话刚说完，童九两已过来给大名艺人解了绳子，一直在旁边注意事态发展的大名艺人也松了口气。

就在这个时候，迎面的官道上出现了李虞候。曾经在大名府任职的李虞候一眼就认出了大名艺人，说："你们缚拿的这个人不就是在大名卢俊义府中的大名艺人吗？他如今是山东盗奸细！"

大名艺人冷笑道："我与你何曾认识？"

李虞候一口咬定："我就是大名府来的，我先前在大名府看过你的布告，知道你早就投靠山东盗了，绝不会认错的。"

有李虞候指证，董超和薛霸等又行动起来，在李虞候手下的帮助下，马上重新将大名艺人缚起。展五歉意地看了看童九两，又拱起双手向大名艺人行了行礼，带领手下快步离开了。

让童九两和大名艺人担忧的是，李虞候叫董超、薛霸不要把人押到开封府，而是直接押往太师府第。原来李虞候原是高俅的手下，因为花石纲事务，被指派勤走蔡京这里，由此知道蔡京与山东盗不共戴天，值此机会，正好去蔡京跟前请功劳。于是李虞候说："你们得到的赏银将比开封府给你们的多好几倍。"大名艺人心想如果被带到蔡府，那是必死无疑，他暗暗向童九两使了个眼色。童九两会意地点点头，走上几步，拦在大名艺人面前，据理力争："如果真是犯法之人，也要押送开封府审案，太师府第私设公堂，恐不方便审案。李虞候也不是什么执法公人，凭什么说带人就让带人？董薛二公差，若为赏金乱了法度，你们也是死罪！"

童九两与李虞候在开封街头的这场争吵引来众多围观的人。不少人七嘴八舌地起哄，为童九两说话："押人犯到开封府是太祖太宗法度，岂是儿戏？蔡京府比王法还厉害吗？"李虞候知道开封城多的就是这些市井无赖、闲杂人等。他怕惹出众怒，一边差人速速去报告蔡京，一边只好同意先送开封府。但是等到去蔡京府搬救兵的人带着几十名铁骑气势汹汹赶到时，大名艺人已经先一步被董超、薛霸送到开封府了。

童九两跟着到了开封府，找到先行回府的展五，说："我看李虞候也是看错了人，你不如放了他。"

展五犹豫着说："万一真的是山东盗？只怕蔡京府上又要讨人，再说他是你的什么人，你这般出力气！"

童九两拉了拉展五的手，柔声说："倒不是什么人，我全为你好，怕我义父怪罪起来，连累了你。那不如我把他带回童府，要抓他回去就到童府来好了，难道你也怕太师府？"

展五感觉手上有一股暖流传到心里，不禁涌起几分柔情，也不再坚持，说："放就放吧，蔡太师也不敢把开封府怎样。"

董超、薛霸把人押到之后，就在开封府门前等着领取奖金，不想展五居然敢把大名艺人放走了，一时愣住，但又不敢对展五怎么样，眼看赏金无着落，就要出无赖本色，紧跟童九两而走，说要到童贯府来讨赏赐。童九两也不赶他们，说："你们要跟着我也罢，反正我是没有钱的！"

但是大名艺人怕他们真的要跟到童府，见到童贯会生出麻烦，赶紧劝住他们，说："你们跟我走，赏金我给，不得烦扰童姑娘。"董薛两人交换了一下眼色，便跟着大名艺人，道："跟牢你也好，怕你怎地？有银钱就好！"一直跟到镇安坊，大名艺人从李师师处借来了三十两银子，给两人一人一半。

董超、薛霸又想从李师师这里再讨点钱财，说："我们不会看走眼的，这人肯定是山东盗！"

李师师斥责道："你们两人目光短浅，看不长远，竟敢动辄到我这里抓人，我这次连一贯茶钱都不会给的！"

董超、薛霸心里不服，嘟嘟囔囔道："征剿山东盗是道君皇帝定下的，花魁娘子如果是一般的百姓人家，至少要担一个通贼的罪名。"

李师师冷笑一声，说："你们记性实在不行，忘记了以前如何从大名艺人手中死里逃生的？不要得意了，说不定万岁明日变了想法，要招安山东盗，待山东盗的这些好汉一个个都封了知州通判、提辖统制，自有人找你们算账,那时候到哪里求情去?"说罢还是给了他俩每人二十贯。

董超、薛霸将钱放在手里掂了掂,显然嫌少,但不敢再要,只好走了。大名艺人怒道:"这两个人太无礼了,待我去割了他们的头来!"

李师师拦住了他,留他喝了几杯甜酒。酒后大名艺人说已和童九两约好在童府相会,他想趁此机会偷取征剿山东盗的行军图。李师师阻止说:"你去青龙堂偷那东西,太冒险了,那可是要杀头的呀!"

大名艺人说:"为了报答兄弟情义,也值!"

李师师沉默片刻,劝道:"往后要是兄弟真心相待,彼此少用心计就好了。"说着又想起大名艺人对山东盗首领说的那番计策,惋惜起大名艺人这个人来,一下子觉得没有了心情,原来想问大名艺人和童九两的事也就没有问了,只是说:"你们男人就知道利用别人!何况利用童姑娘。"

童贯要进宫数日,大名艺人如约进入童府。童九两感觉到大名艺人进童府之后的神情有点怪异,她忙着准备菜肴的时候,看到大名艺人蹑手蹑脚进了义父的议事重地青龙堂。童九两心生疑问,就跟了进去。大名艺人不知道有人跟踪,潜入密室,正在翻找十路大军的行军图,突然听到背后有人轻声说:"你好大胆子!竟敢偷闯青龙堂!"

大名艺人大吃一惊,回头一看是童九两,连忙分辩:"我是迷路了。"

童九两脸上认真起来,威胁他道:"以前有一个禁军教头叫林冲的,因为误闯殿师府的白虎堂,差点丢了性命,虽然皇帝开恩,但还是充军三千里。你说我要不要告诉我的义父?"

大名艺人辩解了几句,转身要溜走。

童九两拉住他说:"你要走,我就喊了。"

两个人纠缠再三,童九两说:"到我屋里喝了酒再说。"拉起大名艺人就走到她的房间。大名艺人无奈,随童九两去到她屋里,两人相对坐下喝了半坛酒。此时童九两已经醉态毕显,拉着大名艺人说:"你说公了还是私了?公了就报告义父,我喊一声就有人进来;私了你就带我一起私奔,逃到东南过世外桃源的两人生活。"

酒坛渐渐见底,大名艺人同意了她私了的意见,趁着醉意还割下一绺头发表示诚意。

但是童九两还是有几分清醒,再三告诫大名艺人切不可跟着山东盗冒险,说:"他们一个个都是要被砍头的呀!"

半夜时分大名艺人醒了酒,把偷偷绘制的行军图藏在胸口,离开了童府。路上他发觉自己少了一绺头发,但怎么也想不起是什么时候剪掉的。

次日一大早,童贯发现九两沉醉不醒,叫人用凉水浇了她一头。

童九两看着桌上空空的桂花酒瓶,半天缓不过神来,说:"义父,我这是在做梦吧?我昨夜是与那个睦州美人落杏儿在喝酒。"

童贯听了,一脸惊愕。

## 二十七　太师府首先遭受了质疑

赵佶自登基以来,较为得意的一个事情就是消弭了仁宗朝以来愈演愈烈的党争,而且今年还时时上心,不让其死灰复燃。春天,萧县之行,使他感悟到了更深刻的东西。自己接掌神器之前,党争此消彼长,登峰造极,神、哲二宗左右为难,所谓洛党、蜀党、朔党,争强好胜,互不相让,使得朝野上下空耗精神。等到自己登上皇位,几度罢相,驱逐党人,百年党争,其形其神,都被慢慢剪灭消除。崇宁元年(1102)立元祐党人案以后,朝中党争再无蛛丝马迹,形成了绝对一统的一党,核心就是赵佶自己。赵佶没有了敌人,蔡京也没有了敌人,但朝中又出现了新的争斗。这种争斗与往日党争有本质区别,是童贯和蔡京等重臣在宫内外的相互角力,如蔡京父子之间争宠失和,童贯、王黼、蔡攸在办差上的竞争,目的都是邀宠于上。这些游戏的规则又很简单明确,对于朝中大事,对内如征花石纲、建万岁山,对外如宋金通好、休战西夏,都是高度一致,绝无异议,总是让赵佶觉得自己牢牢地控制着他们。但当赵佶又因为没有了敌人,没有了激烈的党争,觉得乏味时,蔡京、童贯之间又总会摩擦出一些令他啼笑皆非的矛盾,既然不属于党争,也就随便他们了。

这段时间,童贯总觉得蔡京是自己的敌人,也只是因为蔡京可能藏匿了皇帝喜欢的女子。当童贯报告落杏儿可能藏匿在太师府时,将信将疑的赵佶动了雷霆之怒。尽管事后证实,跟蔡京学写字的侍女不过是睦州乡间的一个平常女子,虽然也有七分姿色,但绝非睦州美人。

眼看万岁山竣工的日期一天天逼近,童贯心里越来越着急。昨日进宫向皇帝奏报万岁山竣工大礼的准备情况,但不巧的是,张迪说皇帝要出去散散心,叫人云集开封城的蹴鞠高手,在南郊龙亭设了一个十人场户,要狠狠赢上一赢,怕童贯来得不是时候。果然童贯一开口,赵佶应付了几句话就要把他打发走。

童贯急忙说:"即使把天下美女一个个验看,臣也要找到她。既是陛下看中的人,决不能让她就这么消失了!"

赵佶眼睛望着殿外,也不看童贯一眼,启了启身子,说:"这等豪言壮语,都说了几遍了,这些日子了,怕是真的找不着了。"

童贯低声说:"陛下放心,那个落杏儿就要有下落了。"

一听这话,赵佶稍稍来了劲头,但又惦记着蹴鞠比赛,也就没有追问童贯所谓的下落是什么。他从龙座上站了起来,径直走到殿外,回头说了一句:"以后再说,朕总不能一天到晚把自己关在宫里听你们的消息,等朕去赢了今天的场户再说吧。"说完扔下童贯就走了。

童贯所谓的下落主要是对蔡京的怀疑,而这怀疑起因于童九两信口而出的一句话。

那天他叫人用凉水把酒醉的义女浇醒以后,对她进行了严厉的盘问,先是说明了问题的严重性,告诉她说:"你交往的是一个山东盗,蔡京若是知道,定与前番睦州美人之事一并不肯罢休。"

此时童九两脑子已经十分清醒,望了望桌上的空酒坛子,忽然说出了一句连她自己都感到吃惊的话:"我看睦州美人落杏儿十有八九是在蔡太师府上!"

童贯连忙追问道:"你怎么知道落杏儿被藏在太师府?何人告诉你的?"

童九两其实也是为了转移义父对大名艺人的注意信口胡说,现在经童贯这一追问,她只好继续瞎编来自圆其说了。她向童贯讨了口茶喝,说:"是大名艺人告诉我的。"

童贯更加急切地问:"他怎么说的?"

童九两没有马上回答童贯,而是想了想,一副怀疑的样子,道:"是李虞候与他争吵时说的,李虞候说太师府中有的是睦州美女,女儿当时并不相信。"

听了童九两的话,童贯频频点头,之后就愣愣地不说话了。其实落杏儿失踪以来,童贯一直没有消除对蔡京的怀疑,只要落杏儿一天没有找到,蔡京就一天没有清白可言。童九两的话只不过是让他藏在内心深处的这种怀疑浮上了水面。当晚,他没有睡着,翻来覆去在想同一个问题:落杏儿分明是送进宫去的,分明就是皇帝宠幸过的,蔡京是怎么把她弄出宫去的?

童贯想了一个晚上,终于有了结论。天不亮他就起来,闯进童九两房里,骂道:"你昨日所说分明是胡说八道!离了童府不许再说一句!"

童贯虽嘴里这么骂,但心里却有九分相信童九两所说的话,基本上断定落杏儿是被蔡京藏起来了。骂完童九两后的第一件事,就是找人商议,决定采取声东击西之计,表面上四处张扬,组织人手在宫中进行搜查,让蔡京放松警惕,暗地里伺机查访太师府,取得证据。

当天晚上,童贯安排了一个有夜猫子之称的精干手下王教头,趁夜潜入蔡京府打探消息。这天王教头在蔡京府上蛰伏了大半夜,终于有了新的发现。他从屋柱上倒头探望,透过窗缝看见房间里烛光明亮,蔡京正在教一个如花似玉的侍女如何写字,侍女几声娇嗲,只听蔡京声音洪亮,说了一句:"你们睦州话端的好听!"

尽管看到的只是那个睦州侍女娇美苗条的背影,但王教头深信这是一个绝色美女。他回到童府把看到的情形报告了童贯,并且把那个睦州侍女大大赞美了一番。童贯听了十分兴奋,但是细问睦州美女的容貌如何时,王教头却描述不出来。为了稳妥,童贯命他再进一次太师府,并把落杏儿的长相特征说了一遍,道:"要看清楚她的脸。"王教头这日晚上又去,看到蔡京和这位侍女还是像昨夜那样写字说话,不同的是这次听到了皇帝、睦州、《东南百花阵》等十分关键的词眼。王教头正要走近一步,贴着窗户细看侍女的脸容时,李虞候发现了他,一把抓住他的衣袖,问:"你莫非贼人?"

王教头身体一转，便摆脱了李虞候的手，急中生智，说："我是八十万禁军教头，奉枢密院童大人之命，来送万岁山竣工喜帖。"

　　李虞候手握刀柄，警惕地问："万岁山竣工，太师自有陛下相请，何用童大人送喜帖？再说哪有半夜里送喜帖的？你又是如何进来的？分明是图谋不轨。"

　　李虞候正要叫人，但王教头果真取出一张喜帖，李虞候验看了半天，不见是假，也就没有奈何王教头。王教头回到童府，详细报告了在蔡府中看到的情况，说蔡京旁边的侍女是睦州人无疑，很可能就是落杏儿。童贯又是愤怒又是兴奋，说："蔡京开玩笑开到我和皇上头上来了，看我怎么收拾他。"

　　第三天晚上，童贯怕蔡京把落杏儿转移了，又命王教头去摸一趟太师府，注意里面的动向。王教头口头答应，但已经不敢再去，偷偷躲到一个偏僻茶楼，喝了大半夜的茶，天一亮回来编了个假话，报告说，同样看到蔡京和那睦州女子写字说话，还听到太师叫她落美人。这样一来童贯断定落杏儿确确实实被蔡京藏起来了。

　　童贯连夜约了蔡攸，请他去一趟太师府，蔡攸勉为其难，要确认真是落杏儿，才帮着讨人。童贯坚决地说："这样连探三夜，焉能有假？"

　　两人到了太师府，先让蔡攸前去求见，谁知让蔡京一句话给回绝了，说："不请自来，一概不见。"蔡攸恼羞成怒，一跺脚就是进宫向赵佶告状，童贯怎么劝也劝不住。到宫里时，太阳刚刚升起，天色明亮，习惯早起的赵佶已经醒来，正叫几个宫女给他捶腿，说是连开了几天场户，腿上有些伤痛了。蔡攸不好进皇帝的卧房，就在外候着。童贯来到赵佶床前，支走几个宫女，说："她们手势太笨，轻重不知。"说着自己亲自给赵佶捶腿。待赵佶舒服些了，才轻声禀报道："陛下，落杏儿，就是那个入画之人有了消息了，她竟被藏匿在太师府！蔡攸去讨人被赶了出来，正在外头候着。"

　　赵佶一惊，腾地坐了起来，说："叫蔡攸进来！"

　　蔡攸进来后，又把太师府所遇说了一遍："要不是藏匿了什么人，何以不让臣等进门？"

　　赵佶一时怒火上升，心想自己都把最喜欢的帝姬许了蔡家，蔡京却还是不忘要心眼,于是当蔡攸的面把蔡京骂了一通:"你看看你这个父亲,表面像个正人君子,背地里却犯下欺君大罪!你与他不合,朕一直不明就里,今天总算知道你的难处了!竟有这样的人臣,这样的父亲!"说着就要起驾出宫,亲自到太师府去。童贯和蔡攸两人好不容易劝住,只叫人当场拟了圣旨,由蔡攸和童贯速去蔡京那里将落杏儿送进宫来,一刻也不得耽误。

但是过了两个多时辰,御膳房的午膳也送到了睿思殿,却还是不见蔡攸和童贯的身影。张迪过来催用午膳,赵佶问他:"童贯他们人呢,怎么还没有消息过来?"

张迪说:"童贯早就回来过了,但是不敢见陛下,说到蔡京府上赔罪去了。"

赵佶觉得事情不对头,说:"童贯不是说落杏儿被藏在太师府吗?怎么还要去蔡京那里赔罪?"

张迪说:"陛下,童贯搞错了!哪有什么落杏儿,分明看错了人,只不过是蔡京花了两百贯从杭州买回来的丫鬟,怕是蔡京有意戏弄童贯和蔡攸的。"

赵佶心里一阵冰凉,浑身没有劲儿,沉默了半晌,说:"朕真是太轻信他们了,几被戏弄!"

之后蔡京参了儿子蔡攸一本,连带着也指责了童贯。蔡京对童贯还是讲情面的,奏本中提到童贯的地方言辞相对温和客气,认为童贯此举事出有因,为的是皇帝,但方法错误,行为幼稚鲁莽,鉴于此事造成不良影响,要求童贯在适当的时间和场合赔礼道歉,并声明以后不得重犯类似的错误云云。不过,对蔡攸用的却是弹劾之词,指责他无君无父,离间人臣,扰乱朝纲,为害家国,陷皇帝于尴尬境地,挑拨重臣之间关系,建议罢官削籍流放岭南,永不得录用。

赵佶认为蔡京的奏议火气十足,言语过于激烈,说:"毕竟是父子,何必如此决绝?看来蔡京父子难以和好,会为后世落下话柄。"也就没有理会蔡京,反而安慰了蔡攸几句。但赵佶对童贯却戏谑道:"蔡京视亲生儿子为仇敌,欲除之而后快,对你却言语温和,你二人是否结为一党?"

童贯脸色大变，连忙豪言壮语道："蔡京岂能左右童贯？童贯只听万岁之言，如皇帝有示，童贯敢与蔡京马上决裂，势同冰炭！"

赵佶摆摆手提醒他不要和蔡京搞僵，说："朕不过是句戏言，你若与蔡京形如水火冰炭，则是朕的不幸。你二人从此不要心存芥蒂，还是一如既往为朝廷出力，你就给蔡京一个脸面，让他释嫌！"

皇帝旨意十分明白，是让童贯主动和蔡京和解。童贯读了蔡京的奏本，又听了皇帝的这些话，细想想，也觉得这事自己做得有些过失，就及时采取了一系列示好的行动。首先送去五幅唐人字画和一尊东阳木雕极品。对于唐人字画，蔡京疑其为五代人仿制的赝品，退还了四幅，只留下了其中一幅欧阳询的《九成宫醴泉铭帖》，说："虽不是真品，但仿者也是高手。"

真正使蔡京如获至宝的是那尊东阳木雕。蔡京素喜木头雕刻，当年在苏州用高价购得几件黄杨木雕，后来都送给了赵佶。又听说东阳木雕的品质工艺远胜黄杨木雕，到东南时，数度托婺州府官员到东阳搜寻，但都难得到一件上品。后来知道童贯家中有东阳木雕的珍藏，愿出五百金收购，童贯说什么也不肯。现在送来的这件东阳木雕，是一尊三十六洞神仙组合群雕，神态各异，栩栩如生。蔡京一见，爱不释手。童贯说，三十六洞神仙乃是道家之事，而当今皇帝崇道，原是将此物献给皇帝的。蔡京对此说深以为然，而且派人还了重礼。

第二天皇帝宣童贯和蔡京到保和殿。二人一到，赵佶叫他们都坐下，先让他们喝茶，然后说："两位爱卿彼此有什么不对路的地方，以后不要再计较。"

蔡京抢着开口道："都是误会了，下面的人做事不力，我已经罚了李虞候六百贯俸钱。"

童贯也赶紧说："蔡太师对皇帝忠心耿耿，童贯理应对太师尊重有加，我已将王教头充军延安府了。"

赵佶见他们之间嫌隙消除，自然高兴，觉得自己再次避免了有可能发生的党争，于是叫张迪准备纸笔，写了两幅字，内容一样都是"同心如一"四个字，权当赏赐。

## 二十八　展侍卫要向童九两求婚

依照当时的情形，宣和元年（1119）八月对几名大臣的加封很难说是赵佶一时的心血来潮。一天之内，翰林学士承旨，连拟了两道诏文。第一道诏命加封蔡京为陈国公，蔡京不受，而是请求给自己在泉州的两名亲戚小小的封荫，并在当地市舶司安排适当的职位。赵佶欣然表示同意，只叫他拟名单上来，即予恩准。第二道御旨则是赐封童贯为太子太保，童贯也推却了，表示自己虽有内政和边功，但是替皇帝效命不够，有负所托，其潜台词主要是指落杏儿一事自己出现了偏差，反而接受皇恩，恐怕遭人非议。赵佶也不听童贯的话，依然叫他领旨谢恩。

不久宫中有消息传出来，说皇帝的这次加封，源于一次偶然的宴请。每当皇帝因为思念或者怀旧等等心绪起伏，处于忧愁和孤独之中的时候，蔡京和童贯总是能够适时而没有痕迹地深入到他的内心世界，为他解除一些忧愁，带来一些快乐，增添一分热闹。

童贯派人侦探蔡京府第的风波之后，赵佶在玉虚宫太清楼摆了一桌宴席，专门请蔡京吃饭，以示对他的安慰。蔡京接到请帖之后，兴奋不已：皇帝终于又一次为自己单独设宴了。为了谢恩，他把自己珍藏的宝物王羲之的《王略帖》带上，准备呈献给皇帝。开席之前，蔡京支开旁人，然后不慌不忙地展现了那本《王略帖》。赵佶看了一眼就禁不住大喜，说："此是米南宫珍藏,今天终于让朕看到了!"蔡京得意地双手将字帖奉上,说:"此帖最早本是臣的,后来被蔡攸偷偷取走,至于为何落到米芾手里,却有一段故事,但也是物归原主。"赵佶兴趣盎然,急切地催促蔡京快快说给他听。蔡京看到皇帝已有多时没有这样高兴了,心中也有几分激动,茶还没喝上一口,就说了起来:

"崇宁三年(1104),米芾在真州江边的一条船上,拜见臣的儿子蔡攸,蔡攸取出新得的《王略帖》给他观赏。谁料米芾看了爱不释手,紧紧抱住字帖,跪倒在地上,要求用自己珍藏的名画换取这一字帖。蔡攸当然不肯答应,米芾再三恳求,蔡攸还是不肯,并且伸手索回,米芾急了,突然跨过船舷,身体空悬江中,一手握着《王略帖》,一手攀着船舷,大声呼喊:'如果不允,我立即蹈江而死!'蔡攸这小子,心里一发慌,只得答应了。"

蔡京还没有说完,赵佶就哈哈大笑起来,说:"蔡攸不如乃父,轻易就上了米南宫的当。"

童贯这个时候匆匆来到了玉虚宫,经张迪引路,上了太清楼,进来后赵佶赐了座位,设了三人宴席,然后问:"何事匆匆?"童贯说:"润州知府来到汴京并送上此物,童贯过来禀报陛下。"十分凑巧的是,童贯带来的这幅书法,竟是一幅赵佶多年求而未得的行楷《向太后挽词》。赵佶看到童贯手中的书轴,猜到童贯也是送字画来的,暗喜今日自己将有大的收获,问道:"你带来的可是润州知府的字画?怎么仿佛与太师约好似的?"

赵佶正在兴头上,看了看童贯手中的书轴之后,也不忙于观看,继续对蔡京说:"蔡太师还记得崇宁二年春的事情吗?蔡太师不也是称赞米南宫人品高尚可爱吗?"蔡京听了,频频点头,说:"记起来了,记起来了,陛下说的是米南宫讨砚一事。"看童贯一脸茫然,赵佶就把事情说了一遍。有一次,赵佶正和蔡京讨论书法,就召米芾前来写字。赵佶指着桌上的纸张笔砚,命他当场写一幅大条幅。米芾看到桌上的端砚,马上来了情绪,一口气写完了条幅。赵佶一边欣赏,一边赞叹,蔡京也自叹弗如。此时,米芾突然用双手捧起桌上的端砚跪在地上,请求道:"此砚已赐于臣米芾使用过,不好再给陛下使用了,是去是留,请陛下酌定。"赵佶见状,大笑不止,马上答应将此砚赐给他。米芾顿时像个小孩儿一样,手舞足蹈,抱起端砚就往怀里塞,砚中的剩墨淋了他一身,他也全然不觉。赵佶望着他的憨态,对蔡京叹道:"米颠真是颠得名不虚传啊!"蔡京当时也深受感动,不禁说:"米芾人品实在高尚可爱。"说完这段故事,赵佶握着酒盅,叹道:"米南宫大去已经十年有余了,朕想起来,有如昨日。当年与朕品字论画的只有蔡太师在了。"这时童贯怕皇帝伤感,赶紧展出了自己带来的书轴,说:"童贯有负陛下,特献润州知府所送书法以免其罪。"

赵佶欣赏着书法,两眼放光,又想起向太后,几颗泪珠儿扑扑落了下来,对童贯道:"爱卿说此幅法帖为润州知府所送,朕已猜中是米南宫的字画了,只是想不到竟是崇宁元年(1102)为向太后写的挽词!"

童贯说:"等童贯问过润州知府,便可知来龙去脉。"

蔡京插话道:"这米南宫世居襄阳,却定居润州,多有书画留下,润州知府所得献于陛下,是为臣下分内之事。"

赵佶举杯向蔡京和童贯敬了敬酒,说:"朕已经好长时间没有这样的兴致了,朕真是离不了二位的尽心辅佐啊!"

蔡京和童贯听了,不禁激动得热泪盈眶,双双要跪下来,被赵佶劝止。童贯坚持下跪谢恩,说:"童贯一定找到睦州女子,为陛下解忧。"蔡京一听,脸上不太自然,嘴上却说:"童枢密忠心可嘉,如能找到睦州美女,应记头功。"之后,童贯又向蔡京赔了礼,吃了三杯罚酒。蔡京觉得自己应该见好就收,也以茶代酒,回敬了三杯:"你我共同努力,找到陛下入画之人,皆大欢喜。"

但最为激动的还是赵佶,他收起王羲之的《王略帖》和米芾的《向太后挽词》,大声说:"皆大欢喜,皆大欢喜,朕明日就要大大赏赐二位。"

第二天下午,两道御旨很快就公布了。

童贯推了一番后,还是接受了太子太保的称号。润州知府在汴京城等了四五天,并没有见到赵佶。回去之前,润州知府想讨回那幅《向太后挽词》,童贯说:"献于陛下是为臣分内之事,况且是向太后挽词,本是宫中之物。"润州知府就要求童贯再一次引见,童贯表示为难。是夜,润州知府心中苦闷,到汴河边的酒肆喝酒,酒后轻薄一名歌伎,谁想这名歌伎是开封府书案的相好,当时书案就叫了开封府的一帮衙役帮忙,要将润州知府打一顿。内中展五也一同去,先问了他,他自称是润州知府,展五又问,他说起童贯名字,展五就带了他到了童府。书案等一帮人跟着,见他果然敢跟着展五进了童府,知道他是有来头的,就散了去。童贯摆了一桌酒菜给润州知府压了惊,说明日就行文开封府,将书案革职,说:"我自然还你一份礼物。"第二天,那个歌伎就笑吟吟地出现在童府,死活要跟润州知府走。润州知府对童贯不住地谢,又想送些银两给展五,展五只是不肯接受。

童贯说:"你道他是何人?他乃是开封府五品带刀侍卫展昭的后人,见义勇为,岂肯受你银两?"润州知府于是不提那幅米芾的字,带上那名歌伎坐上船离开了汴京。

事后童贯约展五见了一次,说:"这次本枢密欠下你一个人情,你说吧,要什么,本枢密一定尽力想办法成全你。"没有想到的是,展五既不要恩封,也不要银两,他鼓起勇气向童贯提出了求婚。童贯当时没有马上反应过来,问:"你看中谁家女子。"展五红着脸说:"童枢密的义女童九两,展五想娶她为妻。"

听清楚了展五的意思之后,童贯显然十分高兴。像任何一个普通的开封人一样,童贯很早就听过很多关于展昭的传说,对展昭素有敬佩之情。他心目中的展昭不仅是大宋的一个英雄,更是一个完美无缺的真神,虽说官只五品,却是先皇仁宗的红人,与他的后人结为姻亲,也是一件值得高兴的事。童贯笑逐颜开,说:"那你选个吉日,像模像样地到童府求亲。"

几天后,展五穿着一身绸缎做的新衣再一次登门求见。

童贯宦人眼光,不管对男对女,看人相貌的感觉与凡人有很大差异。只见展五相貌堂堂,英武逼人,言谈举止之中,乃祖风采一览无余,童贯不禁十分喜欢。展五心情迫切然而又正式地说明了来意："展某想娶童九两为妻，为此特地向童大人求亲。"

童贯心里早就已经答应了这门婚事。展五毕竟是名人之后，更主要的是年轻英俊，自己提拔提拔，前程不可限量，以他为婿，不会辱没他童贯，再说童九两到底只是他的义女，能嫁与展五这样的官府公差也是她天大的造化。童贯心中这样想，但没有马上松口，他又知道展五父母双亡时，心里落下几分同情，也就不再拘泥繁文缛节难为他，说："待我与你们府尹大人见个面喝个茶，再行定夺。"

童贯没有马上把展五求亲的事情告诉义女童九两，还吩咐府内的其他人也不要露半点口风。展五来求婚时，童九两并不在府中，她去醉杏楼找大名艺人，而且李师师留她吃了午饭。

童九两盯着李师师脸看，眼睛眨都不眨，看得李师师不自在起来，连忙避开她的视线，又说："不过大名艺人要搬回军舍，你义父这样将他留下，蔡京也不会答应。"说话时又碰到了童九两直直的眼神，不禁心里猛跳了几下，心里想道我又不是大名艺人，却这般没有遮拦地看我。

童九两从李师师那里出来时，笑着话别，说："花魁娘子真美，好像天仙下凡。"李师师红了脸说："也没有童姑娘长得好呀。"赶紧叫妈妈送她走。童九两一路上回来，一直想着刚才李师师的那个模样儿，分散了精神，差点迷了路。

吃完饭，童九两告别了李师师回童府，在镇安坊门口遇上了展五，后面还跟着李虞候及董超、薛霸等人。童九两马上想到他们是为大名艺人而来。

镇安坊四周，多的是便衣巡差，平时打扮，或是酒保茶倌，或是嫖客商绅，或是贩夫走卒，有的看上去还是赶考举子，没有事情他们与常人一样，一有事情就亮出官差身份，露出身上功夫，行动迅速敏捷。

大名艺人没有跑多远，就在邻近醉杏楼的一个茶肆上被围住了。展五认为自己身手不凡，武艺超群，又为了童九两吃着大名艺人的醋，所以要求董超、薛霸等人原地不动，一个人举剑上了茶楼。展五上楼梯的时候，渴望发生一场真正的打斗。估计大名艺人能抵挡自己几个回合,但不会太久,最多在十个回合之内,自己就可以把他擒拿。他早就希望有这样的机会,在开封的闹市中心显示自己的本事。今夜之举,将使自己真正成为开封府人人皆知的少年英雄,而不是让人觉得他是在祖宗光环下浪得虚名的普通公差。

但是结果却令展五十分失望。因为其时,茶楼上喝茶的男女老少很多,大名艺人不愿意因为打斗伤及无辜。因此他靠着护栏走了下来,没有做任何反抗,伸手就叫展五上锁,说:"凡事我一人担待,不要坏了他们喝茶的兴致。"

展五的剑差点落在楼板上,就这样吗?实在太简单了!

巧的是这座茶肆也在御街之内,新主人正好也是李师师,她此时刚好过来看看生意如何,不想就遇上了这一出。

在醉杏楼听到公差们在茶肆围捕大名艺人,李师师赶紧奔过来打招呼。董超、薛霸一见李师师,怕她又替大名艺人说情,着急冲上楼来就要把大名艺人带走。李师师一见又是这两人,不由得动了火,说:"要带人到哪里去?你董超、薛霸本是给我差遣的,却在这御街上逞能抓人?这人和我熟识,放了他。"

董超、薛霸愣了神,不由得问:"花魁娘子为何在这里?"

李师师冷笑了一声,说:"我为何不能在这里?要知道这茶馆也早已在醉杏楼名下!"

见展五沉默不言,董超、薛霸怕他已被说动,一边推大名艺人走,一边说:"要押往太师府,我等也是公事公办,况且平日赏银来得不容易。"

李师师从袖中取出一锭金子:"平日里赏金少,这锭金子先赏你们,说什么朝廷法度,太师府就能乱抓人?"

又听得楼梯上一阵忙乱的声音,只见李虞候带了几个人冲上楼梯口来带人。李师师一急,冲着闷声不响的展五说:"我看你是展昭之后,又是纯良后生,一向血气方刚,做事公道,竟然也媚起权贵来!"

展五把剑放进剑鞘,一把抓住大名艺人,说:"帮你的女子还真不少,你哪里好？我展五又差在哪里？今天我听花魁娘子这句话，展五不媚权贵，太师府不去了，但要把你带到开封府。"

董超、薛霸见展五这般说，知道李虞候带不走大名艺人了，马上接过李师师手中闪亮的金子，说："蔡府童府两处我们都不送，就把他送往开封府，这也是按大宋法度办事。开封府那里，花魁娘子自己出面看看，说不定给花魁娘子一个天大的面子。"

李师师只好作罢，看了看大名艺人，说："话说回来，我也不是为他花这锭金子，只不过随随便便就到我的茶楼里抓人，以后还怎么营生？明日汴京城里传开来，我脸面何在？先不忙，我自有说理的地方。"

展五觉得董超、薛霸的话有些道理，就叫他们先将大名艺人押往开封府，自己要去童府复命。李师师留他喝茶，展五迟疑了一下，就答应了。李师师一边极尽奉承之词，一边端茶倒水，把展五侍候得喜形于色，马上把自己的心事告诉了李师师，说："展某要迎娶童贯童大人之女童九两了。"

李师师一愣，随即叫了一声好，说："展小哥莫非交上桃花运了！我认得童枢密那个如花似玉，能歌善舞的女儿，师师自惭形秽。"

展五笑得合不拢口："花魁娘子如何这般说。"

李师师也一笑："童九两好福分，嫁得展小哥这样的英雄少年！成亲时我可要讨一杯喜酒喝。"

展五吐露苦处，说："只是怕她另有意中人。"

李师师听展五说出了大名艺人的名字，大笑起来，说："这位大名艺人虽不是什么山东盗，但童九两断然不会对他有半点意思。"

李师师这一番话说得展五大大舒了口气。之后，李师师又解答了展五心中的一些疑难问题。一顿茶工夫，展五完全信任了李师师。李师师传授他一个制胜的法宝，说："你只要肯向着她，对准她的心思，譬如在她面前帮大名艺人说话，不用几天，她就会把心肝都掏给你！"

知道展五要去蔡京府上送信，李师师要来看了看，说："童贯把你推到蔡京那里，能有什么前途？以后只对圣上忠心，自有你的锦绣前程。"说着就叫他把信扔了。展五把信放火里一点,看着它烧尽了,离开茶楼,仰望星空,心旷神怡,回到开封府的途中,一路吹着响亮的口哨。

再说当时董超、薛霸离开镇安坊之后,转了几个弯,骗过了展五,又与李虞候等人会合,将大名艺人押往了太师府,说:"蔡太师给的银两必定是开封府奖赏的好几倍,我们也只好先骗过李师师了,白得了一锭金子再说,反正这婊子的钱也来得容易。"

## 二十九　她何以再一次神秘消失

汴京城里突然掀起的太学生驱逐李师师运动,使身为皇帝的赵佶感到痛苦和尴尬。事情起因于十几个太学生饮酒过量,突然借着酒醉闯到了镇安坊,围堵了醉杏楼的大门,指名道姓要李师师下楼陪他们喝酒,说:"你有的是金银,请我们吃顿酒肉也是小事,不要只与陛下一个人喝!"不巧的是当时李师师身体小恙,不想与他们答话,就支使妈妈出来应付。妈妈不懂得太学生心理,包了些银锭就想打发他们走人,说:"要吃酒肉到别处去,汴京城多的是酒楼。"太学生一心想进醉杏楼喝酒,果断拒绝,他们想见的是李师师,本来寄希望见到李师师的倩影,听她用几句绵绵的软语申辩和劝说,再被邀请上楼喝几杯酒,哪怕是几杯茶,也算取得了胜利。但李师师竟然不肯见上一面,太学生们觉得没有了面子,血气借着酒力往上喷涌,当场就闹了起来。

其中有个太学生大声骂道:"要求这婊子一月之内离开汴京,不得再次惊扰陛下!"

楼上的李师师也听到了他们的骂声,一气恼,性子上来,越发不肯下楼。太学生见骂了之后还是没人理睬,觉得脸面大丢,再加上街上闲人许多鼓励的话,竟不顾斯文,竟动起手来,砸碎了门板,打落了几个灯笼,妈妈上前阻拦,也被推倒在地,几个太学生还和匆忙赶到的董超、薛霸发生了肢体冲突。

当时开封府马上得到了报告,派出展五以及王、马等上百名捕快将镇安坊四周团团围住，并迅速驱散了太学生，制止了事态进一步扩大。经李妈妈指认，拘捕了其中六名太学生。没想到这个消息引来太学生倾巢出动，集聚在开封府门口示威，不少市民也加入进来，一时声势浩大。

宫中得报后，赵佶一是下了一道圣旨，叫开封府放人，由王黼出面对太学严加整肃，但要秋后算账；二是叫张迪安抚李师师，在库中拨了五百两银子作为赔偿。李师师心里怨赵佶没有亲自过来探望，不收银两，说："太学生们得知，怕是又要来闹了，贱奴还是低调的好。再说也没有损坏那么多值钱的东西，太学生也不是故意冲着我的，要真是无耻之徒闹事的，我可告到开封府，毕竟清平世界，朗朗乾坤！"

皓月慢慢地倾斜，周遭静静的没有别的人影，连风都静止了，在这异常安详的氛围下，赵佶手中提着笔，权作一种手势。

这支笔是春天童贯在统安城之役后归来时，送上的一支狼毫，据说是西北红狼的尾尖集束而成。因为西北红狼现在已所剩无几，贵为举世绝品。统安城之役虽败，但童贯率一队将勇屠得十数匹红狼，每狼各取尾毛数十根，方制成一支狼毫，这也是表明他对皇帝的一片忠心。赵佶拿起这支笔，说："笔虽好，但心绪却难以聚集。朕已经好久没有好好作画了，每每想做，又因精神慵懒，提起笔来，不知如何下手。"

童贯差点下跪："童贯该死！都是童贯之过。"

赵佶摆摆手止住他，继续顺着自己的思路一路说下去："睦州美人是死是活，而今安在？朕始终不得其解，枉为帝王欤？枉为帝王欤？"

当时童贯看着皇帝面容清癯，心头一热，哽咽道："陛下！"

赵佶控制着自己的情绪，平静地说："对于朝廷大臣们来说，睦州美人不过是区区一个小宫女，但对朕来说，却是一个入画之人，一个日夜思慕之人，这其中滋味他们怎能解得。"

童贯敬佩之情溢于言表，说："他们哪有陛下这样高雅的志趣。陛下情思圣洁，不问贵贱，只求高远，所以慧眼识得落杏儿。"

赵佶语重心长地说："童贯，朕心里十分记念与她相遇，总是放不下来，枉为丈夫；又与一个宫女失之交臂，求之不得，枉为帝王！"

童贯想起这些，深感自己有负陛下所托，总是让陛下一次又一次失望。这次他没有敢再拍胸脯，只在心里暗暗下决心，到时候一定要给陛下一个惊喜，将一个毫发无损的睦州美人带到陛下面前！

赵佶此时收到李师师的便札，苦笑道："朕对花魁娘子，还不如山东盗待她好。"

原来太学生砸了醉杏楼之后，远在济州路上的大名艺人也听到了消息，他先飞马报到山东水泊，尽管有人反对将山寨好不容易获得的金银送给一个歌伎，但山东盗首领做主即刻取了十锭金子，然后命一个名叫戴宗的人快步如飞日夜行走，送到大名艺人手中。大名艺人也不耽搁，马不停蹄赶到了汴京，一锭不少赠给李师师。起初李师师说什么也不肯收，说山寨正缺金银，但大名艺人说这是首领的一片心意。

李师师只好收下，她笑盈盈地说："难为山东兄弟，山寨有事尽管开口，李师师会尽全力。"

大名艺人借机向李师师提起，请花魁娘子敲敲边鼓，解山东水泊之围。李师师已经得到口风，说："朝廷征剿山东盗一事已经暂时搁置，道君还是通情理的，对山东盗没有太大恶意，请宋大哥放心了。我这就要去见道君，对他再说上一说，大哥就在此候消息吧。"过会儿又叹道："只是道君最近不常来，怕是忘了奴了。"

大名艺人要哄李师师开心，说："花魁娘子年轻貌美，人间绝色，就是昭君玉环也不能比，皇帝怠慢于你，这是他福薄，千万用不着伤心。"

李师师一听果然愁眉展开，心里暂且将赵佶抛开一边，对着大名艺人笑道："难得大哥说这顺我心的话，日后，我真想与大哥这样的血性男子远走高飞，找个好去处，过快活日子去，再在这汴京城里耽误青春，那真就悔也来不及了。"

大名艺人也知道李师师口是心非，但又怕她真的和皇帝闹僵，于山东盗不利,劝道:"凡是帝王人家,感情飘渺,终难久远,不可当真。但我看当今皇帝却是个性情中人,对花魁娘子有情有义。"

李师师叹一口气,抚了一把大名艺人的脸,几乎把持不住:"难为大哥这样说。"

大名艺人走后,李师师恼赵佶长久没有过来安抚自己,就带着情绪写了封信,用根红缎子扎了,叫妈妈找人带信入宫,希望赵佶看了信马上能来见她一面。一天过去,也没有见赵佶叫人来回话,李师师突然忧伤,心想可能是太学生一闹,赵佶要避开自己,嘴里怨道:"道君皇帝是嫌我老了,还是他自己老了?近来对我冷淡多了,怕是这段情缘要了了。"

此时张迪交给赵佶的就是这封便札。

赵佶读了李师师的信,犹豫了半天还是没有去,一半是怕太学生们又闹,一半是为落杏儿的事懊恼。赵佶怕自己动摇,就索性闭门炼丹,只一会儿,服完了一颗早先炼好的丹药,又作山水一幅,画到一半,忽然掷笔,高声道:"东南山水之真韵,不是花石纲、万岁山能够替代得了的!真想远去东南,做个隐夫,一日到晚饮酒作画,弹琴吹箫,吴侬细语,美人轻舞,就是神仙也羡慕万分,还做什么皇帝!"

张迪把画笔捡了起来,问:"花魁娘子那里既然有信过来,陛下如何定夺?"

赵佶没有吭声,坐于镜前,命张迪为他梳头栉发,良久才说:"这几日心情忧郁,师师那里也懒得打发,你叫人回个话,过几天朕一定过去看她。"

说话间,赵佶在铜镜中瞥见张迪双目含泪,问道:"你有何心事,如此忧伤?"

张迪眼泪夺眶而出:"老奴为陛下梳发,看到陛下头上已有了几根白发,顿感时光飞逝,人生易老,不觉失态,还望万岁见谅!"

赵佶不免也怏怏不乐,苦笑道:"朕四十岁了,已过不惑之年,老乎老耶,今晚就到醉杏楼吧,与花魁娘子说说心事。"

这天晚上,汴京开始刮起了北风,预示着冬天的寒意隐隐将至。那繁华御街上,每天开的多是一模一样的酒席,吃酒的也多是同一批人。大名艺人和周邦彦依旧在先前的醉杏楼下那处接风的酒坊,为东南无名氏送行。同样,酒至一半,李师师和山东盗首领也过来了,他们与上次那样,又要赠东南无名氏银两,数量也更多,还有几块金子,但这次东南无名氏却不肯接受。喝酒到了三分,提到上次聚会,不等李师师说话,山东盗首领和东南无名氏就继续上次没有完了的辩论。东南无名氏还是不肯说明只身到汴京来的目的,还是不愿意告诉自己的名和姓。山东盗首领不禁再次反感,又重复了原来那番话,劝他放弃私愤,报效国家,总有一天会过上封妻荫子的风光日子云云。

东南无名氏此时比上次醉眼更浓,听到这些话,还差点拍了桌子,还是责怪山东盗首领说话和官府中人一模一样,再次发誓,朝廷抢他未婚妻,他不会忍气吞声,一定会有所行动。

山东盗首领仍然强压怒火,耐心劝导,说的也是同样的道理,总之大丈夫不能为一个女子而忘了国家大义。

这次东南无名氏终于拍了桌子,再一次郑重声明,他愿意为了心爱的女子什么都做得出来,那怕死也心甘。

于是不欢而散。山东盗首领收起桌子上的金银,被李师师劝到楼上去了。东南无名氏打算先离开汴京,回到东南老家再作计议。但是东南无名氏还没来得及离开汴京,便因山东盗奸细的罪名遭开封府拘捕,根据非常时期的法令,很可能被开刀问斩。

开封府尹听说东南无名氏被逮捕时吟诵了反诗,深表愤怒,说:"还升什么堂,谋逆之罪,开铡问斩就是。"

更没有想到的是东南无名氏在大堂之上竟然豪气冲天,高声吟起那首反诗来,一出口,怔住了在场所有的人。因为东南无名氏吟咏的是仿当年山东盗首领在浔阳江上题的反诗:"身在东京心在吴,飘篷江海谩嗟吁。他时若遂凌云志,敢笑山东盗首领不丈夫!"

书吏连喊大逆,想阻止已经来不及,东南无名氏的诗句被迅速地传到府衙外面。众多前来观看堂审的市民因为不能按惯例像平时那样进场旁听,只是在外面听说今天审的又是一个胆大包天、竟敢当堂吟反诗的山东好汉,喊着就要往里挤,场面一阵骚动,抗议声此起彼伏:"京城百姓可观开封府升堂审案,这是包青天定下的制度,岂能篡改!"

书吏请示了开封府尹,同意为满足场外看客的要求,把虎头铡安放在衙门外的广场上,以便能让人看到行刑。最终将东南无名氏从衙内解出的时候,四周变得一片肃静,大家都屏住了呼吸,专等午时行刑,只有几个卖肉包子的小贩低低的几句叫卖声,也被旁人制止了。大家的表情多少有些失望,一是看到东南无名氏是模样清秀的后生时,心生惋惜之情;二是这场审案行刑杀人的游戏,竟然这么快就要结束了。

这时,一个衣衫褴褛的年轻女子出现在法场,起初执法的衙役并不肯让她进去,但在场的人对突然出现这么一个年轻美貌的女子觉得十分奇怪,在一片说情声中,衙役们没有坚决地阻拦,由着她走近东南无名氏,并屈身伏于虎头铡旁。

东南无名氏见到她的举动十分激动,泪流难止,说道:"妹妹,你令我气短,你待我之情,来生再报了!"

年轻女子轻声对他说:"哥哥,我知道你心中有我,此时我心与你一样。你若去,尽可放心,因为如果我苟且活着,一定把你送回东南,让你瞑目九泉之下。"

围观者听不清楚他们说什么话,但从表情中揣摸出两人的对话必是情义万分,不免受到感染,一阵唏嘘之后转而对开封府的判案发出不满的声音。实际上大名艺人已经早早混在人群里,他一开始就觉得这是一场近乎滑稽的游戏、草草了事的审判,没有基本的法庭程序,又没有履行任何将犯人送赴刑场的手续;法场更是极不规范,既没有监斩官,又没有刽子手,谁的手上都没有行刑的令牌,有的只是一座虎头铡冷冷清清地搁在一边。大名艺人心里不禁冷笑,又看到了人们的反应,心想不管是真行刑还是假杀人,但东南无名氏毕竟身处法场,生死难知,自己应该赶快策应。于是人们一开始起哄,大名艺人趁机鼓动道:"开封府不讲法度,滥杀无辜,请重新判案!"

大名艺人这一喊,身边有好多人也响应,接着在场的人都跟着喊了起来,人群前后推搡,像洪水一样汹涌起来。

开封府衙门公人可能对付惯了这样的场面,早有防范,人群一混乱,公差衙役不知从什么地方冒出来的,人数突然激增,几方相互推拉,一时相持不下。

在大名艺人喊叫的时候李师师由展五带路,从侧门走进开封府衙门。外面骚动开始的时候,李师师在大堂上正与开封府尹展开对话:"请问开封府,今日所铡何人?"

开封府尹心里猜测到李师师的来意,口里如实相告道:"东南无名氏,方才此人竟吟山东盗首领当年在浔阳江上所题的反诗,必定是山东盗。按太祖皇帝定下的祖制,但凡心存不轨之人,罪大罪小,即使不斩不杀,至少也要充军三千里,不知花魁娘子与他有何交情?"

李师师和颜悦色道:"你就不要问了,有什么事我自向道君皇帝交代。"

开封府尹略有所悟,干脆道:"陛下那里本府自去交代。"

李师师说:"道君那里没有你的事,我自会去说明,开封府只不过虚设了一个刑场是吗?"

这时李妈气喘吁吁地赶来,说:"道君皇帝正要往开封府来寻娘子呢,你快回去吧!"开封府尹听罢哈哈大笑起来,说:"花魁娘子慧眼看得出来,开封府今天也不是真的要开铡杀人。"

但李师师要领人时,开封府还是让她写了收条。

看到衙役把东南无名氏又提回府去了,府衙外的人也就慢慢地散了。那个女子一时没有醒悟过来,还蹲在地上流泪,大名艺人迅速地拉了她一把,告诉他开封府已经把东南无名氏放了。那个女子破涕为笑,掩面而去。

这时,赵佶已经在开封府门外,看到这么多人散去,说:"好热闹,难怪花魁娘子平白无故地到开封府来。"

接着他远远地看到了那个女子离去的背影。

## 三十　失而复得总是令人惊喜

这一天周邦彦觉得皇帝的言行有些奇怪，开始，他听到赵佶对自己说："朕其实并非薄情之人，只是国事堪忧，朕又无力维持，还说什么千秋万代？作为一个皇帝，朕有很多事情要做，但是时间过得太快，快得好像很多事情都来不及做，只能凭借自己的直觉来安排轻重缓急，先做自己喜欢做的事情。"

后来蔡攸突然奏请南郊祀天大礼预演，时间定在宣和元年（1119）九月初一这一天，令人费解的是，赵佶竟然同意了蔡攸的这个计划。蔡攸秉承旨意，在短短的七日之内，虽然南郊祀天预演千头万绪，但大小事宜都已筹备完毕。赵佶审看了预演方案之后觉得十分详尽，提不出更多需要改进的地方，深感满意，赞许道："蔡攸虽然文才不及其父，但办起具体事来却效率极高，远远胜过其父。"八月二十后的这些日子，汴京一带下起了一场连绵不断的秋雨，干涸的黄河又涨满了带着泥沙的浑水。户部左右两曹以及谏院多名御使趁机上奏，说天意难违，请罢郊祀预演。担任郊祀大礼总管的蔡攸急坏了，不禁忧心忡忡，盼等天气转好，还专门请来张天师设坛祈天，以求风停雨住，乾坤朗朗。到了郊祀预演前的两天，忽然雨过天晴，天气骤然凉了下来，有如初冬。八月三十深夜云雾散开，蔡攸不禁大喜："天助蔡攸！天助皇帝！天助我大宋！"

郊祀大礼预演的前一天，赵佶忽然来了兴致，带着一班人去了一趟万岁山。

身临其境，但见万岁山已经筑就，山上岩壑高深，登高而望，却又场景广远，峰峦起伏，亭台楼阁多得不可胜数，其中赵佶赐名的绛霄楼气势高峻，曲尽工艺，最是巍峨，在场的人无不叹为观止。

赵佶一看，大喜："蔡京之言不虚，美哉！壮哉！奇哉！"

群臣大多附和，纷纷赞颂赵佶此举是大宋的一桩伟业。有的甚至说堪比当年始皇帝修阿房宫，同为人间一大奇迹。

赵佶突然说："万事俱备，只欠东风！"

童贯明白皇帝的心思：他说的东风就是睦州美人！回宫后，童贯即刻请求再赴睦州，去觅绝色女子。

有关童贯再去睦州的传闻出现的同时，以后妃为主要力量的反对势力，向她们的丈夫、当今皇帝赵佶展开了柔软的攻势。

首先发起进攻的是韦贤妃。平心而论，正如她的封号，韦贤妃是众嫔妃当中比较自重和贤淑的一个，平时深居简出，在公开场合说话不多，也不在背后搬弄别人的是非，在宫中有一定的威望和人缘。更主要的是，她绝少来打扰皇帝。所以当她迈着细碎的快步朝睿思殿走来的时候，张迪一下子并没认出韦贤妃。因为是稀客，张迪主动迎了上去，热情地跟她寒暄起来。然而，韦贤妃四顾无人之后，柳眉紧锁，压低声音说："张迪，告诉你一个事情，但你不能乱传，听说睦州来的入画美女已经跟一个美少年私奔了？童贯要去睦州抓他们回来，替陛下出气。"

张迪亲耳听到韦贤妃说出这个事情，吃了一惊，问这是谁告诉她的，韦贤妃愁眉展开，也没有正面回答张迪的话，笑着说："后宫都传得沸沸扬扬了，只怕就是瞒了陛下一个人，所以我来是要把此事禀告陛下。"

韦贤妃的声音不高但已传到殿内，赵佶隐约听到是韦贤妃在说话，心里已经觉得奇怪，就聚着耳仔细听，又听到韦贤妃一声笑，觉得可能是在取笑自己，也顾不得什么，大步奔了出来，手指着韦贤妃："你在这里胡说八道什么？"

韦贤妃对皇帝的严厉并不在意，也没有行礼，拉起赵佶走进殿内，把他按在红木座椅上，又给他奉上茶，还在茶杯上吹了吹凉气，然后喂了赵佶几口，说："奴来告诉陛下，是为了陛下好，但是陛下听了不要生气，不然，奴就不说了。"取得赵佶保证不生气的承诺后，韦贤妃把自己听到的话原原本本地说了出来，而且又加了一个关键内容："听说已经怀孕生子了。"韦贤妃说到这里，只听得殿内有杯子摔落在地上的声音。等张迪入得殿内，殿内又恢复了死一样的沉寂。

由于赵佶采取置之不理的对策，这一传言很快就消失了。

但是不久又出现了新的谣传。

郊祀预演的组织工作并不令人满意，朝野上下也多有批评，一是所花钱缗大大超支，多达一千万缗，恩封的范围任意扩大，只好从奖赏给兵士的钱缗中克扣，差点引起兵变；再是后宫嫔妃中有多人私下混入郊祀队伍，据报还有多名官员挟带艺伎出行，但是这些违规行为的出现，来自一个新的谣传，而赵佶是在事后听到这个谣传的。谣传说由童贯或张迪安排，李师师化装成一名执金吾跟随皇帝出行南郊。赵佶十分气恼，因为李师师事先向他提出过参加郊祀的要求，赵佶没有答应，说："南郊之后，朕可约一两人独自陪花魁娘子出行。"至于这是否张迪或童贯瞒着他做了安排，赵佶也做过调查，张迪和童贯都矢口否认。赵佶将信将疑，他相信李师师不会对他说假话，但还是差人对李师师做了询问。李师师送回一句气话："奴有这份荣幸吗？奴是扮演了一个执金吾，还举了那么沉重的器具招摇过市，就在陛下身边，陛下就没有认出奴来！"

另一个谣传说得更是有鼻子有眼。

这个谣言来自郑皇后，也就是关于一个宫女孕后潜入宫中的流言。

这个流言在宫中暗潮汹涌，比韦贤妃说的更加危言耸听。谣言说这个宫女企图仿效古代的赵姬，李代桃僵，以便日后取赵宋天下。至于这个吕不韦是谁，说法更多。皇帝深以为忧，知道睦州美人一日没有确切消息，后妃们便一日不肯放过,到时候自己也难以招架,于是决定由张迪将落杏儿弄出皇宫,让她远走天涯。

　　这个计划就是让睦州美人扮成一个小黄门,而不是执金吾,随行出宫,郊祀大礼预演,场面必定混乱不堪,外面再有李师师接应,睦州美人就可以溜之大吉。

　　秋天的汴京,是充满想象又是谣言四起的季节。

## 三十一　高丽国主来迟了的口信

冬天迟迟到来，一心想把宣和元年(1119)当成励精图治的年份的君臣兴致正浓，上下同气，力争把没有做完的重要事项在余下的两个月里面抓紧做好，连同寻找睦州美人这等要紧的事也暂时靠了靠边。

赵佶心想，身为皇帝，儿女情长是一方面，治理天下也是一方面，不能偏废。等自己忙完朝中大事，再去好好照应，睦州美人冰雪聪明，什么叫深明大义也是懂得的。

几件大事排列了一番，赵佶觉得应该动点真格，不然那几位讪君买直的低阶官员会上一道奏议，明里暗中批评自己心血来潮，忽冷忽热。和蔡京商量之后，感到最迫切的大事，就是继续大力推行新法，将神宗熙宁、元丰的新法进行到底。于是十月初一日，赵佶亲笔御批，把搁置了许多日子的《绍述熙丰政事书》布告全国，以安内政，定人心。

果然朝臣和各州县都纷纷奏议，表达了拥护，认为这样一来，大宋朝气象又将为之一新。

按照设想，绍述新法旗号再次举起，税赋将大大增加，钱币将大大积赢，不用半年，即可铸九鼎，建明堂，修方泽，立道观，大兴土木不再困难。但官员人多口杂，为了不受种种非议干扰，诏书暂时不依中书省草拟、门下省复核、上奏后颁行的既定途径，而是由皇帝亲书后即刻颁行。御笔手诏甚至可请宦官代书,即书即发,提高效率。

本以为政事顺心,天下太平,自此可称心,不想王德妃生了病,太医看治,认为气虚,用了高丽国王俣进贡的三百年野参,补一补气就好了。赵佶前往看视,问用了何方良药,知道是有人从高丽带回的贡品,突然想起一桩事情。

赵佶曾应高丽国请求,谕旨由翰林医官、太医局教授杨宗立带队,率翰林医愈、太医局教授杜舜举,翰林医候、太医局教学成湘,迪功郎、试太医学录陈宗仁和蓝茁等人,赴高丽从医教学,而杨宗立和杜舜举二人,是高丽国点名,请去为新任国君王俣治病的。

他们去了几年了,两年还是三年?

赵佶思索了一会儿,没有确定,于是问陪侍的张迪:"医官杨宗立几时从高丽国回来的?"

张迪居然知道,说:"回禀陛下,杨宗立是重和元年(1118)去的高丽,回来已经一年多了。"

于是杨宗立很快被召到赵佶跟前,他热泪盈眶,泣不成语,回道:"陛下终于想起臣下了。臣回国已经一年了,没有机会向陛下述职。"

赵佶责怪说:"你等怎么不来见朕?"

杨宗立申辩道:"臣下与杜医谕渴望早日面见陛下,只是陛下一直没有谕旨,臣等已经候了一年零五十五天,计四百二十天……"

数着日子,杨宗立眼泪就掉了下来。

旁边童贯看到杨宗立掐着指头计较日子,顿时不快,斥责道:"高丽国君王俣是医好了,还是医死了,又有什么要紧。陛下日理万机,叫你们等个几年有什么好埋怨的,你还记住几天了。"

杨宗立擦了擦泪,对着童贯站直身子,说:"高丽国君已经病愈,对大宋感激涕零,所以贡献增加数倍,以谢陛下隆恩。"

赵佶想起来,说:"这些朕都知道了。三百年野参,王德妃服了,效果立竿见影。"

杨宗立再次屈身,神色郑重道:"陛下,高丽国王有万分重要的口信叫臣下转呈陛下,臣等焉能不急!"

赵佶一听有口信,也觉得自己对他们确实冷落了太久,为示安抚,给杨宗立赐了座,叫他慢慢说。

其实从心底里,赵佶与大宋朝历代皇帝一样,对高丽国素有好感。大宋立国之初,高丽就主动请求建立起宗藩关系,历朝国王均接受册封,互动良好,从未间断,是国与国也罢,是宗主与藩属也罢,传统的友好关系一直维护着,虽然有过亲密,也有过疏远,但大体还算得上是同盟,因为双方始终都有共同的敌人。

从赵佶登基起,高丽国与大宋靠得更近了,甚至不惜得罪契丹和女真,将自身推到一个危险的境地。为此,如果高丽一旦遇到强敌威胁,大宋还是能施以援手,给予帮助,但这种援手和帮助会到一个什么程度,还真的难说了。让赵佶暗生愧疚的是,宋和金之间将达成盟约,这种盟约很难不损害到别国,尤其像高丽这样的小国。

高丽国小,但历任几位国君总是有所作为,让周边大国刮目相看,给予尊重。

赵佶尤其是对现在的高丽国王王俣心存几分敬意。

以前当宋朝与辽开战的节骨眼上,高丽总是配合,与辽的战争也不失时机地进行。高丽国战败,表面上向契丹称臣,但暗中仍不断请求联合对付辽国,并经常遣使朝贡大宋,宋对高丽使者给予最好的优待,在他们与辽的对抗中暗中给予援助。近年来契丹日衰,女真兴起,高丽又与女真发生冲突,虽然高丽惨败,被迫求和,但君臣不忘大修武备,欲雪败于女真之耻。崇宁四年(1105),高丽国王肃宗去世,儿子王俣继位,于大观元年(1107),即在登上王位的第二年冬天,率军越过千里长城,征讨女真,收复失地,修筑东北九城,女真屡次反扑,双方拉锯,九城几易其手。政和五年(1115),完颜阿骨打建立金朝,与高丽结成兄弟之邦。之后高丽利用辽金开战的机会夺取重镇保州,改名义州,解决了多年来的肘腋之患,使高丽疆域抵达鸭绿江,对辽国和金国都形成了牵制,从而形成了对大宋有利的局面。

高丽国表现可嘉,所以,王俣得病,赵佶为其所急,于情于理,都应该派出名医为其治疗,以表明诚意。

得知王俣在精心治疗下得以痊愈,赵佶感到自己做了一件好事,放宽了心,松了一口气,之前忽有忽无的愧疚也烟消云散。他认为高丽国王要杨宗立转呈的,无非是一些感恩的话,于是问道:"什么口信?"

杨宗立看看童贯,从袖口中取出一本已经破旧的药书,翻开到最后一页,只见在药方之间抄写了一段细密的蝇头文字,也就是王俣的口信,读道:"闻朝廷将用兵伐辽,辽为兄弟之国,存之足为边捍;金为虎狼之国,不可交也!业已然,愿二医归报天子,宜早为备。"

赵佶与童贯相互看看,一时说不出话来。

杨宗立以为他们没有听清楚,又念了一遍,念到一半,就被赵佶打断了,叫他把医书留下,即刻退下,嘱咐道:"此为一等机密,绝不许到外面说半个字。"

杨宗立急忙申辩道:"同行的其他医官也可证明……"

童贯更多是恼火,吓唬道:"证明什么,如此要事隐匿不报,现在就可将你们全都下狱。"

幸好赵佶挥挥手,杨宗立才敢低着头惶惶离开。

赵佶心存余悸,又派人把杨宗立叫回来,叮嘱道:"如果被女真人侦知,大祸临头。其他人等,你一一告知,闭口不谈,都须如无事人一般。"看看杨宗立惶惶的样子,又念其在异域几年辛苦,不免想有所安抚,于是口头御谕:杨宗立从七品翰林医官擢升为正七品翰林良医,其他同行人等也均予以晋升。

太医局翰林医官共有十四阶,曰和安大夫、成和大夫、成安大夫为从六品,以下成全大夫、保和大夫、保安大夫、翰林良医为正七品,再以下和安郎、成和郎、成安郎、成全郎、保和郎、保安郎、翰林医正和翰林医官、翰林医效、翰林医痊都为从七品,翰林医愈、翰林医证、翰林医诊、翰林医候都为从八品,更以下的翰林医学是从九品了。

原以为会受到处罚的杨宗立喜出望外,刚要谢恩而去,又忽然悲伤道:"翰林医愈、太医局教授杜舜举过渤海落水而亡,请陛下恩及其子。"

赵佶沉吟良久,道:"那就追授杜舜举为正七品翰林良医,让他儿子到太医局学医吧。"

等杨宗立离开,童贯气犹未消,大骂道:"王俣多管闲事,企图阻挡我与大金结盟,居心叵测。"

赵佶倒是冷静下来,说:"王俣也是好意,只是小国国君,总是求一隅生存,不过视野狭窄,不能纵横捭阖罢了。有机会给他说明道理。"

平心而论,赵佶不得不认为王俣的话说到了要害。从地域视之,尽管宋辽各视对方为敌国,但辽国毕竟是与宋和平相处已达百年之久,而新兴的女真人,也就是金国,则更具进攻性,威胁更大。就此而言,一个辽国的存在,何尝不是捍卫大宋疆境的最可靠的屏障?何尝不是让几方处于相安无事的鼎立之势?时至今日,辽国君臣上下,不是也感到被宋、金夹攻的严重性,三番五次派遣使臣,表达对宋奉表称臣之意吗?辽国愿意向宋称臣,希望宋不要和金联盟攻辽,足以说明其无心无力。

宋辽既为兄弟之邦,也是唇亡齿寒的关系,灭辽后会有更多更大的麻烦。这一点,甚至高丽国王也看得清楚。

但由于金国再三逼迫,宋朝开始疏远辽国,使形势越来越没有回旋的余地。

朝廷上下,从皇帝开始,没有人敢跟辽国有更多的交流,近几年来,辽国的使者也不再来大宋朝贡。

辽使韩昉曾经到大宋军营中拜见童贯、蔡攸,直言女真蚕食诸国,若大辽不存,必为南朝忧,唇亡齿寒,不可不虑,把该说的话都说了。但童贯、蔡攸怕金国的奸细知道,于是当众羞辱韩昉,公开将他赶出了大宋国境。

机会再一次流失。

今年五月,金国再次逼迫,突然发动了对辽国的进攻,同时催促童贯也率军迅速北上一同进攻辽国。事实已经发生,到了这一步,王俣的口信已经是事后诸葛亮了。事已至此,赵佶有几分懊悔,如果一年以前召见杨宗立,接受高丽国君的建议,情势又会变得如何呢?

童贯看出了皇帝内心的摇摆,很是不安,又听说几位三品、四品朝臣御史台已经风闻此消息,准备联名上奏,请求皇帝采纳高丽国王的建议,阻止与金的联盟。尽管童贯审问了杨宗仁和其他去过高丽的医官,知道并没有什么朝臣找过他们任何一个人,但想想凡事不会空穴来风,想想联金抗辽大计可能再次受到干扰和破坏,童贯不禁焦急起来,于是找到蔡京,希望一起劝一劝皇帝,以坚定与金国结盟的意志。蔡京以自己老眼昏花,而且身体有恙,不便费心费力,一再推却,又说:"陛下的心都让睦州美人填满了,不过是听了几个太医的什么口信,一时烦恼罢了。"

童贯于是又找到蔡攸商量,鼓动他去劝一劝皇帝。

当晚夜深,赵佶正跟支撑着身体的蔡京商量万岁山竣工典礼的事情。蔡京看到蔡攸来了,怕有什么争执,就要起身离开。蔡攸拦住父亲,说:"正好都在,不妨把有些大事再作明确。"

蔡京不快,说:"大事? 万岁山竣工典礼不是大事?"

赵佶叫人上了茶,然后慢声道:"你们父子有话好好说。"

童贯示意蔡攸先讲,说:"陛下,蔡太师,蔡相要说的确实是大事。"

蔡攸见过了皇上和父亲后,就提起关于高丽国王口信的事,希望皇帝不要听信,不要受到蛊惑。

蔡京冷笑:"为何? 信不信,陛下还不知道?"

蔡攸针对父亲所说,用前朝的事例予以反驳,头一个搬出来的是苏轼。元祐五年(1090)和八年苏轼先后两次上奏,提醒哲宗皇帝与高丽人交往务必谨慎。

蔡京对苏轼成见仍深,说:"苏轼一向言过其实,自以为是,怎么能听。"

赵佶点点头,说:"苏轼话多了点,但尚能直言。"

蔡攸连忙道:"陛下英明,不能因人废言。"

其实赵佶曾经读过苏轼的有关奏议。苏轼认为高丽北接契丹,南限沧海,与中国壤地隔绝,利害本不相及,大宋朝初期许他们入贡,太祖太宗也知其实没有什么益处,因此绝而不通。更为严重的是,高丽人,以旅游观光为名,伺机侦察虚实,暗中绘制地形图,提供给契丹人。苏轼在奏议中详细陈述自己在与高丽人交往中发现的五个方面的害处:

> 臣伏见高丽人使,每一次入贡,朝廷及淮浙两路赐予馈送燕劳之费,约十余万贯,而修饰亭馆,骚动行市,调发人船之费不在焉。除官吏得少馈遗外,了无丝毫之利,而有五害。所得贡献,皆是玩好无用之物,而所费皆是帑廪之实,民之膏血,此一害也。所至差借人马什物,搅挠行市,修饰亭馆,民力倍有陪费,此二害也。高丽所得赐予,若不分遗契丹,则契丹安肯听其来贡,显是借寇兵而资盗粮,此三害也。高丽名为慕义来朝,其实为利,度其本心,终必为北虏所用。何也?虏足以制其死命,而我不能故也。今使者所至,图画山川形胜,窥测虚实,岂复有善意哉?此四害也。庆历中,契丹欲渝盟,先以增置塘泊为中国之曲,今乃招来其与国,使频岁入贡,其曲甚于塘泊。幸今契丹恭顺,不敢生事,万一异日有桀黠之虏,以此借口,不知朝廷何以答之?此五害也。

在赵佶看来,苏轼所提建议虽有道理,但更多的是个人之见。高丽与大宋交好,并非完全是为了一己之利,除了自身的安全,也有向往大宋之心,仰慕大宋文化之真,感恩大宋款待之情,于己之切,关乎他人之切,为了辽国,也为了大宋,当然也更是为了自己。

事到如今,为之奈何?

赵佶沉默了一会儿,对童贯和蔡攸道:"朕与太师有别的事要忙,与金盟约的事,就全权委托你们了。"

童贯吃了定心丸，全力筹备暗渡渤海的金国之行，力争与女真人早日商定结盟事宜。但想到高丽王俣口信一事，仍然有些不踏实，于是悄悄派人把杨宗立和另外几名医官叫到枢密院，扣押了几天，试图证明他们被高丽国收买，为其充当耳目。如果罪名坐实，挖出奸细，一个个都得杀头不说，也可揭穿高丽国的图谋，让皇帝看清事实，让金国看到大宋的诚意。

杨宗立鄙视童贯作为，面对各式刑具，拒不屈服，还大呼要求面圣，请皇帝评理，说："我堂堂皇帝亲赐正七品翰林医官，岂能怕你！"

童贯奈何杨宗立不得，又去恐吓、利诱其他几位医官。结果太医教学成湘只得坦白自己私自带回数支野参，以高价售卖。试太医学录陈宗仁曾经有与一位高丽女子结婚，并在当地开医馆的念头，只是由于对方后悔才没有成功，现在一直大骂高丽国女子无情无义。另一位太医学录蓝茁什么事情都没有做，但学了几句高丽话，但时间一久，也忘光了。

童贯拿着整理好的案卷，私下与负责此案的一位大理寺推丞密议，又提了提苏轼的奏议，暗示说："这些人似乎有充当高丽国密探的可能。"

这位大理寺推丞虽然官小，但却说实话，觉得他们交代的都不是什么罪行，构不成下狱条件，劝童贯放人。童贯不甘心，又准备将他们赶出京城，正想着办法，太医局那边听到杨宗立等人下狱的消息已经闹起事来，太学生陈东带头，整个国子监的学生都跟着闹。

消息传到后宫，吃过野山参的王德妃首先出头，气咻咻地找到赵佶，为杨宗立他们喊冤叫屈。

赵佶问明情况，觉得童贯做得过头了，令他放人，并交代张迪带着锦帛去太医局，安抚杨宗立等人。杨宗立哭着谢恩，把赏赐给了别人，写了一封呈状，说自己已经决定回老家，当一名江湖郎中，为百姓治病。是夜，王德妃陪侍，赵佶没有过多留恋，而是起了个大早，来到御苑，似有闻鸡起舞之势，一边挥剑，一边唱着苏轼的《江城子·密州出猎》：

老夫聊发少年狂，左牵黄，右擎苍，锦帽貂裘，千骑卷平冈。为报倾城随太守,亲射虎,看孙郎。

酒酣胸胆尚开张,鬓微霜,又何妨?持节云中,何日遣冯唐?会挽雕弓如满月,西北望,射天狼。

这日,被邀请参加万岁山竣工典礼的高丽国使来到汴京,请求再次派翰林太医数人,到其国教学治病,培养医官,设立药局,要使高丽国百姓人人康健,个个长寿。

## 三十二　赵官家寂寞中寻求充实

进入宣和元年(1119)的冬季,朝廷一些重大事件的日程又做了更改。原定于九月初九的万岁山竣工大典,推移到十月初十日天宁节,即与冬郊祀天放在了同一日。改变的原因,是因为赵佶听了蔡京的一句话。

九月癸亥日,蔡京的幼子,未来的驸马蔡鞗进宫面圣,报告其父生病的消息,于是赵佶亲自去了一趟太师府,探望蔡京的病情。看到皇帝驾到,还带来自己最喜欢吃的温州黄柑,蔡京感动得从床榻上翻滚下来,跪在地上,连呼万岁。

赵佶将蔡京扶上床,安慰道:"太师身体有恙,还是好好躺着吧。"接着又叫随行的太医给蔡京诊了脉,赠送了珍贵的药品,还亲自剥开了一个温柑,说:"朕想起梅尧臣的诗,'禹书贡厥包,未知黄柑美。竞传洞庭熟,又莫永嘉比'。这温州永嘉县的黄柑是最佳的。"

蔡京赶紧接了上来,道:"适观隐侯诗,获此殊可喜。诵句擘露囊,香甘冷熨齿。"又挣扎着从床榻下面拿出一卷轴给皇帝看。赵佶一眼便认了出来,说:"这不是富弼的《温柑帖》吗?原来在太师这里。"蔡京一激动,恳切地说道:"此幅呈敬陛下。"

赵佶爱不释手,说:"朕收下太师美意,回去细看。"

富弼历仕真、仁、英、神宗四朝。于庆历年间,任枢密副使,助范仲淹推行新政,但很快被排挤,至和二年(1055),与文彦博同任宰相,在位七年。英宗时,召为枢密使,封郑国公,旋出判河阳。熙宁二年(1069),二度为相,以反对王安石变法,出判亳州,后退居洛阳,上疏请废新法。元丰六年(1083),八十岁时病逝。

其帖云:

> 弼修建坟院,得额已久,先人神刻,理当崇立。今天下文章,惟君谟与永叔主之,又生平最相知者。永叔方执政,不欲于请,独有意于君谟久矣,但为编次文字未就,故且迁延。昨因示谕,辄敢预闻下执,即非发于偶然,惟故人伦察,少安下情也。皇恐皇恐,院榜候得请,别上闻,次圆觉偈,亦如教刊模也。哀感何胜。弼又上温柑绝新好,尽荐于几筵,悲感悲感。
>
> 弼又启。

因为赵佶的下一站还要到道德院观看金芝,略加寒暄后,就要起身离去。这时,蔡京沉吟片刻,终于说出自己当初偷梁换柱,藏匿落杏儿之事。蔡京言语真切,说道:"陛下,睦州美人之事,蔡京有负陛下,但是当初不让献于陛下,也有蔡京的一番苦心。一则睦州美人天赋颜色,蔡京怕陛下不堪爱情之苦,沉浸之后,疏于朝政,又为天下伪道者抓住话柄,终日不弃不舍;二则红颜薄命,恐引起后宫骚动,陛下又徒添烦恼,整日被人纠缠,陛下不胜其苦。"

听完蔡京的话,赵佶沉思良久后,拍拍蔡京的手,说:"太师一番苦心,朕知道了。道德院稍晚再去,却想再听太师说话。"

落杏儿的事情得到化解,蔡京大大舒了口气,刚才的一些话,有几分冒险,但总算被皇帝接受了,看来《温柑帖》没有白送。

赵佶又坐了一杯茶的工夫,蔡京趁热打铁对万岁山竣工典礼发表了自己的看法:"依臣之见,可将竣工典礼与冬祀郊天合二为一,既省钱缗,又显隆重，时间可否就定于十月初十日？"赵佶频频点头。

离开太师府到了道德院，赵佶趁人多发布了这个消息："万岁山竣工与冬郊祀天的日期都定于十月初十，也就是朕的四十岁生日天宁节这一天。"

听到这个消息，蔡攸就急急忙忙地入宫觐见。不等他问起，赵佶就说："万岁山竣工与冬郊祀天二者合为一，是汝父的主意，此议甚好。"蔡攸只好不说话了。

为了不影响蔡攸的情绪，此日午时，赵佶又发了一道圣旨：蔡攸以淮康军节度使为开府仪同三司。

赵佶将万岁山竣工大礼视为盛世君王的一个宏伟壮举，是大宋朝可以彪炳史册的一桩千秋伟业。总之，对于宣和元年（1119）这一年来说，它是值得记述的一件大事。因此赵佶诏令树碑，以颂扬其事，彰显后世。

树碑立传关系到荣誉，重臣们为此又起纷争，千方百计争取在碑文中出现自己的姓名。赵佶对此既烦恼又欢喜，烦恼的是功臣很多，不好少了谁，特别是排名先后要费考虑；欢喜的是大臣们荣誉感这么强，争着证明自己所做的贡献，实在是大宋之幸。

由张邦昌为主，几位翰林学士承旨代笔，加了两个昼夜的班，起草了碑文的草稿，洋洋洒洒，华章丽句，引经据典，夹叙夹议，对当今皇帝极尽歌功颂德，堪称一篇可以流传千古的范文。赵佶读后心潮起伏，欢喜不已。欣喜之余，他又觉得不能独自己享受这份荣誉和快乐，因此在审阅草稿时做了修改和添加，主要是增加了一串对建造万岁山有功的大臣的名字。

还没有正式颁布诏文，碑文的内容已经泄漏。一石激起千层浪，引来了群臣之间激烈的争议。没有列入名单的大臣愤愤不平，直言上奏，认为既为臣下，忠君之事是天职所在，不能由于皇帝的宽大而浪得名分，贪天之功，绝不能让臣下的名字与君王同列，有坏纲纪，意见是谁都不能列入。但赵佶很坚持，说："天地同喜，君臣同享，理所应当，也为后人样板，既有功劳，岂可抹杀？"

但是暗中斗得最不可开交的却是已经列入碑文的几位大臣，他们主要是为名序排列较劲。在泄密的碑文底稿的名单排列次序中,赵佶将蔡京父子的名字做了颠倒,将蔡攸的名字大大提前,蔡京名字在蔡攸之后,在杨戬、孟揆之前。把消息透露给蔡京的是尚书右丞张邦昌,毕竟是蔡京和王黼曾一起提携过的门生,才甘愿冒这么大的风险,向蔡京通风报信。蔡京得知后,不由得血往上涌,差点气得昏过去。按道理来说,蔡京怎么也应该排在群臣的首位,现在不仅排名下降,恼火的是居然被排在自己儿子的后面。当晚蔡京怎么也无法入眠,连夜写了一道奏议,五更天亮,就送进宫中,言自己老迈,但是神志尚清,蔡攸不孝,何德何能,越过其父?恳请赵佶调整排名,自己不求为首,但无论如何,要把蔡攸的名字排在自己的后面。看了蔡京的奏折,赵佶知道是张邦昌泄的密,但也不追究,暗地里高兴自己的报复起到了效果。他待蔡京一走,笑问张迪:"蔡攸呢?他不是在外面候着吗?他会怎么说?依朕看来,父子俩的事,由他们自己商量去。蔡京也这么沉不住气。"

原来蔡京一进宫,蔡攸就在第一时间里得到了消息,后脚就来了。

诏令立碑后,他也预先知道了自己的名字居然列于父亲的前面,这实在是一个好兆头,但他知道父亲不肯善罢甘休,父子必有一争,自己与其被动等待,不如主动出击。他没有像父亲那样为了名序上一道奏折,而是采取迂回战术,他进宫的唯一目的是来告诉皇帝一个特大喜讯:他今天一早游万岁山看到了绛霄云间有楼台亭阁,还有道流童子隐约出现。

听了蔡攸的陈述,赵佶大喜,说:"这说明朕建万岁山是神仙的意思!"

蔡攸脸无笑容,表情严肃,说得极其认真。之前他曾数度与皇帝讨论珠星璧月、跨凤乘龙、天书云篆之符,陛下与之应对,深以为然,称赞他精通黄老之术,而又有自己独特的心得和创新。其间蔡攸偶尔禀报自己看到蓬莱有八仙登龙向东海而去,或者说昨晚金华黄大仙入室与之论道,五更方归等等,赵佶听了并不怀疑所说真假。

此时赵佶兴致勃勃地问:"道流童子可曾见你?"

蔡攸喜洋洋地说:"道流童子已知陛下所撰碑文,言与上天之意吻合,深以为然。"

赵佶一听蔡攸提起碑文,心里忽然发笑,已经明白蔡攸用意,但也不去点破,说:"明日议朝,你说与众臣听。"

蔡攸兴高采烈地离去之后,早有人到太师府报告了蔡京。蔡京托了已来汴京多日的温州道士林灵素进宫替自己说话。林灵素在离宫数年后再度入朝觐见,而且说是一夜之间走了三千里,从温州来到汴京。赵佶喜出望外,取消了当天的所有事务,特地在神霄宫福宁殿设宴招待。林灵素不喝酒不喝茶不吃饭,先画了一道符,又放眼远望,说:"天上有九霄,最高是神霄,神霄玉清王者是上帝长子,号长生大帝君,陛下就是长生大帝君,蔡京是仙官左元伯。"建议在万岁山上修建上清宫,并说蔡京也有这个意见。

父子斗法的结果,使得赵佶左右为难,他宁可相信父子俩说的都是真的,对林灵素的话更是深信不疑。

但是后来这场争执不了了之,最终没有赢家。

因为在这当口,远在苏州的朱勔上了一道出人意料的奏疏。朱勔的名字没有列到名单里面,但他在奏议中绝口不提此事,相反,他说得很大度,称赞陛下此举十分英明,所列大臣名单也是名副其实,但是里面的一句话却让赵佶突然对自己的碑文感到索然无味:"万岁山之宏伟,阿房宫不能与之比肩。"朱勔在奏疏中居然把万岁山比作阿房宫!那么自己不就是秦始皇或者是秦二世,阿房宫一把火被项羽烧了,而今安在?

赵佶仿佛顿悟,也不与人商议,点火烧了碑文的文稿,下旨不再议论立碑之事。这样一来,双方马上偃旗息鼓,朝中顿时风平浪静。

懊悔之中,赵佶对蔡京生出几分愧疚,于是叫人带一些西域进贡的滋补品去探望蔡京,私下里又对张迪说:"朕曾与中侍郎侯蒙议论蔡京,问蔡京何如人。侯蒙回答说,如果蔡京能够正其心术,虽古贤相不能与之相比。"张迪听了,心中疑问,但没有说出口。

赵佶笑了起来,说:"这次是朕逼迫,蔡京也是无可奈何,不过总是朕之福。"

万岁山竣工典礼推迟至天宁节的诏令一颁发,上表支持赞美的大臣一批接着一批,连各国的使节也送来表章以示称颂。

但就在此前,新任尚书右丞、翰林学士张邦昌的一道奏议引起了赵佶的不快。其实,这道奏议并非张邦昌本人的杰作,他不过是转呈了另一道奏议。就是熙宁二年(1069),时任大名府留守推官苏辙的《上神宗乞去三冗》。苏辙秉笔直书,奏议洋洋万言,所谓三冗:一为冗吏,二为冗兵,三为冗费。赵佶细读之后,虽觉得苏氏兄弟为大宋江山担忧,所言句句合情合理,但是他恼的是张邦昌在这个时候转呈这个奏议却是别有用意,于是当着数位大臣的面,将张邦昌骂了几句。张邦昌闻知,起初觉得自己并无过错,不肯接受陛下的责难。后来蔡京把他叫到府中,狠狠训斥了一顿,说:"陛下已将州府贡献的钱缗补贴郊祀和竣工大礼。忠厚豁达,何人能比?你以死人压活人,转呈苏辙《上神宗乞去三冗》,用心何在?岂不知陛下最敬畏神宗皇帝,你这不是伤害陛下吗?"

张邦昌被说得汗流浃背,自忖惹下大祸,连问补救的办法,蔡京爱惜地看了看自己的门生,出主意道:"你要切记,识时务者为俊杰。你上一道书,向陛下谢罪,但所言不可太过。陛下温和之人,自然不会太过苛刻,之后的事情,由本太师来料理。"

张邦昌千谢万谢,离开太师府后,当夜就写出了一道谢罪的折子,而且把苏辙所说,全面批判了一遍。

赵佶读了张邦昌的谢罪之言,心情有所好转,但是私下里不禁又将苏辙的《上神宗乞去三冗》读了读,难免一阵感慨,对张迪说:"你传旨孟揆,郊祀和竣工典礼所费钱缗须节省一些。"

是夜,赵佶在保合殿宴请蔡攸、童贯和孟揆等,商议天宁节事宜。孟揆提出,合二为一,费用不仅不会减少,反而可能会增加,说:"二项各值其时,合计费用一千五百万缗,如今合二为一,费用则为一千七百万缗,为所超资费二百万缗从何而来?"

赵佶爽快道:"这二百万缗由朕付给,从西城所出一百万缗,由富庶州府凑合一百万缗，仅大名府就认了五十万缗。"

这几天他兴致勃勃地批阅了州府来的奏章。全国二十四路，十四府，二百四十六个州，三十七个军，四个监，都有表上来，预祝万岁寿辰。奏章的内容，令他龙颜大悦，内中大多是歌颂之词洋溢，忠君之情恳切，爱国之心昭然，最令他兴奋的是，其中几个富庶的州府，为他个人所解的超额金银，多出整整二百万缗，刚好填补竣工典礼和郊祀的亏空。

正当赵佶认为资金筹备有十分把握时，却接到了大名府传来的坏消息。九月二十二日，传报山东盗的几个头领，闯到了北京大名府，做下几起抢劫金银财宝、杀人放火的案件，知府梁中书险些遇难，军民死伤无数。大名府与朝中许多官员都有渊源，其中知府梁中书便是蔡京的干女婿。据奏报，失盗的财物中有一车金器，原是献于皇帝生日的进贡。实际上蒙受损失的不只是皇帝一个人，失盗的财物有十多车，都是分送给各位重臣的，蔡京有三车，高俅有两车，童贯也有两车，各院、部长官每人也至少有半车。这之前各家原来都已经先一步得到了礼单，心里多少已经盼望，这样一来，变成一场空欢喜，反过来还要抚恤大名府。尽管马上查清原来是一股西北流匪假冒山东盗，但是作案后早已逃到西夏国去了，无从追查，因此大臣们禁不住还是迁怒于山东盗，纷纷上奏要求陛下即日就下旨征剿山东盗。高俅也愿意再度挂帅出战，他怒颜陈词道："山东盗不灭，河南河北不得安宁了，到时候说不定汴京也会出现冒名山东盗的盗贼，大名府劫案，罪魁祸首是山东盗！"

朝中这么一闹，山东盗马上得到了消息，一方面对西北流匪作假作恶十分恼怒，徒生气愤，一方面赶紧派人到汴京通知大名艺人，叫他了解各位大臣蒙受损失的具体数额，酌情进行补偿。大名艺人向李师师行了重礼，说天宁节快到，山东盗准备了一份寿礼呈送皇帝，希望花魁娘子通融，用什么办法把礼送进去。

李师师听说还给各位重臣补偿时，骂道："你们宋大哥这般没有志气？人家去偷去抢，你跟在后面去赔？这反倒落下把柄，连赃都用不着栽了，千军万马理直气壮杀到山东盗水泊来！"

大名艺人点点头,叹道:"花魁娘子的话十分有道理,只是宋大哥也有难处。"

李师师一只玉手轻轻搭在大名艺人的肩膀上,说:"有天大的难处也用不着这般委屈。再说了,朝廷硬是不讲道理,就大家放开来厮杀一场,得理得天下,怕什么?"

听了李师师的话,大名艺人深受感动,心里微微一颤,差点落下泪来,但他还是强迫自己冷静下来,最后说:"皇帝的寿礼,咱水泊还是要送的,花魁娘子也一定要给陛下备下中意的礼物。"

## 三十三　师师送礼时与德妃冲突

李师师原是不肯进宫的,对她来说进宫并不是一件困难的事情,醉杏楼与后宫御花园之间一里路长的隧道已经不是什么秘密。自从今年春日里与赵佶相遇之后,她一直想进宫看看,看看禁城皇苑的景色,看看陛下走动的宫殿,看看心中所爱的这个人的起居。她说了几次,赵佶支支吾吾,没有明确的答复。同时也遭到张迪的反对,张迪说得很直露:"花魁娘子断不要叫陛下为难。"李师师不禁反问:"这又有什么为难的?"但此后就不再提起,也不问理由,心中暗暗发誓:这辈子绝不进宫。誓虽发了,但日子一久,进宫的念头终究还是放不下来。她早早就想着赵佶的生日礼物,可眼看赵佶的寿辰马上就到,还在犯愁不知道送什么东西,又如何送进去。现在经大名艺人这么一说,心一软,就让大名艺人把送给皇帝的寿礼先留下,一看竟是由一千颗珍珠镶成的珍珠宝塔,颗颗珍珠,大小如一,光泽耀眼,无比晶莹,疑是天物。李师师看得呆了,说:"你们送给陛下的是绝品,普天下哪里去找?皇帝总是皇帝,李师师就没有这么大的面子了。"

大名艺人笑道:"花魁娘子不用说这话,这东西就当是花魁娘子送给圣上的了。要送给花魁娘子自个儿的,山上还有更好的宝贝,比这珍珠塔强十倍,待事成之后,亲自送上。"

李师师得了这件稀世珍品,心中一下子有了着落,动了进宫的念头。她用一块绸缎将珍珠塔包裹好,也不张扬,打算到时候给赵佶一个意外,一个惊喜。

镇安坊离禁宫虽有一二里之遥,但是关于李师师可能进宫的消息还是悄悄地传到了宫中。一开始,李师师把进宫送寿礼的想法告诉了张迪,张迪向赵佶做了禀报,赵佶感动地对张迪说:"难为花魁娘子一片心呢!后妃们却没有她先想到。不过,离朕的生日还有些日子,先不忙进宫送寿礼,朕自会去醉杏楼探望她的。"最终的意见还是不同意李师师进宫。

赵佶说后妃们没有想到他的生日,张迪一转身马上到郑皇后那里做了善意的提醒,说:"天宁节将到了,皇后不如及早向陛下表明惦记之心,连李师师都要进宫送礼了。"于是郑皇后立即约了韦贤妃,将李师师要进宫的事情传到王德妃的耳朵里。

第二天,王德妃等了一个上午,一路过去,宣称自己要去做一件特别的事情。也有上去询问长短的,王德妃就掀起帘帐说:"听说今天宫中有好戏看呢,切不可错过。"听她这么一说,那些原先就无所事事的后宫佳丽们都纷纷出动,仿效王德妃在后宫中闲逛起来。王德妃因为事先有了目标,最终停止了游走,在御花园的假山石前面停了下来,安放了桌椅,端着早已备下的香茶,慢悠悠地喝着。

过了辰时,原先阴阴的天上,灰白的云层逐渐散开,太阳开始暖暖地照在御花园中,暗蒙蒙的宫苑一下子变得亮堂明朗了。但是王德妃盯着眼前的假山,心境并不明亮,雍容美丽的脸上一直笼罩着一股杀气,与阳光、鲜花、绿树显得极不协调。她的眼光是俯视的,竭力使自己变得自然、平静、沉稳,她要居高临下地看着李师师从假山里面出来。

但是当李师师从假山里面走出来的时候,王德妃还是感到紧张。她原以为自己会看到一个长相艳丽却打扮低俗,风情有余却气质平庸的风尘女子,不料看到的是一个素面淡服、步态轻柔、天然本色而又充满书卷气的庄重女人。很显然,这种形象远远超出了她原来的想象,因此对李师师的出现感到猝不及防。太阳柔和的光线没有任何遮拦,就落在李师师的脸上、身上，以至她乌黑的头发也被映衬得闪闪发光。照在御花园里的阳光，使李师师的形象更加清晰动人了。

王德妃迅速地扫了李师师一眼，而且透过衣裙，注意到李师师有许多地方与自己一致：同样高耸的胸脯，同样修长的身段，同样迷人的双腿。王德妃禁不住向前走了几步，离迎面走来的李师师越发近了，她发现自己至少有三个地方不如李师师。首先是肌肤没有她洁白光滑。从李师师稍稍裸露的肩膀散发出的光泽看，绝对不是通过施粉就能达到的效果。虽说是陇西女子，竟然天生这等好皮肤，王德妃原以为自己的皮肤是最好的，一比之下，显然不及。其次，李师师的脖子长得很好看，与肩膀垂直，颀长而不软弱，骨感之下呈现柔和的线条。虽然王德妃自己也算长脖美人，但是在硬朗和骨感之中，缺少的就是那么一点点柔和。第三处就是李师师的步止，实在是清高得太自然，仿佛那清高就是她身体里的一部分，绝不是王德妃想象的那样步伐轻佻，行走忸怩，或是矫揉造作，两步一顿，三步一扭。王德妃时时提醒自己要举步优雅，因此也得到宫中很多人的赞美，包括皇帝也说过她走路的姿势太美了，美得自然，俨如天赋。但这时她与李师师一比较，才察觉到自己举步虽美，但那是自己时时刻意提醒的结果，只有自己知道是在做筋做骨，难免紧张吃力。

王德妃一下子看出自己与李师师的差距，情绪变得恶劣起来，觉得周围的阳光也变得暗淡了，原来居高临下的华贵面容突然阴沉世俗起来。

而李师师神态自然，正目不斜视地朝着王德妃身边的这条大路款款走来，没想到被王德妃带着一干人撞了个正着，耳边一个冷冷的声音飘了过来："你是什么人？哪个宫的，我怎么没有见过？"

以前张迪曾经告诉过李师师，如果她有朝一日真的进宫去走走，在宫里不要与任何人说话，也不要看任何人，即使有人盘问也不要慌张。但这时当她面对这么多人还是一下子涨红了脸，向王德妃说了实话："我是醉杏楼的李师师，不是宫里的。"

李师师竟然会当着这么多人的面，敢于自报家门，这又是王德妃所没有想到的。此时,李师师回答完王德妃的问话后便加快了脚步,继续走路。

见此情景。王德妃觉得是李师师公然冒犯自己,不由得怒气顿生,声音也变了调:"给我打!"

因为王德妃的思维节奏转变得太快,居然一开口就是一个"打",身边的宦官宫女们一下子没有反应过来。王德妃又大喊了一声:"你们这些狗奴才,贱奴婢!你们不打,我打你们!"

这时,呆着不动的宦官宫女才一拥而上,拦住李师师的去路,一阵手忙脚乱的拉扯以后,李师师趁乱迅速挣脱,径直逃出了御花园。

此刻,离假山不远的玉清宫太清楼上,郑皇后和韦贤妃正在喝茶。作为这场冲突的观众,她们一开始就隔着珠帘俯视着,也看到了王德妃和李师师的对峙。当一袭白衣的李师师从假山里面突然冒出来的时候,特别地晃眼,韦贤妃抑制不住好奇,启了启身子,说:"这位李师师,我倒真想见上一见,看看什么模样。"言下之意想下楼去看看。

记得春天的时候,韦贤妃曾经私下里问过皇帝:"何物李家儿,陛下悦之如此?"

皇帝直言不讳道:"没有别的什么,如果叫你们妃子一百个人,改艳妆,服玄素,再让她夹杂在中间,迥然自别。人的一种幽姿逸韵,要在颜容相貌之外的。"皇帝居然当着自己的面,在背后这么夸奖另一个女人,韦贤妃当时差一点委屈得哭出来。现在李师师就在眼皮底下,不去看看岂非错过一个机会?

但是郑皇后却纹丝不动,悠悠地闻着茶香说:"这上好的秋茶,须静下心来慢慢地品味,心一急,就什么味道都没有了。"

韦贤妃犹豫了,说:"我只想看一眼李师师。"

郑皇后加重了声音,说:"你看到了又怎么样?陛下看女人,会走眼吗?陛下喜欢的人,总是有十分的优点。还是别看了,看了晚上睡着生闲气。"

韦贤妃心中并不以为然,李师师纵然有十分的优点,自己却也有十分的自信。即使李师师美得像王母娘娘的女儿,可以赢得陛下的一片心,也不过是一个烟花女子，没有名分，没有地位，进不了宫闱，上不了大雅之堂，自己岂能看上一眼就会睡不好觉，郑皇后所言真是十分可笑。韦贤妃心里这样想，但也不便违拗皇后的意思，重新坐下，一大口一大口地喝起茶来。

不料想最后没有沉住气的倒是郑皇后。

说话的时候，郑皇后的视线一刻也没有离开过楼下的假山，一直等到王德妃一帮人将李师师围住，看情形李师师已经无法脱身，这场好戏怎么唱都会精彩的时候，她告诫自己千万不能露面，只能装作什么都没有看见，哪怕李师师被打得气息奄奄，通体伤痕，自己都不能出现。但是就在她劝说韦贤妃不可轻举妄动的时候，事态却发生了变化，只见李师师毫发无损地逃出了包围圈，王德妃则傻傻地站在那里一动不动，而她手下的那几个宦官宫女还闭着眼睛在相互抓打。看到这个情形，郑皇后顾不得自己方才还在给韦贤妃说道理，猛地掀起珠帘，大声说："王德妃，这人是谁呀？你怎地怕她？"

王德妃抬头一看，见郑皇后突然出现在太清楼上，而且分明已经看到了事情的全过程，却说出这样更使自己下不了台的话，不禁指着李师师的背影破口骂道："她就是开封城里最臭的婊子李师师，有甚好怕？"

经郑皇后一触动，王德妃火气更大了，也顾不得体面，捋起两个袖子，带着一班人紧追了过去。李师师毕竟对宫中路线不熟悉，也不见接应的人，又走得快，走得慌，朝前急奔，一下子就快走到了东华门。这时，一队侍卫走过来，看她眼生，又是气喘吁吁的，就把她拦了下来，不准她再走动。这时候，王德妃汗淋淋地赶到了，命令自己的人从侍卫手中接管了李师师，说："你算什么人，胆敢私自进宫？"

尽管李师师被抓住，但她情急之中还是镇定下来，高声叫道："我是李师师，是陛下召我入宫的。"

王德妃越发火了："你这个娼妓，东京城里有你的臭名声，陛下怎么会召你这样的人入宫？再给我打！"

但那班宦官宫女听清了李师师的话，心有顾忌，谁也不敢动手了。王德妃更加恼怒，自己上前，动手要打。东华门的这队侍卫听说此人自称李师师,是皇帝宣召入宫的,便上前拦住了王德妃,李师师就趁此机会按照侍卫指点的路,快步离开了。

　　事情本来可以到此为止,因为当王德妃回过神来时,已经看不见李师师的身影了,但是这时候郑皇后身边的一个侍女匆匆赶来,传话说:"皇后娘娘请德妃娘娘回太清楼去喝茶,韦贤妃也说有请。两位娘娘说,李师师的事,德妃娘娘就不要计较了。"王德妃心想,这两个贱妇就知道看好戏,说不定过去正好让她们笑话自己。而且今天若是当着这么多人的面,自己就这样放了李师师,岂非颜面丢大了?她对郑皇后身边的侍女说:"本妃有什么好为难的?告诉皇后,茶不喝了!"说完也不管什么仪表端庄,提起裙摆,抬脚就去追赶李师师。

## 三十四　五品张待诏伸出了援手

最终帮助李师师逃脱王德妃追赶围堵的是翰林画院的五品待诏张择端。

李师师虽然久居教坊市井，看惯风月场里形形色色的事情，遭遇过许多事事非非，也曾被很多人谩骂甚至攻击，但是她回过头细细品味，觉得并没有留下悲苦的痕迹。生活的磨炼，使她总是自信可以经历别人看来是非常难堪的困境和境遇；尤其是当今陛下对她的爱，使她甘愿承受世人任何的非议和无礼。

但是她绝没有想到今天会在堂堂皇皇的大宋禁苑之中，在华丽温情的后宫之内，被人围攻追赶，被人殴打羞辱。

在东华门摆脱了王德妃的追赶之后，李师师哭了。她迎着包裹着寒意的秋风，任由步子加快，抑制不住内心无法形容的痛楚，滚滚的泪水冲刷了整个脸庞，湿透了衣衫。然后，在混乱的情绪下，她又迷失了方向，竟然误闯到了东苑里一个叫东阁的地方，也就是翰林画院的所在地。

由于天气晴好，院子里放着几张画桌，几个画师正在露天作画，画的是准备悬挂于万岁山绛霄宫的一幅神仙图。一群画院的学生有的挽着袖口帮忙，有的一边观看一边闲谈。这时虚掩的门被推开了，他们发现一个陌生的女人闯了进来，而且衣衫不整，泪流满面。开始他们以为是一个受了处罚的宫女,气昏了头走错了路,但很快,凭着画师对美丽事物的灵敏感觉,断定面前的这个女人非同一般。虽然他们的眼光集中在她身上,一直没有移开,却没有一个人主动迎上去跟她说话,或者为她做点什么。

紧接着,王德妃带着人追进了画院,李师师一时无路可走。

逃跑和躲避都已经不是办法,李师师回过头对王德妃说:"我要去见陛下。"

王德妃心中的嫉恨已经让她失去了理智,顾不得这么多外臣在场,猛地扑了过来,抬脚就往李师师的下身踢去,不料李师师眼快,侧身一避,然后本能地一伸手,一个巴掌打在王德妃的粉脸上,留下了五道红印。看着主人被打了耳光,跟随王德妃进来的四五个手下赶紧上前将李师师牢牢捉住。王德妃看到形势对自己极为有利,冲上前又抓又打,还伸出五个尖尖的手指要挖破李师师的脸。这时,听到喧闹声赶来看热闹的人越来越多,几乎把画院的大门都堵死了,她们看着王德妃出手打得凶,但上前劝解的人一个也没有,反倒幸灾乐祸地笑了起来。

画院那一班画师,因为事发突然也愣在原地,不知所措。就在此时,朝南的一间画房的门打开了,走出一位四十多岁穿着飞鱼官服的中年男人,大喊一声:"王德妃,手下留情!"

王德妃一见到这个人,不由得一愣神,缓了缓脸上凶狠的表情,双手也收了回去。

李师师很快就记了起来,这人就是她见过一次面的画院待诏张择端,忙说:"张待诏?张画师?"

张择端双手一握,施礼道:"睿思殿待诏张择端见过花魁娘子。"

李师师眼里含满了热泪,抹了抹嘴角上的鲜血,激动地说:"见过,我们见过,清明节陛下游汴河,易香楼上你也在的!"

张择端看到李师师这副模样,又看了看气势汹汹的王德妃,心里一紧,不由得突然跪下,大声道:"花魁娘子请勿伤心,此乃翰林画院,有陛下关照,光天化日,没有人敢欺侮于你!"

那是几个月之前的清明节,雨过天晴,烦于祭祀之礼的赵佶,离开景灵西宫后,微服来到汴河边观赏街景。只见汴河两边,人山人海,一行人挤进挤出,赵佶颇觉疲乏,想要歇息片刻,用些茶酒,于是就在天津桥边易香楼上要了一个包间。陪赵佶喝茶的只有张择端、张迪等三五人。几杯香茗下肚之后,一时疲劳全无,张择端和赵佶谈论了一会儿绘画。但是春光乏人,时间一久,赵佶又觉得单调,就叫张迪悄悄到镇安坊走一遭,宣李师师过来一块儿玩,说:"要是有美人伴以琴瑟,岂不悠闲!"

张迪传来的圣旨对李师师来说是个意外的惊喜,她不待梳妆,便装素衣,急急忙忙就赶到了。赵佶又来兴致,要与李师师乘船荡漾汴河之上。内中张择端说在楼上看街上景色最好,就没有下楼,当时赵佶责怪他说:"不是陪朕,只因花魁娘子赶来了,是陪她。"

李师师也不知道那人是谁,见赵佶对他似乎格外重视,就施了礼说:"李师师有礼。"那人也还了礼,但只笑笑,不说话。

赵佶说:"花魁娘子,此人是画院张待诏,张择端。"

李师师听了介绍,又施了礼:"久闻大名,得缘相见,有空到醉杏楼来坐坐。"

赵佶笑着说:"娘子别请他,客气话也说不得,像张待诏这等风流,真的会来造访,到时你推也推不掉,还是小心提防。"

李师师娇嗔:"道君是什么话,张待诏要来,奴要亲自抚琴敬酒。"

说得张择端红了脸,连声说:"谢谢花魁娘子,不敢打扰。"

对于易香楼上这一番玩笑话,张择端记忆犹新。这些天他把自己关在屋里作的《清明上河图》,就是那天从易香楼看街景时得到的灵感。刚才他听到了外面的争吵声,而且很快就听出了李师师的声音,连忙丢下画笔,开门走了出来,看到李师师头发散乱、王德妃虎视眈眈的模样,马上明白了是怎么一回事情,但是他方才这一跪,已经将周围的人都镇住了。看到李师师伤心落泪,他也不禁难过,想不到自己会在这样的场合下与李师师相见。张择端也不与她多寒暄,说:"花魁娘子不是要见陛下吗?刚好陛下宣了微臣,如果花魁娘子不见外,张择端愿意引路,陪同前往睿思殿。"

张择端显然是给李师师解围。王德妃也看出了他的意图,声音又大了起来,说:"张待诏此话真假?我也要一同去见陛下。"

这时画院的画师和门口看热闹的才人宫女们让出一条路,张择端让李师师前面先走,自己随后,王德妃则带着人一步不舍,紧跟了上去,一长溜人一齐离开了画院,走进了一条通往睿思殿的捷便的花径。

有人到太清楼报告了画院发生的事情,郑皇后听了脸色也不由一变,说:"这个德妃,事情越闹越大了,怎么又扯进陛下宠幸的张画师来了?今天的事,我们只当没有看见。"

韦贤妃却再也坐不下去了,说:"喝了大半天的茶,肚子快撑破了,不如回去通通气,放松放松。"说完话就快步下楼去了。

郑皇后跟在后面,叫道:"等等,这茶也喝够了,一起走吧!"

一早赵佶让周邦彦叫了教坊司的一班乐工,试唱几阕新曲。乐工们对新曲还不熟练,他耐心地教了几遍,还改了其中的几段,兴奋之中,又叫人搬来一些上古的乐器,重新合成。不想一曲未了,就得了李师师和王德妃在宫中吵架的报告,赵佶心里又是惊奇又是懊恼,说:"周邦彦你快去看看,把她带到朕这边来。这个师师,怎么事先没有说好就进宫里来了?你快去把她接到睿思殿来,免得别人再欺侮她!"

周邦彦走到半路上,先是遇到张择端急匆匆地走在最前面,说:"周待制,你快去禀报陛下,一路上走来,王德妃对花魁娘子不依不饶,怕又要打起来了!"原来路上王德妃见李师师居然理直气壮去见皇帝,越想越气不过,又向李师师挑衅,李师师不理,王德妃更加气恼,说要跟李师师拼命。

正在拉扯,周邦彦过来,上前去劝说,被王德妃顺手掴了一个耳光。

周邦彦捂着脸怔了一下,突然发怒道:"我周邦彦虽为臣下,德妃你也不该打我这一张老脸!我要拼下这条老命到陛下那里告你!"

因为周邦彦平时从不发火,他这一声喝,倒是把全场镇住了。王德妃看看周邦彦的花白胡须抖动得厉害,也觉得自己过分,但态度不肯软下来,说:

"谁叫你帮她的?"

周邦彦气呼呼地说:"李师师为唱《东南百花阵》而来,陛下正等着她!"

没有等王德妃回过神来,周邦彦已经带着李师师走了。王德妃要追赶,张择端拦住她劝道:"德妃,李师师既是陛下请来的,就看在圣面,不要再为难她了。"

王德妃坐在石阶上呜呜哭了起来,旁边的人也没有敢劝她。

再说李师师跟着周邦彦一路走着,临近睿思殿的台阶,突然停住:"周待制,师师想借个僻静的地方一用?"

周邦彦奇怪,问:"这是为何?"

李师师苦笑道:"我这副模样,怎能见得道君?"

周邦彦还是愤愤不平:"但是,让陛下看看也好啊。"

李师师摇摇头说:"师师怎能为这样的小事扰乱陛下呢?不过只能叫道君等上一等了。"

周邦彦频频点头,陪李师师走进了睿思殿旁边的乐房,自己退在门外,不禁长叹一声道:"遇到这样的女子,陛下真是有福!"

这是赵佶专用的乐房,离睿思殿又近,平时由教坊司管着,里面的设施比较齐全,还有专门的化妆间。李师师把自己关在里面,一边照着铜镜,一边拭去嘴角上的丝丝血迹,又一边抹了些白粉和胭脂,以掩盖住泪迹,待情绪稳定后,才走出门来,抬了抬脸,问周邦彦:"周待制,还能看出有什么痕迹吗?"

周邦彦忍不住鼻子一酸,差点落下一串老泪,说:"看不出来了,看不出来了,花魁娘子更加光彩夺人了!"

李师师紧紧闭了闭眼睛,控制了一下自己的情绪,声音饱满地对周邦彦说:"这次进宫,是李师师的第一次,也是最后一次,幸亏有张画师和你周待制,师师才得以脱身,得以保全,你们是师师的恩人,是师师的知己!师师此生不忘!"

李师师此时并不急着要见赵佶,而是叫周邦彦陪她回到御花园的假山下,取出一个包裹来,说:"这是献给陛下的寿礼,我先留了一手,预先藏于石缝,否则被王德妃等人抢去。"说完这才往睿思殿去。

让李师师难过的是,赵佶一见到她就埋怨说:"你怎么也不等张殿头的回音,就进宫来了?"细看之后,又说:"你今天怎么用了脂粉了?"

李师师心里委屈,但又不好讲,就说:"道君不肯见我,又不回个信,我只好来了,万勿见怪,师师说完事就走。"

赵佶脸色仍不好看,说:"张择端呢?他不是英雄救美吗?朕早就得报了,看你和王德妃闹得什么样子!"

周邦彦看到赵佶这个态度对李师师,心中替李师师叫屈,刚想说明是王德妃先寻衅打人的,被李师师阻止了。李师师取出珍珠塔,冷冷地说:"道君,师师原是来献礼的,既然道君不耐烦,师师自己的礼就不敢送了。公事倒有一件,为山东盗招安一事而来,原为大宋歌舞升平尽一分薄力,这珍珠宝塔是山东盗送的寿礼,道君收与不收,悉听尊便。"

赵佶收下了手中的珍珠塔,脸色也和蔼起来,说:"这尊珍珠塔,值五十万缗,待朕交与孟揆,正可弥补国用不足,山东盗此举,倒是忠义。"

李师师知道多说无益,本想一走了之,再也不理赵佶,但发现此时赵佶的眼光又开始柔和了,于是,李师师又心软了。赵佶缓缓地靠近李师师,仿佛看到了她的心思,说:"既然来了,怎么就想着走呢?还是请花魁娘子新歌一曲吧。"

赵佶一挨着她的肩膀,李师师什么样的怨气都消除了,她恢复了常态,露出女儿风情,说:"道君吹箫,师师歌舞。"

看到赵佶弄箫的单纯模样,李师师又一往深情地露出了笑脸,要求先唱了一曲汉赋:

上邪!我欲与君相知,长命无绝衰。山无陵,江水为竭。
冬雷震震,夏雨雪,天地合,乃敢与君绝!

唱着唱着,李师师此时感觉到自己与赵佶又亲近了。赵佶留李师师用过午膳,要陪她到御花园去走走,李师师没有答应,说:"道君有句话就够了,免生麻烦,又要使道君懊恼,师师心中不忍,即刻就走吧。"

赵佶说:"既来了,哪里还由得你!"

接着,李师师又唱了苏东坡的《明月几时有》。

赵佶于是说起苏轼,道:"东坡之才,本朝少有,但才思外露,得罪了人,也是可惜。周待制,你可要引以为戒呀!"

李师师看赵佶兴致颇高,忙乘机笑道:"师师倒是要为苏学士鸣不平,道君大度,迟早会还给他一个清誉。"

周邦彦知道赵佶用意,也积极插话:"陛下还是很看中东坡才情的。"

赵佶又想起早上读过的苏辙《上神宗乞去三冗》,感慨道:"才情和朝政又是两码事情,朕也是骑虎难下。苏氏父子于国于政胜你多多,尤其东坡名誉,后人自有公论。"

李师师没有等赵佶再说什么,再三表示要离去了,说:"山东盗招安之事,还请道君慎重定夺,告辞了。"

## 三十五　蔡太师张画师发生争执

这天蔡京一早就到画院走了一趟，与每位画师都见了面，语重心长地加以勉励，希望他们每人都要在天宁节之前拿出自己的精品力作，向皇帝的寿诞献礼。因为蔡京毕竟精通书画，说出话来，句句到位，画师们听了不得不佩服蔡京的内行和老到，纷纷摩拳擦掌，摆开摊子不分昼夜地画了起来。这天的动员会上画院的著名画师几乎都到齐了，只有张择端因为伤风请了假，蔡京心里不免多想了一些：这张择端原来不过是流落开封街头的一个穷画师，被老夫看中，选进宫来，使他免遭饥寒，如今有了名气，做上了五品待诏，就自大起来，把老夫这个当初提携帮衬他的恩人都不放在眼里了。蔡京越想心里越不舒服，但面上又不露出声色。

赵佶下旨发出黄金帖，邀请画师们到集英殿一聚，由自己亲自出面设宴招待他们。蔡京拟了一份参加宴会画师的名单，内中独独漏了张择端的名字。因为是赵佶亲自写请帖，问起缘由，蔡京回说是一时疏忽，马上做了弥补，重新加上了张择端的名字。

令蔡京意想不到的是，张择端竟然携画前来赴宴。赵佶看见张择端手中厚厚的绢本，就特别注意他了。酒过三巡，赵佶就急不可待，要求观看张择端的新画。张择端把画慢慢展开，一幅绢本长卷，把玉阶下的长地毯都铺满了。

张择端期待赵佶做出评价,因为他知道,皇帝有一双独特的慧眼,任何一点瑕疵和巧伪都无法逃过皇帝的这双眼睛。大观四年(1110),自己曾匿名作一幅《汴河图》,后来画作辗转于街市,偶然被皇帝发现,并马上认出这是他的画,于是重金购回,此举引得东京的许多藏家纷纷出动,遍访市井,求购他早先散落民间的画作,从此张择端之名大振。从他内心来说,他最感激的是皇帝,而并非蔡京。

此时赵佶看了张择端的新作心里十分震动,却不露声色,又看了一遍,问道:"此画何名?"

张择端小声地说:"不曾有名,还请陛下指教。"

全场一阵长久寂静,最后赵佶打破沉默,指着画叹道:"好一幅长卷,张择端啊张择端,你可是为大宋做了一件好事,此情此景,令人目不暇接,辉煌国度,何处能有? 繁华世界,于斯为盛。好一个汴京,邑屋之繁,舟楫之盛,财货之充,人民之乐,尽在图中!"

殿内叫好声此起彼伏,赵佶兴致更浓,问:"这是春日之季?"

张择端不禁喜形于色,声音颤动,回道:"陛下慧眼,正是清明时节,那日随陛下游至汴河易香楼上,遂得此意,有感而发,说起来,也是托陛下之授。"今年的清明节,皇帝与李师师荡舟汴河,留下他一人独自在易香楼上。皇帝临走前,指着楼下的人流对他说:"清明时节汴河两岸,好一派风光,此情此景正可入画!"

赵佶明白了张择端的意思,点了点头,说:"那时朕倒顾自己游玩了,成全了你。"说着又呆呆地看了一会儿画,突然提起金鼠毫管,在图上写下了"清明上河图"五个瘦金大字,不等叫好声起,已经叫张迪取过双龙小印,落在自己的题款处。

赵佶自认题款乃画龙点睛,忍不住为自己叫了一声好:"好一幅《清明上河图》,乃人间绝品!"

张择端心里已经无限欢喜,但又不敢太溢于言表,小心翼翼道:"听说陛下正在御笔亲制《东南美人图》,比起陛下,微臣此画并不足道了。"

赵佶听到这句话,脸上的笑容马上消失了,他看了眼蔡京,说:"朕的画并不怎么样!"

其实,赵佶这话分明是说给蔡京听的。

在审阅碑文的那天,赵佶对张迪说:"朕为万岁山作《东南美人图》,大可扬名后世,本应列入庆典之举,可惜尚在腹中,只怕来不及了。"

张迪建议说:"陛下精品上千,随手选几幅便可列入庆典。"

赵佶听到这话,来了兴致,马上到了秘阁,将自己以前的旧作翻看了几幅,感觉也十分顺眼,又问张迪:"蔡京曾言《十八学士图》为上乘之作,可展列万岁山,在碑文上言明,果然否?"

不料张迪犹豫片刻,说:"此画甚好,只是奴才早听人言,蔡京的题跋难以理解。"这一说,正好点到了赵佶心中多年的一个疙瘩,于是再一次仔细读了一遍大观庚寅春末蔡京三百余字的画中题跋。

蔡京的题跋很奇怪,在赵佶的画作前,不是诚惶诚恐的顶礼膜拜,也不是至圣至美的溢美奉承,而是大发议论,抬高唐太宗,贬低臣僚,结尾处云:"则成人有德,小子有造,当如圣志,十八人不足道也。"

当初赵佶看蔡京此跋,认为蔡京是正话反说,无非说赵佶可比唐太宗,是英明君主,所有能臣名臣都没有什么了不起的。这样解释,倒也使他龙颜大悦。可是后来有多人上奏,指出蔡京言辞太过,暗藏机巧,令人费解。画院中更有人点破蔡京用意,说既然蔡京认为十八学士不足道,那么皇帝画这幅《十八学士图》还有什么意义呢?这蔡京分明是说皇帝的画不怎么样!

赵佶又想起这些年宫中的一些传言,说蔡京在翰林画院授课时,曾经评点过《十八学士图》,吹嘘他自己的题跋如何锦上添花,当时就有几名画院供奉上奏指责蔡京。现在又经张迪这么一说,他忽然明白蔡京此跋是在贬低自己的画,是对自己的大不敬。这次蔡京建言列入《十八学士图》,无非是上面有蔡京题跋,目的就是想借此画抬高他自己!赵佶这么一想,不禁对蔡京心生嫌隙。

此时,蔡京听张择端提到《东南美人图》,又看到皇帝看向自己的意味深长的眼神，倒也敏感，忙说："陛下作画，天下第一，《东南美人图》问世，天下谁人能比？"

赵佶一听，脸色和缓了许多，要是今天有《东南美人图》一画，正可以拿出来与张择端比上一比，相信绝不会输于《清明上河图》，至少是各有千秋。但此时自己毕竟没有完成的近作，于是悻悻然道："朕有意珍禽花卉，不擅风俗人物。"

张择端不同意赵佶自谦的说法，道："早就听说有入画之人，陛下圣心高洁，正可作《东南美人图》。"

赵佶又一次想起了落杏儿，心里哀叹之余，不免怅然，失了一会儿神，酒也少喝了几杯，后来又细细看了一番《清明上河图》，慢慢地放下手，就说要起驾回到寝宫休息了。

赵佶一走，蔡京就变成了宴会的主角，但他也顾不上喝酒，丢下原来挑选好的几幅画，弯下腰凑近《清明上河图》，双眼再也不肯离开。方才皇帝走时，居然没有将此画带走，蔡京以为赵佶并不是太喜欢，不禁喜出望外，就说："此图堪比陛下的《十八学士图》，可否借本太师带回府中细细观之？"

张择端当即表示为难，说："陛下都已题了画名，就是陛下的东西了，张择端岂敢做主。"

蔡京见他不肯，越发想要，就开了高价，说："老夫宁可用那幅《韩熙载夜宴图》交换此画。"

蔡京此言一出，全场的人都惊呆了。

南唐画院待诏顾闳中的《韩熙载夜宴图》乃世间绝品，价值连城，本朝开国以来习艺工画之人哪个不想看一看此画的真品？如果拥有此画，那真是做梦也不敢奢望的美事！以前早有传言说此画落入蔡京手中，今天他自己说了出来，传言果然不假。张择端显然动了动心，为难了一番后，也开出了自己的条件，一边卷着地上的长卷，一边说："此画是陛下天宁节的献礼，太师错爱，张择端再画一图献给太师就是了。"

蔡京不悦，说："本太师平生独爱字画，天下宝货逃不过我的眼睛，我今天识得你这画是个宝贝,所以抬举你,但要的就是天下独一无二,看中的是目下的这幅长卷,何来再画一图之说?"

张择端被蔡京这几句话说恼了,说:"《韩熙载夜宴图》也曾听说有摹本。"

蔡京大怒:"你分明说我《韩熙载夜宴图》有假!"

正被蔡京逼得下不来台的时候,不料张迪回来传达圣旨:"赏赐张择端银一百五十两,此图着些许黄色后,就呈送于陛下,然后传后宫一同欣赏。"

蔡京恋恋不舍再看了看《清明上河图》,对张择端做出了让步,说:"张待诏如有闲暇,可否为本太师再画此图?"

张择端也没有再多说什么,看了一眼张迪,张迪说:"陛下还对张待诏有旨,《清明上河图》已是绝品,不得重复。"

蔡京瞪了张择端一眼,不说话了。

宴请画师的聚会又一次引发了赵佶想完成《东南美人图》的强烈欲望。赵佶半途离席,多少使人感到有点怪异。其实,赵佶匆匆离开宴席,主要有两个原因。一是他对自己不满。如果自己的《东南美人图》完成了,那么今天在宴会上就可以向大家展示,而且他自信一定会引来一片真诚的赞美声。与此有关的第二个原因是突然来了作画的兴致和冲动,所以他等不到对今天的画做出一番总结性的评论,就扔下了失望的画师们,径自回到了睿思殿。

回到睿思殿,赵佶茶也没有喝一口,就叫准备了纸笔,自言自语地说:"朕就是要和张择端比上一比。"但想了半天却想不出画什么,叹道:"张择端《清明上河图》确是朕所不能,此图繁杂宏大,其中人物栩栩如生,惟妙惟肖,非一年半载工夫可以到了的。看来朕也得倾心全力于《东南美人图》,其中灵秀和感悟怕也是张择端所不能!"

赵佶决心已下,恨不得马上见到落杏儿,然后又铺开绢纸,对着窗外画了几笔。他心里明白,要画好《东南美人图》,就离不开落杏儿,因为她的那一份美丽,那一份情态,是独一无二的。一定要有一个安安静静、理想的入画之人!

十月初一,离天宁节还有十天时间,汴京城里已经热闹起来。各府各州的官员押着一车车生辰纲,挤满了内城的主要街道。档次稍高一点的客栈和酒楼一时人满为患,只喜得店家掌柜合不拢口。平日里夜夜歌舞的坊间更是人来人往,通宵达旦,花天酒地,一时间就金山银山地堆了起来。

早于阇婆、占城、西夏、高丽等诸多邻国,最先来到汴京祝寿的使节,是辽国皇帝的宠臣萧建成。君臣议论接待规格时,童贯提出:"辽国已成金国女真人口中之肉,我大宋与金国结盟,方能共享辽国这块肥肉。萧建成此来,必有所求,陛下尽可避而不见。"赵佶沉吟再三,觉得辽国历史上虽为宋国世仇,几番拼杀,积怨甚深,但时过境迁,如今辽国衰弱到这步田地,也是可怜,思量着不管怎样,总要亲自出面见一见萧建成,看看他除了为自己祝寿,还有什么目的。

促使赵佶冒着得罪金国女真的危险,下决心在保合殿召见萧建成的另一个原因是辽国的寿礼。作为进献的寿礼,辽国送还了当年掳掠的金银玉器和从西夏国逃到辽国的数百名禁厢士兵。器物当中,有几件汉唐的国宝,赵佶验看后留下了几件,十分兴奋,连声道:"辽主知我!"而数百名俘虏,大多是崇宁四年(1105)四月,在顺宁砦和湟州之役中被西夏俘虏后来又逃到辽国的那部分戍边士卒。相隔十几年,这些人一个个都已经是满头白发,语不成句,其中一半多人,因不习惯中原的生活,加上亲人大多已经亡故,老朽无能,怕被亲邻鄙薄,纷纷要求跟萧建成回到辽国定居。赵佶听闻,伤心落泪,对当年辽国收容这些士兵表示感谢,恳请萧建成把他们带回之后,好生款待,视同本国子民,至于赡养费用,可在大宋每年赐辽的增加部分中列支,如此赵佶心里方才有所释然,说:"宋与辽已数十年无大的战事,敌意渐消,这干人等回去,也是宋辽互通友好的美事,但不知辽主还有何托付?"

令人奇怪的是,萧建成一字不提金国对辽国的侵犯,不提金国一年之内连连挑起边衅的无义之举,不提辽国君主如何处于火深火热之中,危如累卵,朝不保夕,更不提宋辽通好、共同防御女真的好处,让人觉得辽主对国家的危险好像没有丝毫担忧，依然过着自得其乐、心宽体胖的日子。

赵佶想说几句真言叫萧建成捎带回去，但话到嘴边又咽了回去，因为他想起这毕竟是他国的事情，更何况宋与金国私下里正在商谈结盟之事，如果自己闪烁其词，欺骗萧建成，显然有失厚道，不如什么也不说。

萧建成却是个极其精明的人，一见赵佶欲言又止，急忙请求道："大宋皇帝似乎有话说与天庆帝？"

赵佶点了点头，他本想说一些同情辽国的话，说出自己肺腑之言，忠告和劝说辽国的皇帝，要励精图治，要勤政爱民，要担心北边的金国，边患不除，到时会大祸临头，沦为一个亡国之君；本想说一旦有难，大宋不会计较历史上的恩恩怨怨，会提供避难的场所。话到嘴边，他又看到童贯等一干人冷冷地看着萧建成，猛地醒悟到千万不能因为自己的同情和轻率，坏了国家大事。这样一想，赵佶说出口来以后变成另一番话："辽主洒脱，令人羡慕，如有所需，尽管开口。"

萧建成深通中原习性，既然主人没有更多的话，自己就不能逼问，于是他接着原来的话题，说出了此行的另一个目的。他感动地说："岁贡无须再增，我主早就听说大宋皇帝精通文艺，书画尤最，故而命臣下此次使宋，要讨一幅大宋皇帝的亲笔书画回去。"

赵佶以前就知道辽帝耶律延禧钟情声色，但没有听说过他对书画也有涉猎，今天居然专门派人来求取字画，这无疑是给自己带来了一个意外的喜悦。赵佶仿佛找到了一个域外知音，眉飞色舞，兴奋地连敬了萧建成三杯美酒："大辽国主怎知朕有这方面爱好？朕上千幅近作，任你挑几幅去，随朕来！"

萧建成谢过，随着赵佶来到了秘阁。里面存放的都是赵佶珍藏的历代精品和自己的得意画作。萧建成看到墙壁上挂着那么多字画，赞叹不已，但没有过多地沉浸其中，说："我主只要山水人物，并且是大宋皇帝的近作。"

赵佶兴致大涨，先是命人取出了那幅《听琴图》，指着一个画中人问道："你可知画中道冠紫衣者是谁？"

萧建成马上答道:"大宋皇帝自号教主道君皇帝,想必就是陛下自己了。"

赵佶见萧建成一猜就对,越发高兴,又拿出了轻易不肯示人的前人名画《雪江归棹图》,萧建成看了赞叹不已。后来,赵佶又找出自己临摹的一幅《捣练图》、一幅《虢国夫人游春图》,让萧建成观赏。

萧建成受宠若惊,忙说:"陛下所藏皆世上珍品,无与伦比,但我主只求大宋皇帝一画。"

赵佶问:"尽管讲来,哪一幅?"

萧建成说:"大宋皇帝的新作《东南美人图》。"

萧建成的话一出口,惊得赵佶久久说不出一句话来。

赵佶神情突然颓然,坐在椅子上,悻悻道:"辽主从何得知?"

萧建成说:"臣在北边早已知道大宋国东南胜景无数,东南美女更是闻名天下,近来听说大宋宫中新有入画之人,是东南绝色,大宋皇帝正以此为写照,作《东南美人图》,我主既无缘到大宋国的东南一游,宫中更没有娇美玲珑的东南女子,能观此画中山水人物,好比亲眼所见,也是遂了一个心愿。"

赵佶心中半是苦涩,半是尴尬,然后又有阵阵喜悦。喜悦的是《东南美人图》还没有开始画,已经名声在外,说明自己画艺的确已经享誉天下;苦涩的是,入画之人落杏儿给他带来无穷的烦恼,她越来越像画中之人,自己看得到,但是得不到,如此情状,自己又如何落得笔? 尴尬的是,《东南美人图》自己还没有画出,可能会让辽国人误以为自己徒有虚名。赵佶一时窘迫得脸都红了,说道:"朕有意此画,但正在酝酿之中,大凡精品,非一年半载就能成功。"萧建成以为赵佶不肯,也不敢勉强,一脸的失望。赵佶心生愧疚,拉起萧建成的手,硬是要他挑走《虢国夫人游春图》和《捣练图》中的一幅。

这时,萧建成才有点相信赵佶真的还没有画成《东南美人图》,也就没有再说什么,但也不肯拿走别的画,他知道《虢国夫人游春图》和《捣练图》是极其珍贵的画,不能趁大宋皇帝高兴,夺人所爱,免得日后后悔,派人索回,说不定又要激化两国矛盾,引发战事。萧建成坚决谢绝了赵佶的好意,又看了一些其他书画,饱了眼福之后就离开了秘阁。

等不到十月初十天宁节,萧建成就急着要回去了,其中的主要原因是金国的使者阿不都骨也来到了汴京城,他对萧建成在大宋受到的礼遇十分不满,扬言不跟宋国签署盟约。童贯不经奏明赵佶,就撤去了对萧建成的国宾待遇。萧建成不愿意赵佶为难,就提前告辞:"辽国外患内忧,萧建成难有闲情逸致,寿礼已交,就冒昧求去了。"

因为没有满足辽主求画的请求,赵佶心里愧疚不安,就叫萧建成等了一日,让人宣了翰林学士陈尧臣出使辽国,嘱咐说:"你带两个东南出身的画院学生,明日就与辽使萧建成一起动身赴辽国。到了辽国,为辽国君王做两件事,一是为他画像,二是为他描绘东南山水景色和美人图像。"原来还想送几个年长的苏州女子一起赴辽国,但最终没有实行此计划。原因是相貌好的赵佶心里舍不得,模样气质平常一点的又拿不出手,更怕被辽国君臣笑话,说大宋国东南美女不过如此,岂不丢人颜面?童贯也劝阻说:"日后西夏要,金国也要,又哪里去找这么多合适的人送?"

# 第四部
## 冬祀天运

虽然北国寒风，但有柴火可烤时，却也暂时温暖。

而这个时候，闭着眼睛会看到往日情景，这是赵佶能享受的美好时刻。

父亲神宗赵顼仿佛站在面前，母亲钦慈皇后音容宛在。还有死了二十多年的发妻、惠恭皇后王氏也突然现身，明达皇后大刘氏、明节皇后小刘氏都死得早，他看到的永远是她们的青春模样。

当然还有他爱过的懿肃贵妃王氏，贵妃乔氏、崔氏和德妃王氏，她们一笑一颦，仍是花样年华。

接着依次出现的是众多嫔妃们，有的死了，有的还活着，不管是死了还是活着，他都一一记得，能叫出她们的名字：金弄玉、裴月里嫦娥、陈娇子、申观音、左宝琴、刘新、秦怀珊、席珠珠、奚巧芳、金秋月、朱桂林、朱素辉、李珠媛、王三宝奴、郑媚娘、陆娇奴、蒋敬身、黄宝琴、毛朱英、陈大和、曹柔、徐散花、周镜秋、林月姊、王月宫、任金奴、阎宝瑟……至少一百多人。

最清晰，但也是他最不敢看的，是他的女儿们，他暗暗掐着手指数着，一个个数着，早逝的十几个公主已经记不得太清楚，自己亲近的嘉德帝姬、荣德帝姬、安德帝姬历历在目，在跳过了茂德帝姬之后，又隐隐约约看见成德帝姬、洵德帝姬、显德帝姬，相信顺德帝姬、仪福帝姬、柔福帝姬、惠福帝姬、永福帝姬、贤福帝姬、宁福帝姬、和福帝姬、令福帝姬、华福帝姬以及年幼的庆福帝姬、纯福帝姬仍然活着。

奇怪的是，他的儿子们始终都没有出现过，一个都没有。

最后一刻，茂德帝姬还是来了，她要带着父亲离开，到自由快乐的东南。

词曰：

玉京曾忆昔繁华。万里帝王家。琼林玉殿，朝喧弦管，暮列笙琶。

花城人去今萧索，春梦绕胡沙。家山何处，忍听羌笛，吹彻梅花。

### 三十六　借说梦非梦预演有或无

对于赵佶来说,如果不是因为《东南美人图》引发小小波折,宣和元年(1119)将是美梦成真、心想事成的一年,如果不是因为入画之人带来的种种诡异,这一年也将是政通人和、文艺昌盛的一年。

萧建成走后,赵佶下了决心,推却诸事,不管怎样都要尽快完成《东南美人图》。为避免打扰,他只告诉了童贯。童贯安慰说:"陛下尽管静心,我听说万岁山那边也有几个睦州美女,说不定有落杏儿,我义女童九两也听到了一些风声。"

赵佶没有多理会童贯的话,捧着一大摞纸笔,来到了醉杏楼,对李师师说:"朕借你的地方,画几日画。"

李师师自然是给他磨墨,劝道:"先喝杯酒,再画不迟。"

但是几杯酒下肚,赵佶又觉得累,却不敢躺下,只靠在木榻上构思。

李师师推了推他:"道君先躺下好好地睡个午觉,有了精神才好画《东南美人图》,说不定做个好梦,道君那个东南美人会与你梦中相会呢!"

赵佶想想也是,无论如何,落杏儿是自己梦中的入画之人,只有她才能给自己灵感,只有她才能让自己画出传世精品。于是他便躺下睡着了。

一会赵佶突然醒了过来,睁眼一看,李师师正对着自己笑吟吟地说:"道君果真做了梦,果真梦见睦州美人了!"

被李师师说中了,这次他又梦到了落杏儿。很长一段时间,甚至进入宣和元年(1119)以来,赵佶在李师师睡榻上的梦,梦中的主角,无一不是落杏儿。

但与上次不同的是,这次的梦是完整的梦,梦中不仅有李师师,而且有童贯和其他人等。

一会儿赵佶醒来,愣愣地坐了一会儿,四周看看,确认自己是否还在梦中。

李师师拿自己的汗巾给他擦了额上的细汗,娇声道:"说说,都梦见什么了?"

赵佶想了想,说:"梦见你了。"李师师不信,说:"奴就守在这里,怎么会梦见的,不然,梦里的奴肯定是讨人厌的。"

"不信,朕说给你听。"说着就对李师师详细地描述了刚才的梦境。

梦一开始,只见张迪带着一位宫女进来见了李师师。还不等说明,李师师就马上感觉到这位少女就是道君说的入画之人,就是东南美女落杏儿。

然后她握住落杏儿的手爱怜不已,说:"果然标致,今日得见,才知道青春年少正好。"

赵佶说出为什么要李师师见落杏儿的目的:"花魁娘子你不是要一个宫女在身边吗?你就把她带走吧,只要好生照顾她就是。"

李师师忍不住了发了一通牢骚,叹道:"这么一个天仙般的女子在宫中,想必不会有好日子,师师倒是应该体谅道君的难处,三宫六院的,哪个不是厉害角色?师师只到过宫中半个时辰,就领教了许多苦头!"

赵佶急切地说:"既如此,你就带她走吧。"

李师师看着落杏儿,心情变得复杂。她明白眼前的这个年轻女子是目前赵佶最爱的女人,他想保护她,把她放在一个安全的地方,一个他能随时找到的地方,然后呢?然后就是他从地道过来,到醉杏楼来,当然,他找的不是自己,而是落杏儿了,那时候自己充当什么角色呢?李师师这样一想,心里又酸又苦,打定主意不带落杏儿到自己这里,想了想说:"此时不同以前,要是早些日，我抢都要把她抢出来，可如今，她已有身孕了，还能擅自离宫？再说，宫中的娘娘妃子，就王德妃那样的，能放过她，能放过师师吗？说不定要打到醉杏楼来，师师逃也无处逃，此生不得安宁了。"

落杏儿见李师师不愿意带自己离开，急忙跪下，求道："我情愿跟花魁娘子去。"

赵佶劝李师师："宫中王德妃人等，你不是领教了吗？她这样的年纪如何是对手？"又安慰落杏儿："朕会经常过来的，等生养了就可以回来。再说，你就是朕的画中之人，朕岂能不记挂你？"

听赵佶这么说，李师师毫不犹豫地回绝道："道君贵为天子，万尊之身，不能维护师师这样的民间女子，也情有可原，但是如果保护不了自己恩宠的一个宫中女人，那岂不是给人笑话吗？落姑娘，你不能跟我走，你要让万岁给你做主！"这时落杏儿见李师师不愿意带自己走，好像死了心，也不肯再求，转过身子就离开了，只剩下李师师一个人守着赵佶。

梦说到此处，李师师身体不禁有一股暖流，却又摇头，说："道君如何这般知奴心事？还好是梦里，奴才有些光辉罢了。"接着叹道："想想如果真是这样，奴为了道君，也会大了胆子，做下好事，当一个善良的人。"

赵佶一把拉她到怀里，说："这有所梦，便是朕有所想，师师梦里都是靠得住的好人，把堂堂男儿都比下去了。"

李师师兴致勃勃，要听他继续把梦说下去，便问道："这样的好梦不会就只有这样半截儿吧？"赵佶犹豫了一下，说梦里落杏儿的光景不好过，不忍再说。李师师当然不肯，偏叫他再说了下去。赵佶想了想，神情略显得暗淡了，说自己梦见落杏儿出现在了万岁山，自己在梦中还对张迪下旨道："听说，睦州美人在万岁山，明日到万岁山，朕要看《东南百花阵》，叫童贯好生准备，不要让朕失望了。"到此，便醒了。

赵佶做下此梦的同时，有关睦州美人引发的又一个传言，仿佛是应和皇帝梦中所遇，又好像是童贯为了讨圣上欢心，故意为之。这个传言似乎区别于蔡宫女遭遇,或者是缝纫女红的不幸,一切都像是事先计划的,那个被认为是落杏儿的睦州美人,被秘密安排到了万岁山,只是身遭软禁,前景不明,命运莫测。

由于童贯的关照,一开始,睦州美人落杏儿虽然没有行动自由,但处境相对安宁,生活比较优厚。之前童贯认为所谓李代桃僵之说,是蔡京从中捣鬼,又煽动后妃起哄,落杏儿一个细弱女子,怎能抵挡得住?而且皇帝一时难辨真假,也怕在宫中保护不了落杏儿,故而交代自己,先在万岁山把她安顿下来。这说明皇帝也不一定相信蔡京的话。童贯心里对落杏儿有几分同情,知道万岁山里的宫殿都是新建成的,砖瓦未干,水汽潮湿,还不好住人,于是就叫人给她专门搭了个宽大厚重的帐篷,派了几个年轻力壮、精通武艺的宦官看护她,而且单独给她供应伙食,希望她脸色红润,精神饱满地出现在万岁山竣工盛典上。

在万岁山安顿下不久,就出现了一段多少显得突兀的离奇插曲,落杏儿遇到了一件令她至死都弄不清楚的事情,那就是童九两突然来访给她带来的那种异样的感觉。

自从落杏儿住到万岁山之后,童贯吃住都很少回到府中,一来是怕守卫有什么闪失,让落杏儿逃离了万岁山;二是怕有人欺侮她,更怕宫内外的人打她的主意。其间,义女童九两听说落杏儿住到万岁山了,向他提出要到万岁山陪落杏儿一起住,童贯对此也十分警惕,怀疑是否想引来东南无名氏等人,因此任她怎么求,坚决不答应。但是童九两还是偷偷地来了一次万岁山,一副宦官打扮,跟随在童贯的后面,守卫都以为她是跟着童贯来的,也不加盘问,由她大摇大摆地走了进去。直至她找到落杏儿帐篷的那一刻,才让童贯撞了个正着。她回过头去,不让童贯看清她的脸,童贯想不起来哪里见到过,就问道:"你一个男子,在此鬼鬼祟祟干什么?"童九两转了转身,不敢抬头,答道:"奴才是宫里来的黄门官,并非男子,陛下让我来看看宫女可否安好。"童贯一边继续审视她,一边指了指那顶小帐篷,说:"她在里面,毫发无损,面目红润,一顿比一顿吃得好。"

童九两进去之后，二话不说就紧紧地拥抱着落杏儿。她没有想到童贯其实已经看出破绽，并迅速跟进了帐篷，看到了当时的一幕：落杏儿被抱得喘着粗气，动弹不得，又因为童九两的突然举动，吓得一时不知所措，叫了起来。童九两虽然慌乱，却说："你勿要怕，我是童九两喂！"于是，童贯一步冲上去，把义女拉开，说："看你鲁莽冲动，把落姑娘吓坏了。"

落杏儿惊魂方定，盯着童九两看了看，说："你如何这副打扮格？"

童九两摆脱了童贯的手，两眼直直地看着落杏儿，说："我想来看你，只好假扮成一个小黄门了，谁知还是被义父看破了。"

童贯警告童九两，落杏儿是陛下的人，迟早要回到宫里去，偷偷摸摸见她是犯了忌讳。被说得满脸通红的童九两回了一句"义父你不会懂的"。但童贯认为义女说自己不懂，分明在骂自己是个宦官，是个阉人，不由得大怒："我不懂？那你和她又是怎么回事？"伸手就是一个耳光。被打的童九两抚着脸腮，流了眼泪，对落杏儿说了声"以后再来看你"就匆匆离开了帐篷。

童九两突然地来，又突然地走了，这让落杏儿百般不解。过了很长时间，她仍然觉得当时的一切实在太奇怪了，童九两一进来，眼神闪亮，始终不曾离开自己，看得她心跳一阵紧似一阵。童九两抱住她的时候，用了很大的力量，让她觉得快透不过气来，甚至快要被挤碎了。

当夜她回味童九两对自己的态度，回味自己被拥抱的感觉，无法入睡，脑子里一直盘旋着同样的一个问题：这童九两究竟是一个什么样的人？

但自此以后万岁山戒备森严，童贯对童九两看得紧了，不许她擅自出门，更不许她踏入万岁山半步，因此，童九两再也没有见到过落杏儿。而落杏儿也永远没有机会弄清楚心中的那个疑问，尽管她心中有过答案，但无法通过再一次的相遇，来得到证实了。

随着万岁山竣工典礼的临近，童贯索性也搬到万岁山来住了。

孟揆就把自己的大帐篷让出来给童贯，童贯把大帐篷和落杏儿的小帐篷紧紧挨在一起，落杏儿有什么动静，童贯马上就能知道。但童贯不大走进落杏儿的帐篷里，说："本枢密虽是宦官之身，但还是与女子有别，又是替陛下看护,所以要十分谨慎。"除了方便看护落杏儿,童贯在万岁山住下的另一个原因,是筹备万岁山竣工典礼的预演,以确保十月初十天宁节这一天万无一失。一连几日,他夜不安寐,食不甘味,忍不住与孟揆商议:"蔡攸冬祀也有预演,陛下以为他做事认真,无非多花些钱缗。郊祀三年一次,而万岁山竣工百年不遇,是天大之事,万万不能轻率,也要安排预演方才放心,再说你我也可以赚些钱缗。"

孟揆为了不使童贯为难,也不提费用超支之类的事,因为建造万岁山是由他负责的,事情做好了,陛下满意,也有自己一份功劳,如果所用钱缗童贯能自行筹集,更是皆大欢喜,于是试探道:"所需费用,户部也可支出一部分。"

童贯拍胸口道:"些许百十万贯,西城所全包了。"

于是两人联名上了奏议,赵佶看他们如此尽心尽职,而且也没有伸手讨要银两,也乐得恩准了。

其实在最终确定的预算里面,童贯与孟揆心照不宣地做了手脚。以预演的名义,户部照例列支了七十万缗,从西城所提取七十万缗,加上童贯又直接叫户部两曹行文两浙路,说隆重推出《东南百花阵》是为两浙地方增光添彩,又讨要了二十万缗,这样一共筹集了一百六十万缗。但后来预演的只有《东南百花阵》一个节目,实际所用只有十五万缗,事后剩余一百四十五万缗,孟揆提取七十五万缗给童贯,自己留下七十万缗。童贯爽快道:"还是平分的好,以保今后无虞。"于是又退给孟揆二万五千缗,这样两人不多不少,每人七十二万五千缗。孟揆心里仍不平道:"前番冬祀郊天预演,蔡攸得了不知多少!"

童贯劝了劝,说:"大家不要相互拆台,心宽自然体胖,用不着计较。"

后来流传的说法是,《东南百花阵》如期举行,但并没有引起多少关注。事实上,如童贯所言,囿于经费,也由于参演的宫女不尽人意,所谓的睦州美人没有默契配合,更主要的是,赵佶因为知道少了入画之人,原定到万岁山审看的安排临时取消。最后,一场盛大的预演只能限于内部观摩,草草收场,也无人关心,没人提起。

还有一种说法是,根本不曾有过一次预演。

因为,赵佶居然没有观看如此重要的预演,无论如何不能令人相信。按照赵佶后来所言,他所看到的,幸好是梦中所见,幸好是一场虚惊。

离天宁节还有十天的九月三十日,也就是萧建成走后的第二天,他到了万岁山,要看竣工典礼的主打节目《东南百花阵》的预演。预演原来是秘密进行的,预演没有落杏儿,但不知怎么,后宫嫔妃偷偷跟来了一大帮,要来看稀罕。得知皇帝驾到,童贯不免惊喜,对落杏儿说:"陛下看《东南百花阵》还不是为了看你?看来陛下心里还是放不下你!"

前一两天,周邦彦过来排练《东南百花阵》,动员落杏儿在这次预演中当主角。落杏儿起先并不愿意,但周邦彦说:"只有陛下高兴了,我才能够保全落姑娘,保全你心中的爱人。"说到这个份上,落杏儿点了点头勉强同意,便参加了几次排练。落杏儿上手很快,没有几次就全学会了,博得了周邦彦及其他乐工的一致称赞,连说:"落姑娘的歌舞真乃天赋!"

当时,童贯听了周邦彦的介绍,一高兴竟说:"演好了《百花阵》,就让落姑娘衣锦还乡,回睦州老家看看。"

所以,童贯一进来,落杏儿一边梳头,一边问他:"你说让我演了《东南百花阵》就让我回家去的?"

童贯胡乱点点头,递上一套荷花色的华丽长裙说:"你长这么大还没有看到过这么漂亮的衣裳吧?也可将你的肚子遮一遮,让人看不出来。你快快梳妆打扮好,只要陛下高兴了,你想回哪里都行,而且你那个义兄的事情也不会追究了。"

落杏儿伸手接过长裙,套在身上,果然把微微鼓起的小肚子遮没了,她盯着童贯,说:"我还是不相信,你们总是骗人。"

童贯催她快点换好衣服,说:"别人都准备好了,你快点吧,此事,我童贯担保。"说完就匆匆离开了。

万岁山上彩旗招展,人头攒动,赵佶面无表情,出现在绛霄楼外的观礼台上。他坐下后,对那些有幸得到入场券,能够先睹为快的嫔妃们不理不睬,虽然他恼火她们违反规定擅自到万岁山看演出,但他也没有叫人把她们驱赶回去,也不反对童贯给她们安排座位和茶水。他唯独一个要求:预演结束后马上回宫,一刻也不许在万岁山多停留。

这次后宫随行的所有女人都没有看出皇帝这个举动的真实目的。她们不是没有想到过落杏儿的因素,或许她们以为一个怀有身孕而且被幽禁的女人,已经无法在公众场合露面,无法进入皇帝的视野,更无法对她们形成威胁,因此她们此刻对皇帝突然安排的万岁山之行,对皇帝的冷淡和无礼,并不过多计较,而是报以宽厚妩媚的笑容,试图用她们的笑声,用她们的活跃,用她们相互之间细声慢气的交谈,来调节因皇帝的不快而略显不安的气氛。童贯过来禀报说:"陛下,开始了。"两旁的嫔妃们为缓和气氛的努力达到了高潮,她们的眼睛一齐看着皇帝,然后兴奋地拍起手来。

赵佶依然平静。

实际上,他对预演本身并无多大兴趣,他的目的就是想看到落杏儿,但他并没有向童贯他们说明,因为他觉得此事不方便由自己开口,毕竟她怀孕的事情还没有弄个水落石出,毕竟是自己下令把她囚禁到这里来的,如果自己明明白白地告诉别人说自己是来看落杏儿的,那岂非让天下人笑话?他不得不顾皇帝的面子啊!但愿童贯他们能够摸准自己的心思,让落杏儿出现,让她见到自己。

但是,赵佶万万没有想到的是,这次预演,发生了使他感到终身遗憾的事情。

一阵紧锣密鼓,《东南百花阵》的预演正式开始。赵佶对嫔妃们人为造成的热闹气氛似乎没有多少兴趣,只有等响起东南丝竹的那一刻,他的脸上才露出了一点点激动的神情。张迪上前耳语道:"《东南百花阵》开始了。"赵佶一听来了精神,睁大了眼睛,一遍又一遍地在服色统一、身材相似、动作整齐划一的一百名东南美女之中寻找着什么。童贯看着赵佶的神情,判定皇帝在寻找他心中的入画之人。他凑上脸去,低声说:"陛下,等会儿就有惊喜。"

此时，周邦彦在对面的假山上喊道："恭请陛下先观赏《东南百花阵》的第一阵，《西湖荷花阵》。"

赵佶心里等得急，责怪道："还不开始？这不是故弄玄虚，戏耍于朕吗？"话音刚落，千姿百态的假山石中出现一位盛装女子，细细一看，分明是落杏儿后背朝人，徐徐而出。荷花色的衣裙，红中带淡，浅中见浓，在灰白色的砌石背景之下，既显得耀眼奔放，宛如天日，又使人感到恬淡温馨，可近可亲。而且阳光之下，衣裙又好像薄如蝉翼，落杏儿的肩膀、软腰依稀可见，缓缓律动，别有神韵。这一比较，先前出场的身着绿衣的九十九位东南女子明显不及，变成了陪衬、烘托，落杏儿一枝独秀，压倒群芳。

落杏儿惊现山上的那一刻，陪着赵佶观看排练的大小官员、侍卫随从，一齐赞叹这个令人眩晕的美妙场景，就连原来不屑一顾，只等着挑毛病的嫔妃们也忍不住忘情地欣赏起来。一时间，绛霄楼沉浸在欢乐的气氛之中，连童贯心里也不由得叹道："难怪连我的义女都要喜欢她！"

只有赵佶一个人，任由人们怎样赞美、惊呼，他都一脸沉静的表情，双目微闭，坐在椅子上一动不动。其实赵佶第一眼看到落杏儿的背影时，就已经被震撼了。

啊，这是美丽的瞬间，晕晕乎乎之中就完全把他击倒了。他甚至不敢再看第二眼，生怕留在脑子里幻影一般的景象会突然消失，自己再也看不到，再也抓不住。当他再一次睁开两眼的时候，那美丽的景象依然存在，说明是真实的。这时赵佶看到落杏儿的腰身有些异样，波动之中，微微隆起，突然想到秘阁藏书库那一幕难忘的情景，想起眼前这是个活生生的怀有身孕的人，顿时思绪一片混乱的时候，又发现很多没有资格享受的人在忘我地欣赏这份美丽，他们龇牙咧嘴，表情贪婪，居然当着自己的面冲着自己心爱的女人一声又一声地叫好！赵佶不禁愤怒了，这份美丽本来应该只属于自己一个人！赵佶再也无法控制自己的情绪，突然狂喝一声："都退下！"

就是赵佶的这一声怒喝，吓住了包括童贯在内的所有人，同时，也吓坏了从假山上走下来的落杏儿，她踉跄了几步之后，被一丛树枝，或是一棵青藤，或是一块突起的石头绊了一下，跌倒在狰狞的太湖石上，最后滚下了一二丈高的假山，发出了一声长长的惨叫声。

落杏儿跌倒之后，《东南百花阵》的预演戛然而止，随后就是一阵骚动。

赵佶没有马上知道自己一声猛喝的后果：一股鲜血从落杏儿两腿间流了出来。

预演显然是一场噩梦，哪怕是真实发生了，也情愿只是一场噩梦。

正当赵佶沉浸在万岁山预演的噩梦中时，睦州美人的后续命运，显得比噩梦更加骇人，更加诡异。这之前或是之后，宫中终于传出中秋期间冷宫中一位睦州宫女怀疑是与外人私通怀孕，然后突然失踪的消息。

情形看起来似乎是真实发生的。据说是来自睦州的宫女人尸不见，死活不知，她的同谋无邪接受了王德妃的审问。

众目睽睽之下，无邪咬咬嘴唇，鼓足勇气，承认怀孕是实，说："但人已经死了。"

"到底是死了还是让她逃了？"王德妃并不放心。

"哪里逃呀，哪里活得了呀。"无邪一口坚持。

受郑皇后委托，负责查办此案的王德妃显然已经控制不住自己的怒火，伸手就要挖无邪的脸，骂道："我早该想到你也是睦州人，串通了来骗我！你这是欺君之罪，该杀头的。说！是谁主使的？"

无邪避开王德妃的锋利的指尖，说："是我撒了谎，故意说她得了腹胀病的……可能是嫉妒，你也不是一样怕她怀孕吗？"

王德妃没料到无邪竟如此大胆，顿时恼羞成怒，急忙截断她的话头："好你个贱奴婢，竟敢欺骗本妃，真是罪该万死！"

王德妃喝令将无邪拖下去，说："给她一杯牵机药酒！"

无邪知道牵机药酒是何物，情知必死，突然挣脱出来，悲惨地长呼一声："睦州姐妹，无邪冤枉，生不如死，只好先回家乡了！"随即一头要撞向蟠龙石柱。

已等在门外的张迪不禁为无邪的刚烈与不屈深深震撼,猛地施展手脚,一步跳了过去,张开双臂立在石柱旁,无邪一头撞在他的身体上,他又往后一缩,减了几分冲力,双手一伸,将无邪抱住,喊道:"没有陛下严旨,你如何敢死!"

这当儿,郑皇后和韦贤妃又折了回来,劝王德妃道:"宫有宫规,做事总要计较后果,你就省了这份心吧!"

王德妃仍不肯罢休,又把矛头对准张迪,说:"刘供奉说得没错,你屡次去冷宫都与那个落杏儿鬼鬼祟祟,你们都是一伙的!"

张迪不由得震怒,声音严厉地对王德妃说:"落杏儿一事陛下自有圣裁,德妃不要再生是非了。至于刘供奉,迫害无辜,陛下早已下旨要严办!"

王德妃不再吭声,张迪又谢过郑皇后和韦贤妃,说:"皇后娘娘是后宫之主,如果宫女无邪有罪,就请皇后罚责。待奴才出去办完了事,就去禀报陛下,以作重新计较。"

张迪把无邪交给郑皇后,料想王德妃不敢再对无邪怎么样,放了一半的心,然后就带了几个如虎似狼的执法内侍高班,急匆匆赶到冷宫。刚才他说的要办完的事,就是抓本案的举报人刘供奉。

因为刘供奉毕竟是和自己同年进的宫,还有一点老交情,于是张迪先通知了管事,找来了刘供奉,也不叫捆人。张迪先说:"你有一条半人命在身,一条是神宗皇帝贵妃姬氏,还有半条,就是那个怀孕的宫女。你想堕下她的胎儿,也不问那是谁的骨血,如果真是堕了,就是两条人命!大宋律法宽容,念我们是同年进宫的分上,会留你一个全尸!"

刘供奉当时就被押往了死牢。起初他对事情的严重性估计不足,总以为王德妃会来救自己,直到半夜里,还不见什么动静,心里慌张起来,喊着要见张迪,张迪果然也就来了。刘供奉已经写好了自己的罪状,说:"主使的是王德妃,我不过受她指使。"

不想正是刘供奉的这个招供,真正要了自己的性命。第二天一早,刘供奉越想越不对,求生的欲望使他想尽了办法,他猛地想到了童贯,向狱卒哀求道:"给童枢密通个信,他会来救我的,我宫中某处地方藏了很多银子,分一半给他,也分一半给你。"

正当狱卒被他的诱饵打动,准备去找童贯时,张迪已经带了人,捧了一壶毒酒进来了,说:"刘供奉,已经来不及了。"

刘供奉恐慌至极,又求张迪:"张殿头,您向万岁求个情,放过我这一回,判我一个充军岭南吧!"

张迪摇摇头,叹道:"陛下仁慈,绝不会以恶对恶,过分加罪于你。你我同年进的宫,所谓惺惺惜惺惺,同病相怜,又怎么会打落水之狗呢?可是有人说了,大宋法度难饶呀!"

刘供奉问:"谁说的?谁说的?"

张迪说:"童枢密,也是与我们同年进宫的,你知道他可是我们宦官真正的头儿。"

刘供奉这时终于死了心,一声长叹:"可是真正的主使是王德妃呀!"

张迪冷笑一声,又不禁同情,说:"王德妃是万岁当年的宠妃,是万岁钦定的德妃,说不定哪天还能当上皇后!她是我们的主子,又有皇后撑着腰,而且童枢密也并非与她有恶,孰轻孰重?你一错再错,到最后关头了,错在把德妃给招了,如果把事情都揽在自己的头上,德妃心存感激,或许你性命可保,但是你却错了!"

张迪先离开了死牢,说到底,他不想看到刘供奉死在自己的眼前。张迪走后,刘供奉在喝毒酒之前,将自己藏匿金银的地方跟狱卒说了,条件只有一个,就是求他替自己收尸,买一副好棺木,将自己运回镇江京口老家安葬。

刘供奉死后,张迪不知道狱卒已经贪污了刘供奉的银子,就用自己的俸银,叫人到跨虹桥下的李记寿材铺定了一副楠木棺材,装殓了刘供奉,然后又雇了一条船,出了汴河从运河直接送回镇江。那个狱卒辞了差事,自告奋勇,押着船一同去了镇江,后来就再也没有返回汴京。

想起睦州美人的遭遇,张迪只好叹气,不管谁是落杏儿,谁是入画之人,她们都是一个命。

## 三十七　绝望中他一刀挥向命根

　　随着天宁节日益临近，如何加强万岁山的警备，成为当务之急。按照新的分工，竣工之后，万岁山内的安全仍由御林军担任，而周边地区的守卫则由开封府负责。这样做的目的是减少朝廷和宫中的开支，使每年新增的一百万缗费能够分摊到开封府头上。开封府起先强调困难，婉言拒绝，后来经不住赵佶的再三要求，勉强答应，但随之提出了一个条件，就是将万岁山周边形成的主要街道归他们经营，以弥补费用的不足。御前会议后，同意了开封府的部分请求，划出半条街的店面给他们，权抵每年新增的三十六万缗费用。

　　这样一来，开封府上上下下热闹了一阵子。因为万岁山地处内城东南，邻近繁华闹市，是个破墙开店的好地方。对此开封府内部竞争十分激烈，各个部门、大小官员都希望得到更多的门面，有的甚至提出宁可不要一个月俸钱，自负盈亏，也要争取承担万岁山的安全之责。按照开封府正在制定的一个内部办法，如果能够分配到万岁山当差，像展五这样的品阶，至少可以分得一间半带楼的两层店面，他手下的普通捕快也可以每人一间铺面，无论是转手出租，还是托人经营，其收入起码是俸禄的几十倍，甚至几百倍。正因为明摆着有利可图，内部办法中提出要进行招标，因此暗中的竞争一下子激烈起来，开封府各个部门的人连日里一批接着一批地到万岁山四周勘探，准备更有针对性地提出自己的方案,以图在招标中获胜。

也就是这一天,几名正在察看地形的捕快发现有多名可疑人员混进了万岁山,他们迅速报告了展五。其时展五也在附近,正站在一间二楼的店铺前面遐想。在这次招标中,展五的呼声很高,极有希望成为最终的胜利者。以往他对银钱十分看淡,总以为大丈夫行事,要像祖父展昭那样忠君爱国,淡泊名利,但是自从和童九两交往后,他的心理起了一些变化,他认识到没有钱也是万万不行的,祖父一世英明,却不曾给子孙遗存一块金银,留下一处宅院,至今自己还与别人合租一间楼房,至今还没有多余的积蓄,没有钱怎能使自己的家人过上幸福生活?

特别是他发现最近童九两对自己有些冷淡,心里猜想是不是自己家境不宽裕的缘故?现在刚好碰到这样好的一个机会,自己一定要积极争取,得到一间半带楼的两层店面,作为迎娶童九两的基本条件。他请人算了一下,这一间半两层店面,不管是自己经营还是转租他人,一年至少可以获得二十多万缗的收入,实足可以使童九两和即将出生的子孙过上衣食无忧的富裕日子。

十月初,对童贯来说是感到最混乱和难堪的日子。开始是展五因为一件小事被童贯责骂后,和童贯发生了激烈的争吵,争吵的结果,是童贯说出了赖婚之类的话,展五一时冲动,就要动武,于是童贯动用了禁军的十几名武术高手将展五制服,并将他五花大绑送往开封府,由开封府尹处置。开封府尹问童贯说:"展五不是童枢密的女婿吗?"童贯正在火头上,说:"什么女婿?没有的事!"

但展五的手下一个个摩拳擦掌,要求府尹马上放了展五。当然展五马上就恢复了自由,而且就在开封府门口磨起刀来,声音霍霍霍地十分响亮,引来很多人围看。展五一边磨刀一边说:"我展五迟早要杀人!我展五迟早要杀人!"别人问他要杀谁,他却不回答了,只把手中的刀磨得雪亮雪亮,闪出的寒光映在大门口的一对石狮子上,开封府大门口顿时弥漫了一股杀气。展五扬言杀人的消息很快传到童贯耳朵里,童贯不敢轻视,立刻从禁军营中调来几十个枪棒教头,加强自己的警卫力量。开封府知道自己轻易安抚不了展五,亲自跑了一趟童府,请求不要悔婚,童贯火了,说:"不曾订婚,何来悔婚?本枢密指挥千军万马,见过多少死伤万人的恶战,还怕展五这等小伎俩!"

童九两想想这事因她而起,想到开封府去跟展五说说清楚,好言劝他不要做无谓之举,自己也不枉与他来往一场,解释说:"义父,女儿只怕他一时冲动,对义父不利。"

童贯从中阻拦,不让她出府,说:"他都磨刀霍霍了,你还去讲什么情义?不过是祖上有些虚名,不值得你留恋。你义父堂堂太傅,谅他也不敢有什么举动,他要面子,由他虚张声势去好了,暂不计较。"

再说展五在开封府门口磨了一天一夜的刀,也不见童贯有什么反应,他希望看到的童九两更是没有出现,看看无望,只好弃了那把磨得薄薄的朴刀,大哭了一场之后,回到房里倒头就睡。

真正对童贯生命带来威胁的并不是展五,而是大名艺人和山东盗另一个姓李的头领。展五在开封府门口磨刀的这一天,潜入汴京的山东盗首领,试图用重金收买童贯。山东盗首领计划由大名艺人带书信一封,珠宝无数,进入童府,面见童贯,务必请他同意招安。大名艺人其时听说因为展五磨刀示威,童府戒备森严,感到这当儿进入童府有一定困难,就提出走童九两的门路,山东盗首领犹豫再三,只好同意,但是三番五次叮嘱说:"你与李头领一起去,但千万不可让他伤害童贯,坏我山东盗大事。"

因为有了童九两接应,行动一开始十分顺利。四周那些从禁军调来的枪棒教头都已认得童九两,在童九两的引领下大名艺人和李头领才得以直奔童贯书房,一路没有什么阻拦。大名艺人把山东盗首领的书信和珍宝一齐呈上,讲明了目的:"请童枢密费力成全山寨招安一事。"

童贯马上明白了自己的处境,只得收下珠宝,一口答应说:"十路大军本已发出,说是为了万岁山竣工大礼,实则是故意拖延。招安一事,我会去周旋。"大名艺人要求童贯写出书面保证,好交给山东盗首领。童贯起初推却,李头领取出牛耳尖刀逼着童贯。童贯吓得马上照办,提笔写了一张关于努力促成招安山东盗的文字。得了这书面保证,大名艺人怕耽搁久了坏了招安大事,连忙夺下李头领手中的牛耳尖刀,拖着他迅速离开了童府。

蔡京因为童贯连受惊吓,到童府来看望他,然而实际上暗藏另一层目的。他说:"童府中有一东南美女,本太师在杭州遇见过,就是童枢密当年用九两银子买来,收为义女的,我看也是绝色,不如让她到太师府中住一些时日,童枢密不会还是不肯吧?"

童贯脸上闪过一丝不安,想着缓兵之计,说:"不过义女童九两却是有过婚约的,容缓几日,到时候我亲自送一个好的过来,比义女强十倍,自然不会让太师扫兴的。"

想起蔡京居然索要自己的义女,童贯心中泛起一阵不快,心想宁肯把义女嫁与展五,也不能送给蔡京。但为了不得罪蔡京,童贯还是送童九两到太师府住了几日,没想到对童九两美色觊觎良久的李虞候入室调戏童九两,并欲实施强暴。童九两心中早有防备,激烈反抗后逃离了太师府。而急急追赶出来的李虞候,因为心志混乱,一脚踩空,坠落楼下,当场身亡。

事情发生得既突然又迅速,蔡京在得到消息后,第一时间派人赶到童府讨要童九两:"童九两把李虞候杀了。"

童贯脑子反应极快,当着来人面大骂蔡京:"童九两一个纤弱女子,手无缚鸡之力,如何杀人?我还要向你们要人呢!"

双方马上亲自碰了一次面,蔡京姿态很高,他要的只是童九两,说:"童枢密还是要把义女找回来,死一个李虞候不打紧,那是他酒醉起了歹意,不怪九两,只要她回来温温存存地服侍我,说不定我能老来得子!若找不回来,童枢密得赔我一个。"

童贯大怒:"做梦!"

宣和元年,诸多流言,暗潮汹涌,御街演义,坊间评书,使有关万岁山、万岁山预演等等离奇曲折事件广为传播。不过其中也不乏遗漏,有些情节和人物鲜为人知,比如童九两在万岁山预演中的角色以及遭遇,比如她因为一次令人难以置信的奇怪梦游,命运发生了改变。

也许万岁山预演不止一次,这个故事中的预演是秘密进行的。尽管是秘密,但还是走漏了消息,而且走漏的消息十分详尽,详尽到由周邦彦亲自排练,由春天进宫的睦州美女们担当主角,详尽到她们初次亮相便博得了周邦彦及其他乐工的一致称赞,连说:"睦州美女其歌其舞真乃天赋!"等等也被外人所知。

童贯把周邦彦介绍的《东南百花阵》说给童九两听,童九两听了表面上不以为然,但接下来她的举动却让童贯十分奇怪。

童九两忽然两眼发怔,似梦游天外,而且竟然说到落杏儿的名字。

童贯奇怪地问:"哪里有落杏儿?"

童九两怔了半晌,忽然清醒过来,说:"方才我是做梦了,差一点迷失在梦中了。"她在自己全然不知的情况下居然去了一次万岁山,而且目的清楚,就是要看竣工典礼的主打节目《东南百花阵》的预演。

"你是梦游症。"童贯很快就做出了判断。但是后来周邦彦一句话提醒了童贯,他突然产生了一个大胆的想法:让童九两登台演出《东南百花阵》。

周邦彦虽然怀疑梦游之事,但审视童九两的模样后,便说:"枢密有如此标致的义女,如果加入东南百花阵,也堪称花魁了。"

童贯想了良久,说:"那就让她试试,说不定陛下会喜欢她。"于是在没有征得童九两同意的情况下,她就被童贯强行留在万岁山参加了《东南百花阵》的排练。

按计划,童九两冒充睦州美女上台演出,一开始显示出成功的迹象。当千姿百态的假山石中出现一位盛装女子,后背朝人,徐徐而出。荷花色的衣裙,红中带淡,浅中见浓,在灰白色的砌石背景之下,既显得耀眼奔放,宛如天日,又使人感到恬淡温馨,可近可亲。而且阳光之下,衣裙又好像薄如蝉翼,肩膀、软腰依稀可见,缓缓律动,别有神韵。这一比,先期出场、身着绿衣的九十九位东南女子明显不及,变成了陪衬、烘托,童九两一枝独秀,压倒群芳。

童九两惊现山上的那一刻,陪着赵佶观看排练的大小官员、侍卫随从,一齐赞叹这个令人眩晕的美妙场景,就连原来不屑一顾,只等着挑毛病的嫔妃们也忍不住忘情地欣赏起来。一时间,绛霄楼沉浸在欢乐的气氛之中,连童贯心里也不由得叹道:"难怪连我都要喜欢她!"

但是,童贯的情绪不久便低落下去了。他看到只有赵佶一个人,任由人们怎样赞美、惊呼,他都显出沉静的表情,双目微闭,坐在椅子上一动不动。

其实童贯并不知道赵佶的心中在翻江倒海!赵佶想到的是已经消逝的美丽瞬间,犹如纯洁之美的精灵,犹如昙花一现的幻影。他甚至不敢睁开自己的眼睛,生怕留在脑子里幻影一般的景象会突然消失,自己再也看不到,再也抓不住。

那美丽的景象便是秘阁藏书楼初遇睦州美人的那一幕。

也许这一次的预演并没有真正举行,计划也就没有付诸实施,想象中的情景更是没有实现:

反正结果是童贯悻悻然带着欢天喜地的童九两离开了万岁山。

不管后续如何,童九两梦游带来的好事到此为止,但她因此有了勇气,敢于为自己的命运拼搏一把。

这天,童贯准备对义女好言安慰几句。谁料他一进屋里,童九两突然从床上坐起来,扑通一声跪在他的面前。义女的这个举动让童贯以为义女终于肯认错了,然而没有等他高兴起来,义女说出来的话让他大大吃了一惊。

童九两跪着,抬起脸低声说道:"义父对女儿恩重如山,日后定要报还,女儿只求义父格外开恩,将女儿放还杭州。"

童贯第一个反应以为义女是由于婚姻问题上遇到挫折而伤感,是不能嫁与展五而引发的情绪反弹,于是说:"你们怎么都想回到东南?怎么跟串通好了似的要学周邦彦?你不嫁展五何必这样呢?这事还可以商量。"

童九两摇了摇头,说:"女儿并不属情展五。"

童贯火气又冲了上来,高声道:"那你属情那个大名艺人?"

童九两又摇摇头,说:"原来爱过,现在不爱了。"

童贯将她扶起来,说:"那你爱谁?只要门户相称,义父可以成全。"

童九两此时脸色突然变得煞青,浑身一阵哆嗦,嘴里含含糊糊地吐出了几个字。尽管童九两这时的口齿很不清楚,但是童贯还是一下子就听明白了,浑身一阵冰冷,怔怔地站在原地,看也不敢看义女,很久都说不出一句话来。

之后,童贯亲自跑了一趟开封府,正式取消了展五与童九两的婚约,并委托开封府好好安慰展五一番,还答应可以送他一些金银作为补偿,说:"毕竟英雄后人,不要太伤了他的心。"

几天后,童贯找童九两秘密谈了一次话,之后,童九两对着自己的下身狠狠落了一刀,童贯亲自给她包扎了伤口,安慰说:"你暂且去东南躲一躲,找你以前的主公李通判。日后你也学义父,入身皇宫,前程无量!"几天之后,童九两远远地离开了汴京,寒风拂面,枯叶飘零,望着滔滔的黄水,一颗颗眼泪掉了下来。

生逢其世,身心坎坷,童九两悲壮而勇敢的人生自此开始启动。

## 三十八　睦州美人最后留下后话

到十月初五那天，围绕天宁节敬献贺词的风波汹涌起来。朝议商定，竣工大礼上安排了各方面的代表共计五人敬献贺词，朝臣由尚书中丞王黼代表，地方官员由高州知府李向荣代表，百姓则由易香楼主人林富成代表，其他两位则是后宫代表王德妃、太学生代表陈东。但是代表名单公布后，引出了一系列矛盾，使赵佶始料不及。矛盾的焦点主要是在后宫代表的人选上。当时定了王德妃，主要是因为这天刚好也是她的二十二岁生日，征求后宫意见时，各位后妃口头都表示没有什么异议。

赵佶以为后宫的事情既已摆平，情绪好了许多，把自己关在睿思殿里面的密室里，权且叫来一位美貌宫女替代，对着她打起《东南美人图》草稿。但是中间又来一段小插曲，使得赵佶作画的兴致又大大减弱。问题出在敬献贺词的太学生代表身上。太学生们商议了半天，推选了刚入太学的十三岁少年陈东。赵佶因为看过太学生的贺词，十分满意，称赞道："真乃神童也！"召见了陈东。

赵佶当时正想象着面前端坐着落杏儿，开始找到感觉，迅速勾勒《东南美人图》，激情澎湃，下笔有神。

这时走进一位面色冷峻的少年，他也不看赵佶画的是什么，更不看容貌美丽的宫女，开口就问："陛下，朝中无事乎？"

赵佶没有看陈东，两眼紧紧盯着那位美貌宫女，继续画画，说："朝中没有什么大事，即便有事，自有蔡京、童贯等处理。"

陈东激动起来，连连向赵佶责问了三件事情："朝中无事？学生敢问陛下，济州盗寇猖獗，对山东盗是征讨还是招安？身为当今皇帝怎么还没有一个定夺？万岁山已经建好了，就要举行竣工大礼，这宫中上万宫女，大多来自江浙，朝中对此不堪负担，而江浙富庶，她们是留还是散？还有，听说边关又报急了，这西夏、辽国如何对策？尤其是这女真金国怕是不会遵守盟约，事到临头了是割地求和还是加紧备战？"

那位美貌宫女听了陈东一席话，禁不住仔细看了看眼前的这个小孩，脸上泛起敬佩之情。但陈东仍然对她视而不见，一双显得童稚的眼睛看着赵佶。而赵佶当下就愣了，感到来者不善，就丢下画笔，不得不审视起这个还是孩子的陈东。但他没有好声色，说："山东盗之事，亦征剿亦招安，先征剿后招安。万岁山竣工已定在明日。这宫女去还是留，并不需要谁来多说，难道大宋贫弱到养不起几个宫女了吗？至于边关之患，乃大宋开国就有的，难道一朝一夕就可大功告成？"

陈东听了赵佶的话之后默默流泪，说："先皇帝神宗皇帝不会说出这样的话。"

赵佶听到他把自己跟父皇相比，不禁激动起来，说："朕怎能和父皇相比呢？年号曾是崇宁，但朕是觉得连崇宁都没有了资格！大宋积贫积弱至朕登基之日，又何力回天？"

陈东仍逼得很急，说："向太后当年让你登上皇位是否错了？"

赵佶脸色严峻，说："朕自以为还有建树，但要中兴大宋，或许只能寄希望于后人。"

陈东劝道："沉溺文艺，必定疏离军政，恳请万岁牢记南唐失国的教训，诗词虽在，但故国不在。"

赵佶听了气塞心口，但看着陈东一张稚气的脸，又不想为难他，说："黄口小儿自视甚高，朕自能容你，若留于后人则难容你，日后必有杀身之祸！"

这时美貌宫女忽然站了起来,说:"陛下,请保全这个人,他说的是真话,更说得有理!"

陈东这时才注意到那位美貌宫女,问道:"莫非外界传说的睦州美人?"

美貌宫女没有答话。

赵佶也没有回答,见美貌宫女开口为陈东求情了,也不免认真思考起陈东的话来。赵佶一时心情沉重不堪,赌气似的对美貌宫女说:"朕累了,不画了,方才他也骂了,我倒要听听,你会骂朕否?"

美貌宫女并不客气:"你想听我骂,我便骂!"

于是美貌宫女从县吏骂到大臣,从后妃骂到陛下,最后大骂花石纲,最后骂得她自己哭了起来。所骂的内容大意如下:

我没有父亲母亲,花石纲使我无父无母,我远来汴京,是被当作花石纲一样运送,当石头当花草,历经生死,受尽欺侮,花石纲使我一百个睦州姐妹脸上带笑,载歌载舞,但终日心中却流血流泪!

赵佶还是觉得难堪,说:"想不到睦州之地连一个美人对朕的成见都如此之深!"

素来进退适时的张迪,这时却不合时宜地进来了,跟在后面的还有周邦彦,张迪严肃地对美貌宫女喝道:"花石纲之举非陛下所为,姑娘不得无礼!"

赵佶恢复了常态,说:"张迪不可吓着姑娘。花石纲虽是童贯、蔡京所为,但也是朕的意思,本不想伤及无辜。"

中间出现了好长一段时间的沉寂,美貌宫女止住了哭,张迪不知道接下去该说什么话,赵佶慢慢地坐了下来,心情显然变得糟糕了。最后还是周邦彦打破了沉寂,说:"依臣下之见,万岁何不速下诏书,免睦州百姓花石纲之役,撤裁杭州制造局,这样东南百姓必然欢喜,姑娘也必然芳心欢喜。"

赵佶没有理睬周邦彦,想跟美貌宫女说话,又没有说,伸手想抚摸她的肩膀,又被她使劲一挣,赵佶送过一块泪帕,她又不肯接,赵佶只好两手一拂,索性离开了。

一路上,赵佶不免悻悻然,不承想睦州美人对自己如此心怀成见,心有不敬，落杏儿也是如此吧，奈何？

给赵佶的心境雪上加霜的，是接下去来找他的郑皇后。往年天宁节后宫代表都由她这个后宫之主提出名单，但是这次定了王德妃敬献贺词，事先并没有征求她的意见。确定名单之前，韦贤妃给她送来一尊金弥陀，而她则许诺今年让韦贤妃代表后宫敬献贺词。没有想到皇帝不和自己商量就匆忙定了王德妃，她猜想这一定是王德妃绕开自己直接走了皇帝的门路。郑皇后本想此事就这样算了，而且把金弥陀还给韦贤妃时，也安慰了她，劝她明年再争取，但是问题出在王德妃这一边。王德妃太过得意，对她这个皇后没有任何表示。郑皇后不禁越想越气，就与韦贤妃商量了半天，想到了一个办法之后，就来找皇帝告密道："听说睦州美人是被王德妃弄走的。"

赵佶一开始就不相信郑皇后的话。他看了看郑皇后一副认真的样子，叫张迪把王德妃叫过来。正在房中背读颂词的王德妃见陛下宣召，赶紧过来，满脸喜色地走进了睿思殿。

王德妃一进门郑皇后就拉下脸来骂她："你如此歹毒，竟然把陛下喜欢的睦州美人给弄没了！"

面对郑皇后的突然翻脸，王德妃猝不及防，扯住赵佶的袖子说："我何曾知道什么睦州美人？陛下救我！陛下救我！"

赵佶自以为看破了郑皇后的用意，挽过王德妃的手，说："竣工大礼上，你就不要献贺词了，让给别人吧，朕好救你。"

结果敬献贺词的人选还是由郑皇后确定，郑皇后当即就推荐了韦贤妃，赵佶说："朕准了。"

郑皇后脸色顿时红润了，替韦贤妃谢了恩，又放下脸来安慰了王德妃几句："不过是谣言，不要听信就是，陛下这里也会照应你。"之后她就又径直去找韦贤妃，告诉了她这个好消息，韦贤妃千谢万谢，又取出那尊金弥陀，说："不管成与不成，这东西就是献于皇后娘娘的。"

王德妃才回过神来，咽不下这口恶气，要跟郑皇后论理，不想郑皇后解释说："这只能怪那个李师师散布谣言。"

王德妃问:"这与李师师何干?"

郑皇后说:"汴京城里都传开了,李师师说你想害睦州美人。那次你与她在宫中争打,她岂能轻易放过你?"

经郑皇后这么一挑拨,王德妃越想越觉得是这么一回事情,一心想着要找李师师拼命,先是想叫人封堵暗道口,但到御花园找了半天,始终没有找到暗道口。郑皇后说:"那是陛下走的路,岂能由你封?再说那个进宫的出口,早几天就换了,谁都不知道。"郑皇后告诉了王德妃醉杏楼在内城中的位置,又把几个心腹人手给了王德妃,说:"凡事不要太过分,点到为止。"这几个人半夜里偷偷出了宫,在醉杏楼下放了一把火,李师师刚好在楼里。幸好董超、薛霸及时出现,冲上楼去,在火中救出李师师,街坊邻居也及时赶来,扑灭了大火。查验火情,损失并不大,只烧毁了房内的一些家具,可惜的是那一块皇帝的亲笔匾牌"神仙歌舞地,风流花月魁"被烧得面目全非。更加严重的是李师师的一张俏脸儿被火苗烙了几处,留了一点血痕。赵佶得知醉杏楼起了火,烧伤了李师师,连夜从地道过来探望。李师师脸披黄纱,出来相见,伤心地说:"怕是圣恩到此为止了,万岁保重,师师不能再陪侍道君皇帝了。"

赵佶一边埋怨她为何不逃入地道,一边哽咽地安慰说:"花魁娘子你且养好身子,朕岂是寡情之人!你即使脸上带伤,也是难掩天姿国色,何况皮肉之伤,三五日即可痊愈,宫中有神药,保你胜过从前。"

李师师不禁感动,偎依在赵佶身上,哭道:"害我之人,万岁想必有些知道,只盼为师师做主。"

赵佶抚着她一头黑油油的秀发说:"朕会下旨叫开封府查办的,但这会儿不要胡乱怀疑,免得伤神,养好伤要紧。"临走又说明日就叫人把自己新写的匾额送过来。

是夜大名艺人听到醉杏楼失火的消息前来探视,见房内还残留着烧焦的家具和救火时的水渍,心里不免难过。李师师躺在床上,撩开黄面纱,向他展示脸上的伤痕,说:"像我等吃这般饭碗的,毁了容貌,就已经是要我的命了。"说完呜呜地哭起来,大名艺人少不了安慰一阵。

经李师师指点,大名艺人点头答应,就从潜道进入了后宫,直接闯入王德妃的寝宫,也放了一把火,但马上被扑灭了。

李师师得知王德妃不过受了惊吓,问大名艺人为何手下留情。大名艺人说:"所谓一报还一报,轻重适中,礼尚往来,不失公平。"

李师师稍稍解了气,倒也不怪他手下留情,说:"大哥真是个顶天立地的男子汉,当今皇帝有你这等气度就求之不得了。"

这边赵佶也到王德妃这里安慰,王德妃见皇帝对自己态度这样好,也缓了缓气色,心里疼他,道:"陛下莫要急坏了龙体,过几日就没事了。"说着给赵佶整了整衣裳,抚了抚他的脸,眼睛湿润起来,说:"陛下恁地上心,怎么半天工夫就瘦了许多?"

赵佶说:"朕如何瘦了?朕是矫健之躯,蹴鞠之人一向如此。"

此时,李师师正在楼上陪大名艺人喝一种明州进贡的杨梅酒。此酒是宫中所送,色泽红润,晶莹透明,初饮觉得恬淡无性,极宜入口,但一般人喝到五六杯之后,才会感到酒性甚烈,连从不贪杯的大名艺人也上了当,把它当作普通的水酒喝了十来杯,开始云里雾里。他笑着一遍遍地拍打着李师师白生生的手臂,说:"花魁娘子,招安一事又没有结果,不如跟大名艺人离开这油腻腻的汴梁城,上山东盗居住的水泊痛痛快快做个无拘无束的女强人!"

李师师也喝了几杯,借着微醺道:"山东盗水泊有什么好,看着一大群如虎如狼的强盗汉子,我哪里躲去?我又不是谁的妻子!再说了,那里的水土能养得了人?"

大名艺人抢过李师师手中的那杯酒,说:"那不如我和花魁娘子,裹了些金银,吃穿不愁,到东南,到苏杭去营生,谁也不知!"

李师师站了起来,又颓然坐了下来,可能是大名艺人提到苏杭使她突然想起落杏儿的事情,难受地伏在桌上说:"我是什么样的人你不知道吗?离开了这汴京,就分文不值。苏杭美女,多得数都数不过来,哪有我李师师容身之处？男女情爱，夫唱妻随的好事，只有发生在梦中了。"

大名艺人抚着她的头发，说："花魁娘子金玉之躯，非凡夫俗子所能觊觎。"

李师师抬起脸说："你我私奔如何？"

不想此话一出，大名艺人酒便醒了一半，说："大名艺人愚钝，但总是看得出，花魁娘子心中只有陛下，一言一行，一笑一怒，全在当今陛下身上。此情此爱，何人能及？"

被大名艺人这么一点破，李师师心中一阵酸楚，又呜的一声哭了出来。

而此时的赵佶虽然早早就寝了，但一闭上眼睛就想起落杏儿说的话，心境更加空落落的。他想来想去，此刻唯一有可能为自己消解一些愁闷的只有李师师了。于是他叫了张迪，说："你快到花魁娘子那里通报，说朕要马上见到她。"

赵佶所爱的女人当中，只有李师师是随时想见就能够见到的。为此，赵佶说过多次，宫中到醉杏楼的潜道是最有价值的一项工程。李师师总是在他最孤单、最寂寞、最伤感的时候等待在这条地道的那一边，随时给他安慰，给他温暖，给他快乐。

此刻，只有李师师或许可以救他于无助之中，陪他一起度过这漫漫长夜。

当赵佶走过地道时，李师师已经穿着睡裙在地道的那端等他了。没有梳妆，没有洗漱，一副慵懒模样，自然本色。李师师刚刚迎上来，赵佶就紧紧抱住了她。李师师看出赵佶的情绪有些异样，不觉爱怜有加，也紧紧地回抱着赵佶。

但是赵佶即使被李师师牢牢环抱的时候，脑子里还是不时地腾出一片空地来，这片空地上行走的人一会儿是睦州美人落杏儿，一会儿又是少时的梦中情人，那个自己讳莫如深的祖奶奶。

李师师并不是没有感觉到赵佶瞬间的注意力不集中，她只是想用自己的全部身心和热情，让赵佶从细微的惆怅当中解脱出来。

事后，李师师总算找到了原因。赵佶和她一阵狂热后，和衣离开，说要邀请李师师到宫中和他一同观看《东南美人图》的画稿。李师师心里虽不是滋味，也不想跟他到宫里去，但又不想扫赵佶的兴，就勉强跟着到了睿思殿，等称赞完了，问："这画上的人好像是落杏儿吧？"

赵佶说还没有画好，眼睛还没有点上，又忍不住说出闷在心里的话："也算是吧，同是睦州美人，与她相差也没有分毫，但她说她不爱朕，想必落杏儿同理。"

李师师卷起画，说："没有画完？陛下不如把她天天放在自己身边，一天天，慢慢地画。春天来的睦州姑娘都年轻，不相差分毫，道君稍稍珍惜，就会倾心倾情地爱陛下的。再说了，道君如此风采，要她心仪敬服，也不是上天见王母娘娘那样的难事！"

李师师这一说，赵佶果然心情好了许多，不禁搂着她又要亲热一番，李师师怕他吃不消，说："明日还有大事，道君切不可坏了龙体。"

赵佶不依不饶，说："我吃颗丸儿，不妨事的。"

李师师还不肯。赵佶说："你如此推却为何，睦州美人的事托花魁娘子，朕是想先谢谢你。"

李师师见赵佶已经服了药丸，知道他必定不会放过自己，只好又依了他。

后来开封城里出现了谣言，说是当今皇帝把睦州美人关在一间密室里，供自己作画。赵佶怀疑是陈东说的，叹道："小孩子乱说话迟早有杀身之祸！"

其实赵佶对那位美貌宫女早就有了下一步的安排，张迪心里清楚皇帝想把她送出宫去，安顿到李师师那里，但他嘴上还是问道："是否安顿在花魁娘子那里？"赵佶点点头，说："此事只你一个人知道，怎么去再作计较。"

傍晚时分，张迪带了三四个心腹内侍，向御膳房借了一辆运送鱼肉的牛车，将美貌宫女悄悄送出宫去。按照事先约定好的，赵佶穿了宦官服饰，出了宣德门，候在御街上。等张迪路过时，他走到牛车边，与美貌宫女作别。

当他发现她面无血色苍白如纸,心里生出万分的爱怜,忍不住伸手抚摸着她有些凌乱的头发和明显瘦削了许多的脸庞。刹那间,真就把她当成落杏儿了。美貌宫女睁开了眼睛,一看是赵佶,什么话也没有说,只是流泪。赵佶取出一块黄绢儿想给她擦眼泪,美貌宫女扭过脸去,不再理他。赵佶知道此时自己多说无益,一心把她当作落杏儿一般对待,就一边给她擦拭眼泪,一边安慰道:"先把你送出宫,找个好去处好生调养,过一日两日,朕会过来看你。"

等到赵佶进了宫门,张迪四顾无人,才亲自押着牛车穿过朱雀大街,缓缓地朝镇安坊走去,最后在醉杏楼门口停了下来。

李师师迎下来,看了看,说:"睦州姑娘一个个都是一样的,哪个不是落姑娘!"

## 三十九　人到中年惜别青春梦幻

　　宣和元年(1119)十月初十天宁节,赵佶的生日大庆终于到来。这天,从黄河边上下起的小雪,三三两两地飘进汴京城里,让人们感到了冬天的来临。但是寒风和雪花并没有减弱人们对天宁节庆典的热情。赵宋风格,历来讲究普天欢庆,君臣共喜,军民同乐,天子脚下的开封市民更是近水楼台,得天独厚,一年之中欢庆游乐之时接踵而至,习惯地称之为小年。如果某年庆典少了,倒会觉得空落落的无所事事,寡然无味。今年因为有了百年盛举的万岁山庆典,有了三年一次的冬祀祭天,再加上一年一次常例的天宁节,使文武官员、汴京百姓感到极为踏实,充满期待,无可争辩地将宣和元年称为大年中的大年。寒风之中,汴京城里生发的一团又一团暖意迅速地升温。

　　作为庆典的主角,赵佶是全部活动的核心。在日程安排中,他参加的活动主要有三项,第一项是卯时的蹴鞠。其时邀请了京城和东南的齐云、锦圆、春晖等顶尖球社,比赛项目计有十人场户,七人场户,五人场户。赵佶象征性地参加二人场户。二人场户先是由刚从山东回来的殿帅府太尉高俅和翰林学士李邦彦比赛,其中的胜出者再与赵佶踢上一局,作为总决赛,将蹴鞠活动推向高潮。对此,赵佶有必胜的把握。因为高俅公务繁忙,已经长久没有练习,球技大不如前,而李邦彦虽然技艺精湛,球路诡异,动作迅猛,但在经验上稍逊一等,远不如赵佶踢得自如稳健、后发制人。

紧接着第二项活动安排在午时,也就是庆祝活动的高潮——万岁山竣工大典。《东南百花阵》预演时的风波曲折,已经引起人们的好奇心,官民争相想要目睹睦州美女的动人芳容,都将能否看到《东南百花阵》的演出,视为身份是否高贵的象征。因此,想挤进万岁山主场地的人一时增加了几十倍。孟揆曾提议增加演出场次,如果高价出售门票,能够得到五百万缗的额外收入。但童贯等坚决反对,认为增加场次,虽然能够带来巨额账外收入,但《东南百花阵》是奇货可居,是献给当今皇帝的生日礼物,多了就不珍贵,影响庆典的神圣,所以再多的钱都不能要。

最后一项活动则是赵佶从万岁山回到宣德门楼,观看相扑决赛。毋庸置疑,庆典活动的主场是万岁山,压轴大戏是《东南百花阵》,但是比较有趣,或者说比较具有观赏性的活动,则是在宣德门广场上举行的相扑大赛。以往每年一度的相扑大赛一般都在上午举行,但为了不影响赵佶出席其他几项活动,就将相扑大赛的时间做了更改,调换到傍晚时分举行。宣德门广场虽然广大,但由于是开放的,一早开始,就出现了观者如潮、人山人海的局面。因为时间移至傍晚,势必要灯火通明,亮如白昼,这样光灯油一项就增加了开支一万五千五百缗。实际上,赵佶对于是否出席这项活动一直拿不定主意。前些天最后审定庆典计划时,蔡攸提出把男子相扑改为女子相扑,赵佶表示了同意,但是看到没有人响应,又犹豫不决,结果后来还是引来一片反对声。起先是开封府提出反对,其理由是从社会治安方面考虑,如果是女子相扑,势必引来更多的看客,甚至城外的观众也会闻讯而来,观看的人数徒增几倍甚至几十倍,宣德门广场何以容纳?一旦有人滋事,则混乱不堪,恐怕会死伤人命。因为换节目是蔡攸提出的,蔡京早已心中不快,此时便紧接着开封府的话,出面反对,说:"女子相扑,和男子相扑形式一样,裸露颈项臂膀,乃至腰围,所以也称妇人裸戏,上元节曾在宣德门广场上,为皇帝、百官和开封市民表演过,当时人山人海、万头攒动,差点将四周宫楼挤塌,有伤礼法。"蔡京还搬出了自己打击过的政敌司马光,作为反对的武器,高声引述了司马光《论上元令妇人相扑状》:"臣愚窃以宣德门者,国家之象魏,所以垂宪度,布号令也。今上有天子之尊,下有万民之众,后妃侍旁,命妇纵观,而使妇人裸戏于前,殆非所以隆礼法,示四方也。"又补充了一句:"女子相扑必招臣下犯颜直谏、猛烈抨击。"

赵佶听罢,表态道:"朕决定宣德门女子相扑暂不举行,但男子相扑照常。"

开封府尹大大松了一口气,蔡京看了看蔡攸,得意地说:"万岁圣明!"

其实前一天晚上,赵佶一时兴起,居然想过要将这三项活动一并停了,哪怕必然满朝震惊,京师震惊,最后全国震惊。他设想取消这些活动之后,要认认真真地做一些正事,公布一些政令,诏告天下,使大家的心思和精神都回到维护巩固大宋的强盛和繁荣上来。为此,他又起床,点亮灯,重新查阅了庆历三年(1041),新任参知政事范仲淹与枢密副使富弼提出十项奏议,云:

明黜陟,抑侥幸,精贡举,择官长,均公田,厚农桑,修武备,减徭役,覃恩信,重命令。

仁宗大都采纳,颁行全国,号称新政,本朝风气为之一新。再后,又回顾了父皇即位,立志革新,于熙宁元年(1068)四月,召王安石入京,变法立制,以因天下之力以生天下之财,取天下之财以供天下之费,理财、整军,富国强兵种种壮举。赵佶想着,不禁热血沸腾。

但到了天亮,他起来在殿里踱步,细想又感到后怕。庆历新政不是遇到强烈反对和阻挠,所列十项改革也是一一被废,以致君臣焦头烂额吗?而王安石变法,不也因神宗皇帝去世而告终,其后果到今天还不能完全消弭吗?

所谓图治强国,最后劳神伤力,徒劳无功,何必呢?宣和元年(1119)都快过去了,诸如此类,拖到明年再说吧,眼下要做的,是喜气的事。想想,哪朝不是权臣互斗,双方各不相让,一斗哪次不是至少几十年?而自己当皇帝以来,中枢大臣,同心一致,政令既出,百官拥护,天下响应。他倚重的大臣,蔡京、童贯、王黼、高俅等等,文武相交,将相和睦,细想想,哪朝做到如此?自己才是真正的一统天下!他不敢诋病前朝先皇,但称赞自己还不行吗?

这一想,不觉宽心,竟坐在龙椅上睡着了,进入了梦境。在梦中他第一个见到的是童贯,童贯还给了他一个意外的惊喜。前一天晚上,赵佶为自己的《东南美人图》定稿的时候,让落杏儿唱了一段东南小曲《采茶歌》。落杏儿满怀着放还的希望,边歌边舞,声音婉转,脸露微笑,一举一动,婀娜动人。

赵佶为落杏儿突然的表现欣喜若狂,说:"朕先前怎么没有发现落宫女竟如此美妙动人!"

一时兴起的赵佶要落杏儿和他一起饮酒,落杏儿不肯喝酒,只喝了几口清凉的甜瓜汁。半醉之中,赵佶话多了起来,对着童贯和落杏儿说:"落姑娘,朕见过美女无数,多数是初见大美,惊为天人,而细品之后,又觉不美,或俗,或腻,或恶,或平。朕总算知道,天下之美有三。一为以汴京为最的华丽之美。这类美女分布甚广,从淮北直到陕西,长得体形丰硕,红光满面,举手投足,柔韧有力,宫中美女多属此类。二为胡姬之美。胡姬之美最妖,妖而夺魂,初见时,魂魄两散,如闪电雷鸣,礼义全无,宫中也有几人,是西夷巨贾所送,但朕已无力消受。三是东南之美,这是朕之向往之极。朕办花石纲,并非在于花在于石,而在于人。但东南之美,一般为纤巧清丽,再上,有水汽浸淫,兼清秀之美,而再上,得东南奇山、奇石、奇花、奇树之精华,所谓山野之美,而再再上者,并是两种兼有,全得东南山水之精华,如睦州,有新安之水,有黄山之石,天设地就,岂能不造极品美女?如是者,落姑娘就是了。对了,朕想起来了,当时在秘阁,落姑娘初见朕时的那一声笑,朕要画的《东南美人图》,画的正是你,正是你那样的笑,如今朕要大功告成了!落姑娘,你再笑给朕看看。"

落杏儿此刻也想不起当初为何有一声笑,她看着醉意中的赵佶,心想这是一个有趣的皇帝。她想笑,但她忍住了笑,这一忍就再也笑不出来,说:"陛下喝醉了,我笑不出来了。"

赵佶显然是喝醉了,当着童贯,宽衣解带,对落杏儿说:"你今夜就陪朕吧，从今往后，美味佳肴、黄钟大吕都属于你落姑娘的，朕会让你笑的，只有你笑了，朕才能够把《东南美人图》画好。"

落杏儿冲着赵佶说："美味佳肴不及粗茶淡饭，比起黄钟大吕，我更爱牧童之笛、采茶舞曲。"

赵佶喝下了落杏儿杯中的酒，说："落姑娘，朕是喜欢你，是爱你的，不仅因为你是朕梦中的入画之人，还有，你很像一个人。"赵佶停了停，说："朕儿时就经常梦到过的一个人。"这个人是谁呢？落杏儿抬起脸来，看着赵佶，显然，她也想知道答案。

赵佶又说了一遍："你像她！"

赵佶对落杏儿表现出了十分的耐心和温情，即使在睿思殿两个人独处，落杏儿多次成功地躲避了他的爱抚时，他也没有觉得难堪或者恼羞成怒。他依然对她心存一片柔情和愧疚，依然保持了作画的兴致和冲动，对落杏儿的冷淡和无礼回应报以最大的宽容和大度。

赵佶亲自给她端了一杯茶，说："这是龙井，落姑娘家乡的，虽说是春天进贡的，但保存完好，清香犹存。"

赵佶说起龙井，勾起了落杏儿的伤心之处，几颗泪珠子夺眶而出，但是赵佶以为她已被自己的一片诚意感化了，心中涌上几丝得意，继续乘胜追击，说："等明年春暖花开之时，朕带你去游历东南，去你家中，看望你父母！"

接下去的情景是如此美好。

在万岁山生日庆典上，在万众欢呼声中，身着一身红衣的落杏儿出现在山顶的假山石上，点缀了整个黛绿色的万岁山。落杏儿先歌一曲《忆江南》：

> 江南好，风景旧曾谙。日出江花红胜火，春来江水绿如蓝。能不忆江南？

如此这般，落杏儿连歌数阕，场面欢腾，一浪高过一浪。就在这歌舞台中间，一个脸孔十分熟悉的美女一边舞动着，一边向落杏儿靠了过来，两只放出光芒的眼睛一刻不离地盯着她。

落杏儿心中一阵大乱,她发现这人竟然跟自己长得一模一样。

赵佶也喊道:祖奶奶李宸妃!

人们还没来得及鼓掌,落杏儿已经一头撞向怪石,鲜血喷向山顶的奇石,赤红一片,怔得全场哑然无声,任何抢救都已经来不及,睦州美人落杏儿当场断气,然后不等须臾,其魄其身随李宸妃一道,飞天而去。

"陛下,醒来!"

赵佶被唤醒时,全身都被冷汗湿透了。

尽管宣和元年(1119)天宁节的相扑大赛是本朝开国以来参加人数最多、比赛水平最高的一次相扑大赛,而且涌现出大名艺人、东南无名氏这样的后起之秀,但是大宋朝皇帝赵佶却没有去宣德门广场观看比赛,也没有出席当晚的颁奖仪式。

其实十二月冬至,才是京师官民最看重的节日。富人锦衣玉食,摆设隆重,供奉祖宗,一应俱全。那些贫穷者,平常日子,积累假借,至这一天绝不会忘记,更易新衣,备办饮食,享祀先祖,庆祝往来,一如年节。

因袭汉唐制度,赵佶又纳建言,所谓冬至前后,安身静体,不听朝政,朝官及所属吏员例行放假,互贺拜冬。但驳回军队待命、边塞闭关、商旅停业三天的奏议,说:"宣和元年从春至冬,应是奋发气象,朕不忘内忧外患,牢记始终。君臣乐上一日可也。"此语一出,两班朝臣惊愕之后山呼万岁,歌颂皇帝英明。其中还有另一个原因,是十二月初传来盗贼起事于河北路的消息,因为其势汹涌,进剿者称之为河北剧贼,但有情报说他们本是山东盗,与京中、宫中疑有往来,建议下诏招降,赵佶深以为然,亲拟诏书,却被拒绝了。

冬至郊天,赵佶主持本年的冬祀圆坛,百官向皇帝呈递贺表,并互相投刺祝贺。其中最有意思的活动,是各家现场作画,然后挑选其优者,结集成《宣和画谱》,所赐润笔费比平常多数倍。前一日后妃美人得到从辽、夏、金及高丽国进货的锦裘衣帽,一一陈列,形式各异,她们依次挑选,每人都得一件。后到的茂德帝姬试用再三,没有满意的,索性不要了。

此时,虽然在阳光下,但茂德帝姬站在那里冻得发抖。赵佶看到,不免心疼,走过去把自己身上的白熊皮坎肩脱下来,给她披上,说:"此乃幼熊皮,白净无瑕,自有青春气息。"别的公主也跟着讨要,赵佶干脆挽过茂德帝姬,说:"她自幼怕冷,更需温暖,你们岂能对比!"

茂德帝姬娇娇地谢了恩,然后剥开一个金灿灿小橘子,递到赵佶嘴边。

赵佶不顾左右目光,一口吞下去,说:"这是丰城蜜橘,洪州所贡。"

茂德帝姬对东南事物情有独钟,说:"吃这橘子如蜜甜,女儿想起一首诗,唱给父皇一赏。"全场安静,传来有如天籁般的清丽女声:

爱日明朝至,寒云此夕同。预知鸦啄雪,先验鸟呼风。
乡国追随外,年华感叹中。清愁将浊酒,斟酌并成空。

赵佶叫好,评说道:"此歌为政和八年(1118)进士黄彦平作,与此橘同产洪州丰城。"

茂德帝姬眼睛一亮,道:"洪州不是在东南吗?女儿心心念念的温暖之地!"

## 四十　花石纲东南地岂能两全

对于东南无名氏为了睦州美人的遭遇而起事作乱,赵佶早有预兆。

过了宣和元年(1119),他睡眠出现了问题,几乎每个晚上都要做各种奇怪的梦,断断续续并不完整,醒来时,想不出一个所以然。

到正月出头那一天,他下旨命蔡京和高俅联袂,向招安的山东盗主要成员授予官职。李师师听说,欣喜万分,在醉杏楼宴请了所有的人。其中几个首领见皇帝没有到场,多有不满,趁着酒兴出言不逊,李师师担心他们因此再生反心,辜负了赵佶的心意,情急之下,死活要求高俅去请皇帝,说:"我也是为了大宋国泰民安。"

高俅不愿意,说:"本太尉已经给足了脸面了。"

李师师自己要去请,又被高俅阻止,他嘀咕道:"陛下不似从前,他只想睦州美人。"

李师师听了更生气,非要去找皇帝,正闹着,蔡京在楼下把赵佶迎来了。

听李师师说了原委,赵佶拉过她的手,道:"不要听高俅胡言乱语,朕心里一直有师师。"

李师师的眼泪流了下来,说:"我以为陛下把生死誓约忘到九霄云外了。请不动陛下,也就当这誓约废了,当我死了。"

赵佶连忙夺过她手中酒碗,说:"你叫朕厚待这些山东好汉,是为了大宋,朕岂能不领情？"

李师师把刚刚加官晋爵的山东盗头领引见给赵佶，众头领一齐朝赵佶行礼,豪言道:"今后陛下一声诏令,我等赴汤蹈火,万死不辞！"

赵佶高兴,作势责怪高俅道:"你身为大臣,还不如师师有气度！"

当晚童贯过来,要呈报东南异动之事,把赵佶和李师师惊醒。打发走了童贯,赵佶告诉师师刚才做了一个梦,梦到蔡京父子等许多熟人,还梦到东南无名氏和落杏儿。

"不过,梦里的落杏儿变成了一个擅长蹴鞠的长腿村姑。"

那也是东南,但绝非赵佶想象中的东南。此处东南穷山恶水,人口杂居,是东南上古王朝犯人刺配充军之地,每家每户终年耕作薄田,风雨不调,日晒霜打,收获上缴皇赋之后,所剩无几。又遇到朝廷兴花石纲,此地偏偏又不像别的地方那样,有奇花异草、怪石秀木,只好以赋役替代,因此负担加倍,连勉强糊口都不能,随着人口增长,贫户数量持续扩大,而且时时瘟疫,四季轮回,似乎万劫不复。

满脸疤痕的东南无名氏,其祖原为吴越钱王私家火药局总管,后来被流放在此,是一个罪犯的后代。好像也是一个冬天,他从城中揭回了皇榜,告诉村民:汴京广收蹴鞠人才,遍设场户赌球,如有子弟加入其中,一局胜出,不仅赋役可免,或可致富。此处人家为摆脱赤贫,更为下一代生计,信以为真,纷纷动心,开始花血本培养子女练习蹴鞠,争取有朝一日,按皇榜所言,有机会选入京城,成为吃皇粮的蹴鞠之徒,然后赌球脱贫。运气好的,得个一官半职,运气更好的,得到天下第一蹴鞠高手,也就是当今皇帝的赏识,封个万户侯。

此处知州叫蔡十,有传闻是蔡京外养的儿子。此人进士出身,颇有眼光,闻知百姓穷则思变,倍感兴奋,因此及时给予鼓励支持。在库银亏空的情况下,仍拨专资,在僻壤田野间免费设置场户,一供就近练习,二为选拔人才,这使得蹴鞠之气蔚然成风。由于进京名额有限,竞争非常激烈,四乡八村有志于此的子弟,纷纷刻苦训练,使出浑身解数,从县到州,比赛一场接着一场,你死我活,犹如生死场。

但是一年又一年,由皇帝主持的比赛迟迟没有举行,为此,稍有资财的小康户,已经倾家荡产;原来没有什么家底的,沦为赤贫,甚至卖儿卖女;押上身家性命准备赌一把的,只得远走他乡,避债逃亡;那些陷入绝望的,只有一条死路了。当然也有向官府讨要公道的,到衙门口闹事,但蔡十只能把他们关了又放,放了又关,只是警告他们:"只要你们不造反,也不为难你们。"

暗流其实在涌动,跟着东南无名氏鼓吹造反的人多了起来。于是蔡十只好通过蔡京如实奏报皇帝,讲明事态的严重性,请求马上举办蹴鞠选拔,以平息焦躁,稳定人心。

到宣和二年(1120),终于等来了皇帝亲自主持全国蹴鞠选拔的消息,但随后却有了意想不到的变化。从京城快马发来太师蔡京亲自草拟的皇榜,云:今年选拔不用男儿,而是选献年轻美貌的蹴鞠女秀。

此处风风火火的蹴鞠热潮顿时又冷却下来,但事关皇命,蔡十只得亲自向各县部署选拔蹴鞠女秀之举,从动员到报名,走村挨户,一一劝说,总算三三两两罗列出一些肯抛头露面的女孩。但审察了几次,不是太年幼就是相貌太丑陋,并没有发现符合条件的理想人选。

这日远在汴京的赵佶心急,居然亲临此处,细细暗访,但就是发现不了如意的蹴鞠女子。正要无果而返,却在城外人口市场,看到一个长腿村姑抱着锦衣路人大哭,询问之后,原来她双亲因贫因病而亡,东南无名氏做主,将她卖身,葬父葬母。

赵佶心软,吩咐蔡十把他们二人请过来,又知道东南无名氏冥冥中得其祖暗授,出家为道,专心炼丹,不想硫黄、硝石与炭混合,配成火药试验,引起火灾,脸容被毁,便心生怜悯,说:"送他们一锭大银。"

东南无名氏领着长腿村姑过来磕头,赵佶手中举着那锭大银,说:"也不好白送,接住了我这东西,银子就送你们。"说着脚尖一踮,忽然变出一个球来,又一抬,球往那对老少二人中间落下来。

眼看球就要落地,赵佶正沮丧间,长腿村姑身体一低,几乎贴在地上,同时双腿一屈,竟用赤红的脚掌接住球,再轻轻地一蹬,球高高一跳,回到赵佶手中。

赵佶大喜,又赏了东南无名氏几锭大银,拉着长腿村姑就往当地最大的蹴鞠场奔去,说:"我与你二人场户,让此处人民开开眼界。"

眼前突然显现人山人海。万众欢呼声中,赵佶只见自己站在场中,身体腾空,居高临下,朝长腿村姑踢去花球。

长腿村姑将球接在头顶,在细长的脖颈处绕了几绕,然后溜往脚背,又快速挪了挪身,反脚就将球踢回仍然停留在空中的赵佶。

不知多少个来回,花球在两人之间打转,却不曾落地。

围观者虽然都是面黄肌瘦,气息奄奄,但此刻也鼓足劲欢呼起来。

之后,赵佶亲自送长腿村姑到官府登记。问其姓名,长腿村姑其时仍然一脸炭黑,加上汗渍,面目更加不清,且腹中饥饿,神情苦难,看上去自然不怎么讨人欢喜,声音微弱,听起来也不怎么悦耳。

"长腿村姑。"赵佶夺过书吏手中的笔,在官册上写下四个瘦金体字,然后不禁一赞一叹,赞的是好一个名字,叹的是容颜不甚清丽。

蔡十不禁埋怨东南无名氏,说:"再穷再苦,也不能让她这等模样。"命长腿村姑赶紧洗净后再次面君,说:"皇帝若喜欢,就带你走了。"

赵佶似乎没有耐心,没有想再看看的意思,当然也就没有带回长腿村姑,而是由当地官府甄选比较后,再决定是否送往京城。但答应蔡十和东南无名氏,如果选出中意人选,不仅考虑免除此处粮赋三年,而且从富裕州县调剂粮食和银钞接济。

东南无名氏不想难为蔡十的苦衷和用心,亲自把长腿村姑送到衙中。洗梳之后的长腿村姑容貌秀美,此处难以见到。曾在朝中做过起居郎的蔡十一看,就断定此女即使到了汴京也绝不会逊色于任何妙龄女子,再则球艺高超,当今皇帝岂能不喜欢?不禁又暗笑皇帝果然是轻率毛糙之人,居然对此女不作细究,管自己回去了,几乎错过人间一仙子。

蔡十其实有忠君之心,知道水能覆舟的道理,如果此处百姓心生绝望,民潮沸腾,就只有造反一条路。一旦星火燎原,大宋岂不危殆?蔡十还有救民之愿,情动之时,又拿出自己积蓄,给长腿村姑置办了绫罗衣裳和金银首饰,又派人采购上等菜肴,让她好吃好喝了数日。长腿村姑很快就脸色红润,光彩照人。

东南无名氏见他如此厚待长腿村姑,心中感动,问蔡十所求,蔡十愁眉一紧,说:"姑娘此去汴京,须做一件事。"

东南无名氏听说皇帝好色,不禁愠怒说:"她只去蹴鞠,绝不能受屈辱。"

蔡十连忙解释道:"可趁陛下龙颜大悦,求请兑现免除花石纲赋重,从富裕州县调剂粮食和银钞接济此处的承诺。"

东南无名氏摇头,说:"只怕皇帝早就忘了,蹴鞠兴头上,怎么会关心民间疾苦!"话虽然这么说,却感慨蔡十比其养父蔡京善良,决定与他一道,亲自护送长腿村姑到汴京。

蔡十陪同东南无名氏和长腿村姑一路过来,虽然官府仪仗,但经长江盗、淮南盗,还有原来山东盗等等地盘时,不仅没有受到袭扰,而且还赠予酒肉,其间与东南无名氏多有言语交流,为此蔡十担心这老少二人与盗贼有什么联络,暗中派人快马进京通报,提醒有关方面严加提防,特别要注意皇帝安全云云。

进入汴水,顺风顺舟就到了汴京城中。

此时赵佶正因为没有合意的蹴鞠女秀,感到不乐,忽然想到脸上有炭黑的少女,猛然想起当年王诜曾言,野趣、野味,一个野,其实一个"美"字。这个"野"字却是在村社、市井之中。今日长腿村姑以炭黑示人,不就是中了一个"野"字,"美"字?于是不禁后悔,正要下旨,让蔡十送她速速到京,不想听闻传报,说蔡十带她来了,不禁大喜,立刻叫人布置场户,明日一早就与她过上一把瘾,让汴京蹴鞠子弟和官民看客开开眼界。

但蔡十一行人刚一入城中,蔡京派出的捕手已经紧紧跟随,咫尺左右监视,丝毫不让他们有行动自由。

原来之前太师蔡京对蔡十有意绕开自己,亲自送人进京向皇帝邀功,颇为不满,正想着用些手段从中干扰,恰好截获东南无名氏与盗贼勾结,准备拿花石纲说事,密谋造反的快报,派人在其进城时予以扣押,但没想到赵佶早已获知其进京消息,急着与其见面蹴鞠,传旨宣召入宫。

蔡京找了一个理由,说:"金国派来武士,要劫持东南蹴鞠少女。"

赵佶一听此话,果然担心,因为蹴鞠之风也为金人仿效,他们到中原争抢蹴鞠高手的例子屡见不鲜,于是同意蔡京采取保护性监护,说:"马上布置一等一的人手,寸步不离,绝不为金人所掳。"

东南无名氏在蔡十口中得知,自己已经被蔡京手下控制,对赵佶愈加不满,对长腿村姑说:"当今皇帝不只是暴君,更是个昏君,我们为天下人报仇,一了百了。"

对此,正处于兴高采烈之中的赵佶一无所知,尤其是他乔装窥视长腿村姑之后,简直欣喜若狂,恨不得当时就将她抱回宫中,开场蹴鞠。

临进宫时,东南无名氏让长腿村姑把花球带上,重复道:"一了百了。"

虽然禁城森严,但并没有人检查长腿村姑拿在手中十分醒目的花球。

满宫的人都是看客,宽广的草场上空空荡荡,四周则是人山人海。

步态矫健、神情昂扬的赵佶一出现,就赢得了阵阵的欢呼。

他一边跑脚下一边带着一个镶边金球,跑到长腿村姑面前,像一个恋人那样笑着说:"朕第一次用这个金球。"

长腿村姑将花球抬到脚背,盘桓着。花球是东南无名氏的杰作,也是他口中一了百了的致命终结,所谓终结,不仅是皇帝,也包括长腿村姑,当然也包括他自己。

蔡京是个远视眼,之前一直留意长腿村姑脚下的花球,感到有些蹊跷,这时略一侧脸,发现贵宾席中一直端坐的东南无名氏掠过一丝笑容,更添怀疑,于是叮嘱几个铁甲捕手盯住长腿村姑脚下之球,说:"把球抢到手。"

此时赵佶看着村姑的长腿,说:"今天就我们二人场户,休要害怕。"

长腿村姑脚踩着花球,平静地看着赵佶,说:"我不害怕。"

"天下人都在看我们二人呢。"赵佶一脸和善。

长腿村姑目不转睛,说:"我不会让你,虽然你是皇帝。"

赵佶一听,好胜心顿时被激发,说:"朕赢你,你就一辈子与朕天天开场户。"说话间,他伸过腿要抢长腿村姑脚背上的花球,说:"朕的球奥妙无穷,让你惊喜。"不料被村姑闪过。

赵佶面露挑逗之色,一脚把自己的那个球稳稳地定在脚下:"用朕的球。"

他的镶边金球是一个秘密,也是他长期痴迷炼丹术的一个重大成果。以数年之期,他在唐人"伏火矾法"方子的基础上,几度改良,最后形成自己的秘方。其方法就是用硫黄、雄黄数两,合成硝石,加上马兜铃三钱半,碾为末,拌匀后注入罐内,中间秘将弹子大小的熟火一块放入里内,再缝进球中,受击之后,摩擦烟起,点燃药粉,瞬间燃烧,其力爆发,金球飞腾九霄,在空中炸开,然后呈现满天烟花。

今天是他首次使用,所以他要等太阳落下、黑暗将临的那一刻,才正式开始这场万众瞩目的蹴鞠。

但长腿村姑坚持要用自己的花球,花球其实是一个火球,只要踢上几个来回,必然当场爆炸,以其威力,皇帝和她必死无疑。当然,这一切都将在她提出请求之后再决定是否真正发生。按照东南无名氏交代,如果皇帝不允所求,她就将球踢上三下之后,就踢到他身上;如果皇帝允许所求,给百姓一条活路,就把球踢向空中,有去无回,永不落下。

赵佶恍惚中看到金球在空中绽放烟花,照耀了整个皇宫,整个汴京城,整个大宋,好像永远没有熄灭。赵佶恍惚中看到长腿村姑张嘴说了什么,他也好像听到了什么,也好像回答了什么,但就在花球快要碰到他的脚时,长腿村姑忽然长腿一缩,球被收了回去,然后她重重一弹,球高高地飞向空中,紧张万分的蔡京下令铁甲捕手迅速走进场户,等花球落地之后,逮捕长腿村姑。

但赵佶与长腿村姑不停地来回踢球,球飘在空中,始终没有落地。

赵佶将所梦之事讲述了一番,戏谑地对蔡京道:"你还有蔡十这个好儿子,怎么没有听你说起过?"

蔡京一脸惊奇,说:"谢陛下赐予臣这么一个好儿子。"

笑声中,李师师趁机道:"此梦,不就是请陛下罢了花石纲呀。"

赵佶恍然道:"朕这就下旨罢花石纲。"

这时童贯进来,说:"罢与不罢,他们还是造反了。"回头对归顺的山东盗众首领说:"东南有乱,大宋需要你们出力的时候到了。"

李师师有心阻拦,但看到山东盗首领们一个个摩拳擦掌,争先恐后地向皇帝豪言壮语,不禁神情黯然,推过琴,胡乱弹了起来。

宣和二年(1120)十月初九,因不堪花石纲之扰,睦州青溪县洞源村千余人在漆园誓师,东南无名氏慷慨陈词,痛批世道罪恶,赋役繁重,东南之民,苦于剥削。几天之内,聚众十万,自号圣公,改元永乐,连续攻下杭州、歙州等六州五十二县。

但汴京城内,波澜不惊,一则因为东南遥远,中间千山万水;二则前面有山东盗等一一归顺,何惧东南山野草寇;三则花石纲既罢,皇帝复得爱戴,天下归心。

果然,朝廷以童贯为宣抚使率精锐之师十五万南下,一年不到,于宣和三年夏,就将东南草寇尽数剿灭了。大军归来,听说赵佶为童贯设宴庆功,李师师私下泼了一盆冷水道:"大宋朝的庞大身体上被划了一个大口子,流血不止,纵使良医,也难愈合。"

## 四十一　官民喜庆时光太过短暂

宣和七年(1125),是年乙巳,即西夏元德七年,大辽保大五年,金历天会三年,春夏之交的五月初五,又是恰逢端午节,金国执获辽帝延禧,有十主二百一十年历史的大辽国亡败走漠西的消息传到了汴京。

当天晚上,大宋皇帝就诏告天下:宋金灭辽,普天庆祝,大赉州郡,加官恩府,士卒吏员,双倍赏赐。

夜晚的汴京城内出现了欢腾景象,四水八岸人山人海,大放焰火,跨虹桥上还因拥挤有四五人落水,幸被救起;朱雀大街上官办的商铺接到通知,延迟关门时间并让利大销售,私家商贩也都一齐响应;部司官员为了表达内心的激动,下朝后也没有马上回家,而是纷纷拥入最近的教坊酒楼喝酒,听歌起舞,直至天明方归,对此家中的妻妾们也宽容地表示了理解和支持。

但是时隔不久,汴京城的这种过分放松的喜庆活动便演变成为一次骚乱。次日一早,有一百多名太学生上街游行庆祝,他们情绪激昂,口号响亮,感染了其他人。最早响应的是内外两城的歌女舞伎,她们穿着华丽的衣裳,迈着轻盈的步子,五光十色,像一道亮丽的风景,招摇过市,赶到了御街,和正在发表演讲的太学生们会合。尽管她们真实目的是想结识更多的太学生,并从中觅得如意郎君,以托付终身。早许多年,准确地说在建中崇宁之前,这可能是一个很不现实的奢望甚至梦想,但由于当今皇帝在男女问题上的开明态度,特别是宣和元年(1119)皇帝以身作则与白牡丹李师师相爱树立起的榜样,使得年轻的太学生认为与教坊歌女交往定情,即使最后不可能迎娶,也会传出一段佳话,以至情史留名,所以纷纷效仿,使得这成为汴京城的一种时尚。由于歌女舞伎们的加入,开封街头大多数无业游民、市井泼皮、闲散人等也加入了游行队伍,把一条御街塞得水泄不通,针插不进。由于各座桥上都挤满了人,以至有人迫不及待地跳水游过汴河,一睹太学生和歌女舞伎们的风采。

游行事先向开封府做了报告,原本计划按照开封府设定的游行路线,队伍过完御街,然后在宣德门广场上绕场一周之后,就各自解散,但是太学生们余兴未尽,迟迟不肯散去,加上受到众多激情跟进或是纯粹围观市民的鼓舞,情绪失去控制的太学生们随后向皇宫方向前进,然后聚集在宣德门外不肯离去,要求皇帝接受他们呈上的《万世之功表》。所有参加游行的太学生是真诚的,他们的的确确已经被大宋奋斗百年而取得的辉煌胜利感动了,声嘶力竭地高呼着大宋万岁、皇帝万岁和宋金友谊万岁的口号,满脸通红,青筋暴露,一片赤子之心溢于言表,其间甚至对歌女们真挚的调情和迷人的眉眼也顾不上理会。最后,歌女们也被感动了,她们也很快认真起来,抹掉了口红和胭脂,显示出庄重的表情,跟着呼起了口号。

李师师差点也要参加这次盛大的庆祝游行。她得知汴京内城的大多数艺伎,都准备和太学生会合,而且要加入游行,就已经心动,但一想到太学生们对自己的敌意没有消除,担心他们会对自己做出不友好的举动,就犹豫着没有离开醉杏楼。但是后来又有消息传来,说太学生和艺伎已经到了宣德门,有可能得到皇帝的接见,李师师就再也无法抑制内心的冲动,于是不顾妈妈的劝阻,迅速而又精心地挑选了衣着,准备盛装打扮以后加入游行队伍。她只有一个愿望,就是让道君在那样的场合见到自己,给他一个惊喜,岂不是刺激?毕竟道君已有多日没有见到她了呀!

但她还没有走出醉杏楼就被开封府两个年轻衙役拦住了。其时董超已经病故,薛霸已经告老,据说到跨虹桥的迷香楼酒馆做了护卫。三年前,也就是宣和四年(1122),这两个刚刚顶了军职的年轻人接替了他们的职务,几年下来,恪尽职守,寸步不离。他们坚决反对李师师在这个时候出门,更反对她参加游行。但李师师不肯妥协,坚持前往宣德门,相持之下,他们觉得事态严重,托人紧急通知了开封府衙。开封府知府已到宫中,其他主要官员都赶到了宣德门广场,只留下一个提刑留守府衙,他得到报告后,也认为此事非同小可,李师师参加游行势必要带来严重后果,一则要惊动皇帝,官府就要被责罪;二则引来开封市民的围观,秩序将难以维持。情急之下,提刑一方面派人进宫报告开封府尹,另一方面用最快的速度派出数十名人手,在醉杏楼四周组成了铜墙铁壁,李师师好说歹说,他们就是不理,只说:"公干在身,我等做不了主。"最后李师师一边抹眼泪,一边回到了醉杏楼上,从窗户远远地看了一看游行队伍。尽管她只是看到了游行队伍的尾巴,但仍激动得禁不住热泪盈眶,说道:"圣上啊,我这些亲爱的姐妹们也关心了一次国家大事!"

事后她听说皇帝并没有出现在宣德楼上,更没有召见太学生和歌女舞伎,心境才算稍稍平和。李师师静心一想,开封府的人虽然对自己鲁莽了点,但总是为自己的安全着想,于是对开封府的那些差衙也没有过多责怪,反而叫妈妈送给每人二十缗钱,用作晚上喝茶的资费。

宫外激动的喜庆声浪一波一波传进宫中,文德殿上赵佶和中书六部、各院各司的长官以及一些历史上担任过重要职务的官员正在宴请金国的使节、枢密院佥事不打骨,当时也在宴席之中的开封府尹得到报告慌忙离席,要赶到宫外召集人员维护秩序,但被童贯制止了,他高声说:"大辽逃窜西北,可庆可贺,军民人等,尽可表达喜悦,不妨请不打骨大人也出去看看,感受感受大宋对金国的一片情意。"

汴京城内的狂欢的气氛并没有过多地感染赵佶,一个大辽,一个西夏,大宋与生俱来的冤家,一百七十五年的你死我活,大家都已经精疲力竭,眼看谁都无法再支撑下去了,结果第一个出局的是大辽,丢下数百年基业逃窜到大漠西北去了。西夏向宋进贡称臣有许多年了,此时它也老了,已经不是当年元昊的西夏，就像一个卧病在床上了年纪的老人，说不定什么时候就传出死讯。

现在的情形是：一个强大的金国已经站在面前。

当时宴席气氛热烈，朝臣们都为有金国这样的强大友好的盟国感到自豪，说起金国的战绩、金国的胜利，一个个都眉飞色舞，以为可以永享和平。但是赵佶举着酒杯向不打骨敬酒的时候，笑得并不自然，大辽亡国，反而使他觉得心中空落落的，一种危机感随之袭来，强大的金国会对大宋怎么样呢？

赵佶原本有到宣德门召见太学生代表的计划，但这时酒已半醉的金国使者一时不好打发，于是叫蔡京前去处理。蔡京却请求下一道圣旨，说："太学生和教坊歌女无非是年轻气盛，一时冲动，真是丢人现眼，有伤风化！他们省得什么国家大事？派人去接了上奏的表，叫他们散去吧。"

在一次次碰杯声中，赵佶没有同意不打骨代表金国提出的条件。金国提出的条件甚为可恶，决难接受。金国要求宋朝岁贡金五百万两，银五千万两，牛马万头，还要由原来的兄弟相称改为尊金主为伯父。不打骨虽然酒醉，但仍知礼节，对大宋皇帝态度谦逊，不做争辩。他收好契约，笑着说："这不过是金国的一个初步想法，不算正式，我带回去，报请我主，再行商议。"

送走金国使节不打骨后的第三天，即宣和七年（1125）五月初八，赵佶委派蔡攸赴燕山城，与金国商定赐贡的具体数目，又依开封府所奏，确定对参加游行的太学生和教坊歌女悉数慰问，同时到国子监和太学核定人数，作为端午节的例赏发给每人一百二十缗。事先赵佶说："堂堂太学，为国家和平昌盛欢呼，岂是为金钱？"但童贯还是建议多发给太学生一些金银，说："金银财帛，总是实物，看得见摸得着，正好让太学生铭记朝廷恩典。"消息传出去，果然不出赵佶所料，太学生一致表明只为国家，不为钱财。赵佶看了《万世之功表》，心中也生出五六分得意，高兴地说："太学生初生牛犊，意气风发，精神可嘉，断然不为金银财帛。"让太子赵桓送去赵佶自己亲书的一块匾额，写有"继往开来，强我大宋"八个大字。

但高兴之余,他眼前总觉得站着一个拿着刀枪的巨人,那就是金国。

一切都安排停当之后,赵佶闭门不见任何人。对于辽国的败亡,赵佶心里生出挥之不去的孤独,没有了大辽,大宋将是金国唯一的朋友或者敌人。成为朋友定然不可能,因为金国不会把大宋当成朋友,大宋怎么样才能乞求生存,这个问题一下子变得迫切起来。

很多重要的念头都是在那些日子的某个晚上产生的。

某一天晚上,微风习习,水静如镜,月光明媚,树影婆娑,赵佶站在南门水码头上,心境极为复杂,他认为应该及早收回对李师师的爱了,尽管他对她的爱还是那样刻骨铭心。

也就是那个晚上,赵佶对皇位心生厌倦,甚至产生了想离开汴京的念头。也许在赵佶心中,这两个问题之间有着紧密的联系。就是从那一刻开始,他也突然想到要疏淡和李师师的关系。

那天夜色将至,禁宫四周异常静谧安宁,汴京城也只见灯火点点,却听不到一点声响。赵佶乔装出宫逛了一夜,随行的只有张迪一人。他们没有像以往那样经过潜道,从李师师醉杏楼再出内城,也没有走万岁山的御道,而是一路疾走,走过内城,然后再往外走,已经走到外城了,并没有回转的意思。张迪劝说不可再走远了,赵佶却说再往前走,看看开封城的南门。到了水门,站在河边,赵佶又想乘船,就把船家招呼过来:"快来载我,多付你银两便是!"张迪却挥挥手叫船家离去,阻拦赵佶说:"陛下这是何意?黑夜乘船,颇有风险,陛下不可再走远了!"赵佶仍然站在河边,不肯离去,突然说:"你我一走了之,隐居东南山水之中,谁人晓得?"

张迪心中伤感,说:"道君不可有此戏言,还是回吧。"

赵佶又说:"朕真的不想回了,如果真是商人赵乙多好,但朕又想了,若要远遁,有一知心通性的女子同行最好,男欢女爱,弄琴作画,世外桃源,再无烦愁。"

张迪猜想这会儿皇帝说的应该是李师师,于是用李师师相诱,说:"道君先回吧,如果今夜不回宫中,不如到镇安坊花魁娘子那里过夜。"

赵佶坐在码头的石鼓上，望着波光粼粼的水面，没有离去的意思，叹道："朕此时真的是想起师师来了。多年以来，师师待朕情深如海，只有付出，不要名分，可是朕却又能给她什么呢？"

张迪说："陛下所赐金银不计其数，何愧于她，她也只有感激涕零，唯道君是爱。"

赵佶摇摇头，说："她缺的不是金银，与朕交往，更不是为了富贵。"

张迪安慰说："道君对花魁娘子也是不薄。"

赵佶拭着泪，说："如果朕是一平凡商家巨富，必然赎其身，娶其为正室，多少快意。"

张迪一时说不出话来，心想当皇帝的竟不能把心爱的女人娶进宫来，果是憾事，嘴上又劝道："陛下情深，感天动地，能博得陛下一爱，是花魁娘子最大的福分，她应该知足了。"

不料赵佶突然说出了一个艰难的决定，张迪一听目瞪口呆，不肯相信。赵佶站了起来说："朕不想和李师师再有往来，从此不再相见！"

张迪急问："难道花魁娘子做了有负陛下的事？"

赵佶摇头说："没有。"

张迪又问："陛下不喜欢她了？"

赵佶还是摇头："没有。"

张迪再问："那是为何？"

赵佶脸有愠色："你何须多问？日后自有说法。"

赵佶到底没像张迪担心的那样，会突然离开汴京舍弃皇位远走高飞。临近子夜，凉风袭人，张迪怕赵佶感染风寒，不由分说，拉起他就走。张迪对赵佶说要与李师师断绝往来的话并不相信，只以为他因时事艰难而变得心境恶劣，是一时之言，于是一路上盘算着如何让陛下见上李师师，借此宽慰一下他的情绪。回到内城时，已是半夜，张迪故意领着赵佶走到了镇安坊。这时醉杏楼上忽然灯火微红，窗影中只见李师师正在操琴，弹的还是那曲《平沙落雁》。赵佶在醉杏楼之下，徘徊良久，见张迪要去敲门，赵佶阻止说：

"不要惊动花魁娘子了。"

张迪见赵佶犹豫,劝道:"陛下,进去一见吧。"

赵佶说:"算了,今日无人入睡,不止师师,朕也一样,但师师正是好兴致,朕却是不一样的心情,就不去打扰了,再说朕已说过到此为止了。"

张迪还是要进去通报,赵佶大怒道:"朕意已决,你再胡来,就是抗旨,决不轻饶!"

张迪惊诧至极,其程度远远超过水门码头上听到赵佶宣布和李师师分手的那一刻。因为当时赵佶说得再明白、再坚决,张迪心里还是认为赵佶不过说说而已,而此时,赵佶在醉杏楼下,面对李师师的倩影,却不肯见她,却对自己的提议动了真火,仿佛如果自己贸然行事,陛下真的会重重治罪。但是张迪不忍心皇帝真的要抛下这份感情,说:"陛下,这是何苦呢!"

赵佶望了一眼醉杏楼上的烛光说了声:"走吧!"就疾步离去了。

宫墙外边,李师师一直等着赵佶的消息,但足足两三个月过去,也见不到赵佶的影子。其间张迪实在放不下心,过来了一次,只是说陛下被万事纠缠,实在分不得身。

一切都来得太快,太突然。十月,金太宗下诏攻宋,兵分两路,西路军以粘罕为主帅,由大同攻太原,东路军以斡离不为主将,由平州攻燕山,最后两军在开封对面的黄河边上会合。

金国东路军攻克燕山府的消息传到京城时,赵佶正在万岁山题刻御笔,得报后方寸大乱,骑了匹快马回到了延福宫,在文德殿上召开朝议。这时许多官员已经等候在那里了。赵佶的目光向朝堂下扫了几遍,枢密院的一个佥事看出皇帝是在找童贯,报告说童贯到黄河边巡查防务去了。赵佶又看一下,蔡攸和王黼竟然也没有来,听说去征收粮草还没有回来。赵佶顿时感到自己陷入了孤立无援的境地。朝议一开始,三省六部的众多官员就一改以往的沉默作风,纷纷上表发言,对赵佶进行了批评甚至是围攻。

赵佶脑子里一片空白,他想不出什么理由或者用什么语言对朝堂下的众怒进行反击,如果是以往,他可以趁混乱离去,丢下他们不管,由他们争去、吵去,可是今天不一样,金兵就在河北,即将兵临城下,他需要朝中上下共同来面对,来承担,危急时刻,干系重大,自己硬着头皮也要在这里顶着。一阵激烈的争吵之后,朝堂突然安静下来,一双双眼睛齐刷刷在看着赵佶,那意思最清楚不过:该皇帝说话了。

赵佶在大臣们逼迫的眼神下,做了自我批评,尽管声音出于自己的喉咙,但他觉得是另一个人在说话:"朕登基一十五年,少有建树,有负先皇,任用非人,过听妄议,兴事作端,蠹耗邦财。不过,朕也听从谏议,罢除了花石纲与内外制造局。"他看看没有人说话了,又道:"当今之际,最要紧的还是想好退敌之策。"

一片沉静之后,大臣们对皇帝的罪己之言似乎并不满意,包括两京、开封府在内的官员又提出了进一步的要求:"罢除花石纲和内外制造局只是陛下准备实行仁政的第一步,还望陛下同时免除西城所的租课,下令把西城所掠夺的土地归还原来的业主。"宣和元年(1119)为增加赋敛而设立掌管公田的机构,名曰西城所,前后从民间共括得田地三万四千余顷,致使大批税户失去了土地,变成了官府的佃户,按租佃办法向官府交纳田租,以供皇帝御前支用。

赵佶嗯嗯了两声,没有马上表态。这些年国库愈见空虚,宫中资费,包括对朝臣的赏赐,十有八九仰仗西城所贡献,如果撤西城所,以后御前花用从何而来?妃嫔怎么过得惯节衣缩食的日子?官员们突然没有了例行的赏赐岂不怨声四起?想到这些,他推脱道:"西城所当罢,容退金兵后再议。"

紧接着就是河北前线派参议官、大观三年(1109)进士宇文虚中回京上书进言:"朝廷失策,陛下失察,主帅非人,致使河北多有败绩。"奏章先是交王黼处理,但王黼不理,认为宇文虚中所言过火。张迪将情况报告赵佶:"河北事急,不可怠慢。"赵佶想到问题的严重性,就绕开王黼,将宇文虚中请到了睿思殿,问计于他。不料宇文虚中直截了当地建言皇帝只有下罪己诏,改革朝政,才能挽回民心。宇文虚中讲了一个晚上,赵佶听了一个晚上。其间王黼、童贯求见多次,都被赵佶拒之门外。面对皇帝的谦虚,宇文虚中情绪激昂,自我感觉良好,更没有去关注皇帝的感受,说着说着就犯了大不敬。他用命令的口气建议道:"河北军民一致以为皇帝多作无益,奢靡成风,下罪己诏吧,这样各地官兵和人民或可起兵勤王。"

忍了一晚上的赵佶差点龙颜大怒,而宇文虚中一番严词之后,说了一句入赵佶耳的话,让他泄了气,宇文虚中说:"陛下不妨以征集钱粮为由,远避东南,可不做亡国之君。"赵佶点了点头,忽然明白了宇文虚中的用意:自己不能承担亡国之责。

他不但没有治宇文虚中大不敬之罪,反而晋授他为从五品翊卫大夫,并严旨童贯亲自送他出宫,又叫张迪跟随,叮嘱切不可伤害。次日一早,赵佶下诏任命太子赵桓为开封牧,负责担当保卫京师的重任,同时宣布自己将亲自去东南征集钱粮,组织勤王之师。

## 四十二　生惘然死惘然恩断情断

金兵攻入中山府,离开封只有十日路程了。

尽管赵佶已经做好退却准备,但是部分大臣认为他退却得太慢,纷纷发难,把他逼到了绝境:要离开京师就必须退位。

给事中吴敏坚决反对赵佶在退位之前远去东南,提出三日之内传位给太子,并建议任用当时颇有威望的太常少卿李纲,说:"只有传位给皇太子,威福才足以专制其人。"

李纲也说:"非传位给太子,不足以招徕天下豪杰,不如退位收将士心。"

赵佶一心想去东南,这些天他心里面常常响起王诜的话,东南是他的造福之地,东南是他的宿命,此生永享华年,该去东南啊。

但对众臣要求他退位的逼迫,却又一下子不能接受,因此东南之行暂缓。

时间一下子又到了年底,汴京城被围困一个多月了。十二月二十三日,赵佶起了个大早,觉得精神不错,脚下又痒了起来,原想开一个二人场户,但一时又找不到人,去传高俅,回话说高俅已经卧病在床,张迪说再找别人,赵佶等不及,只好一个人先踢了。几个回合下来,赵佶觉得自己动作脚法依然敏捷,体态身段依然柔软,高球花球、前踢后拐、单腿独步、鸳鸯翻身等高难度动作依然圆熟无比,依然轻松自如。

整片草地上就他自己，没有观看的人，没有喝彩的声音。

天色尚早，没有人这么早起床，一轮寒月隐没云中，北风凛冽，霜雪铺地，此时此景，赵佶望着身后的延福宫长叹了一口气。昨晚一夜未眠，他骤然间明白了什么，他已决定放弃皇位，不知是出于害怕，还是由于厌倦，自己也没有想明白，可能两种心情都有，不单单是害怕或者说厌倦，去东南的愿望强烈地吸引着自己。

能使自己逃脱的，为自己承担责任的只有自己的儿子。

蹴鞠之后，用罢早膳，赵佶首先把自己的这个想法告诉了童贯，童贯再三劝说，大跪不起。后来蔡京父子、王黼、高俅、朱勔都一起进宫，齐齐地跪在他的面前，恳请赵佶收回成命，说："陛下若退位叫臣等怎么办？"

赵佶面对他们的苦劝，不禁又是一番犹豫。

最后逼他退位的却是兵临城下的金国大军，他们派来的使者明确宣布：如果赵佶退位，可以取消对汴京的围城。

赵佶尽管已经下了最后的决心，但对金国对自己的背叛还是十分愤怒，差点跌倒在地上，蔡攸眼明手快，赶紧扶住。赵佶大喊了一句："没有想到金人会这样！"就气塞昏迷过去了。张迪命太医用药酒将他灌醒。赵佶苏醒后，索要纸笔，抬手时感到右手麻木，只好用左手写道："皇太子可即皇帝位。"写完，他对每一个人都做了交代，最后与童贯交了一次心，说："朕去位以后，朝中大臣怕是难以容你。蔡京老滑，可能早有避祸之法，你却不同，朕不能抛下你不管，退位后朕去东南，带你同去。"童贯消瘦不堪的脸上露出惶恐之色，对于皇帝的话感激涕零，但仍然不死心，劝道："道君不能退位呀！"赵佶紧握着他的手，停顿良久后说："朕说句实话，大宋患病已久，朕有过，沉疴终须良医，但朕已无力回天，昔神宗皇帝，不遗余力，由安石推行新法，可惜中道崩殂。朕登位，绍述崇宁，命蔡京恢复神宗新法，时至今日，有年矣。奈何外患不断，百年不绝，愈演愈烈，无以为保。童贯，难道你想让朕成为亡国之君吗？朕这番是肺腑之言，你可知了。"童贯听了已是泣不成声，频频点头，答应在退位的事情上全力配合。

赵佶召儿子赵桓入宫,见面时赵桓哭了,他像推却一个火球一样,恐慌地拒绝父亲送给他的那顶皇冠和那袭锦龙黄袍。

赵佶好言劝慰儿子,说:"朕去东南,也还是太上皇,主要是筹划军饷,届时带回东南十万健儿,拱卫汴京。国难来时,父子共同承担,朕不会不管你的。"

赵桓将信将疑,双手紧捧着皇冠,他显然已经动摇,问:"父皇不会骗儿臣吧?"

抓住这个机会,童贯率先拜伏在他脚下,高呼:"吾皇万岁,万岁,万万岁!"在旁的大臣迟疑一下以后,也都跪了下来。几个内侍在童贯的眼色授意下,迅速将赵桓扶上龙座。之后,童贯又马上朝赵佶跪拜,高呼:"太上皇万岁万岁万万岁!"

赵佶心中的一块巨石落了地。传位大礼后的第二天,他被尊为教主太君太上皇帝,搬进了太乙宫。

也就是这个时候,李师师和所有的开封军民一样,听到了赵佶禅位的消息,她不禁又惊又喜。因为赵佶与她交往以后,曾有一次提起,说:"他日不做这个皇帝了,就与师师双宿双栖,周游天下。"李师师欣喜地跪下,说:"君无戏言。"赵佶扶起她,说:"朕自然会履行诺言。"此后,赵佶还重提了几次,所以她在确信赵佶退位的这个夜晚,高兴地做了一个梦,梦中的赵佶,有如当年商人赵乙的打扮,趁着夜色来看她。她在潜道另一头等待赵佶,赵佶拥抱着她,说:"朕已经不是皇帝了,不是了。"

她也紧紧地拥抱着他,问:"道君,你在颤抖吗?你生病了吗?"回声在地道里飘荡:"永远这样可好?我们可以真正在一起了,永远。"

宣和七年(1125)的秋天,景色并没有出现败落的样子,看到的每棵树仍然青绿,每一张叶子仍然生机盎然。

赵佶和李师师分手的确切时间在宣和七年九十月间,是一个阳光灿烂、秋高气爽、清风拂面的季节。

曾经有一个传说,赵佶和李师师曾在同一个夜晚,同一个时辰,做了同一个梦,但彼此永远不会知道。

梦是如此的真实,赵佶和李师师在梦中真真切切地发生了争执。李师师把什么都准备好了,不知其数的车辇,载着无数的财帛,跟着无数的奴仆。

李师师已经准备好与当今皇帝私奔,就等皇帝了。

赵佶看到李师师动真格了,居然显得慌乱,犹豫了一会儿,说:"我们真要走呀?"

"还假走呀?"李师师神情果断,充满憧憬,说,"不当皇帝多好,把大宋这副累人的担子丢开,避开世间俗务,我们二人逍遥自在,君长生不老,奴青春永在,再生育子女……"

赵佶顿时心动了,也下了决心,问:"去哪里?"

李师师远远地一指,说:"当然是东南呀。"

赵佶愣了愣,说:"东南汴京?"

李师师不知道什么东南汴京,也没有细问,摇摇头,说:"杭州西湖北岸,有一座小山……"

赵佶知道杭州,便接过李师师的话说:"小山名曰葛岭,因东晋道士葛洪曾在此炼丹修道而得名。"

李师师越说越兴奋,不管不顾地抱住他,软语道:"奴和陛下想的都一样啊!"

赵佶说着来了兴致,称赞起这个道家名祖:"葛洪当年在此山常为百姓采药治病,并在井中投放丹药,饮者不染时疫。他还开通山路,以利行人往来,为当地百姓做了许多好事。因此,人们将他住过的山岭称为葛岭,并建葛仙祠奉祀之。"

李师师哼了一声,说:"陛下当胜葛洪千万倍。"

可是赵佶又犹豫起来,沉吟道:"朕毕竟一国之君,说走就走……"

李师师看赵佶态度含糊,神情冷了下来,说:"那奴自己去了。"

赵佶见师师不开心一把抱过她,说:"当然去,朕与师师到那里快活一生,养育子女!"

忽然间,一阵云雾过来,将两人分开了。等眼前再度清晰时,只剩赵佶自己一个人,站在杭州钱塘门外,四处观望,李师师没有一点踪影。

赵佶想了想,恍然大悟,她一定先到葛岭了。

因为急着寻找李师师,赵佶也没有惊动当地官民,一身皂服,就往西湖而来。

远远的湖岸边上,果然望见山岭遮挡,想必就是葛岭了。葛岭脚下,看到一座艳亮的黄色牌楼,经过牌楼,拾级而上,不一会儿就到了道院山门。门外院墙随山势起伏,宛若一条游动的黄龙。赵佶心里赞道,此处龙墙,应为道院胜景。

抱朴道院的正殿是葛仙殿,奉祀葛洪。葛仙殿的东侧有叠阁,接着庭院相连,精巧别致,让人称奇的是,上有木刻画廊,却是一幅生动如真的蹴鞠场景。赵佶连忙贴近细看,内中跳出一个人物,却是自己。

道观周围有一座庵碑,又耸立炼丹台,边上有双眼泉水涌现,成一口炼丹井。蹴鞠之后从画廊中下来的赵佶觉得口渴,看到双眼泉水流石上,其色如丹,视之忽而水溢忽而水减,不禁捧了一把泉水喝了数口,却是空空如也,连连几回,都是如此。眼看渴热难当,忽然背后款款过来一位素服道姑,伸出玉手,往泉井里舀了满满的一捧水,递到赵佶嘴边。

赵佶连喝数口,顿时满足,连称水质甘甜,让人心旷神怡,加上刚刚赢了球,几乎喜形于色,手舞足蹈。

素服道姑又舀了一捧水,送到他嘴边,说:"常饮此水可延年益寿。"

赵佶闻声抬头,发现这位道姑正是李师师,不禁热泪盈眶,问:"你怎么一个人在这里?让朕找得好苦!"

李师师诧异,指着画廊上的蹴鞠图,说:"奴不是一直在看道君蹴鞠嘛,想着你渴了,唤你下来呢。"

赵佶兴奋,拉住李师师的手不肯放,说:"我们就流连此地不走了。"

不知住宿何屋,不知膳食何物,数天过去,赵佶惬意忘返,睡足酒饱,频频进出画廊,在里面的蹴鞠场大出风头,只赢不输,渴了又下来饮泉水,顷刻就恢复精神。等到天黑,门窗不闭,当着月朗风清,与李师师一夜欢娱。东方既白,双双又登上葛岭顶端石砌台阁,观赏欲曙之景。朝阳初升,登台远眺,天空如赤练,旭日如巨盘,沧海变幻,流金溢彩,堪称奇景。

李师师已经做长期打算,趁机劝说:"在这里筑一道宫如何。"

赵佶正想着仿效葛洪故事,点头称是,说:"朕也不想回汴京了。"

不想这天有几位自称是汴京来的官员,把赵佶从画廊的蹴鞠场上叫下来。不等他喝双眼泉水解渴,就连拉带推,催促他回京处理十万火急的朝政,说:"金兵就要过河了!"

赵佶经不起他们力劝,就叫李师师跟着回去几天。

李师师不肯随他一同回去,说:"奴以陛下喜欢而选择此处,既来了就不回去了。"

赵佶看看湖光山色,既不忍心放下李师师孤寂一人,又抵不住画廊上蹴鞠场景的诱惑,于是坚持逗留了几天。李师师终日陪着他游玩湖边山下,不停的千言万语,主题是劝他不要回汴京,当然也不要当皇帝,说:"奴这也是为大宋好,让别人当皇帝或许更好。"

"朕当皇帝不好吗?"

"李后主不是也当了皇帝,后来如何?"

赵佶听了这话并不生气,想想反而觉得安心,说:"有师师陪朕,比当皇帝好呀!"

李师师一听,感动得哭了,整个儿就是泪人,说:"奴就想死在道君的怀里!"

当然赵佶还是变卦了,恍惚间连告别都忘记了,迷雾之间,倒是不辛苦,睁开眼睛就回到了汴京。

其实在李师师的梦中,她是答应放他回去的,只不过希望他中秋节前就能回来。

赵佶没有把握,说:"朕会尽力为之。"

李师师告诉他:"八月十五,是陛下和奴初次见面的纪念日。"

赵佶想起来,纠正说:"我们第一次相见是中秋刚过,八月十七日。"

"八月十五和八月十七有何计较?"

"好吧,是八月十五。"

赵佶离开杭州日久,李师师茶饭不进,精神不济,自忖是相思之苦,但这天在岭上,一个与她擦肩而过的道人向她施了礼,道了一声喜,说:"本道乃葛洪,女居士已怀龙子。"

她愕然间也觉得腹中有异,心里顿时千万欢喜,想着陛下回来听到如此的好消息该是何等的快乐!

到了中秋节这天,湖水印月,李师师独自一人,左等右等,不见赵佶出现,后来又到画廊前细看,发现上面的蹴鞠场景也不见了,于是心慌,担心赵佶抛弃了自己,从此无影无踪,便急着赶回汴京,但是双脚沉重,怎么也走不下葛岭。

当晚愁肠寸断,想起之前与赵佶初遇,练的瘦金字体《左传》,正思想间,一位小道士马上就把书送了过来,说:"道院早就备下了。"

李师师愕然,马上翻到以前写过的那章,铺开纸张,继续临摹没有写过的那段。李师师一边写,一边动情,《左传》字海万千,偏偏翻到以前写过的这一篇,偏偏又续写没有写下去的后一节,岂非天意?原来让人触目惊心的故事在后面,如今写来,其字其事,正合心情:

初,郑文公有贱妾曰燕姞,梦天使与己兰,曰:"余为伯儵。余,而祖也。以是为而子。以兰有国香,人服媚之如是。"既而文公见之,与之兰而御之。辞曰:"妾不才,幸而有子。将不信,敢征兰乎?"公曰:"诺。"

生穆公,名之曰兰。

文公报郑子之妃曰陈妫,生子华、子臧。子臧得罪而出。诱子华而杀之南里,使盗杀子臧于陈、宋之间。又娶于江,生公子士。朝于楚,楚人鸩之,及叶而死。又娶于苏,生子瑕、子俞弥。俞弥早卒。泄驾恶瑕,文公亦恶之,故不立也。公逐群公子,公子兰奔晋,从晋文公伐郑。石癸曰:"吾闻姬、姞耦,其子孙必蕃。姞,吉人也,后稷之元妃也。今公子兰,姞甥也,天或启之,必将为君,其后必蕃,先纳之,可以亢宠。"与孔将鉏、侯宣多纳之,盟于大宫而立之。以与晋平。

穆公有疾,曰:"兰死,吾其死乎!吾所以生也。"
刈兰而卒。

在汴京的赵佶收到了文书,展开一看就认出是李师师所书的瘦金体,阅后大惊,半天回过神来,就要腾云驾雾赶到杭州。正要起脚,却看到李师师已经站在面前,用陌生的眼神看了看他,就要离开。

赵佶说什么都不肯让她走,说:"师师,龙子呢?"

李师师当然笑之:"妾不才,幸而有子……"

赵佶欣喜,说:"朕这就下旨,名之曰兰……"

李师师道:"晚矣,葛洪送我药丸已服,所怀精血已还归陛下。"

赵佶大恸:"还我龙子!"

李师师细细一声叹息,望了望天际,提起那件往事,说:"大观三年(1109)春,你曾三问于奴。"

赵佶马上想起,说:"我问师师三叙,师师回答三不叙。"

李师师平静地看了看他,说:"那三不叙,不为别人,也不为道君,是为我自己。"

赵佶颓然,说不出话来。

李师师又拿起蛇蚹琴,说:"当年这琴在侧,我只要一个生死誓约。陛下情在,我死也是生,陛下情不在,我便生也是死了。"

赵佶喉咙干急,说不出话。

李师师苦涩一笑,飘然淡去,说:"我与你就此情断。"

不过是梦。

## 四十三　我如何一人将情分几份

李师师醒来时，看到的是窗缝里飘落的雪花。

开封城在大雪之中开始了冷寂死静的除夕之夜。即使是年夜，还有很多人趁着夜色，趁着大雪，悄悄离开京城。只见灰蒙蒙的大雪一层又一层地落下来，只听得风的声音一阵又一阵地嘶鸣着，见不到去年的灯如繁星，通城红亮，车马似水，来回不息；听不到人声喧闹，爆竹如雷，琴鼓相和，彻夜笙歌。

像往年的除夕夜一样，李师师还是准备了一桌酒席，等候赵佶或许突然到来。宣和二年(1120)，赵佶在除夕夜的最后一刻突然而至，锦袍上挂着几片雪花，没有等她把它掸去，赵佶也没有来得及脱下身上的锦袍，两人就相拥在一起，相互对视良久。虽然只喝上三两杯温热的淡酒，赵佶就急急离去，但总算是两人见了面，一道度过了除夕的晚上。皇帝的除夕之夜要给很多人，但却留下一丝缝隙给她，李师师深知其中的分量，因此，赵佶走后，她把原本是给赵佶喝的那些酒也全都喝了下去，然后醉入梦乡，在梦中和赵佶共度了温存时刻。

等到天明，李师师睁开眼，看到外面雪光白晃晃的，原来天已经亮了。她起来摸摸金丝被，冰凉的，心想原来是梦。起床推开窗户，看到一个熟悉的身影蜷缩在楼檐下，不由得一怔，顾不上披上狐皮袄，三步并作两步冲下楼去,把门一开,说:"怎么是你,看把你给冻的!"

那人抬了抬头,用力站直了身体,刚想说话,却咳嗽起来。

李师师心疼,半抱着他,说:"快进去!"

这人正是周邦彦,他竟然在外面等了一夜。看到李师师焦急的神情,又被她身子一拥,周邦彦顿时心头一热。但风寒和疲惫使他的病躯更加颤抖,李师师扶着他颤颤巍巍的身体进门,一边流泪,一边埋怨道:"为何不进来,道君就是在,也不会责怪你。"

周邦彦站在门口,说:"我倒不怕他责怪,就怕他以后冷落了你。"

李师师哭出声来,说道:"那你为何要作践自己啊。"

周邦彦喘口气,解释自己昨晚新写了一首词,用来劝她,也没有多坐,说了一番道别的话就要离开,道:"我老矣,恐怕不久于人世,今天见师师或许是最后一面了。"

李师师拭着泪,说:"你这是哪里话,你制曲唱歌,尽在愉悦之中,再活十年二十年的会难到哪里去!"

周邦彦慈祥一笑,道:"我六旬有余,已经活够了。只是师师风华正茂,不如早作打算。"

李师师不肯:"这一生我有几个朋友?你还不陪着我!"

"不日我将魂归钱塘。"

"那我也跟你去东南好地方。"说着,李师师想到他以前送她的一首《浣溪沙》,不禁憧憬道,"我向往词中境界,入迷其中,回不来了。"

周邦彦心中一喜,强打精神,唱了起来:

水涨鱼天拍柳桥。云鸠拖雨过江皋。一番春信入东郊。

闲碾凤团消短梦,静看燕子垒新巢。又移日影上花梢。

周邦彦唱完与李师师对坐很久,只是无话,最后又取出一首《一落索》,念诵给她听:

眉共春山争秀，可怜长皱。莫将清泪湿花枝，恐花也、如人瘦。

　　清润玉箫闲久，知音稀有。欲知日日倚阑愁，但问取、亭前柳。

周邦彦离开后，李师师捧着《一落索》想了一天，明白了他的良苦用心，除了赞美和同情，分明还规劝她，找个知心之人出嫁，以解日后愁苦。

但她依然满心等待和迎接的，是太上皇。因为自宣和二年（1120）后，赵佶总是要在除夕夜的最后一刻突然而至。

她相信今年也会如此。但是更鼓敲了一次又一次，还是不见赵佶来，连通报的人也没有。李师师依然喝了原本是给赵佶喝的酒，但奇怪的是并没有喝醉，躺在床上也无法入睡，更没有什么梦境。她索性不睡了，披上熊皮袄就要走下潜道进宫来找赵佶。

妈妈拦住了她："太上皇有心自然会来找你的。"

但一直到大年初一的早上，太上皇的影子也没有在醉杏楼出现。

张迪最后一刻才把赵佶要去东南的消息通知李师师。他说受太上皇所托，送上白金三千两，并言辞恳切地说："道君此去东南，一为勤王之师，二为求得安宁，花魁娘子自然省得道君的用心。大宋赵家强弩之末，我等老臣自然一同赴葬，与娘子何干？但求保留与道君一片情爱，尽可找个富贵善良之人，远去他乡，仿效当年西施、范公之举，岂不美哉！"

张迪知道李师师并不会被山一样堆着的白金打发了。果然李师师看也不看那堆白金，反应十分强烈："既为太上皇，何必非去东南？无非是为入画之人。"

张迪劝道："太上皇心里纵然放不下入画之人，也是事过多年了。花魁娘子向来是个大度之人，太上皇心里除了花魁娘子还有谁呀？国家危难，太上皇也是无奈啊！"

李师师说："我说什么也不肯收的，再不拿走，我就扔在汴京街头，让大家看看，我李师师不是贪财之人。千金易得，真情难求！"

张迪想想无话可劝，不禁垂泪。回去后，他再三劝赵佶去看看李师师，道个别，说："花魁娘子竟想岔去了，以为太上皇此行是想找入画之人。"

赵佶苦笑一声，掉了几颗泪，仍不肯去，又差了童贯来见了李师师，送来一些宫中宝物，如紫绡绢幕、五彩流苏、冰蚕神被、却尘锦褥等。李师师见赵佶还不肯来，心里更加难过，冷冷说道："又有何用？当初奴遇道君，素面淡妆，不求富贵，只为道君一表人才，满腔情爱，如今就这么说走就走了，叫师师怎么办？"

童贯劝说："道君不过去一次东南，数月便回。"

李师师苦笑一声，不禁又恼童贯，说："如果去去便回，何用太上皇三番五次来送东西？东南出入画之人，童枢密到底是道君近臣，如此为陛下着想，国家都这般紧急了，还有兴致去东南寻美！"

童贯板起脸来，说："花魁娘子想到哪里去了？值此国家兴亡之秋，还会有什么闲情寻访入画之人？"

李师师也正色道："我想也不会，当年害了一个落杏儿还不够吗？你们去吧，李师师不稀罕，免得妨碍他一路上寻花问柳，艳遇好事不断！"

李师师嘴里说得硬，心里却越发悲伤，最后不停地哭了起来。童贯不承想李师师因为不能同去东南，竟生出多少怨恨，也就不便多说什么，告辞一声就匆忙溜走了。

一路上赵佶并没有李师师所说的艳遇好事不断，相反，因为随行郑皇后和王德妃、韦贤妃等几个嫔妃不离左右轮流侍候着他，这让他觉得温暖、安定，暂时忘记了退位给他带来的诸多不适和困苦。由于没有了做皇帝的责任，他倍感轻松，觉得自己的身体又强劲了许多。嫔妃们都夸他，认为陛下越来越强壮了。但是随着离东南越来越近，赵佶就越来越厌倦她们，要把她们打发回汴京。嫔妃们死活不肯走，说皇宫中没有了太上皇，少了乐趣，只有乏味。又走了几日，快到长江时，远远地看到一个村姑，在小河边洗完了头正往回走，赵佶突然来了精神，快步跟了过去，童贯更快，直赶到村姑前面，一看之后，向赵佶摇了摇头。

那个村姑也回过头来,朝赵佶笑了笑。

大家看到这一幕,都觉得奇怪,但除了赵佶和童贯二人,心中最清楚的还有一旁的后妃们,韦贤妃就说:"太上皇还想着会遇上一个什么入画之人。"

太上皇赵佶南奔的消息传遍了汴京城,但也有人传说李师师把太上皇藏匿起来了,于是人们纷纷到醉杏楼来询问,但是赵佶离京之后,李师师就把醉杏楼关张了,因此别人也进不了楼。只有开封府来的几个衙吏强行闯了进来,说是要醉杏楼补交自宣和元年(1119)以来欠下的契税,一共是十一万五千缗。李师师当即让妈妈将钱缗送到开封府。后来开封府差了个府吏来,退回了一半的钱缗,还问:"太上皇要远行东南了,花魁娘子怎么就没有跟去?"

李师师冷笑了一声,说:"说什么没有跟去,我李师师算什么?不过是教坊一个歌女,又不是达官贵人。"

府吏离开后,李师师一个人关在楼上流泪不止。妈妈上楼来劝,说:"想不到太上皇这等无情无义,一甩手一个人去东南了,真不如当年周待制。当年周待制曾说,如果皇帝没有机会,他必定会遂花魁娘子一个心愿,带你去钱塘。唉!不想他宣和三年(1121)就去世了。"

这一劝,李师师又想起许多往事,哭了出来,说:"我实在是想念道君啊!"

妈妈心疼她,说:"要真的想,就自己去东南,到杭州去,只要有钱,谁都去得,说不定有机会见上太上皇一面。"

李师师并没有听妈妈的话,带着金银远赴东南,到杭州去找赵佶。

因为李师师觉得她已经在赵佶的情感生活中淡出了。但她至死也没有搞清楚赵佶是从什么时候开始,是为了一个什么理由,要中断两人之间维持数年、历经磨合并被旁人看来是牢不可破的感情。

除了张迪之外,没有一个人知道赵佶已经决定不再和李师师来往。赵佶总算沉得住气,一直表现出了最大程度上的沉默。赵佶认为自己的缄默是十分正常的事情,因为与李师师的往来,这在以前是他个人的秘密,那么现在的感情变化也应该还是他个人的秘密,因为是秘密,旁人就无须知道。

其实,宣和元年(1119)五月开始,赵佶就没有再见到过李师师,是由于当时大宋面临的形势突然发生了戏剧性的变化,使得皇帝忙于国家大事,而不得不暂时忽视了自己。

赵佶听到有关李师师的结局时,已经是几个月以后了。

有两种说法。第一种说法是新皇赵桓已将李师师送到北郊的慈云观居住。至于入观为比丘尼是她自愿的还是被迫的,一时无法证实。赵佶听到这个消息并没有十分奇怪,大观三年(1109)自己初幸李师师,李师师曾问到两人感情的归宿,赵佶含糊其词,李师师就说如果不能再有机会与道君见面,师师就出家为尼。赵佶听了之后虽说吃了一惊,但并没有完全相信,他认为李师师总不会真的丢弃自己,终生为尼。

回到汴京城后才得知,李师师出家的意愿是十分坚决的,而且准备工作做得极为周到细致。金兵挑衅河北,李师师呈牒开封府,愿意将宫中前后所赐金银入官,作为河北抗金宋兵的军饷。装满金银的箱笼从内外城的五六处宅院运出,里面还一些字画,包括赵佶送的,都一并还入宫中。李师师的这个举动得到了一些响应,京中名伎纷纷将自己积蓄的一份钱财和金银首饰捐给官府,作为军饷。但她们的捐献最终没有被用于前线,因为无论是朝中掌权大臣,还是前线军中统帅,一致认为艺伎们的捐献是不洁之物,如果充作军饷,势必要打败仗。

没有使用艺伎捐献的宋兵仍然打了败仗。不久河北兵败,金一路自西京入太原,一路自南京入燕山。在回京的路上,赵佶得到了奏报:"正月,金人渡河,取小舟以济,凡五日,骑兵方绝,步兵犹未集也,旋渡旋行,无复队伍。"金兵对大宋前线的禁军发出了讥笑:"南朝可谓无人,若以一二千人守河,我辈岂得渡哉!"金兵围汴京时,李师师送了张迪百两黄金,托他请于皇帝,愿意弃家入观。赵桓听了张迪呈转的话十分高兴,欣然表示同意,说这样维护了太上皇的名誉,也解除他的一块心病,当即下旨把慈云观赏赐给李师师。

然而张迪向赵佶汇报此事时又说,他临走时,李师师埋头弹琴唱曲,怕是在怀念陛下,赵佶感动,问唱的是什么曲。

张迪想了想,道:"她自己说,是周邦彦的《玉兰儿》。"

赵佶顿时脸容冷了下来,随口便吟:

铅华淡伫新妆束,好风韵,天然异俗。彼此知名,虽然初见,情分先熟。

炉烟淡淡云屏曲,睡半醒,生香透玉。赖得相逢,若还虚度、生世不足。

张迪连忙道:"正是这几句。"

赵佶摇摇头:"这是周邦彦当初赞美她的。到底她心里有他!"

张迪见赵佶痛心疾首,劝道:"周邦彦已成故人,花魁娘子纪念他,也是一份人情。"

赵佶叹口气,道:"纵然她心中只有朕,也拦不住时时暗中思恋于他。"

第二种说法是汴京被围后,李师师私奔陇西祖上老家,在途中为金兵所掳,充作军妓。一次军营失火,陪金军将帅饮酒的李师师酒醉,被火烙伤,脸上留下二道疤痕。不久汴京被陷,当时被囚于牛车上的皇帝、太上皇离开汴京不久,过金营大帐,遇上金兵庆功休整,各地贡献军中的歌女艺伎云集其间,包括李师师也在里面。北行车队和二帝过金营大帐的消息不胫而走,李师师对自己在这样境遇下可能见到赵佶痛心疾首,以至咬破了嘴唇,一滴滴鲜血从嘴角渗出。她躲避在很远的地方,但有可能看到了赵佶乘坐的那辆牛车。她分辨出赵佶显得模糊的身影:没有了以往的矫健,也没有了以往的飘逸,佝偻着就像一个生病的老人。李师师擦拭着难以止住的泪水,想奔过去叫他一声,因为守卫的金兵并不阻止艺伎们去观看坐在牛车上的赵佶。

但是最后刹那间控制住了自己,因为她擦眼泪的时候摸到了自己脸庞上的那几道疤痕,尽管用头发遮盖了其中的大部,但掩盖不了全部的伤痛。李师师尽情地让泪水和着嘴角上的鲜血流淌下来,却没有再走近几步,与她日思夜想的梦中情人赵佶打一声招呼。

她下决心永远不见赵佶,永远不让赵佶看到自己已经变得丑陋的脸庞。

当夜露营,金兵举行篝火舞会,邀请二帝参加,出此主意的是张邦昌手下的一个书记,此人曾羡慕李师师的美色。李师师怕赵佶看到自己被毁坏的容貌,趁无人之际,拔出头簪深深地刺进了自己的喉咙。

对此,近在咫尺的赵佶却茫然不知。

赵佶还不知道的是,李清照奔至建康投靠赵明诚,不想丈夫在叛乱中弃城逃跑,这让她心灰意冷,逃亡江西乌江时,写下《夏日绝句》:

生当作人杰,死亦为鬼雄。

至今思项羽,不肯过江东。

赵明诚自感羞愧,郁郁而终。

李清照孤寂之时,寻寻觅觅、冷冷清清,沉醉之时,猛然想起当年如何失约梅雪诗会,不禁北望,遥测那个与她年纪相仿的男人,不知是难是苦,不知是生是死。

这便是后话。

## 四十四　辞庙日风卷落神宗画像

宋历建炎元年(1127),是年丁未。

这天正好是金历天会五年的阳春,大宋太上皇赵佶和皇帝赵桓离开了生他们养他们的京城开封。

所有的事情几乎都是同时发生的。

赵佶永远无法忘记的是,他跟他的儿子皇帝赵桓拜别祖庙的时候,神像里的神宗皇帝,也就是他的父亲、皇帝的祖父赵顼突然喊了他的名字,接着神像从墙壁上掉落下来,盖住了他的身体,但事后赵佶对外界说这只不过是南柯一梦。

无论是宋室还是金兵统帅,一开始并没有安排二帝和太子辞庙的计划。离别开封的时间是一个洒满月光的夜晚。当时已过了子夜,大多数人都是预先得到通知,早早整理好了行装到南华门内的空地上集合之后,和着衣服一边打盹,一边等待。谁都不知道往哪边走,到哪里去,作为占领军的金兵将领也没有说明,也有宋朝大臣和内侍去询问,但得到的答复都是无可奉告。生性急躁的王德妃企图打探清楚,还用一根名贵的玉如意向金兵的一个骑兵统领行贿。统领是一个长相英武的年轻人,他骑在马上友好地向王德妃行了个军礼,欣然收下了玉如意,但他并没有透露任何关于目的地的消息。作为交换,他只是下了马把自己身上那件羊皮缝制的披风送给王德妃,离开时说了一句:"德妃很像我的一个亲人。"

王德妃闻到了羊皮披风的血腥味和汗臭,已经感到一阵恶心,听到这句话之后悲愤之情遍布全身,浑身不停地颤抖,就在即将爆发的那一刻,宫女无邪把她挡在身后,阻止了她的莽撞,一直等到统领骑马离开。王德妃推开无邪,哭着把羊皮披风扔在零乱的花坛上,说:"他在侮辱我呀!"

大家被王德妃贞烈的语言所感动,但谁也不敢当面赞扬,一是怕给自己惹祸,二是担心给王德妃招来麻烦。

当时朱皇后靠着一根柱子默默地看着王德妃的宣泄之举,一直在判断王德妃的行为是否有些矫情。她看到了这场交易的全过程,也听到了统领说的那句话。当王德妃扔下的羊皮披风落入花坛的一刹那,她的心头突然涌上一阵恐慌,她走过去,把披风捡了起来,对王德妃说了一句:"母妃,别扔了它,也许用得着它,也许比玉如意有价值。"

王德妃双唇哆嗦,依然在说:"他在侮辱我呀!"

朱皇后劝道:"母妃不要介意,没有人,包括刚才的统领,敢侮辱母妃。"王德妃是赵佶的妃子,知书达礼的朱皇后在这大难之时,仍然不忘礼节,称王德妃为母妃。

延福宫正南以往用来举办盛大集会的空地上一片狼藉。宫门紧闭,大殿门口的三十六级台阶上挤满了皇亲国戚、内外大臣、嫔妃宫女、典吏工匠,黑压压的有三千多人。人们尽量保持着沉默,也努力避免着相互照面,仿佛是一群互不相干的陌生人聚在一起,大家不打招呼,不说话,整个场面静得像这个月夜一样。在这静谧之中,有很多人仍然听到了朱皇后对王德妃说的这句话,只不过不是谁都能听出她话里的意思。突然有一个女人哭了起来,循声望去,啼哭的人是王德妃的近婢,就是刚才那个名叫无邪的宫女,赵佶也认出来了,她是宣和元年(1119)童贯从睦州征选来的众多美女之一。

紧接着王德妃抱着那件羊皮披风跟着哭了起来。

朱皇后总是表现得十分平静,她只是缓缓地走到皇帝,也是她的丈夫赵桓身边,挽起他的手,两个人靠得很紧,仿佛要把自己和丈夫变成一个人。

但是赵佶断定儿子并没有明白,妻子用肢体语言所表达的那种信息,那种灾祸即将再一次降临,夫妻更要共同担待、更要相依为命的绝望和凄惨中的温情!

此时皇帝赵桓还没有看出苗头,没有感觉到这三千人将要远行,向着北方,即刻就要出发。在那个冰天雪地的北国,能够穿上厚厚的羊皮披风,比什么玉如意都要珍贵!那个统领实际上已经通过羊皮披风把信息传递给了王德妃。聪慧的朱皇后、聪明的睦州女子无邪,还有王德妃也不算笨,唯有自己的儿子皇帝赵桓却反应迟缓。

赵佶心中也已经恐慌至极,但他极力控制住自己的慌乱,没有任凭这慌乱表现在脸上,自己身为太上皇总不能不如朱皇后,否则赵家真的会让人觉得太无能了。

月色之中,宫门慢慢地打开了,身穿铁甲的金兵一批一批地开进宫来,人越来越多,金属撞击的嗡嗡声也越来越响。其中的一个金兵十夫长看到赵佶正交代一个上年纪的老黄门给自己整理冬衣,问道:"都是春天了,大宋皇帝你还带这么多皮衣皮袄干什么?"

赵佶的声音有些发抖:"不是要往北走吗?"

十夫长看了看赵佶,有了一点同情,就把实情告诉了他:"带足衣服吧,往北,但很远,对你们来说,那里太远了,太冷了。"

猜测和怀疑可怕地得到了证实。

至少在场的女人们都哭了,连一直沉静的朱皇后此刻也泪流满面不再克制。

男人中皇帝是第一个哭的,哭得很混乱,哭得没有章法。

这时月亮已经落到延福宫的瓦顶后面,周围再一次黑了下来。看守的金兵没有更多地来干涉,等哭声渐渐停止,那熟悉的开宫门的声音又一次响了起来,又一列金兵举着火把出现在宫门外面,那个统领带着一队铁骑在前面引路。三千人的队伍被整理成三人一行,有秩序地排列在宫门内,然后踽踽而行,出了皇宫,出了禁城,走过空无一人洒满月光的御街。

但此时此刻汴京城内并非静如死水。教坊中艺伎们的生意兴隆了许多,大批的金兵将校,借着夜色慕名前往教坊歌台,感受一下南朝的风流雅趣。出乎意料的是,唱惯了柳永苏轼的歌舞伎们对金兵将校们的豪放和生猛产生出许多新鲜感,一时东京风月场上的情调大大激活,平添了以往难得一见的狂野和风流。

除此之外,更多的人也难以入眠。其中包括投降了金朝的几个高层官员,一批不战不降等候发落的吏丞司曹、翰林学士,如御史中丞秦桧等人,他们因为没有被囚禁,行动尚能自由,较早地得到皇帝、太上皇要北行的消息之后,便迅速地忙碌起来,营救和说情自然没有用处,也无法把消息传递到宫中。眼看时间所剩无几,因此他们忙碌的主题马上只变成了一个:那就是说动金兵首领给二帝和太子一次辞别祖庙的机会。

金军统帅依张邦昌等宋国降臣所奏,恩准赵佶、皇帝以及皇太子在天亮之前辞别祖庙后再行出城,但其余任何人等都不能参加。这样,祖孙三人拜别祖庙的仪式只能十分简单,而且时间仓促,他们只来得及跪拜三次,看护的金兵就催他们走了。赵佶把脸贴在冰凉的大理石地面上,这样蒙眬的泪眼犹如一道帘幕,阻隔了自己的视线,可以看不清楚墙上的祖宗和祖庙里的一切。起身的时候,他索性头都不抬了,这样也不用把列祖列宗的神像看过一遍。但是皇帝抬了头,哭成个泪人,而且伏在地上不肯起来,最后是让人架着走的。太子则是一脸恐惧和痛苦,根本没有心情留意里面的一切。快离开祖庙的那一刻,赵佶舒了口大气,正暗暗庆幸仪式的简单和保密,突然听到后面有人喊他:"十一子赵佶!十一子赵佶!"

这分明是父亲赵顼的声音!

赵佶转身往回就跑,大哭着跪在父亲神像面前:"父亲啊是您叫儿呀?您显灵了!您显灵了!"话音刚落,神宗的神像就哐当一声落下地来,把赵佶卷曲着的身体盖了个严严实实,之后的事赵佶便浑然不觉了。

仿佛过了很久很久,赵佶睁开眼睛的时候,赵桓对他说:"父亲您刚才打了个瞌睡。"

只是打了一个瞌睡的工夫吗?赵佶搓了搓眼睛细细地看了看周围,发现自己分明已经走在祖庙外面的石阶上,但父亲的声音依然在耳,这一切难道真是在做梦吗?

皇帝好像并没有注意到这一切,却还在自言自语地说:"朕尤其不敢看神宗皇帝。"

儿子的话一下子触动了他,跟自己一样,儿子怕的也是这个雄心勃勃的神宗皇帝!由于恐惧,赵佶突然捉住儿子的肩膀说:"你的爷爷神宗皇帝不会怪你的,你是他的爱孙,他也不会责怪我这个儿子的,他要责怪,只会责怪哲宗皇帝,我的哥哥赵煦,谁叫他如此短寿啊!当初神宗皇帝是把皇位传给哲宗皇帝的,因为他清楚十一子不是当皇帝的料。上天作证,朕并不想当这个皇帝!"

谁知赵桓却不完全赞同他的话,说:"无论如何,吾等脱不了千古之罪。"

离开祖庙之后,一路上赵佶感到自己神志不清,出言突兀,语无伦次。

最后还是皇太子说了句"天亮了",才使他清醒过来。

当祖孙三人走过御街,走过开封内城的时候,天已经微微发亮。赵佶最后一次回过头,朝着身后的皇宫望去,朝着东南万岁山上绛霄峰望去,只见一轮红日已经升上金顶了。

猛然间,赵佶想起当年南唐后主李煜,苦笑一声说:"最是仓皇辞庙日,教坊犹奏别离歌,垂泪对宫娥!吾等辞庙并无此意境,而途中又无百姓相送,惜哉!"

但是马上赵佶这句话就被证明说错了。当他们刚刚离开御街走下虹桥的时候,只见道路两旁跪满了开封的百姓。当赵佶出现在他们面前,他听到了呜咽之声,刚要说什么话,哭声忽然震天般响了起来。皇帝也跟着哭了,太子则是发疯般地朝人群冲去,大喊道:"百姓救我!百姓救我!"

回应太子的只有哭声,任何别的声音,别的举动都淹没在全城的恸哭声中。冷静的只是押送的金兵,他们按照计划和程序,在既定的时间之内,将祖孙三人送到了开封城外。

大约走了五里之遥,渐渐看见了三千人的北行队伍。大部分人都登上了简陋甚至残破的马车。其中有一辆马车比较好,半新的木头,轭架很结实,而且有半密封的车篷,正可以坐两个人。大家都让出这辆马车给赵佶和皇帝坐。赵佶也看中了这辆马车,对儿子说:"皇帝,上这辆车吧。"赵桓刚要上车又缩回来了,说:"还是太上皇先请。"父子俩正在谦让,一个押送官走了过来,说:"大金国主有旨,这辆车是给皇太后、皇太妃和皇后准备的。"几个大臣与押送官交涉,提出这不符合大宋的礼制,郑皇后带头抵制,朱皇后和王德妃等也表示坚决不坐这辆马车。这时朱皇后听出押送官的开封口音,对他行了一个礼之后,就与他交谈起来。原来这个押送官果然是开封人,名叫王彪,但是九年前就离开了开封。宣和元年(1119)秋天,他押送的花石纲被劫,之后逃到山东水泊做了强盗,排名第一百零九位。被招安后,朝廷审查甄别时认为他身为朝廷官吏,知法犯法,不忠王事,殊为可恶,死罪可免,活罪难逃,被判充军,到延安府军前效力,后来被辽兵俘虏,但是金兵救了他,于是他加入了金国的军队,没有料到转过刀刃马上参加了对大宋的战争。听完了他的介绍,皇帝脸上露出对这个贰臣的蔑视,赵佶则是迷惑不解地看着他。

押送官王彪看懂了赵佶脸上的意思,说了一句:"大宋当年和金国不是同盟吗?"

赵佶这时重复了一句说过无数遍的话:"金国怎能如此不讲信义!"说话时还深深地叹了一口气。叹气已经成了赵佶表达内心严重情绪的方式。王彪的话他无法回应,当年的这个金国,不是山盟海誓,说要和大宋互为伯侄,永结友好吗?自己还信以为真呢!大宋年年馈赠那么多金银绸缎,倾举国之力讨好金国,辽国既平,以为宋金可以相安无事,岂料到头来真正侵占大宋疆土、亡我大宋社稷的竟是金国!

这时那个统领骑马飞奔过来,他一看这个场面,知道发生了什么事情,二话不说,抽出了腰上的弯刀,高高举过头顶,像是马上要落在太上皇或是皇帝的头上。这时王德妃走上前去,向统领施了一个姿势娇柔的屈膝礼,统领看到王德妃脸上便显出微笑,说:"你真的很像我的一个亲人。"弯刀在晨曦中闪着光芒,在弯刀的寒光和王彪的严令下,朱皇后和王德妃向太上皇和皇帝请了罪之后,上了这辆马车。统领收起了弯刀,下了马,亲自扶王德妃上了马车,然后在众人惊愕的眼光中离开了。王德妃慌乱得脸色绯红,向赵佶看了看说:"太上皇恕罪!"王彪把皇帝父子引到一辆老旧的牛车旁边,双拳紧握,低头弯腰行了一个大礼:"请大宋国皇帝、太上皇登上这辆牛车吧!"

看到父子俩唉声叹气、战战兢兢地爬上牛车,众嫔妃包括宫女们禁不住又是一片哭声。那辆牛车用粗大的木条钉起的栅栏,四面透风,形同囚车。赵桓先爬了上去,然后向父亲伸过援手,赵佶摆摆手,轻轻一脚,就跳了上去。赶牛的是一个年轻的小黄门,十五六岁的样子,脸上还堆着笑容。那头牛已经很老了,两个车辖辘已经有些变形,因此跑起来特别慢,远远地落在队伍的后面,小黄门急得两只脚在地上乱跺,使着劲往牛背上抽了几鞭子。赵佶看不过去,劝阻他说:"它年纪大了,你让它慢慢走吧。"小黄门一听,就跪了下来,尖着嗓子说:"遵太上皇旨意,让它跑慢些。"赵佶也露出了笑容,说:"对,越慢越好!"

队伍到大名府,已经是三天后的晚上了。宋设东西南北四京,这开封府东京是朝廷京畿所在,这北京便是大名府,为拱卫京都的门户,一直设有重兵,同时也是丝茶之路,商贸通衢,为北方财赋之地,寒春中还依旧有三四分的繁华。嫔妃中绝大多数人来自东南,未曾离开过东京,更不要说来过大宋的北京城,因此新鲜的感觉给她们带来了短暂的快乐。这时赵桓叫了一声:"太上皇,您看。"只见黑压压许多人跪在城楼下面。赵佶一时有点惊诧,但马上明白是怎么回事,只是脸上不敢有什么反应。这时听到有人说:"他们是跪拜太上皇和皇帝的。"说话的是王彪。毕竟曾经是大宋的子民,他说这个话的时候,声音有点儿打战,而且眼睛也是湿润的。原来金国恩准原来降用的宋国官员可以到城门外迎接。

赵佶心中一阵激动,几颗热泪噗噗落了下来。赵桓出面,从牛车上站直身体,说:"平身。"

小黄门扯直了喉咙叫喊了一声:"太上皇、皇上有旨,平身!"

## 四十五　怎奈最亲之人无福是祸

对于赵佶,痛苦一波接着一波,先到一波,刻骨铭心,后来一波,生不如死,又来一波,痛得灵魂出窍,六神全无,仿佛痛的并不是自己的那个肉身,而是另一个陌生的物体。

朱皇后死于灵州,这算是在离开汴京之后,宋室首先遭到的大不幸。

赵佶父子被囚禁金国灵州的时候,已经进入夏天。人们突然发现,这炎夏季节,北国并不见得有多凉快,太阳一照,平坦无垠的土地炽热着,躲也无处躲,远不比开封,还有绿树,还有楼阁可以处暑纳阴。那些怕热的,一个个倒下,再也没有活过来。

"真不是人待的地方,难怪他们窥视中原。"有人得出结论。

在这期间的一段日子里,大宋两个皇帝的感情遭到了重大打击,分别失去了一个自己心爱的女人。

朱皇后不言不语,也不吃东西,沉静得让人以为她神志不清。赵佶看到,不禁痛心,如此年纪,如此容颜,如此身份,竟然也如此遭遇。如果当年不是自己选她,她不至于为太子妃,不至于为皇后,不至于落到今天这步境地。

如果换一个女人,他真想走过去抱抱她,安慰她。

皇帝自然顾不上皇后,赵佶心里不由得责怪儿子毫无怜香惜玉之情,对自己妻子毫无体贴。于是一边想着，不做帝王，做一个爱女人的情种有何不好？像儿子这样的，皇帝做不好，女人又不喜欢，有什么好？

赵佶以为王德妃死得比较完美，从中得到了一丝慰藉，痛苦之中也有几分欣然。但是紧接着他目睹了朱皇后的死去，以及后来看到赵桓对皇后之死痛不欲生的哭叫，赵佶心中留下了永远的痛，他一下子感到自己苍老了许多，就在一刹那间，他感觉到自己过快地从一个体格刚劲的青壮年变成了一个又熟又烂的老人。

这年他只有三十四岁。

早早谢世并长眠异国他乡的朱皇后正值鲜花盛开的年纪，只有二十六岁。赵佶亲眼看到自己的儿媳妇，死于金国灵州的一间土室，监守的金兵用一张草席将还有几分柔软几丝温热的尸体卷走，然后挖开驿道边上松软的黄土，把尸体放进去，又一锹一锹迅速地填上，草草埋葬了事。朱皇后的身体先被埋没，脸部还露在外面，朝着天空。当一锹泥土要抛洒在她那美丽苍白的脸庞上的时候，赵桓扑了过去，拼了命要挡住飞落下来的土块，不让它落到她的脸上，并用双手抚摸着妻子冰冷的脸，自言自语："朕对不起你啊，不入赵家，何至于此！"

赵佶也不劝儿子，愣愣地对填土的金兵说："恳请慢一点，别弄痛了她。"

填土的几个金兵听了赵佶这么说，心想人死了还怕痛吗？想笑又没有笑出来，手上的动作果然轻了许多。

赵佶把儿子拉起来，哭着说："皇后为赵家而死，死有所值。"

其实当时他又何尝不想伸手抚摸她的脸作为告别，只是碍于礼数，他不能有此充满感情的举动。要知道，靖康皇后朱氏在十四岁那年被选为皇太子妃，正是赵佶的决定！

政和五年（1115）三月，赵佶读《诗》，得宜室宜家之句，忽然想到，应该选皇太子妃了，于是提笔写下了关于选妃的意见。写好以后一字不改，亲口朗读，颇为得意：

朕嗣有令绪,惟怀永图,御于家邦,预建太子。若古之训,扬于大廷,以荐君臣父子大伦之恩,以立宗庙社稷万岁之本。无疆之恤,申命于休,年既冠于阼阶,礼及时而有室,必立之配,以宜其家。可令有司选皇太子妃,仍讨论典礼以闻。

内侍很快就向有关方面送达了选皇太子妃的御笔。七月盛夏,赵佶倾听了儿子赵桓的请求,基本上认可了恩平郡王朱伯材的女儿作为皇太子妃的唯一人选。在这之前,赵佶已经特意召见了未来的皇后,试以品德才学,当夜他就亲自起草了"朱伯材女孺人朱氏充皇太子妃制"的诏令,还当着儿子和大臣做出了八个字的评价:毓德粹温,秉心渊静。

一晃已经十多年,在简陋得不能再简陋的朱皇后葬礼之后,赵佶对儿子讲述了当时召见她的情景,说:"过程十分简单,赐座后,朱氏一共只讲了三句话,然后就看了朕也就是她的公公一眼,就一直听朕讲,半个时辰不到,就结束了召见。"

赵桓急切地问:"哪三句话?"

赵佶摇了摇头,沉默了一会儿,没有再跟儿子多说什么,但心里却清楚地回忆起朱氏的第一句话是问安,说:"皇帝气色极佳,胜过太子。"

赵佶听了心中一惊,但并没有怪她,红了红耳根说:"那是朕自幼好动之故。"不一会儿朱氏奉茶,说了第二句话:"奴婢为皇帝奉茶,终生难忘,是最大的荣幸,得到的是从未有过的快乐。"赵佶喝了一口茶,只见眼前的儿媳妇,朱唇轻启,语气糯而不腻,说出来的话让赵佶感到激动。奉茶后她便端坐不动,脸上的表情自然沉稳,赵佶一看,觉得自己过于敏感,一下子又涨红了脸,说:"你以后总要成为皇后,主持后宫,母仪天下,为太子分担。"这时朱氏开口说了第三句话:"皇帝体态年轻,长生不老,永享太平,奴婢只想着如何侍奉皇帝,我想太子也是这样想的。"说着朱氏看了他一眼。赵佶却避开了朱氏的目光,说了自己做端王时的一些趣事,引得朱氏扑哧一声笑了起来。之后,赵佶目送朱氏转身走出帘门,步子轻盈而又敏捷,留下了薄薄的背影，不由得叹道："倩影如彼，犹如画中人，不知福分如何？"这时张迪进来，听了他的话，说："皇太子妃聪慧，必是有福之人，可助太子。"

张迪的话说对了一半，朱氏聪慧，替代皇帝躲过了一劫，但朱氏却又终究无福，在她二十六岁的风华岁月上难逃一死。

此后皇帝一直处于深深的悔恨之中，说："她不是病死的，她从来不曾生过病，她是饿死的，她本可以不死，只要我把自己的那口给她吃。"赵佶努力帮助皇帝解脱，说："她既不是病，也不是饿，她是被气死的，是不堪被羞辱而宁愿死去的，虽死犹生。"

事情的经过很明了，要不是押送的任务中途交给了另外一个金国将军泽利，朱皇后也许不会这么快就遭遇厄运。好色的金国将领泽利刚刚接手押送差事就觊觎她的年轻和美色，只是一直没有机会得手。过了好几个月，泽利在灵州借着酒醉，当众羞辱了她。泽利命令朱皇后向他敬酒，否则就要对她的丈夫赵桓不客气。皇帝面对泽利的刀锋，又是气愤又是恐惧，朱皇后不忍心皇帝如此模样，于是妥协，答应陪他喝酒，当着众人，一次又一次地向泽利敬酒，泽利一次又一次不断地用手触摸她的身体。皇帝的性命得以保全，但皇后却自此不吃不喝，几天以后就处于昏迷状态，再也没有醒过来。这期间赵桓试图喂她一口饭，但是朱氏连嘴都没有张开，也不肯说话，只淌下了两行眼泪。

赵佶一看，不由得心里一酸：朱氏也许想说很多很多话，但她已经来不及说，或者是不愿意说了。

赵佶之所以心痛，是因为他觉得皇后受到的压力和屈辱是旁人无法想象的，如果她不是为了大宋皇帝的尊严，不是为了丈夫的脸面，她本可以选择生存和苟活。

在朱皇后死于灵州这件头等不幸的大事之前，还发生了使赵佶永远无法忘记的另外一件事情。

就是王德妃之死。

王德妃也许是赵佶一生中最后做爱的女人,但王德妃因此感染风寒,一病不起。这个赵佶曾经厌恶并且几欲废黜的妃子是死在他怀中的,而且当时他竟然为她的死流下了悲伤的泪水。

王德妃也就是到了大名府以后感染风寒生病的,但没有想到的是她的生命竟会从此消逝。

事情起因于一句传言。

在大名府,大家总算吃了一顿饱餐,赵佶和皇帝两个人还共喝了一壶酒,只是按规定席间大名府的官员不许和太上皇和皇帝说一句话,因此这壶酒喝得多少有些沉闷。这时王德妃看看气氛沉重,讨了一杯酒去,要回敬太上皇,几个来回推辞,场面生动起来。但是就在宴席间,王德妃听闻有人传言说金人很可能用毒酒杀死大宋的太上皇和皇帝。王德妃还没有来得及告诉赵佶,金兵统领就兴冲冲地走了进来,他命人抬上一头熟羔羊和几羊皮袋酒,说是要优待大家。王德妃一听,手中酒杯落地,脸色变得煞青。

几羊皮袋酒分在各人的酒杯里,一下子就倒完了,酒香迅速弥漫,人们垂涎欲滴。赵佶忍不住端起酒杯,不料王德妃劈手夺过酒杯把酒喝了下去。所有人对她的举动惊诧不已,金国统领却伸出大拇指表示赞赏,亲自向王德妃敬上一杯酒,说:"你真像我的一个亲人。"

王德妃把赵佶的酒全喝完了,但是酒中并没有毒,传言中所说的事情也没有发生。当然王德妃把统领敬她的那杯酒也喝了,条件是统领同意她而不是让郑皇后晚上侍候太上皇。经王彪安排,当晚赵佶单独栖宿于一间小庙里,庙虽破败,总有些遮挡,不知比其他露宿的人要好上多少倍。寒冷的月光从墙缝里流进来,只见王德妃酒兴正浓,脱光了衣裙,跳着宫中的舞蹈。赵佶说:"春寒料峭,你把衣服穿上。"王德妃摇摇头,靠在他的身上说:"臣妾要侍候太上皇。"

赵佶望着王德妃扭动的胴体,显然激动起来,他抱紧了王德妃既熟悉而又陌生的身体,说:"朕已多久没有亲近你的身子了?"

"九年了,不,十年了,宣和元年(1119)开始,万岁就嫌弃臣妾了。"王德妃自己抚摸着一双丰硕的乳房,已经难以自禁。

赵佶不顾外面渗透进来股股寒风,动作敏捷地除去身上的衣服,正脱了一半,他突然情绪黯然,说:"朕已经无能为力了。"

王德妃把那件披风盖在赵佶身上,然后从自己的衣裙里取出一颗黄色药丸,借着月光,赵佶仔细看了看,说:"这不是飘渺神仙丸吗?你如何有的?"

王德妃的眼泪落了下来,说:"这是最后一颗了,臣妾已经偷偷藏了好久了,相信总有用得着的一天。"

赵佶和着王德妃的泪水吞服了这颗飘渺神仙丸,和王德妃紧紧抱在一起,两人激动的共鸣声传出了破庙,传到了外面,当时有很多人听到了他们的声音并为此难以入眠。其时,赵桓正与朱皇后说话,听到这个声音后恨恨地说:"德妃真是不知亡国恨啊!"原本闻声也想往皇帝怀里靠的朱皇后听皇帝这么一说,只好作罢,冷却了一身的冲动。

赵佶接着睡了一个好觉,但是第二天一早出发时,王德妃浑身火烫,不能起床。统领说马车颠簸,叫大名府的官员找了一副担架,由四名工匠轮流抬着王德妃上路。一路上,无邪帮着刘御医找了些草药给王德妃服下,好几日,歹几日,算是支撑下来,直至走到河间府的时候,王德妃开始昏迷了。统领下马陪着王德妃的担架走了很长一段路程,说等到了大金国地界,就会平安无事的。王彪到牛车旁,把王德妃的病情告诉了赵佶。赵佶过去探视,王德妃全身火烫,不停地说着胡话。赵佶差点落泪,说:"这河间府还是大宋的地方,你要死在这里也算是一件幸事。"

王德妃这时突然又清醒了,说:"太上皇去哪里,臣妾就去哪里,臣妾要跟着去,永远陪伴太上皇。"

王彪在旁边说:"统领说德妃可以留在河间府,他会找间上好的房子给德妃住。"

赵佶抹了把眼泪对德妃说:"留在河间府吧,朕向统领求情,叫无邪陪伴你。"

到了傍晚，无邪采了一把草药，煎了喂王德妃服下，王德妃浑身发了一通汗，清醒了许多，从担架上坐了起来，挣扎着就要爬上马车。统领一把抱起她，将她放回担架。不一会，王德妃面露笑容，要赵佶过去，贴着他的耳朵说道："道君，那颗药是假的。"

没有等赵佶做出反应，王德妃身体一软就倒在赵佶怀里，再也没有醒过来。

望着睡熟了一般的王德妃，统领神情迷离，还是说着那句话："她真像我的一个亲人。"

后来北行队伍中，有些人私下里讨论过统领说这句话的真实意思，赵佶也默默地听他们的讨论，什么话也没有说，但他心里早就探讨过统领这句话的意思，王德妃像他的什么亲人呢？母亲？妹妹？妻子？还是情人？实际上他心里已经有了结论，本想借个机会问一下统领证实一下，但是王德妃一死，他就永远没有机会再去想这个问题了。

宋室提出请求，当日把王德妃运回汴京安葬，统领也马上同意了。而统领也随之不见了。据说第二天有人看见统领骑上一匹快马，朝汴京方向奔去。

赵佶不免猜想：他或许是追赶王德妃的遗体去了。

过了析津府，仍是一望无际的平原，灰白色的土地上长出了密密的一层青草。赵桓问了句："这就是草原吧？"赵佶点点头，仍不说话。其实他在注意着眼前的景色。这析津府原是辽国的南京，过了南京就算出了中原了。这片土地很陌生，却又是十分眼熟，原来是梦中梦到过、见到过的。燕云十六州的燕州，原来是如此的平坦辽阔，又是如此的萧条寒凛。但这时候，天空突然晴朗，一座座连着朵朵白云的山峰远远地挡住了前面的视线，赵佶神情开朗了些，不禁叹道："不想有这般豪迈的光景！"

王彪告诉他："太上皇，这就是燕山。"

队伍到了燕山下的时候，天还没有黑，看到树林里开满了杏花，一路沉默的赵佶此时满腹的愁绪，一腔怨尤涌上心头，不禁开口吟诵：

裁翦冰绡,打叠数重,冷淡胭脂匀注。新样靓妆,艳溢香浓,羞杀蕊珠宫女。易得凋零,更多少、无情风雨。愁苦。闲院落凄凉,几番春暮。

做完上阕,天就黑了下来,赵佶意犹未尽,在牛车边上,跟无邪攀谈起来,说此作谓之《燕山亭·北行见杏花》。

"怎么只作了上阙呢?"手拿木棒敲着瓦片准备吟唱的无邪问他。

赵佶突然感慨:"身为大宋皇帝,除了作画,就是作词,有何力量?有何用场?大宋诗词万千,胜比盛唐,却不敌骑上蛮房!"

无邪劝慰道:"万古流芳的必定是大宋的万千诗词,当然还有太上皇的字和画。"

赵佶点了点头,表示认可,然后也许是树上的杏花使他想起了什么,思路又跳跃到另一片天地,问:"你给朕说说落杏儿,她是哪一年死的?"

"宣和元年(1119),都十年过去了,陛下,您想起她了?"

赵佶没有回答,及至到了大金国土的杏山之下,赵佶作完了《燕山亭》的下半阕:

　　凭寄离恨重重,这双燕,何曾会人言语。天遥地远,万水千山,知他故宫何处。怎不思量,除梦里、有时曾去。无据。和梦也、有时不做。

唱完后,赵佶回答了无邪的问题:"朕真想在另一个世界里和她再次相见。"

无邪想了很久,太上皇说的她到底是谁呢?

后来无邪在北行的途中见到了衣不遮体的茂德帝姬,问了她这个问题。

靖康之变时,茂德帝姬因其美貌,被金人指名索要,成为第一批被送入金营的性奴。一开始先被金国二皇子完颜宗望所占,不久完颜宗望被杀,又为金国宰相完颜希尹所占。茂德帝姬熬过了第一个冬天,已经气息奄奄,引人注目的是她肩膀上牢牢拴着的白熊皮披肩,仿佛已经变成她身体的一部分。看上去,白熊皮依然清净,依然白洁。因为每次当金人有所求,她提出的唯一条件就是不要拿走这件披肩,为此她忍受了许多屈辱,包括一些下级军官时不时对她的侵犯。

她让无邪带话给父皇赵佶,说:"我在明年冬天到来之前一定会冻死的。"又不甘心,说:"我天天做梦,梦见我在驸马的家乡,那里没有寒冬。"

最后,她把白熊皮披肩解下来,交给无邪,说:"父皇需要它。"

果然到第二年的八月,第一波寒意袭来的时候,无邪看到两个健壮的婢奴把全身赤裸、已经僵硬的茂德帝姬抬出了完颜希尹的营寨,扔到了结冰的江边,显然是要等待来年的春水把她冲走。

无邪等他们离开,费了很大的劲,把茂德帝姬背到了一座土岗上,又脱下自己的衣服给她裹上,然后搬来几块石头,垒起了一座像样的坟墓。她看到旁边一棵树,朝着南,仅有的几张枯叶突然全部都掉了下来,落在新坟上。

无邪哭了许久,一直等到阳光照在坟头上,才不得不离开,一路上埋怨太上皇无能,把自己的女儿都连累了,同时又大骂那些把太上皇迷住的女人,害了太上皇,也害了大宋百姓。

后来无邪见到赵佶,把当时的情形告诉了他。

赵佶把白熊皮披肩硬塞给无邪,说:"你衣裳太单薄。"

无邪死活不肯,赵佶几乎跪下求她,说:"你披上,让我看到我的茂德。"说着,放声大哭起来。

赵佶此刻发现自己已经是一个老人,摇摇晃晃,风烛残年。他想哭,已经没有泪滴,想干号,嘶嘶的没有声音,耳边厢,嗡嗡响个不停,人家叫他,他也听不到,叫得响了,他回头看,凡是女子,都问人家道:"你是茂德帝姬?"

## 四十六　晚生英雄情系半壁江山

绍兴三年(1133),岁在癸丑。

宋高宗赵构停下朝中其他事务,专门给一个开赴鄂北前线、名叫岳飞的年轻将领赐御书锦旗,希望他英勇杀敌,旗开得胜。

原来岳飞虽然是武人,却写得一手好字,铁划银钩,龙飞凤舞,十分气派。但赵构看了他出师呈表亲笔,多有批评,说:"字是写给他人看的,必须工整,以见正统之义。"然后有意题词送给他,以资鼓励,于是问他:"朕赐你几个字,给你写什么?"

岳飞不假思索道:"精忠报国。"说着把甲衣一脱,露出背上黥文:"这是臣下母亲亲手所刺。"

赵构一看,龙颜大喜,当即一边挥毫写下四个端正丰厚的金字,一边感慨:"你如为大忠臣,立大功勋,功在汝母。"

早在靖康元年(1126)十二月,金兵再次包围开封,时为康王的赵构接到皇帝蜡书,开河北兵马大元帅府,并为大元帅,火速赶往东京,解京师之围。小将岳飞奉命带领三百铁骑,前往侦察,与金兵相遇,大败金兵,为解东京之围立下功劳。二年四月,金兵掳太上皇、皇帝及皇家宗室北归。建炎元年(1127),赵构即位,岳飞上书,请求赵构亲率六军北渡,鼓舞士气,收复中原。赵构认为岳飞急功近利,近乎逼迫,以越职为由将他罢官。岳飞北上,径自加入抗金队伍,数败金兵,每战皆捷,声威大振。之后,岳飞独当一面,成为宋军中坚,将金兵远远地挡在数百里之外。

现在,赵构安居吴山脚下,近观西湖,几乎每天都会等来前方的好消息。

绍兴四年(1134)六月,东南的梅雨季节刚刚过去,赵构与大臣们在清波门设坛,夜观天象,突然看到一轮明月忽然偏离原来的行迹,向南而去,正当君臣惊悸,以为不祥之时,皓月皎皎,撩开薄云,款款地又回到了原来的轨道上。

"上天佑我赵宋!"赵构顾不得背脊上如注的冷汗,仰首朝着星夜天空,就是长长的一拜。

果然传来好消息,岳飞不负众望,身先士卒,杀敌数千,攻克郢州,收复随州,直达襄阳,又俘敌上万。紧接着一路北上,痛击三十万大军,大溃敌军,攻拔邓州、唐州、信阳军,金兵因此却步,不敢再犯。

岳飞收复襄阳六郡,出师大捷,朝廷顿时欢欣鼓舞。赵构于是高枕无忧,望着湖光山色,思念起母亲韦氏,一股热血涌遍全身。

当夜召集密议,赵构决定,趁此大好兆头,物色能人,秘密实施一个策划已久的重大行动。

七月初十,也就是一个月之后,受定都临安的大宋宫廷秘密委派,最后一名潜入五国城的宋国间谍是一个性别不明、年龄不明,名叫童九两的人物。他化装成一个药材贩子,由宋军统帅韩世忠的夫人梁红玉亲自送过淮河。据说梁红玉还请他吃了一餐饭,并且打破了她自己制定的军中不许饮酒的禁令,席间上了一小坛泗水曲酒,尚未开箸,就连敬了三杯酒,说这三杯酒算是她的一片心意,让他装进肚子带到北国。第一杯酒敬的是太上皇赵佶,第二杯敬的是靖康皇帝赵桓,第三杯酒敬的是当今皇帝的生身母亲皇太妃韦氏。泗水曲酒性烈,梁红玉又是空腹进酒,后来又喝下了六七杯,不觉脸颊火红,言语利落,说道:"幼时曾闻太上皇帝许多趣事,风流倜傥,品味新雅,别有情意,尤其对女人无限情爱,我梁红玉虽然生于市井,从小习艺,但也久怀瞻仰圣容之心,歌舞颂扬之情,恨不能长在宣和年间,也不着武装换了红妆。要知道多少女儿都想与太上皇在梦中相见,你如遇太上皇,一定要告诉他有一个叫梁红玉的女孩儿在淮河边奉迎回归,等着与他饮酒斗技呢,就说梁红玉踢毽戏球不输于他!"

此时淮河上浊波涌起,惊涛拍岸,童九两却没有关注梁红玉的美色和多情,眨动着一双好看的眼睛,自言自语道:"韩大将军也真伟男子。"

梁红玉一笑,两眼蒙眬,说:"韩将军神勇有力,但不晓文艺,只能并肩作战。"

童九两一怔,连忙道:"韩将军盖世英雄也!"梁红玉笑了,摇摇头说:"你不曾听说?我一人都不让他盖过,更不让他居功盖世。"

梁红玉借着酒兴,言语一多,说起一段近乎佳话的往事。

梁红玉并不忌讳,承认她其实是韩世忠的小妾,不过正妻大房她并没有见过,自嘲说:"怕是世忠把她们藏起来了,不让我见到。"

童九两敬佩道:"女将军大度。"

梁红玉并不隐瞒真实年龄,自述生于崇宁元年(1102),算起来三十有余,即将徐娘半老。童九两惊诧道:"女将军胸怀磊落,自然岁月无痕,青春芳华,比同年龄小十岁。"梁红玉见他说话伶俐,与他更加投机,又多喝了三杯,醉意渐浓,讲起她从不跟人提起的过去。

宣和二年(1120),睦州造反,她的祖父、父亲都因在平定方腊之乱中战败被杀,她虽然自幼习武,但不足以借此生存,因此沦落为京口营妓。韩世忠,却在平乱中以小校之微,立下大功。童贯率领大军班师回朝,行到京口宿营,虎背熊腰、一身是胆的韩世忠引起了她的注意,一来二去,两人竟成眷属。

梁红玉悄声道:"我不瞒你说,当初是我主动,是我趁他酒醉,投怀送抱,他哪里抵挡得住。"

建炎三年(1129),金兵直抵楚州。赵构南逃临安,御营统制苗傅与威州刺史刘正彦拥众作乱,袭杀了执掌枢密等重臣,扣押手握重兵的武将眷属,强迫赵构让出帝位,内禅皇太子,由隆祐太后垂帘听政。梁红玉携带怀抱中的儿子逃离出城,驰往秀州,催促韩世忠火速进军杭州勤王,一举平定了苗刘叛乱。不想金人乘宋室内乱,由完颜宗弼率领大军长驱直入,韩世忠率水军八千赴镇江截击号称十万的金军。

双方在江面上激战,梁红玉站在最危险的山顶位置上,冒着箭雨亲自擂鼓,大大鼓舞了士气,击退了金军的十几次攻击,金军被逼入黄天荡死港几十天,只得凿通年久湮塞的老鹳河故道,撤向建康。梁红玉再次击鼓,敌人腹背受敌,宋军再次获胜。

"不料世忠大意轻敌。"

说到这里,梁红玉黯然。

韩世忠没有想到,宗弼会以小舟纵火,用火箭射击宋军船帆。宋军船队成为靶子,顷刻间全被烧毁。韩世忠败回镇江,金军突围而去。

"像当年曹操的赤壁之败。"梁红玉继续表示不满。

事后,梁红玉主动上疏弹劾丈夫韩世忠失机纵敌之罪。韩世忠大怒,要与她厮打,结果大败,被她一声猛喝,清醒了过来,自此只好对她更加服帖。

当时她警告他:"让别人弹劾你,你就完了!不如我以大义,先封别人口。"

果然这一义举,使举国上下人人感佩,传为美谈。朝廷为此加封她为杨国夫人,韩世忠也得以保住原职。但时至今天,梁红玉心中仍然充满遗憾,说:"虽然如今以淮水为界,驻守楚州十多年,兵仅三万,而金人不敢犯,但如果当年全胜,恐怕宋室早已回师汴京了,那韩世忠他还不是大宋第一功臣?"

梁红玉焉能不责丈夫。

"太上皇帝还能在北寒之地受苦吗?"梁红玉说着,不禁愤愤。

只见梁红玉望着江北,神情迷离,似乎沉浸在对太上皇的几多遐想之中。

之后,梁红玉带童九两参观使她一战成名的大鼓及鼓架、鼓槌等物,说:"虽然已非原件,但依原样而制。只等金兵来犯,我就重擂此鼓!"

童九两权且把梁红玉的话当作醉后之言,不再与她过多谈论,拜了三拜,要登船而去。梁红玉兴致高涨,叫人搬过那面红身皮鼓,伸出双掌,说:"英雄,梁红玉为你击鼓高歌,送你渡过淮水!如何?"

但童九两不想做荆轲之举,只想平静而去,于是谢绝了梁红玉的好意,说了句"韩夫人对太上皇的美意我一定转呈",就消失在淮河的茫茫水雾中了。

过了淮河,童九两千里迢迢,历尽艰辛,走了整整九个月的时间,直到绍兴五年(1135)四月初十的傍晚,终于看到了五国城袅袅升起的炊烟。

实际上乔装成药材贩子的童九两的使命只不过是将一道皇帝赵构的圣旨和一纸作为儿子写的书信交给母亲韦贤妃。圣旨是尊韦贤妃为皇太妃制文,而私信篇幅较长,内容相对复杂,童九两虽然路上苦寂,但不敢贸然拆读皇帝亲笔,因此不得其详。离开临安时,赵构流着眼泪把信交给他:"篇篇段段,都是孝子之心,字字句句,皆为思母之泪,此去女真,千万记住,此信重过你的性命。"

但是关于童九两赴五国城的结果有两个版本。第一个版本说他不辱王命,见到了太上皇,太上皇还因此想起了童九两的义父童贯。受到儿子册封的韦贤妃则哭得死去活来,恳请童九两南归以后,务请康王想办法迎还二圣,并且剪下了自己头上的数根白发,叫他带上。但是童九两刚刚离开五国城,即被金兵射杀。

比较可信的是另一个版本:韦贤妃并没有看到儿子给她的那些血泪文字,梁红玉对太上皇的美意,赵佶也没有机会得知和领受。原因在于童九两进五国城之前犯下的一个小错误,使他前功尽弃。他本可以顺利地进入防备不怎么森严的五国城,但是正当他疲惫之时,一条诱人的小河出现在他的面前,清清的河水慢慢地流着,他忍不住在河边滞留了一下,蹲下身体先是喝了几口水,然后就捧起河水把脸上的泥渍和劳累一洗了之,从远山中流出来的雪水使他重新露出了一脸的清秀和白皙。就在他低头洗脸的时候,对岸突然亮起一堆篝火,围着篝火的一个巡哨校官和两个瘦弱的小校发现了他,他们蹚过又窄又浅的河水对他进行了盘问。他不慌不忙,对答如流,而且尽量不去面对篝火,以免让他们看清自己的相貌。但是年长的校官,并不肯轻易地结束盘查,他目不转睛地打量一番之后,马上断定在他们面前的是一个乔装成男人的年轻美貌的女人,于是他充满热情地表示要请他吃上一顿以烤马肉为主的精美晚餐,饭后由他们负责把他送进五国城,为他找一家最好的旅店,好好地休息一个晚上。

校官指着那堆篝火说:"等一下就会闻到马肉的香气了,马上就可以吃了。"

童九两虽然饥肠辘辘,但还是婉言拒绝。这时天更黑了,篝火越发明亮,在没有任何预兆的情况下,校官突然扑了过来。两个小校还没有明白到什么,校官已经和刚才还十分文静的童九两打了几个回合,壮大的校官居然不是长相文弱的南人的对手,校官迅速地被打倒在草地上。童九两击败校官后,无心恋战,本来可以逃跑,但他却要往五国城方向冲去,致使两个小校抓住机会扑了过来。要不是他又累又饿,或许他可以成功冲进住家稀疏的五国城里。后来校官爬了起来,联合两个小校继续围攻,但并没有能够使他俯首就擒。他将他们一个个打落水中以后,最后是从五国城闻声赶来的两名巡骑把他拘捕了。

他被绑在一棵树上,校官和其他人打起了赌,充满期待地说:"他是一个女人,我要娶她为妻。"

其他人不相信,校官就毫不迟疑地挑开了他湿漉漉的衣服,让他一丝不挂地展露在他们的眼前。

两个巡骑像是有妻室之人,他们只瞟了一眼,就一边策马离去,一边异口同声讥笑校官说:"祝福你,娶他为妻吧,但他是一个宋国的宦者。"

这时篝火上的马肉已经飘出了焦糊的气味,急于吃马肉的校官一阵深深的失望之后,事情马上变得简单起来,先是一刀刺进了童九两的下身,一时鲜血如注,远远地喷射到小河里,但听不到他惨叫的声音,之后把他抛入河中。他们认为明天早晨的一场春水会把他带到很远的地方。

由于校官事后没有把这个情况报告上级,金国高层根本不知道宋国在绍兴四年(1134)曾经派出的一个间谍于次年七月差点进入五国城。这个间谍所衔负的使命有没有完成，宋国方面也就无从得知了，因为书信和圣旨连同尸体一道随着河流远去，消失，以后再也没有被什么人发现。

至于还在淮河边上奉迎太上皇南归的梁红玉一直等到九年之后，即绍兴十二年(1142)七八月间，韦贤妃连同装有赵佶、郑皇后、邢后梓棺的十余辆牛车踏上了南归之路。梁红玉中途相迎，要将自己的衣裳给仍然披着羊羔皮的韦贤妃换上，韦贤妃久处惊吓之地，愕然之中，死活不敢。梁红玉佯装怒气，指着写着"梁"字的大旗，道："当年我只差一通鼓啊！"

金山擂鼓事迹，韦贤妃听探望他们的旧臣说过一二，知道她这个女英雄，一颗心放了下来，哆嗦着穿上了梁红玉的衣服，然后悲从中来，泪如雨下，大声道："我大宋多几个像你这样的女子又何以到这个地步！"

梁红玉只让她哭，也不去劝，一个人回头，仔细端详着装殓太上皇的梓棺，黯然泪下。

等队伍离开，梁红玉呆到半夜，才如梦方醒，瞒着韩世忠在私底下一顿痛哭之后，真正结束了一个女人多年以来的梦思和遐想，恢复了心灵的平静，全身心投入到丈夫的怀抱以及与金国的战事之中。

## 尾声　天命在上还是天子在下

是年乙卯(1135)，宋改元绍兴之后的第五年，金国年历是天会十三年，完颜亶刚刚主政。北国的春天迟迟来到，虽说已是四月，风势渐弱却依然刺骨，松林里隔年的细叶像下雨一样一阵阵地飘落，当地的女真人像一窝窝睡醒的猫，懒懒地从躲藏了大半年的木头房子里走了出来，望着树头上吐出的嫩绿和天上从南边飞回来的丹顶鹤，露出了心满意足的笑容，因为他们期待已久的春天又一次来临了。

就在他们不远的地方，隔着一片带着草原的树林和一条没有名字的河，一个叫五国城的小屯子上，居然住着南方宋国的两位皇帝。

但赵佶并不知道这是他在五国城度过的最后一天，就在这一天金国方面发布了将他们秘密迁往均州的命令。

这天五国城的太阳大好，赵佶像一个普通的囚徒那样，从他的囚室，一口冬暖夏凉的土井中被箩筐吊了上来。

赵佶不肯睁开眼睛，因为他沉浸在梦中，沉浸在一个个似梦似真的情境中。

他仍然梦呓着："朕已经多活了几年，本来早该在这个人世消失了，如此，大宋岂是这等光景，朕岂是这等下场。"

大家都没有说话，只听他一个人自言自语："你们都不知道，要不是哲宗死得早，要不是向太后偏爱，朕说不定此时正在东南颐养天年。"他说着，脸上露出一片美意。

然而美意很快消失,他耷拉脑袋着,说:"要不是朕一心寻找入画之人,也就不会逼反东南。"宣和初年,光景美好,诸事平顺,本可一心对付外敌,不想东南一反,自己分心了。

沦为囚徒的大宋朝太上皇赵佶一次次回顾着一生的梦境,对许多事情,虽然意识到是个梦,但他坚信曾经真真切切地发生过。事情由来,时间,地点,人物,都是如此的真实。

他睁开眼睛,说:"我此生好梦,梦里不回来该多好啊!"

儿子赵桓早早等在井口,一边帮助双眼几乎失明的父亲离开箩筐,跨下井沿,一边说:"父皇,慢点慢点。您说什么?"

"我做梦了。如果我永远做端王多好啊。"

"哪有如果啊,不过是梦。"

"金人是不会让我们蹴鞠的。"他依然沉浸在梦中。

"父皇身体不比当年了。"

时至今日,父子俩已经彻底和解了。

靖康元年(1126),金兵渡过黄河的消息传到开封,赵佶半夜出通津门东逃,一路仓皇,直到镇江惊魂方定。那正是金兵攻宋最激烈的关头,汴京城危在旦夕,可以说是皇帝儿子最困难的时候,他却给儿子添乱。在东南,赵佶以太上皇圣旨的名义,把东南地区运向西北的物资和勤王援兵一律阻拦,不准前往开封。虽然几天之后他就写信向儿子道了歉,他错矣,错在他身为父亲,退而不休,干涉朝政,但这个过错无法弥补。"朕怎么就听由外人挑唆啊!"赵佶时时处于悔恨之中。这个外人有很多人,他们是他的宠臣,是跟他一起度过欢乐岁月的朋友,他似乎不愿意说出他们的名字,时至今日,把责任推给别人又有何用!

赵佶推开儿子扶着自己的手,几步踉跄之后,站稳了脚跟,说:"皇帝,你照顾好自己就行了。韦贤妃呢?"

土牢前面的小空地上,已经聚集了一同被带到金国的宗室、嫔妃和大臣们。韦贤妃迎了过来:"皇上、太上皇万岁万岁万万岁!"

今天是韦贤妃四十五岁生日,但向金国报告的却是五十五岁生日,整整多说了十年时间。因为金国规定,宋俘中不论男女、君臣,生辰喜庆一律到了五十岁以上方可举行,韦贤妃的生日报上去以后,开始受到金国方面的怀疑,准备派人调查,最后还是赵佶摆平了这件事情。前段时间,金国新主登基,要在全国各处立碑,想叫赵佶题写一个碑名,但赵佶以目疾为由,婉言相拒。听说韦贤妃生辰喜庆一事遇到麻烦,赵佶找到负责看守的金国将领,答应金国方面题写"云渊"之碑。尽管赵佶双目已眇,视物若无,但他仍用如帚之笔,写恢宏大隶,苍劲古朴,浑厚有力,全无瘦金书的清秀痕迹,金主看了也不觉称赞,深表满意。作为交换条件,金主完颜亶恩准,赵佶可以为年龄有争议的宠妃韦氏庆生,还赠送牛羊各五头,烧酒十坛。

在北行的全部后妃之中,韦贤妃确实是赵佶当年最喜欢的一个妃子。刚纳入宫中时,她只是一个普通的侍御。崇宁二年(1103),赵佶闲游后宫,突然听到一阵铜铃声,声慢声急,时起时伏,有强烈的节奏感,不禁止步,问道:"何人起舞如此明快有声?"不一会儿,铜铃声叮叮当当响了过来,一个清丽动人的少女从画堂上缓缓出现,静静地站在他的面前。赵佶当即就挽起她的衣裙看了看她脚踝处的铜铃,说:"朕好像在哪里见过你似的?"

韦贤妃抬起脚,那脚指头几乎触到了赵佶的脸,说:"建中靖国元年(1101)上元节,金明湖畔琼林苑一班女孩儿跳铜铃,陛下还记得吗?那里面有我呢!"

有了明确的时间和地点,赵佶很快就想起来了。那是他登基后的第一个上元节,游金明湖,其中有一个节目是开封府组织的一班本籍女孩表演铜铃舞,一曲之后,他还给每人赏赐了一两银子,乐得这帮女孩儿大呼小叫。赵佶环顾着她们,心花怒放,说了许多鼓励的话。

他讲话后,开封府尹对她们提出了希望和要求,说:"学好伎艺,日后说不定皇上圣恩,会选中你们中间的哪一位进到宫中,你们要努力!"韦贤妃是众多女孩中年纪最大的一个,她当时站在前排。当然,皇帝不会注意到她,但她偷偷地注视着眼前这位年轻有趣的皇帝,脑海中深深地留下了一个青年男人而不是一个皇帝,她默默立下誓言:一定要嫁给这样的一个男人,友爱可亲,又有几分高大,几分威严。两年以后,她果然凭借自身的条件,由开封府尹推荐,以当年选秀总分第二名的成绩被纳入皇宫。

赵佶望着鼻子底下鲜藕似的脚丫儿,并不怪她的无礼,也不把她的脚放下,因年纪相仿,几番言语之后,赵佶就与她一同进餐,后来又酒醉同眠。连续几天他们对铜铃舞进行了深入切磋,几年后韦氏得封平昌郡君。之后,赵佶就经常听她的歌看她的舞,而且亲自教授她琴棋书画,大观元年(1107)五月,韦氏生赵构于宫中,六月进封婕妤,大观二年,累迁婉容。在靖康之变的前一年,赵佶曾经私下里许诺一旦身体每况愈下的郑皇后有个不测,就立她为后,而不是把原来计划中的王德妃立为皇后。原以为自己当初的理想即将实现,没想到靖康之变,金人索取徽宗之子赴金为人质时,由于康王赵构自请前去,赵佶于是加封韦婉容为"龙德宫贤妃"。

虽然理想实现得有点迟,但北行以来,韦贤妃以自己的行动表明了作为大宋皇妃应有的气节和风范。韦贤妃有过一次放还的机会,但她自己放弃了,把名额让给了一个名不见经传的美人。正如她自己所说的那样,其实她不想离开她亲爱的夫君,离开身边没有人照顾的太上皇,尤其是郑皇后去世后,赵佶真正的亲人只有她一个了。再说,她如果没有太上皇,也如同死了一般。但她这样放弃了一次以后,放还的名单中就再也没有她了。从金国方面来说,另一个原因就是她的儿子赵构重用的岳飞频繁地向黄淮一带的金兵发动了有效的进攻。

韦贤妃对放还的问题也不去多想,说:"能天天看到太上皇,才是真正的幸福!"

赵佶离开儿子的手走了十多步,韦贤妃走了过来又把他的手牵住了。他把韦贤妃的双手紧紧地抓住,不肯放下。韦贤妃知道今天的生日喜庆是太上皇争取来的,因此一看到赵佶,心中升起万分的爱意,忍不住当众做出了一连串亲昵的举动。不过大家并没有把脸别到一边,或者是心里有所指责,而是用赞赏的眼光一齐看着韦贤妃深情地搂抱着太上皇,并在他残留着土尘的脸上留下一个个长长的吻。

一开始赵佶还感到有点害羞,试图推开韦贤妃的拥抱,但是韦贤妃却根本不肯松手,贴着他的耳朵低低地说道:"陛下,当年臣妾还把脚放在你的脖子下面呢!太上皇还记得吗?"

赵佶点点头,也用力抱紧了韦贤妃:"可惜朕已经老了。"

韦贤妃仰起脸,说:"陛下,臣妾看你还是当年那样的年轻英俊风趣,赐臣妾一个吻吧,算是给臣妾的一个生日礼物。"

赵佶说:"康王也忘记该尊你为皇太妃,不,应该是皇太后了,那个秦桧回去几年了?"

韦贤妃叹声气,说:"五年了。"

赵佶愤慨道:"为何迟迟没有消息!"

宋建炎四年(1130),金历天会五年,赵构登基的消息辗转了几年才传到五国城,也就是这一天,一位宋朝人来到了井下。赵佶问他的名字,此人激动得泪流满面:"臣是御史中丞秦桧。"

赵佶不由得握住了秦桧的手说:"你就是靖康元年(1126)带头上书金人,反对张邦昌称帝,乞存赵氏的秦桧?朕记得你!朕记得你!"

秦桧纠正:"是靖康二年。"

赵佶又问:"你是哪一年题的榜?"

秦桧回答:"政和五年(1115)进士。"

赵佶说:"政和五年,政和五年,像是很多年以前的事了,那年朕三十三岁,你呢,你得中时几岁?"

秦桧想了想,说:"二十五岁。"

赵佶叹道:"朕二十五岁时已经登基六年了。"

秦桧想阻止赵佶感伤的回忆,说:"臣是来向万岁告别的,金国要放臣到楚州去了,臣想好了,要找个机会回到大宋去,不知万岁有什么嘱托?"

赵佶闭起了眼睛,沉默了一会儿,他想不起能有什么所托的事情了,但愿他的第九个儿子康王还记得他这个父亲,有朝一日,接他回去,让他过上一个幸福的晚年。他说:"告诉康王,切不可无父无母,给他的母亲韦氏皇太妃封号吧。"

秦桧拜别后要起身离去,赵佶再一次挽留,要他陪自己再说说话,但在接下来的时间里,君臣二人不是相对无言,就是欲言又止,或是词不达意。秦桧觉得时间不多了,心中十分焦急,又想辞别。赵佶终于鼓起了勇气,问:"你当年在汴京听说过关于朕的事情吗?譬如说关于女人?说句实话,朕还真记挂她们,但不知她们还有没有想起朕,如果你有机会碰到她们……唉,算了。"

秦桧总算明白太上皇心里想说的话题,为了节约时间,忙问:"碰到谁?太上皇请指明。"

赵佶摇摇头说:"你走吧,都是过去的事了,不要提起。"

秦桧急了:"臣大胆请问,太上皇说的是哪一位女子?"

赵佶闭着眼睛说:"你去吧,你不会知道的,当年与朕在一起过的宫中美女都死的死,散的散,老的老了。现在,当年朕喜欢的妃子就只剩下一个韦氏陪伴朕了。"

说起韦贤妃,秦桧忽然想起什么,转告了从金国官员口里得知的一个消息:"金国放还的名单里可能有韦贤妃。"

赵佶闻言先是一阵欢喜,继而又是一阵惆怅甚至恐惧。韦贤妃的儿子赵构在临安登上了皇位,谁都知道他是个大孝子,迟早要迎回自己的生身母亲,对此,赵佶心里并不是没有准备,但是如果韦贤妃真的走了,不知道以后自己怎么活下去。他声音颤抖,问:"就她一个人吗?"

秦桧吞吞吐吐地说:"金国要韦贤妃与太上皇断绝夫妻名分,成为一个自由的女人。"金国的这种做法令赵佶深感不解,他想不出金国为什么要韦贤妃变成一个自由的女人以后才放她回去,这也许是金国一个羞辱自己的一个阴谋。为此,赵佶一个晚上没有睡着,心里面受着两难的煎熬:如果为自己、为大宋颜面考虑,韦贤妃就不能成为自由人,这样会再次失去放还的机会；如果为了韦贤妃今后过上安宁幸福的日子，为了他们母子团聚，他应该答应金国的要求，还韦贤妃一个自由。

想了一个晚上，第二天一早，赵佶还是把自己的想法告诉了赵桓，因为他觉得这个事情最好让皇帝定夺，不过赵佶十分自信地说："韦贤妃决不会想做一个自由的女人。"

但赵桓还是同意替父亲把这个情况转告韦贤妃，他先是告诉她说："金国放还的名单里可能有你。"

果然韦贤妃一笑了之，坚决地说："我不相信金国人会这么做，除非太上皇、皇帝一同放还，放还我一个，我决不肯去。"

赵桓接着说："金国要母妃断绝与太上皇的夫妻名分，方可放还，太上皇之意，请母妃自行决定。"

韦贤妃当场大哭了一顿，之后茶饭不思，与赵佶在井底下厮守了整整一天一夜，谁劝都不肯上来。最后她说，如果金国强迫，不如一死。

后来发生的事情证明赵佶猜测得一点不错，关于韦贤妃的放还，果然是一个阴谋。金国的一个官员告诉赵桓："大金的皇叔对韦氏十分中意，如能仿效当年文姬之举，能到宫中侍奉几日，与皇叔夫妻一场，择时可放还南归。"

韦贤妃决不愿意做一个损坏自己名节的女人，她向皇帝、太上皇表明必死的态度："臣妾宁肯一死。"金国方面也没有强迫，来接她的车子等了几日就回去了，只是再一次从放还的名单中删去了韦贤妃的名字。

也就是听了韦贤妃的这句话以后，赵佶感动的眼泪就没有停止过，一直到有一天他发现自己的泪水已经枯竭的时候，他的眼睛也无法看清任何东西了。

秦桧走了，再也没有回音。但赵佶仍在苦苦等待，他希冀有一天，大宋的使节突然出现，人们簇拥着他和韦贤妃登上南去的马车。他对韦贤妃说："临安的西湖是天下美景，如能放还，你我在湖边筑一小庐，作画跳舞，钓鱼放舟,夫妻恩爱,长伴此生。"

但是韦贤妃好像并不急着回去,她望望井上的一方天空,说:"这样不是很好吗?臣妾可以一个人拥有太上皇。回到临安,宫中一住,爱太上皇的女子,千千万万,老老少少都会从各处钻出来,又把你夺了去,那时臣妾一年能见上你几次呀?"

赵佶感动得要哭,却流不出眼泪,说:"以前是朕不对,疏忽了像你这样王母娘娘赐给的仙子,如能放还,朕千万倍地补偿。"

更令人感动的是,后来韦贤妃每日用泥涂脸,一副蓬头垢面的样子,这样一来,金国方面再也没有打她的主意。

韦贤妃在建炎四年(1130)的壮举,赢得了大家的尊敬,今天的祝寿活动就是表示尊敬的一种方式。

秋日的阳光下,四十五岁的韦贤妃,因得不到起码的保养,已经老了,老得像过了五十五岁的年纪。经常的劳动,使她变得强壮,时有的风沙,使她显出成熟和沧桑感。但在赵佶看来,她依然是一个年青的美女。不知道韦贤妃是从哪里搞来了口红,在场的女人们只有她的双唇是红润的,鲜红的嘴唇使她的脸蛋儿变得生动、性感,在一群女人中十分惹眼。当赵佶慢慢走上土场的时候,韦贤妃突然意识到赵佶已经看不到自己的脸了,于是掏出一块碎绸,想把嘴唇的红润抹去,她刚一抬手,赵佶好像看见了她的动作,说:"让它留着吧,美女红唇,让大家看看,也是我赵家的体面!"

韦贤妃还是悄悄地抹掉了口红,说:"好的,让它留着。"

赵佶坐好,说:"尽情地乐一乐吧。"

"太上皇,给您跳一个舞吧,臣妾的脚踝儿上系着铜铃呢,您听得到铃声的。"韦贤妃笑吟吟地说。

赵佶说:"可惜没有琴瑟伴奏。"

这时赵桓用木勺敲了敲碗:"此声可作音乐。"

韦贤妃的舞蹈十分优雅,节奏感比当年宫中所舞更加明快强烈,锅盆碗勺的敲打声与韦贤妃的舞蹈特别地和谐合拍,有几个嫔妃也禁不住扭转着身体跟着跳了起来。赵佶辨着铜铃的声音打着节拍,脸上露出了苍老的笑容。

大家暂时忘记身处遥远的北国,是被异族拘押的囚犯,争着要献演拿手好戏,后来赵佶建议说每人一个节目,不论长短优劣。说着他自己站起来,伸伸腿,觉得腿脚已经僵硬,韦贤妃知道他想踢球,说:"太上皇行动不便,而且此处无球,等过些日子臣妾讨一张牛皮,亲手缝一个。"

赵佶说:"踢是踢不动了,不如吟一首词吧。那是宣和元年(1119)春天,朕写了准备赠韦贤妃的,可惜朕当时没有送成,唤作《探春令》,且听好:

帘旌微动,峭寒天气,龙池冰泮。杏花笑吐香犹浅。又还是、春将半。

清歌妙舞从头按。等芳时开宴。记去年、对著东风,曾许不负莺花愿。


一边是赵佶嘶哑着嗓子唱着委婉清悠的唱词,一边是韦贤妃款款起步的曼舞。等赵佶唱完这曲《探春令》,韦贤妃舞蹈大起,铜铃发出琅琅响声。

土场上的场景引来很多看守的兵卒和当地的百姓,他们咿呀咿呀地欢叫着,为韦贤妃的舞蹈喝彩。

韦贤妃一边跳舞,一边灿烂地笑着,但眼泪还是一颗一颗地落下来。

"这是《东南百花阵》中的头一阙。"赵佶喉头动了动,声音有些发颤。

韦贤妃一边跳舞,一边灿烂地笑着,但眼泪还是一颗颗地落下来。

赵佶想站起来,却一下子没有了力气,他叫儿子:"皇帝,你拉我一把。"

赵桓几乎是把父亲抱起来的,他清楚地听到父亲的呼吸越来越急促,急促得连他都恐慌起来:"父皇,您回去休息吧。"

赵佶身上发抖,推开儿子:"休息什么,这么高兴的时候,休息什么?"

赵桓脱下自己身上已经有几个破洞的丝绵袍,给父亲披上:"这里冷呀!"

赵佶望着儿子,说:"皇帝,你母妃生日,我们赵家该赏赐她什么礼物?"

赵桓没有吭声,赵佶也没有说话,父子两个想了很久,也没有想到能送什么礼物。

舞蹈停下了,舞蹈中,嫔妃们的泪滴和着酒水,在干尘飞扬的土场上洒下了许多斑斑点点。赵佶叹了口气,自言自语:"听不到什么哭声,也许刚来五国城的几年大家都哭够了,到了现在,只有眼泪,没有声音。"

面对众人,赵佶脱下身上刚刚穿上的丝绵袍,说:"今天爱妃韦氏生辰,朕别无所赐,就将这件当年四川进贡的丝绵袍赏赐给你吧,这也是皇帝的赏赐。"

韦贤妃跪了下来:"谢太上皇、皇帝赏赐!"

赵佶一杯酒也没有喝,就悄悄地回到井下去了。韦贤妃原本也想跟着回到井下,赵佶怎么也不肯,说:"你和皇帝他们尽情地快乐一下,朕累了想假寐一会儿。"韦贤妃一直等他下到井下,才依依不舍地从井口消失。赵佶等韦贤妃离去,便一头躺了下来。疲倦之余,他猛然觉得自己不属于这个欢乐的土场,也不能再承受这种不真实的快乐,他的感情,他的快乐已经永远地留在了东京,留在那生他养他的汴梁。那睿思殿里的琴棋书画,那万岁山上的奇花异石,那御街楼台的风流快活,那历历在目活生生的东南美女阵,才是他愿意久久留驻的乐土,才是他永远的梦。

当然。还有蛇蚹琴侧下与李师师的生死誓约。

太阳升到了正空,阳光照进了井底,赵佶一个人静静地躺在温暖的井底下,像一个充满遐想、处在恋爱中的少年,美美地回忆汴京旧事,回忆心中永远爱着的女人。要是时光能够倒流,可以回到从前的岁月,赵佶心中最难忘的是做端王的日子。

绍兴二十六年(1156)六月,儿子赵桓去世。金海陵王完颜亮命他出赛马球,赵桓身体孱弱,不善马术,很快从马上摔下,被乱马铁蹄践踏而死。消息五年以后才传到临安,皇帝赵构痛不欲生,追哥哥谥号为恭文顺德仁孝皇帝,庙号钦宗。

赵佶与儿子团聚,并没有太多的埋怨,而是骑着马,手拿着一个球,说:"我教你强身健体,赢了金人!"

图书在版编目(CIP)数据

宋徽宗：天才在左　天子在右 / 王霄夫著.—杭州：
浙江文艺出版社，2020.10（2022.9重印）
ISBN 978-7-5339-6227-2

Ⅰ.①宋…　Ⅱ.①王…　Ⅲ.①长篇历史小说—中国—当代　Ⅳ.①I247.5

中国版本图书馆CIP数据核字（2020）第178541号

策划统筹　郑　重　柳明晔
责任编辑　张　可
封面及折页绘图　叶露盈
封面设计　水玉银文化
责任印制　张丽敏

## 宋徽宗：天才在左　天子在右
王霄夫　著

| | |
|---|---|
| 出版 | 浙江文艺出版社 |
| 地址 | 杭州市体育场路347号 |
| 邮编 | 310006 |
| 网址 | www.zjwycbs.cn |
| 经销 | 浙江省新华书店集团有限公司 |
| 印刷 | 浙江新华数码印务有限公司 |
| 开本 | 710毫米×1000毫米　1/16 |
| 字数 | 369千字 |
| 印张 | 25.75 |
| 插页 | 3 |
| 版次 | 2020年10月第1版 |
| 印次 | 2022年9月第4次印刷 |
| 书号 | ISBN 978-7-5339-6227-2 |
| 定价 | 99.00元 |

版权所有　违者必究
（如有印、装质量问题,请寄承印单位调换）